Gerd Fischer

Rotlicht Frankfurt

Thriller

mainbook

ISBN 978-3-947612-56-7

Lektorat: Mia Beck
Covergestaltung und Bildrechte: Lukas Hüttner

Auf der Verlagshomepage finden Sie weitere spannende Bücher: www.mainbook.de

Buch

Ihre Augen verfolgen mich. Ihre Augen sind mein Blut ...

Der Frankfurter Journalist Benjamin Brick hat das Gespür für gute Storys und ist auf der Spur der Escort-Agentur Starlight, die minderjährige Prostituierte an Promis vermittelt. Eines Nachts wird Brick zu einem Date eines Promis mit einem Mädchen gerufen, doch Brick findet sie vor Ort tot auf.

Für ihn bricht eine Welt zusammen, als er kurz darauf erfährt, dass es sich um seine uneheliche Tochter handelt. Er sieht rot und schwört Rache. Macht sich auf die Jagd nach ihrem Mörder.

Doch ihm kommt in die Quere, dass Handybilder von ihm am Tatort existieren. Plötzlich ist er der Gejagte, steht unter Mordverdacht und muss untertauchen. Langsam dämmert ihm, dass er an den Tatort gelockt wurde, weil ihm jemand den Mord in die Schuhe schieben will. Ein Komplott. Aber von wem? Und warum?

Die schockierende Erkenntnis: Sie wollen ihn fertigmachen, weil er einen Artikel über die finsteren Machenschaften von Starlight veröffentlichen wollte.

Doch der eigentliche Albtraum für Brick lässt nicht lange auf sich warten ...

Autor

Gerd Fischer, 1970 in Hanau geboren, studierte Germanistik, Politologie und Kunstgeschichte in Frankfurt am Main, wo er seit 1991 lebt.

Fischer hat sich einen Namen gemacht mit seiner Frankfurter Krimi-Serie um Kommissar Andreas Rauscher. Bisher erschienen: „Mord auf Bali“ 2006 (Neuauflage 2011), „Lauf in den Tod“ 2010, „Der Mann mit den zarten Händen“ 2010, „Robin Tod“ 2011, „Paukersterben“ 2012, „Fliegeralarm“ 2013, „Abgerippt“ 2014, „Bockenheim schreibt ein Buch“ (Hrsg.) 2015, „Einzige Liebe – Eintracht-Frankfurt-Krimi“ Februar 2017, „Ebbelwoijunkie“ Dezember 2017 und „Frau Rauschers Erbe“ Dezember 2018.

Prolog

Das Stelldichein der Lady und des Eintracht-Profis sollte in der Frankfurter Innenstadt stattfinden. Brick malte sich schon die Schlagzeile aus: „Starfuckers – Sex mit Promis!“ Ein solcher Termin verlieh ihm jedes Mal aufs Neue einen Kick.

Noch eine knappe Stunde. Er band seine schulterlangen Haare zum Zopf zusammen, schnappte seine Canon EOS 1D und machte sich auf den Weg vom Gutleutviertel zum Velvet-Club. Er freute sich auf die Bilder, die ihm einen Batzen Geld in die Kasse spülen würden. Sie waren die letzten Mosaiksteinchen für eine große Reportage.

Bricks alter Golf Cabrio war noch einigermaßen in Schuss. Er fuhr runter an den Main, parkte und lief etwa hundert Meter bis zur Seckbächer Gasse, dem Treffpunkt der beiden. Die Sterne strahlten um die Wette in dieser lauen Sommernacht. Auf den Straßen war Hochbetrieb. Betrunkenes Partyvolk, Nachtschwärmer, Touristen, viele Asiaten, die nach einem Tag Sightseeing durch Frankfurts Hochhausschluchten und die neue Altstadt auf dem Weg zurück ins Hotel waren. Auch Männer in dunklen Anzügen und Frauen in kurzen Sommerkleidern waren unterwegs, Besucher der Oper oder des Schauspielhauses.

Zehn Minuten zu früh kam Brick in der kleinen Seitenstraße an, die zum Keller des ehemaligen Karmeliterklosters führte. In Ruhe suchte er ein geeignetes Plätzchen, um den Eingang ins Visier nehmen zu können, und verschanzte sich hinter einer kleinen Mauer, die an den Vorgarten des Klostergrundstücks grenzte. Ein Baum bot ihm Sichtschutz. Von hier aus waren es etwa dreißig Meter bis zum Treffpunkt, den ihm sein langjähriger Informant Gustav gesimst hatte. Der Eingang lag im Zwielicht einer Straßenlaterne. Die Helligkeit würde für einen guten Schnappschuss ausreichen.

Brick stellte sich in seinen Unterschlupf und wartete. Die Warterei gehörte zu seinem Job, aber die wenigen Minuten bis zum Eintreffen des Zielobjektes hasste er. Sie machten ihn nervös. Er versuchte, an etwas anderes zu denken, prüfte die Kameraeinstellungen und justierte das Objektiv. Wenn er ein wichtiges Motiv vor der Linse hatte, gab es nichts Ärgerlicheres als ein verhunztes Bild aufgrund technischer Probleme.

Ihm war nach einer Kippe, aber er verschob den Gedanken und prüfte nochmals die Einstellungen der Kamera ... und erschrak. Da lag etwas! Auf dem Boden vor dem Klosterkeller.

Er war verblüfft, zoomte näher. Ein Mensch? Er holte es näher heran. Vergrößerte es, versuchte, es scharf zu kriegen. Tatsächlich.

Fuck! Unvorhergesehene Details ärgerten ihn und brachten ihn aus dem Konzept.

Brick blickte sich hektisch um. Niemand war zu sehen. Er verließ sein Versteck, bewegte sich vorsichtig vorwärts und achtete darauf, im Schutz der Mauer zu bleiben. Schritt für Schritt näherte er sich der Stelle. Mit jedem Meter, den er weiterging, festigte sich seine Vermutung. Dort lag ein Mensch mit blonden Haaren. Das war doch nicht etwa ...?

Der Gedanke ließ ihn zusammenzucken. Es konnte sich um die Protagonistin des heutigen Abends handeln. Gustav hatte sie kurz beschrieben: *Blondine, sexy Mörderfigur, heiß wie die Hölle!*

Diese Nacht schien ihm irgendwie zu entgleiten. Er musste zusehen voranzukommen und beeilte sich. Ein letzter Rundumblick, dann hechtete er weiter und setzte die Kamera vors Auge. Als er nahe genug dran war, schoss er kurz hintereinander etliche Bilder. Der Körper schien verdreht. Sie sah sehr jung aus. Die Augen blickten starr. An der rechten Schläfe klaffte eine Wunde. Blut war ausgetreten. Könnte sich um einen Einschuss handeln.

Verdammt! Brick bekam Panik. Schaute wie wild um sich. Immer noch keine Spur von dem Typen, ihrem Date. Auch sonst war alles ruhig.

Wie von unsichtbarer Hand gezogen kniete er sich neben die Tote. Klick! Klick! Klick! Seine Hand fuhr nach vorne. Am liebsten hätte er ihre Augen geschlossen, doch er zog seine Finger zurück. Er durfte sie keinesfalls berühren. Trotzdem war er kurz davor, ihre Hosentaschen zu durchwühlen. Aber er durfte keine Spuren hinterlassen und ließ es bleiben.

Brick atmete durch. Er brauchte eine Idee. Was sollte er tun? Die Polizei verständigen? Die Situation ausnutzen und mehr Bilder machen? Versuchen, sie zu verkaufen? Oder die Bilder der Kripo übermitteln?

Er fühlte sich überfordert. Ließ seinen Blick hektisch über die Straße und den kleinen Platz schweifen. Gespenstisch still. Schweiß trat auf seine Stirn. Okay, cool bleiben!

Aus seiner Zeit als Polizeireporter wusste er, wie man einen Tatort unter die Lupe nahm. Er erhob sich und sah sich um. Untersuchte den Boden unmittelbar neben der Frau. Eine ausgerauchte Kippe, Marlboro. Klick! Ein Stück daneben: zusammengeknülltes Papier. Klick! Fußspuren waren auf den Steinplatten keine auszumachen. Er erweiterte den Radius. Entdeckte noch ein Centstück. Klick! Und weitere Kippen. Klick! Klick! Klick!

Jetzt wurde es Zeit zu verschwinden. Er wandte sich wieder der Mauer zu, nahm den Ort ein letztes Mal in Augenschein. Noch immer war er mit der Toten allein. Die Gegend schien wie ausgestorben.

Bevor er sich umdrehte und verschwand, streifte er das Mädchen noch einmal mit den Augen, als hoffte er, sie könne ihm sagen, was hier vorgefallen war. Er hätte so gern mit ihr gesprochen. Doch sie würde nie mehr reden. Kein Sterbenswort.

KAPITEL 1

1

Die Augen der Toten holten Brick aus dem Schlaf. Er schreckte hoch. Verdammt! Er hatte unruhig geträumt. Immer wieder diese Augen. Sie hatten ihn angeschaut. Eindringlich.

Ein merkwürdiges Gefühl beschlich ihn, aber er konnte es nicht einordnen.

Er setzte sich aufrecht ins Bett. Es war 4.15 Uhr. Sein Schlaf ließ seit einiger Zeit zu wünschen übrig. Durchschlafen war zu einem Fest geworden. Kam fast nie vor.

Er stand auf, rückte seine Eier, die sich verklemmt hatten, in der Boxershorts zurecht, ertastete den Schalter und machte Licht. Ein tiefes Gähnen begleitete ihn ins Wohnzimmer. Er ging an den Laptop und fuhr ihn hoch. Augenblicklich begann das monotone Surren. Er taperte verschlafen in die Küche, öffnete den Kühlschrank und warf einen Blick hinein. Zum Glück hatte er immer eine extra Tafel Zartbitter im Gemüsefach ganz hinten. Er nahm sie heraus, brach ein großes Stück ab und verstaute den Rest wieder.

Sein Blick fiel auf die halbvolle Flasche Pernod auf der Ablage. Er schenkte sich ein halbes Glas ein, den Rest füllte er mit Wasser auf und nippte daran. Die Flasche nahm er mit.

Auf dem Weg zum Laptop warf er einen Blick hinaus auf die Straße. Das Gutleutviertel lag im Dunkeln. Die Stadt Frankfurt hatte ab einer bestimmten Uhrzeit die Laternen auf halbe Power geschaltet, um Energie zu sparen. Menschenleer, kein Wunder. Kein Auto war zu sehen. Nichts war zu hören.

Er setzte sich an seinen Schreibtisch und schluckte den letzten Bissen Schokolade hinunter. Kurz überlegte er, sich den Rest der Tafel aus dem Kühlschrank einzuverleiben. Er entschied sich dagegen, trank stattdessen Pernod.

Die Bilder waren gelungen. Düster, aber scharf. Die Tote klar erkennbar. Er klickte die gesamte Serie durch. Er hatte sie aus sämtlichen Perspektiven aufgenommen. Aus der Ferne. Close-ups. Portraits und Ganzkörper. Auch die Umgebung hatte er aus verschiedenen Blickwinkeln festgehalten. Er schaute sich jedes einzelne Bild lange an. Die Szenerie ließ ihn frösteln, obwohl es in der Wohnung annähernd 25 Grad waren.

Diese Augen. Sie hatten ihn bis in den Schlaf verfolgt. Machten ihm Angst. Warum? Er zoomte sie heran, ganz nah. Sie waren dunkelgrün. Und das Weiße, das um die Iris lag, sah verschwommen aus, zerfurcht von zarten roten Rinnsalen.

Er lehnte sich zurück, verschränkte die Hände hinter dem Kopf. Sie wollten ihm etwas sagen, diese Augen. Das fühlte er. Ihm etwas mitteilen. Aber was? Den Namen des Mörders? Wer hatte das Mädchen auf dem Gewissen? Etwa ihr Date? Treffen wollte sie sich mit Mike Balisch, einem aufstrebenden Fußballer der Eintracht. Ein eingebildeter Fatzke, der gerne im Rampenlicht stand. Er hatte was drauf, seine Beine liefen schneller als die anderer Spieler, sein Schuss war genauer und härter. Er hätte es zu etwas bringen können. Vielleicht sogar bis in die Nationalmannschaft, bis zur Europa- oder Weltmeisterschaft. Stattdessen kickte er bei der Eintracht im offensiven Mittelfeld und nicht bei den Bayern, bei Dortmund oder einem internationalen Club mit wohlklingendem Namen. Und das hatte seinen Grund: seine Eskapaden außerhalb des Platzes. Er war bereits zweimal in eine Discoschlägerei verwickelt gewesen. Seine Ehe mit Dorothee Prenzlau war in die Brüche gegangen. Die TV-Moderatorin hatte ihn vor laufenden Kameras bezichtigt, sie betrogen zu haben, und war in einem Weinkrampf zusammengebrochen. Ideales Futter für die Klatschpresse. Monatelang hatte Mike Balisch sämtliche Titelseiten der Regenbogenpresse geziert. Seiner Karriere hatte das geschadet. Seine Leistungen hatten nachgelassen. Ein neuer Trainer, der vor der Saison die Eintracht übernommen hatte, wollte ihm wieder eine Chance geben. Aber gegen die Paparazzi, die Reporter, die Schreiberlinge, die sich an ihn hefteten wie Kletten, weil sie in seiner Nähe einen neuen Skandal witterten, hatte Balisch keine.

Für Brick war Mike Balisch auch kein Unbekannter. Er hatte ihn schon mehrfach abgelichtet. Bei Bällen und Empfängen. Für einen Schnappschuss in einer Disco, der Balisch Arm in Arm mit einer aufgebrezelten Brünetten zeigte, hatte er richtig viel Knete bekommen. Er hatte das Bild exklusiv. Und für Exklusivität bezahlten die Medien am liebsten – und am meisten.

Hatte Mike Balisch die Tote überhaupt getroffen, oder war das Treffen geplatzt, weil sie längst tot gewesen war? Dieser Gedanke schien relevant. Brick notierte ihn. Er glaubte nicht daran, dass Balisch bereits vor Ort gewesen war. Aber wer dann?

Was wusste er von dem Mädchen, fragte sich Brick. Nicht viel. Sie war eine sogenannte Starfuckerin. Ein junges Ding, das sich an Promis verkaufte, um sich mit ihnen ablichten zu lassen und so den Sprung in die Medien zu schaffen.

Zahia Dehar, die mit Franck Ribéry von Bayern München eine Nacht in einem Pariser Hotel verbracht und es danach bis zur Modedesignerin gebracht hatte, war das prominenteste Beispiel einer Starfuckerin und Vorbild für viele junge Dinger. Als Brick damals von dem Vorfall in der Zeitung gelesen hatte, war er wie elektrisiert gewesen und wollte sich des Themas annehmen. Er ahnte, dass das nur die Spitze des Eisbergs war. Und er sollte recht behalten. Brick hatte klug recherchiert und war einer Frankfurter Escortagentur auf die Schliche gekommen, die minderjährige Prostituierte an Promis verkaufte. Die Frauen wollten dadurch tatsächlich berühmt werden.

Inzwischen hatte sich diese spezielle Branche zu einem flächendeckenden System ausgeweitet. Und Brick war den Oberbossen auf den Fersen und kurz vorm Ziel. Seine Reportage war quasi geschrieben, sein Chef bei der Frankfurter Presse hatte sie bereits abgenickt. Es gab noch ein paar Details zu überarbeiten, aber das würde er spielend hinkriegen.

Und jetzt das!

Irgendein Mistkerl hatte ihn nicht nur um den Schlaf gebracht, sondern auch um die Knete für die Reportage, die er gut hätte gebrauchen können. Die Auftragslage war mau. Die Preise im Keller.

Brick ärgerte sich. Die Bilder mit Balisch und der Blondine hätten die Reportage abgerundet. Sollte er auf sie verzichten und sie trotzdem bringen? Er musste mit seinem Chef darüber sprechen.

Während er intensiv nachdachte und dabei geistesabwesend die Wand anstarrte, klingelte es an seiner Wohnungstür. Seine Laptopuhr zeigte 6.10 Uhr an. Das konnte nur seine Nachbarin Elisa sein. Um diese Uhrzeit hatte außer ihr noch nie jemand bei ihm geklingelt.

Brick schlich über die alten Dielen zur Wohnungstür, warf einen Blick durch den Spion. Tatsächlich! Er öffnete.

„Komm gerade vom Arbeiten und hab Licht gesehen“, hauchte sie ihm entgegen.

„Hallo Elisa“, sagte er und hoffte, dass sein Tonfall nicht allzu unfreundlich klang, denn eigentlich wäre er lieber allein gewesen.

„Darf ich reinkommen?“

Er trat einen Schritt zur Seite und machte eine einladende Geste. Sie schwebte an ihm vorbei in seine Vier-Zimmer-Altbauwohnung.

Brick warf einen Blick ins Treppenhaus. Alles ruhig. Er schloss die Tür und folgte Elisa ins Wohnzimmer. „Und, wie war’s an der Stange?“

Er warf einen Blick in ihr Gesicht. Elisa war noch jung, knapp über zwanzig Jahre alt, aber der harte Job zeichnete sich bereits ab. Ihre eigentlich sehr schönen Augen blickten müde, ihre langen schwarzen Haare hatten den Glanz verloren, ihr kleiner Schmollmund zuckte nervös. Die Nachtschicht schien ihr wieder einmal zugesetzt zu haben.

„Das Platinum geht mir auf den Sack. Nix los heute, aber da war so ein Arschgesicht, der mich begrabschen wollte mit seinen Wichsfingern." Sie klang mit einem Male deprimiert. „Ich brauch nen neuen Job. Hast du einen?"

Brick musterte sie weiter, ruhig und gleichmäßig. Sie trug eine knallenge Jeans, die ihren Po betonte, High Heels und ein Top. Dafür, dass sie so skinny war, hatte sie eine enorme Oberweite. Die Haare waren zu einem Pferdeschwanz gebunden. Sie hielt ein Handtäschchen unterm Arm, das im nächsten Moment auf die Couch flog.

„Ich geb dir nen Tipp", sagte Brick und hatte dabei das Gefühl, wie ein alter Onkel zu klingen. „Hau ab aus dem Rotlicht und mach was Anständiges, solange es noch geht."

„Klingt langweilig."

„Mag sein. Ist aber gesünder auf Dauer."

„Ne Büroschnepfe werd ich nie. Das weißt du doch. Is nix für mich."

Sie pflanzte sich in einen Sessel und legte die Beine auf die Lehne. „Hast du nen Drink für mich?"

„Was darf's denn sein?"

„Was deine Bar hergibt."

„Wodka, Whisky ..."

„Was trinkst du?"

„Pernod."

„Très bien!"

Sie sprang wieder auf.

„Du machst mich nervös heute", rief Brick. „Hast du was genommen?"

„Ein Pillchen, höchstens! Wird ja wohl noch erlaubt sein."

„Ich kann's aber nicht gebrauchen, wenn jemand um mich rumwuselt. Scheißtag heute. Konnte nicht pennen."

Sie blickte ihn aus großen Augen an. „Was ist denn mit dir los?"

„Wieso?"

„Du siehst wirklich scheiße aus!"

„Dafür siehst du umso besser aus."

„Danke. Aber gegen ein Nümmerchen mit dir hätte ich trotzdem nichts einzuwenden.“ Sie grinste ihr Böse-Mädchen-Lächeln. Das hatte sie perfekt drauf.

„Mit mir altem Sack?“

„Du bist und bleibst ein Charmeur alter Schule. Darauf steh ich total.“ Sie schnurrte. „Vor allem im Bett.“ Jetzt fauchte sie, sprang neben ihn und fuhr ihm mit ihren Fingernägeln über den Rücken, was ihm eine Gänsehaut über Arme und Beine jagte.

Ihr Blick glitt über den Laptopbildschirm.

„Was ist das?“

„Ach, nichts!“ Er klappte den Laptop zu.

„Wieso, zeig doch mal!“

„Nee, heißes Material. Könnte sein, dass ich auf ne Riesenscheiße gestoßen bin.“

„Bei dir ist immer was los. Das finde ich extrem scharf, Baby.“ Sie beugte sich hinab und hauchte ihm ins Ohr. „Komm schon! Hast du nicht Lust, mich schön zu vernaschen?“ Sie strich ihm mit der Hand über seine ergrauten Haare an der Schläfe. Ein Schauder durchfuhr ihn.

„Nee, lass mal!“

„Brick, du bist ein Spielverderber!“ Sie stellte sich mit vor der Brust verschränkten Armen vor ihn. „Du hättest die Chance, es einer zwanzigjährigen Megabraut zu besorgen.“ Sie drehte sich um und wedelte mit ihrem Po direkt vor seinem Gesicht. „Und was machst du?“

„Ich trinke meinen Pernod und will meine Ruhe.“

„Wie öde!“

„Meine wilde Zeit ist seit zwanzig Jahren vorbei.“

„Ich könnte sie wieder entfachen.“

„Du könntest meine Tochter sein!“

„Du wolltest mir schon immer von ihr erzählen, gell!“

„Aber nicht heute, okay?“

„Ja, ich weiß. Du hast keinen Bock, über sie zu sprechen.“

„Und das wird auch so bleiben!“

Er holte in der Küche ein Glas, kam zurück ins Wohnzimmer und schenkte ihr einen Pernod ein. Sie trank ihn in einem Zug aus. Brick schenkte nach.

„Ich hau mich hin“, sagte sie. „Darf ich bei dir bleiben? Drüben ist es so einsam.“

„Logo. Das weißt du doch.“

Sie küsste ihn auf die Stirn. „Du bist wie mein Daddy zu mir, den ich nie gehabt habe ... Danke!“

„Für was?“

„Dass du da bist.“

„Jetzt übertreibst du es.“

„Kein Stück.“

Sie leerte auch das zweite Glas in einem Zug, drehte eine Pirouette um ihn herum, benutzte seinen Kopf dabei als Stange und tänzelte aus dem Raum. Auf dem Weg in sein Schlafzimmer zog sie ihre Jeans herunter und ließ sie einfach liegen. Ihr Top streifte sie über den Kopf und wackelte dabei mit dem Po. Er erhaschte einen Blick auf ihren makellosen Körper. Die vielen durchgetanzten Nächte hatten ihn wohlgeformt und trainiert.

Elisa hatte ihm schon öfter ihr Kapital präsentiert, in der Hoffnung, ihn damit zu reizen. Aber bei ihm war der Ofen aus und längst nichts mehr zu holen. Seit über zehn Jahren hatte er keine Frau mehr angefasst und er konnte sich nicht vorstellen, dass sich das je ändern würde. Doch Brick mochte Elisas unbeschwerte Art, wenn sie gut drauf war genauso wie ihren Trübsinn, wenn etwas in die Binsen gegangen war und sie über ihr Leben nachdachte. Was nicht selten vorkam.

Darin glichen sie sich.

Elisa hatte es nie leicht gehabt. Sie war als Waise aufgewachsen, hatte eine Odyssee durch Kinder- und Jugendheime hinter sich, zig Ausbildungen angefangen, keine davon abgeschlossen, und war einmal unsterblich in einen dieser Rotlichtfuzzis verliebt gewesen. Er hatte sie in die Szene eingeführt und zum Tanzen gebracht, bevor er mit einer Dominicana zwei Kinder machte und sich mit ihr in die Karibik absetzte. Elisas Prinz war für immer weg. Das hatte sie nie verwunden.

Elisa weckte in Brick von jeher ein väterliches Gefühl, das er nie hatte ausleben können. Besonders schätzte er bei ihrem Zusammensein die Wortfechtereien, die ihm Spaß machten und ihn jung hielten. Bildete er sich jedenfalls ein.

Etwas wehmütig, aber auch glücklich über Elisas Ablenkung, setzte er sich wieder an den Laptop und klappte ihn auf. Es dauerte eine Weile, bis er betriebsbereit war. Nach einem weiteren Schluck Pernod betrachtete er zum wiederholten Male die Bilder der vergangenen Nacht und der Toten. Hängen blieb er am Close-up ihres Gesichts. Diese Augen gingen ihm nicht aus dem Sinn. Er studierte ihre Züge, die Nasenpartie, die Lippen. Und dann fiel es ihm wie

Schuppen aus den Haaren. Diese Gesichtszüge kannte er. Je länger er sie musterte, desto sicherer wurde er. Und dann die Schrecksekunde: Ihm fiel ein, woher er sie kannte, und sein Herz setzte beinahe aus. Schockiert griff er zum Glas und nahm einen großen Schluck, bis ihm schlecht wurde. Sein Magen machte einen Satz. Fast hätte er sich übergeben müssen.

Nach einer Weile beruhigte er sich wieder. Er saß geistesabwesend vor dem Bildschirm und konnte seinen Blick nicht abwenden. Minutenlang starrte er darauf und bekam nicht mit, dass sich Elisa von hinten langsam näherte.

Als sie ihre Arme um ihn schlang, zuckte er zusammen.

„Willst du nicht ins Bett kommen? Ich brauch was zum Kuscheln, sonst kann ich nicht schlafen."

Er spürte ihre Brüste an seinem Nacken, ihre Haut an seinem Hals, hörte jedoch ihre Worte nicht. Stattdessen lief ihm eine Träne aus seinem rechten Auge.

2

Dejan Tomovic hielt das Kinn einer Blondine fest in der Hand und schaute ihr tief in die Augen. Rechts und links lief Sperma aus ihrem Mund. Ihre rot geschminkten Lippen waren verschmiert.

„Du bist gut, Schätzchen."

Während ihre großen Augen glänzten wie die Glasfläche der Vitrine, die in einer Ecke stand und in der Tomovic seine Rolexsammlung aufbewahrte, ließ er sie los.

„Richtig gut!"

Er zog den Reißverschluss seiner schwarzen Anzughose zu. Ein strahlendes Lächeln zeichnete sich auf seinem Gesicht ab.

„Ich kann was aus dir machen. Wenn du brav und artig bist und mir vertraust, bring ich dich mit jemandem zusammen, von dem du dein Leben lang geträumt hast."

Er legte etwas Beschwörendes in seine markant tiefe Stimme, ließ seinen Blick vielsagend durch sein Luxusapartment schweifen, über das glänzende Parkett, die edlen Möbel in weißen und silbernen Tönen. Dann strich er sich über seine braungebrannte Glatze.

„Wie heißt du noch mal?", fragte Tomovic unschuldig. Dabei wusste er nur zu gut, wie sie hieß und wer sie war.

„Natalia", sagte sie zögerlich.

„Richtig, Natalia! Ein sehr, sehr schöner Name."

Sie nickte, schien jedoch etwas unsicher, und griff nach ihrer Handtasche. Sie holte Taschentücher heraus, putzte sich den Mund ab, nahm den Apérol Sprizz, der auf dem Glastisch stand, und trank ihn in einem Zug leer. Danach zog sie den Lippenstift nach.

Tomovic knöpfte sich sein weißes Hemd zu und bedeckte seine haarlose, trainierte Brust.

„Schätzchen, ich glaube, wir verstehen uns! Sag mal, wann wirst du achtzehn?"

„In drei Monaten."

„Perfekt, Baby. Du bist mein Star. Mein neuer Fickstar."

Er bewegte die Hüften und tänzelte zu der Chill-out-Musik, die im Hintergrund lief. Während sie sich ihm näherte, streckte er ihr die Hand entgegen, fasste sie an den Fingerspitzen und ließ sie eine Runde durchs Zimmer drehen. „Baby, lass mich dich anschauen! Beweg deinen Arsch. Tanze für mich!"

Sie hielten sich weiterhin an der Hand, er drehte sich mit ihr, während sie einige Tanzschritte machte und sich ins Zeug legte. Eine Hand in die Hüfte gestemmt streckte sie ihren Po heraus, der ihm anmutig erschien, und schien dabei durch den Raum zu schweben.

Wäre prima auf dem Laufsteg aufgehoben, dachte er. *Zum Glück hat sie niemand entdeckt.*

Ihre langen blonden Haare flogen und sahen aus wie zarte Wolken.

„Natalia, du bist ein Traum", hauchte er. „So schön. Ich kann es gar nicht glaub ..."

Tomovics Ritual, das er mit vielen neuen Mädchen durchzog, wurde jäh unterbrochen. Sein Handy klingelte. Das Display zeigte den Namen seiner rechten Hand an: Drago.

Er ließ von Natalia ab und nahm den Anruf widerwillig an. „Hab ich nicht gesagt, dass ich nicht gestört werden will?"

„Doch, Dejan, aber ..."

„Was gibt's denn?"

Unter vorgehaltener Hand wurde Dejan Tomovic manchmal Mister Ungeduld genannt. Er war bekannt dafür, nicht lange zu fackeln. Es machte ihn nervös, wenn sich etwas in die Länge zog oder wenn es nicht nach seinem Kopf lief.

„Wir müssen reden", erklärte Drago die Störung.

„Ich hoffe, es ist wichtig. Ich erwarte dich."

Er klickte das Gespräch weg und legte das Handy auf dem Tisch ab. „Lady", wandte er sich an die Blondine. „Du musst mich für einen Moment allein lassen. Ich muss mit meinem Bruder Drago etwas besprechen. Das kann nicht warten. Die Geschäfte, verstehst du?“

Sie nickte, verzog aber leicht den Mund.

Tomovic zeigte nach rechts auf eine Tür. „Dort ist das Badezimmer, wenn du dich frisch machen möchtest.“ Er zeigte nach links. „Dort kannst du dich ausruhen. Aber lauf nicht weg“, er zwinkerte mit den Augen, „ich brauche dich noch.“

„Ich geh duschen“, sagte sie, lächelte und trollte sich.

Er schaute ihr hinterher und musterte sie von oben bis unten. Die schmale Taille. Der Po, der schwang. Die endlosen Beine, die stolzierten. Ein göttlicher Anblick. Wie konnte jemand mit 17 Jahren eine solche Figur haben? Die Natur war ihm ein Rätsel.

Als sich die Tür auf der gegenüberliegenden Seite öffnete, blieb Tomovic reglos sitzen. „Was gibt’s denn so Dringendes?“

Er wirkte genervt. Aber das gehörte zu seinem Ton. Er war der Boss, und genau das drückte er mit jedem Satz aus.

„Entschuldige die Störung, Dejan, aber wir haben eine Anfrage von einem Neukunden“, begann Drago.

„Wie bitte?“ Jetzt wandte sich Dejan um und starrte Drago an. „Warum um aller Welt kommst du damit zu mir?“

Drago trug einen schwarzen Anzug und eine blaue Krawatte. Er stellte sich vor Tomovic und verschränkte die Hände vor seinem Gürtel. Seine rasierte Glatze glänzte. „Ich hab mich über den Typen erkundigt. Er ist Politiker.“

„Politiker?“ Tomovics Augenbrauen hoben sich und ein Lächeln legte sich um seinen Mund.

„Und kein unbeschriebenes Blatt.“

„Wie heißt der Vogel?“

Drago musste unwillkürlich lachen. „Er heißt Veigel.“

„Veigel? Das ist doch ...“

„Richtig. Der Vorsitzende der Konservativen. Er setzt sich dafür ein, die Gesetze zur Prostitution zu verschärfen oder Prostitution ganz zu verbieten.“

Tomovic hielt einen Moment inne und ließ das Gehörte sacken. „Will der uns verarschen?“

„Kann ich nicht einschätzen“, antwortete Drago und fixierte seinen Chef. „Deshalb bin ich hier. Wie soll ich vorgehen?“

Es folgte eine Stille, die Drago als unangenehm empfand. Er wusste nur zu gut, dass Tomovic solch unvorhergesehene Probleme hasste. Seine Wut darüber würde er andere spüren lassen. Und so kam es dann auch. „Schnapp dir die Tussi im Badezimmer!“, rief Tomovic. „Natalia heißt sie. Nimm sie mit!“

„Und was soll ich mit der?“

„Einreiten, was sonst?“, befahl er. „Du hast die ganze Nacht Zeit. Nutze sie! Wir müssen sie erziehen, verstehst du? Sie muss dir aus der Hand fressen. Sobald sie sich wieder erholt hat, geht sie für uns anschaffen. Sie könnte gut werden.“

Drago blickte ihn aus seinen schwarzen Augen an, als habe er gerade den langweiligsten Einsatzbefehl von allen bekommen.

„Was willst du?“, fügte Tomovic an. „Sie ist doch genau deine Kragenweite. Ich kann diese blonden Schnallen nicht mehr sehen. Sie sind mir zuwider. Bäh!“

„Und der Politiker?“, wollte Drago wissen.

„Lass ihn schmoren!“

„Wirklich?“

„Ich hab mich doch klar ausgedrückt, oder?“

„Wie du meinst!“

„So ist es!“ Drago wandte sich kommentarlos ab. „Bruder, Moment noch! Wie läuft es eigentlich mit diesem Brick?“

Drago setzte ein feistes Grinsen auf, als er sich wieder zu seinem Chef umdrehte. „Alles wie geplant, Dejan. Der Typ ist bald total am Ende. Du kannst dich auf uns verlassen.“

„Gut“, sagte Dejan, lehnte sich zurück und zündete sich eine Zigarre an. „Sehr gut!“

3

Brick erwachte und sah Elisas Hintern. Sie trug nur einen Slip mit dünnem Streifen. Er hatte die Flasche Pernod geleert, sich zu ihr ins Bett begeben und war in einen tiefen Schlaf gefallen. Sonnenstrahlen drangen herein und fluteten das Zimmer mit grellem Licht. Es war längst Mittag vorbei.

Sobald er die Augen öffnete, schoss ihm seine Entdeckung der letzten Nacht wieder in den Kopf. Er meinte, das tote Mädchen auf dem Foto zu kennen, denn sie trug exakt die gleichen Gesichtszüge wie seine Ex-Angebetete Alina. Somit schien es im Bereich des Möglichen, dass die Tote Alinas Tochter war, was wiederum bedeutete – er hielt den Atem an. Nein! Er war nicht in der Lage, weiterzudenken. Er musste das Unausgesprochene aus seinem Kopf verbannen, denn er würde den Schmerz nicht ertragen können.

Getrieben von schwerer innerer Unruhe schwang er sich aus dem Bett und setzte in der Küche einen starken Kaffee auf. Er schaute zu, wie die dunkle Flüssigkeit in die Glaskanne perlte und konnte den ersten Schluck kaum erwarten. Währenddessen massierte er seinen Bauch, der in den letzten Monaten nicht gerade dünner geworden war.

Mit der Kaffeetasse in der Hand begab er sich wie von einer magischen Kraft gezogen an den Laptop. Als er den Computer hochfuhr, war sein Kopf ganz klar. Er knöpfte sich erneut die Bilder vor. Die Gewissheit überfiel ihn wie eine Lawine, während er das Gesicht der Toten wohl zum hundertsten Male akribisch inspizierte. In dem toten Mädchen steckte etwas von Alina. Er war sich hundertprozentig sicher.

Was hatte das zu bedeuten?

Sein Herz zog sich zusammen. Er hatte das Gefühl, es schrumpfe auf Erbsengröße. Sein Magen schlug wieder Kapriolen, die er bekämpfen musste. Er öffnete eine neue Flasche Pernod und schüttete einen Schluck in den schwarzen Kaffee. Statt Milch, dachte er. Schmeckte einfach besser. Und tat gut. Das heiße Getränk wärmte ihn und gab ihm verlorengegangene Energie zurück.

Er musste Klarheit bekommen.

Woher?

Vielleicht hatten sie in der Redaktion schon erste Informationen zu dem Todesfall.

Ein Blick ins Schlafzimmer verriet ihm, dass Elisa noch unter den selig Schlafenden weilte, was sich womöglich bis abends nicht ändern würde.

Im Bad schüttete er sich mehrere Spritzer Wasser ins Gesicht und über den Kopf. Die nassen Haare kämmte er zurück. Er mochte sein angegrautes Haar nicht, denn es war das tagtägliche Symbol dafür, dass die Uhr tickte. Seine Zeit lief ab. Er war zwar erst einundfünfzig Jahre alt, aber manchmal fühlte er sich so, wie Johannes Heesters sich in seinen letzten Tagen gefühlt haben mochte. Gezeichnet vom Leben.

Er zog sich eine leichte Anzughose an, dazu ein kurzärmeliges Hemd und Ledersneaker.

Ein Besuch in der Redaktion stand an. Er war länger nicht mehr dort gewesen. Seine Aufträge erhielt er per Mail oder am Telefon. Nichts zog ihn dorthin. Heute war eine Ausnahme.

Brick fuhr mit seinem Golf Cabrio ins Gallus. Das schwarze Auto war Baujahr 1987 und ihm längst ans Herz gewachsen. Einen neueren Wagen hätte er sich ohnehin nicht leisten können. Außerdem wollte er seinen Alten, wie er ihn liebevoll nannte, nicht missen. Er liebte das Fahren mit offenem Dach, auch wenn er es immer weniger nutzte. Es würde schwierig werden, ihn über den nächsten TÜV zu bringen, aber er würde alles Menschenmögliche dafür tun.

Er parkte auf dem Parkplatz vor dem Verlagsgebäude der Frankfurter Presse. Da nirgends eine Lücke zu finden war, hielt er direkt hinter dem Wagen mit der Nummer F-EZ-1. EZ stand für Eddie Zinnober. Sein Chef war anwesend. Brick war beruhigt, die Sonne blinzelte ihn an, aber dafür hatte er jetzt keinen Sinn.

Als er das Großraumbüro der Redaktion betrat, vernahm er augenblicklich eine ihm wohlvertraute Stimme. „Hey, Big Ben! Lange nicht gesehen. Alles Roger bei dir?“

Das war er: Eddie, das Urgestein der Zeitung, gleichzeitig Chefredakteur und Leiter der Lokalredaktion. Eddie war mit der Frankfurter Presse verheiratet. Für ihn gab es nichts anderes. Von morgens früh bis spät in die Nacht gab es für ihn nur Blattmachen. Dabei war er die gute Seele geblieben, die er früher gewesen war, was selten jemandem gelang. Er war aus einem ganz besonderen Holz geschnitzt und würde alle anderen hier, und seien sie noch so jung, überleben.

Big Ben war Bricks Spitzname aus den guten Zeiten, in denen er noch Mörderstorys recherchiert hatte. Eddie hatte ihm den Namen damals verliehen. Seitdem haftete er an ihm wie ein Markenzeichen. Den Namen Benjamin Brick kannte hier kaum jemand; Big Ben hingegen sagte allen etwas. Selbst die jungen Kollegen hörten im Laufe ihrer Ausbildung oder ihrer Zeit als Freie von seinen Heldentaten. Das schien unumgänglich zu sein. Wie ein ehernes Gesetz.

Brick ging auf seinen Chef zu. Eddie streckte seine Hand aus. Er ergriff sie. Eine Weile hielten sie sich fest und schauten sich tief in die Augen. Mit der freien Hand klopften sie sich gegenseitig auf die Schulter.

„Eddie, alte Socke. Lange nicht gesehen. Wie läuft’s bei dir?“

Eddies Gesicht war blass, fast weiß. Im Kontrast dazu trug er ein enges schwarzes Hemd und dunkelblaue Jeans. Seine Haare schienen spärlicher geworden zu sein. In seinem rechten Ohr prangte ein Ohrring, seit Jahrzehnten derselbe.

„Sie haben mich noch nicht rausgekehrt“, antwortete er. „Und das wird ihnen auch so schnell nicht gelingen. Trotz allem, was hier vor sich geht.“

Eddie spielte auf die hundsmiserable finanzielle Situation der Zeitung an. Die Frankfurter Presse war in den letzten Monaten immer stärker an den Abgrund gerückt. Sinkenden Abonnentenzahlen standen hohe Personalkosten gegenüber, da die Online-Redaktion aufgestockt worden war. Nur leider hatte noch niemand ein Patentrezept dafür entwickelt, wie eine Zeitung im Internet Geld verdienen konnte. Demjenigen, dem es gelingen würde, würden hier viele die Füße küssen. Aber es war nicht absehbar.

Der alte Haudegen ließ sich dadurch nicht die gute Laune verderben. „Schön, dich zu sehen.“

Brick schaute sich um. „Und was macht das junge Gemüse?“

„Ach, du weißt ja, die meisten sind arrogant bis zum Anschlag, aber verdammt kleine Lichter.“ Er seufzte.

„Diese Kombination liebe ich.“

Nun musste Eddie lachen. „Kein Vergleich zu uns damals. Wir hatten Feuer! Wir haben gebrannt. Heutzutage wollen alle nur Karriere machen, aber nichts dafür tun. So läuft das aber nicht. Aber du willst doch mit mir bestimmt nicht über vergangene Zeiten reden. Sag, was treibt dich her?“

Brick ließ seinen Blick durch das Großraumbüro schweifen. „Können wir das in deinem Büro bequatschen?“

„Sicher! Klingt ja sehr geheimnisvoll.“

„Ist es auch. Und soll es auch bleiben.“

Eddie ging in seinem typischen Watschelgang voran. Seine O-Beine waren legendär. Er trug stets etwas weitere Hosen, um sie zu kaschieren, was trotzdem nicht gelang. Von hinten durfte Brick seine Halbglatze bewundern, die sich, wie er jetzt feststellte, eindeutig mehr Terrain erobert hatte. Jede Menge Kopfhaut glänzte ihn an. Und der Haarkranz war verdächtig grau geworden. Eddie mochte gut zehn Jahre älter sein als er selbst, aber das Wort Rente war eines jener seltenen Spezies, die er nie in den Mund nahm.

„Was kann ich für dich tun, alter Junge?“, fragte er, als er auf seinem Schreibtischsessel Platz genommen hatte. „Einen Kaffee?“ Brick nickte. Eddie schenkte ein und sah ihn mit großen Augen an. „Du machst es ja richtig spannend. Schieß los!“

Brick holte Luft, bevor er zu einer Erklärung ansetzte. „Eddie, was ich dir jetzt sage, muss unter allen Umständen unter uns bleiben.“

„Klar, wie immer. Aber ... was um Himmels willen ist denn passiert?“

„Es war so“, begann Brick, „dass ich gestern am späten Abend vorm Klosterkeller war, ich hatte einen Tipp bekommen ...“

Eddie setzte sich aufrecht hin und kniff die Augen zusammen. Langsam schien ihm zu dämmern, worauf Brick hinauswollte. „Die Tote!“, rief er. „Ich hab’s heute Morgen im Ticker und danach in einer ersten Stellungnahme der Kripo gelesen.“

„Genau deshalb bin ich hier. Ich brauche Informationen von dir.“

„Was meinst du genau?“ Eddie schien schwer verwirrt zu sein. „Erzähl doch mal von Anfang an!“

„Als ich gestern da angekommen bin, ist nichts passiert, bis ich die Tote entdeckt hab. Ich hab mich angeschlichen und ein paar Bilder gemacht. Deshalb benötige ich ihren Namen oder ... am besten alles, was du darüber hast.“

„Okay, okay. Du musst dich aber einen Moment gedulden. Ich suche dir die Presseinfo raus, aber ich kann dir jetzt schon sagen, dass da kaum was drinsteht. Du kennst das ja. Die Pressestelle der Kripo gibt nur das Nötigste raus. Immer das Gleiche mit denen. Konkreter werden die erst, wenn Ermittlungsergebnisse vorliegen.“ Eddie nahm die Maus in die Hand, klickte ein paar Mal und folgte mit den Augen dem Text am Bildschirm, den er runter scrollte. „Ja, hier hab ich sie. Von heute Morgen kurz vor sieben Uhr. Wie gesagt, sind nur vier oder fünf Zeilen. Die Mordkommission übernimmt den Fall, Hauptkommissar Engländer. Alter Bekannter von uns.“ Eddie grinste. „Tathergang noch unklar. Tätermilieu auch. Weibliche Leiche gefunden. Erschossen. Identität unbekannt.“ Eddie löste seinen Blick vom Bildschirm und wandte sich Brick zu.

„Ist das alles?“

„Ja.“

„Keinen Namen?“

„Nein!“

„Und gibt es nichts Neues?“

„Muss ich nachschauen. Glaube ich aber nicht, sonst hätte ich das schon gesehen.“ Er scrollte wieder hoch. Seine Augen flackerten über die vielen Presseinfos, blieben jedoch nirgends haften. „Nein. Nichts mehr. Die Kripo schweigt und wie ich den Verein kenne, wird das noch ne Weile andauern. Du musst bedenken, dass ja das ganze Prozedere bei der Kripo jetzt erst richtig losgeht. Die Spurensicherung ist wahrscheinlich noch vor Ort, die Leiche kommt in die Gerichtsmedizin und bis die Berichte vorliegen, können gut und gerne noch zwei Tage vergehen. Bis dahin herrscht von denen Funkstille. Die spulen ihre normale Routine ab."

„Okay, okay, aber so viel Zeit hab ich nicht. Meinst du, es bringt was, sich an Engländer direkt zu wenden?"

„Vergiss es! An den kommst du jetzt nicht ran ... Aber, Big Ben, jetzt mal Butter bei die Fische: Ich kenne dich. Du verschweigst mir was. Warum interessiert dich der Fall so? Doch nicht nur, weil du vor Ort warst und die Kleine fotografiert hast?"

Brick stand mit einem Ruck auf. „Danke für den Kaffee, Eddie. Ich erklär's dir später. Okay?"

Eddies Augenbrauen hoben sich wie automatisch. „Da ist doch was faul, das merke ich dir an. Also, was ist es?"

„Ich kann jetzt nicht drüber reden, Eddie, aber ich verspreche dir, sobald ich was Näheres weiß, bist du der Erste, der es erfährt."

„In Ordnung, aber bau keine Scheiße! Das musst du mir versprechen, ja?"

„Geht klar. Du hörst von mir." Wie ein Getriebener verschwand Brick aus Eddies Büro und hatte keinen Blick für die Kollegen übrig, die rundherum an den Schreibtischen saßen und eifrig in die Tasten hauten. Er hatte eine Idee. Eine Art Plan B, nachdem seine Informationsquelle Eddie nicht sprudeln wollte.

4

In seiner Zeit als Polizeireporter war es drei- oder viermal vorgekommen, dass Brick noch vor der Kripo am Tatort gewesen war. Das hatte er Schnauze zu verdanken. So nannte er seinen Informanten, der mit bürgerlichem Namen Thilo Frost hieß. Als er ihn zum ersten Mal live an einem Tatort erlebt und Brick ihn wegen des Falles gelöchert hatte, war Frosts Antwort karg ausgefallen: „Schnauze jetzt! Kapiert?" Seitdem hatte Frost den Spitznamen weg und einen neuen Freund gewonnen. Nämlich Benjamin Brick, dem diese authentische Art viel lieber war als dieses Gehabe einiger arroganter Schnösel der neueren Polizistengeneration. Schnauze war an die sechzig Jahre alt. Sie würden irgendwann zusammen in Rente gehen und sich bei einem Bierchen oder einem Apfelwein, Frosts bevorzugtem Getränk als Frankfurter Bub, die alten Polizeigeschichten immer wieder erzählen. Darauf freute sich Brick schon, doch noch war es nicht soweit. Heute musste ihm Schnauze einen Dienst erweisen.

Kaum war Brick im Gallus aus dem Auto gestiegen, rief er ihn auf dem Handy an.

„Brick, Mensch Junge! Wir haben uns schon ewig nicht gesehen. Wo treibst du dich rum?“

„Schnauze, mein Freund! Wenn du im Präsidium bist, dann bin ich ganz in deiner Nähe. Lust auf nen Kaffee?“

„Mit dir immer, aber ... heute drängt's etwas. Hast du was auf dem Herzen?“

„So könnte man es umschreiben ...“ Brick zögerte, denn er konnte nicht einschätzen, ob es klug war, mit der Tür ins Haus zu fallen. „Hör mal! Ich bräuchte ein paar Informationen ...“

„Wie immer.“ Frost lachte kurz.

„Ja, wie immer. Ich geh dir auf den Keks, aber es ist wichtig. Diese Tote gestern Nacht vorm Klosterkeller ... Ich war vor Ort ...“

„Ach, sieh mal einer an! Echt? Wer hat dir den Tipp gegeben? Von mir hast du ihn nicht.“

„Nein, nein, das war anders, spielt aber keine Rolle“, beeilte sich Brick zu erklären. „Habt ihr schon was über sie?“

„Spärlich, spärlich. Ist ja gerade Ferienzeit und einige Kollegen sind in Urlaub, da geht ohnehin alles etwas langsamer. Wir können momentan wenig sagen, nur dass sie eine Ukrainerin war und ...“

Brick wurde hellhörig. „Weiter! Hast du noch mehr?“, fuhr er Schnauze dazwischen.

„Ja, ja. Sei doch nicht so ungeduldig. Sie hat wohl für Starlight-Escort gearbeitet. Kennst du den Laden?“

„Flüchtig“, log Brick, denn genau über diese Agentur hatte er wochenlang recherchiert. „Habt ihr auch ihren Namen?“

„Du meinst ihren richtigen? Nein! Nur ihren Künstlernamen. Auf der Agentur-Homepage ist er mit Candy angegeben. Und das Alter mit 18 Jahren. Mehr kann ich dir ...“

„Sonst habt ihr nichts?“ Bricks Stimme hob sich.

„Mensch, Brick! Sie ist kaum tot und schon willst du alles wissen. Wir sind keine Hexer!“

„Schon gut, entschuldige!“

„Warum interessiert sie dich überhaupt?“

„Erklär ich dir später! Kannst du mich auf dem Laufenden halten?“

„Aber klar doch.“

„Prima. Ich wünsch dir was.“

Brick klickte das Gespräch weg. Er bekam Hitzewallungen. Sie war Ukrainerin. Seine schlimmsten Befürchtungen schienen sich zu bewahrheiten. Er musste herausfinden, wie sie hieß. Unbedingt! Und so schnell wie irgend möglich! Lange würde er mit dieser Ungewissheit nicht leben können.

Die Homepage! Warum war er nicht selbst darauf gekommen? Manchmal hasste er sich dafür, die naheliegenden Dinge zu übersehen.

Er setzte sich in seinen Golf Cabrio und fuhr nach Hause. Als Erstes prüfte er sein Schlafzimmer. Elisa war verschwunden. Er hatte seine Ruhe. Konnte denken. Einen kühlen Kopf, sagte er sich, du brauchst einen kühlen Kopf. Er spürte leichte Panik aufkommen und griff zur Pernodflasche, schenkte sich ein, füllte das Glas mit Wasser auf und trank.

Er pflanzte sich vor den Laptop und inspizierte die Starlight-Seite. Es gab drei Bilder von Candy, jedoch waren die Augen mit einem Balken bedeckt, sodass er sie nicht richtig erkennen konnte. Aber ein starkes Gefühl bemächtigte sich seiner: Sie war es. Daran bestand kein Zweifel.

‚18 Jahre' stand dort. Also war sie minderjährig. Das war die Masche zum Anlocken der Freier, die auf die ganz Jungen standen. Ansonsten gab die Beschreibung nicht viel her: *Candy ist ein heißer Feger. Typ Lolita. Sie liebt sinnliche Flirts genauso wie harte Action. Ein Date mit ihr erfüllt all Ihre Träume – oder naschen Sie nicht gerne?*

Dann folgten ihre Daten: *171 cm. 51 kg. Gepierct und dezent tätowiert. Sprachen: Deutsch, Englisch, Russisch. Dessous: La Perla. Drinks: Apérol Sprizz. Garderobe: von flippig über sexy bis elegant.*

Er musste etwas bewegen. Er war begierig, mehr zu erfahren. Aber wie? Er musste auf Schnauze warten. Etwas anderes blieb ihm momentan nicht übrig. Auch diese Situationen hasste er. Wenn ihm die Hände gebunden waren. Wenn er nicht selbst aktiv werden konnte und sich auf andere verlassen musste. Er hätte kotzen können. Diese quälende Warterei. Diese Unklarheit. Sie zerfraß ihn. Das war Folter.

Er schnappte sich das Handy und wählte wieder Schnauzes Nummer. Der Freund ging sofort ran.

„Tut mir leid, wenn ich dich nerve, aber ..."

„Brick, du nervst nie. Das weißt du doch. Außerdem hast du Glück. Ich habe eben gerade eine neue Meldung im Intranet gelesen. Wir haben ihre Identität herausgefunden. Sie heißt Natascha."

„Und wie weiter?"

„Moment ... Natascha Werenko."
Brick ließ das Handy fallen und sank zu Boden.
„Hey, Brick. Was war das? Sagt dir der Name was?", rief Schnauze, doch in seinem Telefon herrschte Totenstille. „Hey, bist du noch dran? Hallo? Hey, Brick? Was ist los? Ich hör nix mehr, die Verbindung scheint unterbrochen zu sein. Hallo, Brick? Hallooooo ...?" Er klickte das Gespräch weg.
Als Schnauze den Namen ausgesprochen hatte, brach die Hölle über Brick herein.
Sein Herz lief Amok.
Ein Gefühl, als flöge ihm der Kopf weg.
Es war ein Schmerz, der tief drang. Allumfassend.
Sie war es. Seine Tochter. Seine siebzehnjährige Suche war beendet. Er hatte sie gefunden. Doch sie war tot! Erschossen! Ein Albtraum.

5

Es gab Tage, da hätte Dejan Tomovic aus der Haut fahren können. Wenn nichts so lief wie geplant, konnte er richtig sauer werden. Solch ein Tag war heute.
Als Drago vor ihm stand und sich über diese Kleine beschwerte, die er doch nur einreiten sollte, wäre Tomovic fast der Kragen geplatzt. Normalerweise war das keine große Aufgabe. Es gab Methoden, die hatten sich hundertfach bewährt. Wieso war Drago, sein Bruder, der ihm genauso viel Wert war wie seine eigene Mutter, so eine Memme? Wieso war er so mitfühlend mit ihr? Wieso hatte er sie nicht einfach verdroschen oder was auch immer mit ihr gemacht? Hauptsache, sie hätte ihm danach aus der Hand gefressen!
„Bring sie rein!", sagte Tomovic mit sanfter Stimme und stellte seinen Drink ab. Er lag im Entspannungsmodus auf seiner Designercouch und hatte die Beine auf den niedrigen Glastisch gelegt.
„Los, bring sie her! Ich muss mit ihr reden. Ich glaube, die Göre hat etwas missverstanden." Er schaute Drago, der keine Anstalten machte, seinen Worten Folge zu leisten, lange an. „Was ist los mit dir? Sag es mir! Was ist los?"
„Dejan, Bruder ..." Drago zögerte, denn er wusste nicht, wie er es ausdrücken sollte.
„Was ist denn? Sag schon!"

„Ich glaube ... sie ist nicht die Richtige für uns."

„Und wieso denkst du das?" Aus seinen Worten sprach Ungeduld. Er rutschte auf der Couch hin und her. Es schien, als könne er sich kaum noch im Zaum halten, so ungehalten war er über Dragos Einschätzung.

„Sie ist ein braves Mädchen. Sie wird uns kein Geld bringen. Außerdem ist sie zickig."

„Muss ich denn hier alles allein machen?", fragte Tomovic. Er schüttelte den Kopf. „Bring sie mir jetzt. Los!" Er lehnte sich zurück und verschränkte die Arme vor der Brust.

Drago drehte sich auf dem Absatz herum und verschwand um die Ecke. Er nahm die Treppe in den oberen Stock der weitflächigen, noblen Villa. Als er wieder herunterkam, hielt er Natalia an der Hand. Je näher sie Tomovic kamen, desto mehr musste er sie hinter sich her zerren. Sie sträubte sich, aber sein Griff war fest. Sie konnte sich nicht daraus lösen.

Natalia hatte verweinte Augen. Sie trug nichts außer einem hellrosa Slip und einem gleichfarbigen BH.

Drago zog sie näher an den Tisch und schob sie das letzte Stück, bis sie direkt vor Tomovic zum Stehen kam. Sie rieb sich das schmerzende Handgelenk und schleuderte Drago einen wütenden Blick zu. Wäre sie ein Drache gewesen, hätte er jetzt in Flammen gestanden.

Rechts neben ihr stand ein Ledersessel. Der Agenturinhaber deutete mit einer Geste an, dass sie sich setzen sollte. Sie ließ sich hinein gleiten und hätte sich am liebsten klein wie eine Maus gemacht. Mit scheuen Rehaugen schaute sie ihr Gegenüber an. In diesem Moment schien sie verletzlich, eine zarte Seele am falschen Platz, und sie sah aus, als frage sie sich, wie sie hierher geraten sei.

Tomovic blieb reglos sitzen und schwieg. Er tat nichts, als sie anzuschauen. Eine ganze Weile. Er musterte sie von oben bis unten. Ihre langen Locken umspielten ihren Oberkörper. Die Beine schienen dezent trainiert. Alles straff, alles fest. Sie war schön, eine Ausnahmeschönheit sogar. Ihre Figur war makellos, genau wie ihre leicht gebräunte Haut.

Ein kleiner Wink zeigte Drago an, dass er mit Natalia allein sein wollte. Sein Assistent gehorchte und verließ den Raum. Tomovic wartete ab, bis hinter ihm die Tür ins Schloss fiel. Jetzt waren sie nur noch zu zweit. Er und sie.

Genauso hatte er sich das gewünscht.

Sie ist nicht die Richtige für uns.

Dragos Worte kamen ihm wieder in den Sinn.

„Baby“, sagte er, so sanft es seine Lippen vermochten. „Baby, Baby, Baby.“

Natalias Augen weiteten sich. Sie schaute ihn gebannt an, dabei, so dachte er, wäre sie am liebsten weggerannt. Sie zog die Beine hoch auf den Sessel, drückte sie an ihre Brust und umschlang sie mit den Armen. Fror sie oder wollte sie sich vor ihm schützen?

„Sag mir, warum du hier bist!“ Tomovics Stimme klang gelassen.

Natalia blieb still. Sie sah nicht danach aus, als würde sie seiner Aufforderung nachkommen wollen.

„Na, los, Baby. Die Frage ist doch gar nicht so schwierig. Warum bist du hier? Sag es mir!“ Da Natalia keine Anstalten machte zu reden, fuhr Tomovic fort. „Oder bist du etwa verstummt da oben? Was hat der böse Drago mit dir angestellt, hmm? Als ich dich das letzte Mal gesehen habe, warst du noch zutraulich. Oder? Hab ich nicht recht, hmm?“

Er hörte sich an wie ein Vater, der fürsorglich mit seiner kleinen Tochter sprach, weil er sich um ihr Wohlergehen sorgte. Doch das machte Natalia unruhig. Sie wischte sich eine Strähne ihrer blonden Lockenpracht aus dem Gesicht und fuhr sich über die Augen. Ihr Kajal war verlaufen, bedeckte die Partie unterhalb der Augen und zog sich in Schlieren bis über beide Wangen.

Ein so schönes Mädchen so verunstaltet, dachte Tomovic.

„Das muss ja ganz was Schlimmes gewesen sein, was der Onkel Drago mit dir vorhatte, hmm? Sag es mir! Mir kannst du alles sagen. Du kannst mit mir über alles reden. Wirklich! Ich meine es gut mit dir ... Damit wir uns nicht missverstehen, ich meine es noch gut mit dir.“ Das ‚noch‘ betonte er, indem er zum ersten Mal seine Stimme lauter werden ließ.

Natalia schien das zu registrieren und zuckte zusammen.

„Da du anscheinend die Sprache verloren hast, werde ich dir erklären, was ich denke. Oder anders gesagt. Was ich bis vorhin gedacht habe. Ich dachte nämlich, dass wir einen Deal haben. Du arbeitest für mich und ich bringe dich mit Leuten zusammen, mit berühmten Leuten, von denen du dein ganzes verficktes Leben geträumt hast.“ Während er den letzten Halbsatz sprach, verzog sich sein Gesicht zu einer Grimasse, als bekäme er kurzfristig zu wenig Luft. „Genau davon bin ich ausgegangen. Denn dein Ziel ist es ja, genau wie meins, reich zu werden. So ist es: Du willst reich und berühmt werden und ich ebne dir den Weg dorthin. Hab ich recht?“

Nachdem er die Frage gestellt hatte, dauerte es keine Sekunde und er erntete die erste wirkliche Reaktion. Natalia begann zaghaft zu nicken.

„Na also, geht doch", ergänzte Tomovic und ein Lächeln überzog seine Wangen. „Ich habe mich umgehört für dich. Habe unsere Kunden sondiert, habe mich schlau gemacht über gewisse Leute und habe schon jemanden im Auge, den ich dir gerne vorstellen würde. Mit anderen Worten: Ich habe meinen Part erfüllt. Aber ich frage mich: Was ist mit dir?" Er senkte den Kopf und es wirkte, als sei er ein wenig geistesabwesend, weil er in die Spiegelungen der Glastischplatte starrte. „Sag es mir! Was ist mit deinem Part unseres Deals? Hmm?"

Tomovic hob den Kopf, nahm einen Schluck von seinem Drink und verschränkte danach die Arme vor der Brust.

„Ich ...", sagte Natalia zögerlich und so leise, dass es kaum zu verstehen war. „Ich ..."

„Weißt du, was ich überhaupt nicht leiden kann?", fuhr ihr Tomovic ins Wort.

Sie schüttelte rasch den Kopf.

„Dumme Leute, verstehst du. Dummheit hasse ich. Kann ich nicht ausstehen. Bäh! Und soll ich dir was sagen? Dein Verhalten zeigt mir, dass du dumm bist. Genau. Du bist dumm. Sehr dumm sogar. Was sagst du dazu?"

„Ich bin nicht ... ich wollte nur nicht ... Ich wusste doch nicht, dass das mit Drago zu unserem Deal gehört!"

„Du wusstest doch nicht, dass das mit Drago zu unserem Deal gehört", wiederholte er Wort für Wort Natalias letzten Halbsatz. „Dann hab ich also recht. Du musst dumm sein, denn wärst du schlau, dann hättest du gewusst, dass du von jetzt an zu machen hast, was du gesagt bekommst. Hast du das verstanden?" Er schien bei diesem Satz die Ruhe selbst zu sein.

Es folgte eine beängstigende Stille. Natalia bewegte sich keinen Millimeter. Und dann beging sie einen entscheidenden Fehler. Sie sagte das Wort ‚aber'.

„Aber ich ..."

Sofort unterbrach Tomovic mit einem wütenden Schrei. „Wagst du es etwa, mir zu widersprechen?" Er schwang die Beine vom Tisch, kam ruckartig mit dem Oberkörper nach vorne und schlug mit der Hand hart auf den Tisch. Ein Wunder, dass die Glasplatte nicht zu Bruch ging.

„Nein!", beeilte sich Natalia zu rufen.

„Willst du mich ärgern?“

„Nein!“

„Doch!“, schrie Tomovic. „Ich habe das Gefühl, du bist nicht nur dumm, sondern du bist auch lebensmüde! Anders kann ich mir das nicht erklären. Du etwa?“

„Aber ... ich ...“

Tomovic riss seine Hände hoch und gebot ihr Einhalt. „Stopp!“ Sein Schrei hallte in dem großen Raum nach. „Bist du dir im Klaren darüber, in welcher Situation du dich befindest?“

Natalia schaute ihn verwirrt an. Sie schien überhaupt nicht zu wissen, wie sie sich verhalten sollte.

„Okay, okay. Machen wir eine kleine Übung. Sag: Ich bin dumm!“

Natalia starrte ihn fassungslos an.

„Das ist doch kinderleicht. Ich bin dumm. Ein ganz kurzer Satz. Was ist jetzt?“

Sie regte sich immer noch nicht.

„Ich bin dumm und lebensmüde. Sag es!“, rief Tomovic und schlug wieder auf den Tisch. Er sprang auf und lief hinter den Sessel, in dem sie saß. Mit den Händen begann er, ihre Schultern zu massieren, spürte aber sofort, wie sie sich zusammenzog und verkrampfte. „Na, los, Baby! Nur einmal für mich! Für den lieben Dejan! Ich bin dumm und lebensmüde. Ich warte!“ Er beugte sich hinab und hielt sein Ohr dicht an ihren Kopf, während er weiter ihren Hals und ihre Schulterpartie mit einigen gekonnten Massagegriffen verwöhnte. „Du musst lockerer werden, dann geht es wie von selbst. Ich bin dumm und lebensmüde. Hörst du, wie von selbst. Lass den lieben Dejan nicht länger warten, sonst könnte der liebe Dejan böse werden.“

„Ich ... bin ... dumm ... und lebensmüde.“ Während sie sprach, zitterte sie.

„Bravo!“, rief Tomovic und klatschte in die Hände. „Bravo! Du gibst es also zu. Du bist dumm und lebensmüde. Kannst du das noch einmal wiederholen? Mir zuliebe, bitte, bitte!“ Er packte wieder zu an ihrer Nackenpartie, ein wenig fester diesmal. Von oben betrachtet liefen ihre Locken spiralförmig an ihrem Kopf entlang. Sie sah barbiemäßig aus. Er fragte sich, warum es so viele Männer gab, die tierisch auf diesen Typ abfuhren. Ihn widerte diese Art junger Frauen nur noch an. Er hatte zu viele von ihnen gehabt. Viele waren gekommen und wieder gegangen. Er hatte sie satt. So satt, dass er sie nicht einmal mehr anfassen mochte. Die jungen Dinger ließen sich die Titten machen und die Lippen aufblasen. Nur um irgendwann einmal einen Fisch an die Angel zu kriegen, von dem sie sich ein schönes Leben bezahlen lassen wollten. Ekelhaft. Diese Berechenbarkeit. Aber schön. Für ihn lief es gut. Er verdiente dabei einen Haufen Geld. Im Grunde war es ihm recht, dass sie sich verkauften. Und an wen sie sich verkauften. Hauptsache, sie verkauften sich. Und dass sie minderjährig sein mussten, gehörte zum Business. Das war wie ein Kick, den manche Männer zu brauchen schienen. Sie vermittelten etwa Reines, etwas Unschuldiges und Einzigartiges, das es sonst nirgends gab. Jedenfalls nicht auf dem freien Frischfleischmarkt. Dort waren solche Mädchen für ältere Herren unerreichbar. Aber ihre Gier musste gestillt werden. Und dafür waren sie bereit, ihre Schatulle sehr, sehr weit zu öffnen und einiges springen zu lassen. Genau da kam Dejan Tomovic ins Spiel. Er vermittelte und stellte den Kontakt her. Mehr nicht. Was danach geschah, interessierte ihn nicht. Das ging ihn auch nichts an. Er war ein Vermittler, ein besserer Kuppler, dessen war er sich sehr wohl bewusst. Ein sehr reicher besserer Kuppler, okay. Er wusste, dass er seine Sache gut machte. Dass er mittlerweile ein Netzwerk aufgebaut hatte, das alle Bedürfnisse befriedigen konnte. Wirklich alle, auch wenn sie noch so abartig waren. Und davon gab es nicht wenige. Aber darüber wollte er nicht nachdenken und daher wandte er sich wieder seiner neuen Investition zu.

Zögerlich brachte Natalia den Satz erneut über die Lippen, aber er hörte sich an, als fühle sie sich extrem unwohl in ihrer Haut.

„Ich bin dumm und lebensmüde.“ Andächtig schaute sie ihn an.

„Schön, dass du es jetzt wenigstens einsiehst.“ Er legte eine kleine Pause ein. „Natalia, Natalia, Natalia. Was soll ich nur mit dir machen, hmmm? Sag es mir!“

„Ich ... ich möchte für dich arbeiten.“

„Du möchtest für mich arbeiten?“

„Unbedingt!“

„Gut. Dann musst du aber deine Einstellung ändern. Ich arbeite nämlich nur mit Profis, weißt du? Mit Leuten, auf die ich mich verlassen kann. Kann ich mich auf dich verlassen?“

„Ja, Dejan, hundert Prozent! Das kannst du.“

„Was kann ich?“

„Du kannst dich voll und ganz auf mich verlassen.“

„Das ist schön. Dann sag mir, was du mit Drago machst, wenn du noch einmal mit ihm zusammen sein wirst!“

Sie zögerte, schien nachzudenken. „Ich ... ich werde mit ihm ...“

„Du wirst ihm alle Wünsche erfüllen?“

„Ja."

„Ganz recht, Baby. Du wirst ihn nach Strich und Faden verwöhnen." Tomovic ging dazu über, ihren Nacken zu kraulen.

„Genau, Dejan."

„Du wirst ihm das Gefühl geben, ein geiler Typ zu sein. Ein Mann, der es dir richtig besorgt. Weißt du, was ich meine?"

„Ja, Dejan, ich weiß es."

„Du wirst ihn in den Himmel ficken, bis er vollkommen erschöpft über dir zusammenbricht."

„Genau das werde ich."

„Du wirst ihm den letzten Tropfen raussaugen, dass er froh ist, wenn du von ihm ablässt."

„Ja, Dejan, ja."

Plötzlich packte er Natalia im Genick mit einem Klammergriff, der sie zusammenzucken ließ. Dazu klang seine Stimme wie ein Donner. „Du wirst dir für mich die Seele aus dem Leib ficken, hast du das kapiert? Du wirst so viele Schwänze lutschen, wie du es dir nicht im Traum hättest vorstellen können, ja, verstanden? Ich werde nicht eher ruhen, bis du mein bestes Pferdchen im Stall bist. Und wenn du das geschafft hast, wirst du die Chance deines Lebens bekommen. Und ich kann dir nur raten: Nutze sie! Nutze sie, denn es wird keine zweite geben."

„Ich werde sie nutzen, Dejan, du kannst sicher sein, dass ich alles geben werde", presste sie hervor und er lockerte den Griff etwas.

„Gut. Du bist doch nicht so dumm, wie ich anfangs dachte." Er ließ sie nun los und legte seine Arme um ihren Hals, drückte ihre blonden Haare in Bauchhöhe an sich. Sie legte ihre Hände auf seine. „Du scheinst einen festen Willen zu haben", schob er nach. „Das macht mich glücklich." Im nächsten Augenblick zog er seine Hände zurück und legte sie um ihren Hals. Reflexartig griff sie danach, weil sie Angst hatte, er würde zudrücken.

„Dejan, was soll das?"

„Bleib ruhig, Baby! Dejan wird ganz lieb zu dir sein. Es sei denn ..."

Sie ist nicht die Richtige für uns.

Er musste Dragos Worte aus dem Kopf kriegen. Sie verfolgten ihn. Natalias Lektion war noch nicht zu Ende. Eigentlich hatte er die Schnauze voll von diesen Machtspielchen, aber sie waren sehr wirkungsvoll. Sie funktionierten in der Regel sehr gut. Eine andere Sprache verstanden die Wenigsten und er wollte es nicht darauf ankommen lassen.

„Und jetzt sag mir, was passieren würde, wenn du Dejan noch einmal verärgern würdest!" Sein Tonfall änderte sich. Kälte schwebte durch den Raum. „Sag es mir, los!", zischte er in Natalias Ohr.

„Ich werde dich nicht mehr enttäuschen, Dejan, ganz bestimmt nicht. Ich ..." Ihr ganzer Körper zuckte.

„Das ist gut. Denn mich zu enttäuschen, haben schon andere bitter bereut. Dejan kann sehr wütend werden, weißt du? Das wäre gar nicht gesund für dich." Dejan drückte etwas fester zu und Natalia erstarrte.

„Dejan, ich ..."

„Natalia, ich glaube in deiner Stimme zu hören, dass du Angst hast." Er setzte ab. „Kann es sein, dass du Angst vor mir hast?"

„Nein, Dejan, nein."

„Gut. Du brauchst nämlich keine Angst vor Dejan zu haben, wenn du bereit bist ..."

„Ja, Dejan, ich ...", unterbrach sie ihn.

„Wenn du bereit bist, wirklich etwas erreichen zu wollen."

„Ich bin bereit ..."

„Wenn du bereit bist, alles für mich zu geben."

„Alles, Dejan ..."

„Denn wenn nicht, müsste ich dir wehtun. Verdammt wehtun! Und das möchte ich nicht. Das wäre unschön. Du würdest mich zwingen, deinen Wahnsinnskörper zu verletzen. Und das täte mir leid. Sehr, sehr leid. Du würdest mir keine Wahl lassen, als dein Gesicht zu schänden. Und das wäre ein großer Schmerz für mich. Ich möchte dich nicht verlieren, verstehst du?"

Einige Tränen rannen aus Natalias Augen. „Niemals, Dejan!", schluchzte sie. „Niemals, du kannst dich auf mich ver..."

„Ich möchte, dass wir beide füreinander da sind."

„Aber das bin ich doch ..." Sie schniefte und zog die Nase hoch.

„Ich möchte, dass wir zusammen erfolgreich sind."

„Ja, Dejan, das will ich auch."

„Du bist mein Baby!" Er beugte sich hinab und küsste ihr die Tränen von der Wange, doch das half nichts. Sie weinte immer mehr. „Zeig mir, dass du Dejan gehörst. Dass du nur mir gehörst."

Er ließ von ihr ab. Sie drehte sich um und schaute ihn mit verheulten Augen an. „Wie meinst du das? ... Ich meine, ich würde alles für dich tun, Dejan. Ich hoffe, das weißt du."

„Und warum hast du Drago nicht glücklich gemacht? Sag es mir!"

„Ich ... ich ... Dejan, darf ich dir etwas sagen?"

„Alles, was du magst, Baby."

„Drago ist ein Tölpel.“

„Pass auf, was du sagst! Er ist mein Bruder.“

„Ja, schon. Aber er weiß nicht, wie man mit Frauen umgeht. Und mit einer Lady schon gleich gar nicht.“

Aufgeblasene Fotze, dachte Tomovic. Fühlst dich wie eine Lady, aber wenn ich mit dir fertig bin, wirst du meine Sklavin sein. Mehr bist du auch nicht wert.

„Baby“, er blieb cool und im Ton sachlich. „Es war mein Wunsch, dass du ihn glücklich machst.“

„Ja, Dejan, jetzt weiß ich das auch, aber ... er ... er hat Wurstfinger und weiß nicht, was einer Lady gefällt und was nicht.“

Tomovic atmete tief durch. Wie satt hatte er diese Diskussionen. Er kam um den Sessel herum, stellte sich vor sie, griff sich mit der Rechten ihr Kinn und zog es dicht vor sein Gesicht. In ihren Augen spiegelte sich Furcht. „Baby, jetzt pass mal auf! Hier geht es nicht darum, was dir gefällt oder nicht. Das solltest du längst verstanden haben. Hier geht es darum, dass du funktionierst. Dass du einen 1A-Service ablieferst, ganz gleich mit wem du zusammen bist.“

„Aber ich wusste nicht ...“, presste sie zwischen den Lippen hervor.

„Stopp!“ Er hob die linke Hand. „Ich möchte das Wort ‚aber‘ niemals wieder hören!“

„Okay, nie wieder, Dejan.“

„Puhhhhhh!“, seufzte er. „Ich glaube, ich muss mich etwas ausruhen. Solche Gespräche finde ich anstrengend. Ich hoffe, dass wir ein solches Gespräch nicht wiederholen müssen.“

„Nie mehr, Dejan. Das verspreche ich. Soll ich dich verwöhnen, während du dich entspannst?“

Sie stand auf, öffnete den BH auf ihrem Rücken und ließ ihn zu Boden fallen. Zum Vorschein kamen zwei Brüste, die standen, wie es nur Silikonbrüste konnten. Den Kontrast dazu bildete ihre extrem schmale Taille. Sie drehte sich herum und streckte ihm ihren kleinen Apfelpo entgegen, fasste ihren Slip an, löste ihn von ihrer gebräunten Haut und zog ihn hinab. Dabei beugte sie sich vor, sodass Dejan tief blicken konnte. Sie war vollständig rasiert. Ihr Poloch und ihre Möse schienen zu glänzen.

„Gute Idee“, sagte er und legte einen schmeichelnden Sound in seine Worte. Er nahm ihre Hand und drehte sie zu sich. Der Blick in ihre Augen geriet ihm einen Hauch zu intensiv. Sie waren dunkel, ideal, um sich darin zu verlieren. Aber er durfte sich nicht ablenken lassen, zog sie hinter sich her zur Couch und setzte sich.

„Knie dich vor mich!“

Er knöpfte seine Hose auf.

„Lass mich das machen!“, sagte sie, ging zu Boden und übernahm die Regie. Er lehnte sich zurück und verschränkte die Hände hinter dem Kopf.

„Baby, Baby, Baby. So kenne ich dich. Du weißt, was ein Mann will. Nutze es! Dann wird aus dir ein echter Fickstar.“

Er atmete tief ein und aus. Diese Inszenierungen mussten manchmal sein, dachte er. Müßig darüber nachzudenken. Es lohnte nicht. In einer Stunde würde er dieses Schauspiel vergessen haben und sich wieder mit wichtigeren Dingen beschäftigen.

Während er weiter sinnierte, verschwanden seine Eier zwischen ihren Lippen. Und kurz darauf sein Schwanz.

Eines musste er ihr lassen: Sie war zwar dumm, aber talentiert. Sie beherrschte einen Zungenschlag, der ihn im Nu auf Touren brachte.

6

Nach dem ersten Schluck Pernod kehrte bei Brick die Hoffnung zurück, er möge aus dem Albtraum erwachen. Nach den ersten Gläsern schwand sie wieder, zurück blieb der Katzenjammer.

Was war nur passiert?

Brick zermarterte sich den Kopf. Wie konnte das alles sein? Wieso hatte seine Tochter für diese Agentur gearbeitet? War sie eine jener Starfuckerinnen, die um jeden Preis ins Rampenlicht wollten, um reich und berühmt zu werden? Seine Tochter? Er konnte sich alles vorstellen, aber das? Beim besten Willen nicht.

Warum war sie überhaupt in Deutschland? Er hatte sie in der Ukraine vermutet. Damals hatte er alle Hebel in Bewegung gesetzt, sie ausfindig zu machen, aber ihrer Mutter war es gelungen, alle Spuren zu verwischen.

Jetzt war sie tot. Er fühlte sich kaum anders. Wieder ein Stück mehr. In ihm. In seinem Herzen. Er versuchte, den Schmerz zu ertränken. In Pernod. Es gelang nicht. Die Trauer überkam ihn wie eine Woge. Er fing an zu weinen. Tränen perlten an seiner Wange hinab, bildeten einen See auf den Dielen, auf denen er zusammengekrümmt verharrte.

Dann nahmen seine Gedanken eine andere Richtung an. Warum war er derjenige, ausgerechnet er, der den Termin vor Ort wahrgenommen hatte?

Das konnte doch kein Zufall sein.

Kurz bevor er in eine Mörderdepression abzugleiten drohte, klingelte sein Handy. Er raffte sich auf, nahm an.

„Brick."

„Hallo Ben. Hier ist Kati. Ich hab einen Termin für dich."

Kati Neubert war Redakteurin in der Stadtredaktion der Frankfurter Presse und schusterte Brick gelegentlich Aufträge zu. Die freien Mitarbeiter waren in der Nahrungskette der Zeitungen ganz unten angesiedelt. Sie hatten kein regelmäßiges Einkommen und waren auf Aufträge der Festangestellten und ihren guten Willen angewiesen.

So einer war Brick. Im Unterschied zu den anderen kam ihm sein Ruf früherer Tage zugute. Und seine Kontakte. Er kannte in dem Metier jeden. Und jeder kannte ihn, natürlich unter seinem Künstlernamen Big Ben, der ihm seit über zwanzig Jahren anhaftete.

Wenn er mal keinen Job hatte, schrieb er eine Rundmail: Big Ben braucht einen Termin. Und schwupps kamen die Aufträge seiner Weggefährten von früher. Das hatte bislang immer funktioniert. Auch in der ganz harten Zeit.

Kati gehörte auch zu ihnen. Sie war zwar von der jungen Garde, aber sie hatte einen guten Spürsinn und journalistisches Talent.

„Hi Kati, du rufst ... etwas ungünstig an." Er hätte sich beim Reden fast verschluckt und japste nach Luft.

„Alles klar bei dir?", fragte sie nach.

„Jo. Worum geht's denn?"

„Pferderennen auf der Galopprennbahn in Niederrad. Danach steigt ein Meet and Greet."

„Wann?"

„Heute Abend um zwanzig Uhr."

„In anderthalb Stunden?"

„Genau. Tommy ist ausgefallen. Liegt zu Hause krank im Bett und kann sich nicht aufraffen."

„Und ich schwimme im Pernod."

„Mist! Dachte mir, dass bei dir was nicht stimmt. Was ist los?"

„Erklär ich dir irgendwann mal, okay?"

„Wie du willst. Machst es ja ganz schön geheimnisvoll. Echter Mist! Du wärst genau der Richtige. Die Stadt will ja das Rennbahngelände an den DFB verkaufen und wir bräuchten einige Stimmen, wie die Rennclubleute das finden. Es gibt auch schon ne Bürgerinitiative, die dagegen mobil macht. Du könntest da bisschen rumstochern und Stimmung machen. Wo soll ich denn auf die Schnelle jemanden herkriegen, der das hinkriegt?"

„Kann ich dir auch nicht sagen."

Für einen Moment herrschte Stille. „Also dann", hörte Brick Kati sagen. „Schlaf deinen Rausch aus! Ich würde mich freuen, wenn du dich bald mal meldest."

Wenn du wüsstest, dachte Brick, legte auf und warf sein Handy auf die Couch. Die Ablenkung währte nur kurz, denn sofort suchten seine Sinne nach einem neuen Anknüpfungspunkt. Er brauchte eine Spur. Er konnte nicht tatenlos hier herumsitzen. Und er witterte bereits eine Fährte. Der Tipp, den er von Gustav bekommen hatte. Er kramte sein Handy aus der Couchritze hervor und las die SMS vom gestrigen Abend. Sein Blick blieb zunächst an der Nummer hängen. Unbekannt. Das war nicht ungewöhnlich. Gustav benutzte öfter neue Handys, weil er sie gerne verlor. Manchmal übersah Brick eine Rundmail mit der Ankündigung einer neuen Nummer. Unterschrieben war die SMS mit G. Dass Gustav seinen Namen abkürzte, war zwar nicht üblich, aber auch schon vorgekommen. *Treffpunkt Eingang Klosterkeller 22 Uhr*, las Brick laut vor sich hin. *Blondine, sexy Mörderfigur ...*

Und so weiter. Er las die SMS wieder und wieder. Die Diktion passte nicht ganz zu Gustavs Stil, aber sie war auch nicht völlig anders geschrieben, sodass es auf den ersten Blick auffallen würde. Konnte es sein, dass er einem Fake aufgesessen war? Hatte ihn jemand dorthin gelockt? Er musste Gustav erreichen und wählte seine bei ihm eingespeicherte Nummer. Keine zwei Sekunden später ging er ran. „Big Ben. Verflucht, warum rufst du mich an?"

„Hast du mir gestern Abend einen Termin durchgegeben für 22 Uhr?", sagte Brick ohne Begrüßung.

„Wovon redest du, verdammt?"

„Hast du oder hast du nicht?"

„Nein, verdammt! Sag mal, bist du schon wieder blau?"

„Scheiße", erwiderte Brick und klickte das Gespräch weg. Einen Augenblick später klingelte sein Handy. Gustavs Name erschien auf dem Display. Brick schaltete das Handy aus und schleuderte es über den Boden in die nächste Ecke.

Er starrte mit zusammengekniffenen Augen ins Halbdunkel der schwülwarmen Wohnung. Den nächsten Pernod nahm er pur aus dem Glas. Was lief hier? Und vor allem: Was lief hier schief? Jemand hatte ihn verarscht. Das war nun klar. Aber warum? Und es schlossen sich automatisch weitere Fragen an. Dieser Jemand kannte seinen Informanten Gustav und wusste, dass er ihm Termine gab. Dieses Wissen hatte er ausgenutzt, um ihn vor den Klosterkeller zu locken. Und ... Brick wollte nicht weiterdenken, aber er konnte seine Gedanken nicht lange in Schach halten. Dieser Jemand wollte, dass er seine eigene Tochter fand. Und zwar tot. Das war eiskalt geplant. Ein abgekartetes Spiel. Anders konnte er sich das nicht erklären. Nur: Was bezweckte dieser Jemand damit?

Brick lief es heiß und kalt über den Rücken. Bestimmt nichts Gutes.

Bevor er überlegen konnte, was es tatsächlich hieß, klingelte es.

Er erhob sich schwerfällig, taumelte zur Tür und linste durch den Spion. Elisa. Er öffnete.

„Was willst du schon wieder?“, sabbelte er.

„Als ich aufgewacht bin, warst du verschwunden. Ich hab mir Sorgen gemacht. Kapiert!“

„Quark!“

Sie stand vor ihm und wedelte mit einer gefalteten Zeitung. „Hier! Wenn du schon nix mehr schreibst, dann lies wenigstens, was es Neues gibt.“

Sie reichte ihm die Zeitung und er nahm sie an sich. „Um mich brauchst du dir keine Sorgen machen“, murmelte er. „Unkraut vergeht nicht. Und jetzt lass mich allein.“

Er wollte ihr die Tür vor der Nase zuwerfen, aber sie hielt sie mit der Hand auf. „Brick, du kannst ein richtiges Arschloch sein!“

Er schaute sie länger an. „Sorry“, sagte er in einem Ton, der anzeigte, dass er sich wirklich entschuldigen wollte. „Is ja schon gut.“ Er trat einen Schritt zurück, was sie als Einladung hereinzukommen auffasste. „Ich hoffe, du weißt, dass ich auch meine Schokoladenseiten habe.“

„Zartbitter, oder?“ Sie schmunzelte.

Als sie einen Fußbreit im Flur stand, nahm sie seine Augen wahr. Aus ihnen sprach trunkene Traurigkeit.

„Dir geht’s nicht gut, das seh ich doch!“

„Bestens“, antwortete er forsch. „Alles bestens!“

Sie schüttelte den Kopf und stemmte die Hände in ihre schmale Taille, die bauchfrei war, weil sie ein ultrakurzes Top trug, dazu Fitness-Shorts.

„Dann geh ich mal wieder rüber und mach meinen Sport weiter. In dem Zustand kann man nicht mit dir reden.“

Sie drehte auf dem Absatz um, doch Brick konnte sich einen Kommentar nicht verkneifen. „Was ziehst du hier für ein Mordstheater ab? Hä? Was soll das? Werd mich wohl noch volllaufen lassen dürfen, wann's mir passt." Er wedelte sie mit den Händen hinaus und warf die Tür hinter ihr ins Schloss.

„Fick dich, Brick!" Sie zeigte ihm den Stinkefinger, was er aber nicht sehen konnte, und schlug mit der Faust gegen die Tür. „Von mir aus kannst du verrotten!"

Nachdem draußen wieder Ruhe herrschte, schenkte er sich als Erstes einen Pernod ein und trank ihn. Danach briet er sich zwei Spiegeleier und aß dazu ein aufgebackenes Brötchen von vorgestern, das er noch im Brotkorb gefunden hatte.

Ihm fiel die Zeitung ein. Er fand sie auf der Couch und blätterte wahllos darin herum, bis er über einen Artikel von Kati stolperte. Sie hatte sich wieder in die Niederungen der Lokalpolitik begeben müssen. Auf den Jahresparteitag der Konservativen Partei Frankfurts. Das Thema, das in der Überschrift angedeutet war, interessierte ihn.

„Prostitutionsgesetz verschärfen" – Parteivorsitzender Veigel strebt Wiederwahl an.

Er las den gesamten Artikel.

Das Zoo-Gesellschaftshaus bildete einen imposanten Rahmen für den Jahresparteitag der Konservativen Partei Frankfurts, auf dem sich insbesondere der Parteivorsitzende Uwe Veigel mit einigen Thesen hervortat, die nicht nur den politischen Gegner provozieren dürften. Veigel forderte unter anderem eine radikale Verschärfung bis hin zum Verbot der Prostitution in Frankfurt, um dem „sittlichen Verfall im Bahnhofsviertel" wieder Herr werden zu können. „Stoppt den Menschenhandel!", forderte er zudem und spielte damit auf die unwürdigen Zustände an, unter denen insbesondere südosteuropäische junge Frauen nach Deutschland gebracht und hier zur Prostitution gezwungen würden. Applaus von den Delegierten war Veigel sicher. Und so kam es dann auch, dass seine Wiederwahl zum Parteivorsitzenden überraschend deutlich ausfiel. Er wurde mit 91,4% der Stimmen wiedergewählt. Zu anderen wichtigen Themen hingegen, zum Beispiel zur Gentrifizierung in Frankfurt, zum Fluglärm und zum Flughafenausbau, war nichts Neues zu hören.

Brick hätte kotzen können. Ein Verbot der Prostitution würde das ganze Milieu in die Illegalität treiben, es würde dann noch viel schwerer zu kontrollieren sein. Vorsitzender im Phrasendreschen hätte Veigel werden können, ja, aber sonst? Das Abendessen bekam ihm nicht. Sein Magen drückte, aber er hatte etwas essen müssen. Seit dem Morgen hatte er nichts zu sich genommen. Außer Pernod.

Er hatte genug gelesen und legte die Zeitung weg. In der folgenden Stunde bewegte sich Brick im Leerlauf. Es ging nicht vorwärts, er kam auf keinen neuen Gedanken. Es fiel ihm schwer, überhaupt etwas zu denken. Vor ihm baute sich ein Berg aus Nebel auf, den er nicht durchdringen konnte. Es wurde Zeit, wieder einen Gang einzulegen.

Kaum hatte er diesen Entschluss gefasst, schlief er ein.

7

Punkt zehn Uhr am nächsten Morgen betrat Brick die Redaktion und hatte ein Déjà-vu.

„Mich laust der Affe! Big Ben, leibhaftig und höchstpersönlich."

Das war Katsches Stimme, Karl-Heinz Martens, Redakteur der Lokalredaktion und einer von Eddies Speichelleckern, die ihm assistierten, aber hinten herum scharf auf seinen Job waren.

Er lief Brick nach und stellte sich mit seinem spindeldürren Körper vor ihn in den Gang.

„Hi, ist Eddie da?"

„Ja, aber er sitzt gerade bei einem der Geschäftsführer." Martens fummelte an seiner widerlichen kreisrunden, randlosen Brille Marke 70er-Jahre herum, die heutzutage höchstens noch hängengebliebene Hippielehrer trugen. „Wichtiges Meeting", ergänzte er betont, „wenn du verstehst."

„Nee, ist mir auch egal. Ich muss mit ihm reden."

„Dann wirst du dich gedulden müssen." Ein Fatzke der üblichen Sorte, wobei Brick feststellte, dass Martens' Art noch unerträglicher geworden war. Früher hatte man ihn wenigstens kaum wahrgenommen, heute war er offensichtlich zum Brechmittel mutiert.

„Kannst du ihn nicht da rausholen?"

Skeptische Augen tasteten ihn ab. „Brick, ist alles klar bei dir? Warum hast du es so eilig?"

„Weil ... weil ... Ach, lass mir die Ruhe." Brick ließ ihn einfach stehen und begab sich in Eddies Büro. Es war leer. Er schwang sich auf den Schreibtischstuhl, klickte sich ins Redaktionssystem und ging die Pressemeldungen der Kripo durch.

Katsche taperte ihm hinterher, baute sich in der Tür auf und starrte ihn an, bis er den Kopf schüttelte und endlich verschwand.

Er musste Eddie Bescheid gegeben haben, denn keine drei Minuten später stand der Chef vor ihm.

„Hi Brick, das ist mein Platz“, sagte Eddie bei seinem Anblick.

„Keine Angst, ich will ihn dir nicht streitig machen“, sagte Brick und erhob sich.

Eddie pflanzte sich auf seinen Schreibtischstuhl und seufzte laut. „Diese Sesselfurzer in den oberen Etagen machen einem das Leben zur Hölle. Ich könnte aus der Haut fahren ... Der Zimmerling, dieses Rindvieh ...“

Brick hatte keinen Nerv, sich anzuhören, wie sich Eddie über die Probleme der Zeitung bei ihm auskotzte. „Ich brauch deine Hilfe“, fiel er ihm ins Wort, bevor Eddie ins Detail gehen konnte.

„Gut, dass du es selbst ansprichst. Was macht eigentlich deine Reportage zu dieser Escortagentur? Du wolltest schon längst liefern. Wir haben heute Abend Deadline.“

„Das wird nichts“, sagte Brick kleinlaut und setzte sich auf einen Stuhl vorm Schreibtisch.

„Wieso? Du warst doch quasi fertig.“

„Schon, aber mir fehlen die Bilder, die ich gestern Abend machen wollte ... Kam ja leider was dazwischen.“

„Verstehe. Und nun?“

„Keine Ahnung. Verschieb den Drucktermin.“

„So geht das nicht, Brick! Das Ding ist zu groß. Um den Platz zu füllen, brauch ich fünf andere Geschichten. Wo soll ich die hernehmen?“

„Saug dir was aus den Fingern. Du hast doch immer was auf Halde.“

„Aber nicht so viel.“

„Dann plündere den Stehsatz!“

„Moment, Moment! Ich sag dir jetzt was, und das auch nur einmal: Ich brauch das Ding bis heute Abend. Spätestens!“

„Vergiss es! Ich rück den Artikel nicht raus, bis ich sage, dass er fertig ist.“

„Dann hör mir jetzt genau zu! Entweder du lieferst oder wir nehmen ihn ganz raus. So einfach ist das!“

Brick stockte und sah ihn scharf an. „Was ist denn eigentlich los mit dir? Haben die da oben dein Gehirn weichgespült, oder was?“

„Hier kann nicht jeder machen, was er will. So läuft das nicht. Das wäre Anarchie. Das Chaos wäre vorprogrammiert. Auch du hast dich an Spielregeln zu halten. Für dich gelten ohnehin schon weniger als für alle anderen. Hab ich mich klar ausgedrückt?“

Brick sprang auf. „Weißt du was? Steck dir deine verpisste Reportage in den Arsch!“ Er wandte sich um und hechtete zur Tür.

„Du bist und bleibst ein Holzkopf!“, schrie Eddie ihm hinterher. „Bleib gefälligst hier, wenn ich mit dir rede! Das ist deine Reportage, Big Ben. Das kannst du nicht bringen, uns einfach im Regen stehen zu lassen.“

Aber Brick ließ sich nicht aufhalten. Über die Schulter gewandt rief er Eddie zu: „Und ob! Die Klitsche hier kann mich mal.“

Er flitzte hinaus, stürmte durchs Großraumbüro, ohne eine Miene zu verziehen, und verließ das Zeitungsgebäude. Erst auf dem Parkplatz stoppte er, lehnte sich an seinen Golf und hielt inne.

„Alter“, sprach er zu seinem Auto, „das hab ich ganz schön vermasselt. Shit!“ Eigentlich war er auf Eddie angewiesen. „Ich muss mich entschuldigen.“

Aber nicht jetzt. Nicht heute. Er wollte ihn schmoren lassen. Er musste einsehen, dass er mit Big Ben nicht umspringen konnte wie mit jedem x-beliebigen Schreiberpopanz.

Nicht mit mir, dachte er.

Er fühlte Brass aufkommen, Wut – auch auf sich. Er war auf die verflixte Kohle angewiesen. Warum konnte er nicht mal die Fresse halten? Warum nicht diplomatischer vorgehen? Das Zerwürfnis mit Eddie hatte ihm gerade noch gefehlt. Leider lag ihm viel an der Reportage und er wollte sie unbedingt bringen. Zur Not musste er sie an eine andere Zeitung verkaufen. Das war zwar bei der Frankfurter Presse nicht gern gesehen, weil sie die Freien exklusiv für sich arbeiten ließen, aber in diesem Fall musste er über seinen Schatten springen. Das war zu wichtig. Nach dem Vorfall vor dem Klosterkeller musste er die Reportage überarbeiten, umschreiben, eventuell neu recherchieren. Dafür brauchte er Zeit.

Aber jetzt hatte er ganz andere Sorgen. Seine Tochter war erschossen worden. Keine noch so große Story konnte wichtiger sein, als ihren Mörder zu finden. Vielleicht hatte diese Agentur etwas damit zu tun. Er kannte die Struktur, die handelnden Figuren. Er musste sie ausfindig machen und seine Kontakte zur Kripo ausspielen. Neuigkeiten einholen. Schnauze fiel ihm wieder ein, doch gerade als er ihn anrufen wollte, meldete sein Handy eine SMS mit einem Bild im Anhang.

Brick, las er, *auf Spurensuche. Das dürfte die Kripo interessieren. Hahahaha! C.*

Er runzelte seine Stirn. Von Gustav war sie nicht, das stand fest. Da er die kryptischen Worte nicht verstand, lud er das Bild im Anhang herunter, öffnete es und schrak zurück.

Er sah sich selbst auf dem Bild. Im Laternenlicht. Und zwar vorm Klosterkeller! Wie er sich gerade über etwas beugte und sich über die Schulter umsah, als wolle er sich vergewissern, ob er allein sei. Sein Gesicht war glasklar zu erkennen. Auf dem Boden vor ihm schimmerten blonde Haare.

Verflucht!, dachte Brick.

Sein Herz zog sich zusammen.

Jemand war ihm gefolgt und hatte ihn am Tatort aufgenommen.

Und dieser Jemand brachte die Kripo ins Spiel.

Wenn es ein Bild von ihm gab, überlegte er, existierten womöglich noch weitere.

Ein vages Gefühl beschlich ihn, dass der wirkliche Albtraum gerade erst begonnen hatte.

8

Eine Stunde später stand Brick vor Elisas Wohnung und klingelte. Sie öffnete ihm mit einem stumpfsinnigen Ausdruck in den Augen. Drogen oder Alkohol, dachte Brick, oder beides?

„Was willst du, Arschloch?“ Sie hielt sich an der Tür fest, sonst wäre sie umgefallen.

„Darf ich reinkommen?“

„Von mir aus.“

Sie machte Platz und Brick betrat ihre Bude. Hinter ihm warf sie die Tür ins Schloss.

Das Ein-Zimmer-Appartement mit Kochnische strotzte vor Unordnung. Überall lagen Sachen. Klamotten, Kosmetika, Magazine. Es gab kaum einen freien Quadratzentimeter. Eine Schlampe vorm Herrn, dachte Brick.

„Musst du nicht arbeiten?“

„Baby, doch erst heute Nacht! Das weißt du doch genau.“

„In diesem Zustand?“

„Fick dich, Brick! Wenn du's genau wissen willst. Fick dich einfach, okay!“

Sie ließ sich aufs Bett fallen, begrub einen Teddy und ein Buch unter sich, griff sich einen angerauchten Joint aus dem Aschenbecher, der auf dem Laken stand, und zündete den Stummel an. Sofort erfüllte eine süßliche Marihuanawolke den kleinen Raum.

„Okay, okay!“ Brick lächelte. Er hatte dieses kleine Girl verdammt gern, auch wenn sie sich fast täglich abschoss.

„Oder fick wenigstens mich!“, sagte sie. „Komm schon, alter Mann! Ich beweis dir, dass ich gut bin. Na, was ist? Komm schon, Brick!“

Immer die gleiche Leier. Das nervte ihn. Brick blieb cool und kehrte mit der Hand eine Stuhlfläche frei. Einige Döschen, ein Stift, ein Haarteil, eine Haarspange und ein Lippenstift rutschten auf den Boden, fielen jedoch nicht auf, denn von dem Kram lag dort noch jede Menge herum. Er setzte sich und schaute Elisa mitleidig an.

„Du bist wunderbar“, sagte er. „Du bist mit Abstand der heißeste Feger, der mich jemals zum Ficken eingeladen hat.“

Ein Lächeln legte sich auf Elisas Wangen. „Na also!“, sagte sie. „Geht doch. Dann los, Baby.“ Sie klopfte aufs Bett neben sich. „Komm schon! Das Zeug macht mich immer extrem heiß.“ Sie nahm einen weiteren Zug und drückte den Joint danach im Aschenbecher aus.

„Mir geht's nicht gut“, sagte Brick und es klang ernst. „Ich brauch was zu trinken.“ Er löste seinen Haargummi und legte ihn zwischen seinen Beinen ab. Mit den Händen fuhr er sich übers Gesicht, anschließend durch die Haare. Er ordnete sie, strich sie glatt nach hinten und band sie wieder fest zusammen.

„Hab nix hier“, sagte Elisa. „Ich mag deine Haare, wenn sie offen sind.“

„Sind ein paar Graue mehr geworden in letzter Zeit.“

„Find ich extrem cool.“

„Ich aber nicht.“ Er klopfte sich auf den Oberschenkel. „Okay, ich geh schnell rüber und hol was. Trinkst du einen mit?“

„Ich dreh mir lieber noch nen Joint“, meinte sie.

Brick erhob sich und spürte jeden einzelnen Knochen, dabei hatte er körperlich in letzter Zeit nichts gemacht. Als er an die Tür trat, warf er vorsichtshalber einen Blick durch den Spion und schreckte zurück.

„Bringst du mir doch was mit?“, rief Elisa hinter seinem Rücken.

„Psssst!“, pfiff er sie an und legte einen Zeigefinger vor die Lippen.

Er linste wieder hinaus. Im Treppenhaus stand ein Mann in Polizeimeisteruniform der Bereitschaftspolizei. Sein Kollege kam gerade die Treppenstufen hoch. Der erste klingelte bei ihm.

„Was ist denn los?“, rief Elisa und erhob sich.

„Leise!“, flüsterte Brick. „Die Bullen.“

Er beobachtete das Geschehen draußen. Die beiden unterhielten sich. Leider konnte er nicht verstehen, was sie sprachen. Wieder klingelte der Polizeimeister.

„Was?“, schrie Elisa und sprang jetzt aus dem Bett. „Die Polizei bei dir? Was wollen die?“ Sie stellte sich hinter Brick, um einen Blick nach draußen zu erhaschen, aber er verdeckte den Spion.

„Mund halten, hab ich gesagt!“, zischte Brick. „Und mach keinen Terz jetzt! ... Ich weiß nicht, was die wollen.“

„Das nehm ich dir nicht ab!“

„Dann lass es. Ist aber so.“ Er beobachtete weiter, was im Treppenhaus geschah. Der Polizeimeister hatte nach mehrfachem Klingeln inzwischen aufgegeben und zückte einen Zettel. Er schrieb ein paar Worte darauf. „Die suchen was.“

„Dich vermutlich! Warum sollten sie sonst bei dir klingeln?“

Brick antwortete nicht, stattdessen verhielt er sich mucksmäuschenstill und verharrte vor dem Spion. Der Polizeimeister steckte den Zettel in die Türritze, drehte sich danach herum und las das Klingelschild an Elisas Tür. Er schien zu überlegen, ob er klingeln sollte, verzichtete jedoch darauf. Beide Polizisten setzten sich kurz darauf in Bewegung und gingen die Treppenstufen hinab.

Elisa trippelte vom einen auf den anderen Fuß. „Nu sag schon, was du siehst!“

„Sie sind weg.“ Brick wartete noch eine Weile, bevor er die Tür langsam einen Spaltbreit öffnete und lauschte. Von unten hörte er eine Tür ins Schloss fallen. Die Haustür.

Er ging auf Zehenspitzen hinaus und schaute die Treppe hinunter.

Stille.

Sie schienen das Haus verlassen zu haben.

Er wandte sich seiner Wohnungstür zu, zog den Zettel aus der Ritze und ging wieder in Elisas Wohnung zurück. Dort pflanzte er sich aufs Bett und las laut vor. *Herr Brick, bitte melden Sie sich unverzüglich auf dem Polizeirevier bei Kommissar Engländer.*

Er ließ den Zettel sinken. „Und dann noch ne Telefonnummer.“

„Sind die hinter dir her?“, fragte Elisa neugierig und setzte sich neben ihn.

„Quatsch!“

„Aber die suchen dich. Warum?“

„Keine Ahnung. Hab ich dir doch schon gesagt.“

„Das hat bestimmt was mit dem Termin von gestern Nacht zu tun. Das war doch gestern, oder?“

„Das war vorletzte Nacht.“

„Eben. Die wollen dich verhören oder so.“

„Du hast ne Meise. Bild dir nicht irgendwas ein, ja. Bitte tu mir den Gefallen, okay?“

„Is ja schon gut.“

„Und vor allem: Erzähl niemandem davon! Ja?“

„Ja, ja, ja! Meinst du, ich hau dich in die Pfanne, oder was?“ Sie ließ sich nach hinten plumpsen. „Meinst du, ich verpfeif dich? Was denkst du eigentlich von mir?“

Brick stand gemächlich auf, ging hinüber in seine Wohnung und kehrte mit einer nagelneuen Flasche Pernod und zwei Gläsern zurück. Den ersten Drink verdünnte er mit Wasser.

„Cheers!“

„Cheers!“

9

Um 21.30 Uhr musste Elisa aufbrechen, sonst würde sie zu spät ins Platinum kommen. Sie hatte sich kurz abgeduscht, heiß-kalt, um halbwegs wach und klar zu werden, hatte zwei Red Bull hinuntergekippt und ein Pillchen eingeworfen. Welche, wollte sie Brick nicht sagen.

„Pass auf, dass du nicht auf dem Zeug hängenbleibst!“, riet er ihr, aber sein Ton tat ihm sofort leid.

„Danke, Daddyherz, aber ich bin ein großes Mädchen und kann gut auf mich selbst aufpassen.“

Das bezweifle ich, dachte er, als sie aus der Tür ging, nicht ohne ihm vorher noch einen Schmatzer auf die Stirn zu drücken und ihn mit den Worten zu verabschieden: „Bleib ruhig, bis ich zurückkomme. Fänd ich galaktisch.“

Er blieb einen Moment auf dem Bett liegen, während sich die Tür hinter ihr schloss. Atmete ein und aus. Fing an zu grübeln.

Sie suchten nach ihm. Das konnte nur bedeuten, dass sie das Bild bekommen hatten. Dasselbe, das ihm jemand gesimst hatte. Wie sonst sollten sie auf seine Spur gekommen sein? Es gab keine andere Erklärung dafür. Jedenfalls fiel ihm keine ein, solange er sich auch das Hirn zermarterte.

Erlöst wurde er vom Klingeln seines Handys. Der Anblick von Schnauzes Nummer versetzte ihn augenblicklich in Aufregung.

„Hallo!"

„Sag mal, Brick, du alter Esel", polterte Schnauze los. „Was ziehst du hier für ne Nummer ab?"

„Moment mal. Wovon sprichst du?"

„Nix Moment mal! Du weißt genau, wovon ich rede. Uns wurde ein Bild von dir zugespielt. Es zeigt dich vorm Klosterkeller. Was sagst du dazu?"

Scheiße, dachte Brick. Warum ging das alles so verflucht schnell?

Er saß in der Zwickmühle und ließ eine Weile verstreichen. „Muss ne Fotomontage sein", antwortete er schließlich. „Heutzutage ist doch jeder Dreizehnjährige Photoshop-Weltmeister."

„Hör auf mit dem Gelaber, Brick! Du und ich, wir wissen beide, dass das Bild echt ist. Was zum Teufel hast du da gemacht?"

„Ich war nicht ..."

„Hör mir mal zu, okay! Bevor du dich um Kopf und Kragen redest. Wir haben Fußspuren gefunden. Vom Opfer und von zwei weiteren Personen. Wahrscheinlich männlich. Ich könnte fast wetten, dass die von dir stammen. Warum lügst du mich an?"

„Ich ..." Brick war selten sprachlos, aber jetzt fühlte er sich leer wie nie zuvor. Er konnte Schnauze, einem seiner besten Informanten, keine Erklärung liefern, weil er selbst keine hatte. Er wusste nicht, warum und von wem er dorthin gelockt worden war. Aber er musste es herausfinden. Dringend. „Schnauze, ich versprech dir, dass ich mich melde, sobald ich mehr weiß, okay?"

„Nichts ist okay! Das geht so nicht. Wegen dir komm ich in Schwulitäten. Du musst mir sofort sagen, was abgeht. Sonst ... kann ich für nichts garantier..."

Klick!

Brick hatte das Gespräch beendet und sofort das Handy ausgeschaltet. Er wollte für niemanden erreichbar sein. Und es kam noch etwas hinzu. Sollten sie nach ihm fahnden, würde das Handy seinen Standort verraten.

Mächtige Gedanken schossen wie Blitze durch sein Gehirn. Er saß ganz schön in der Tinte. Jetzt hieß es kühlen Kopf bewahren. Was war als Erstes zu tun?

Brick schnellte hoch, verließ Elisas Bude, stellte im Rausgehen noch einen Stuhl in die Tür, damit diese nicht zufallen konnte, und betrat seine Wohnung. Er blickte sich hektisch um. Die Schuhe! Welche hatte er in der Nacht getragen? Die Sneaker. Sie standen im

Flur im Schuhregal. Er nahm sie an sich. Dann fiel ihm ein, dass er noch ein Kartenhandy mit seiner alten Nummer besaß. Für alle Fälle, dachte er. Er ging an seinen Wohnzimmerschrank und wühlte in der untersten Schublade. Sein Gedächtnis ließ ihn selten im Stich. Dort lag es. Zusammen mit dem Ladekabel nahm er es und steckte es in die Hosentasche.

Was brauchte er noch? Logo! Seinen Laptop natürlich. Das Wichtigste. Er zog den Stecker aus dem Strom und packte beides unter den Arm. Einen USB-Stick steckte er in die Hosentasche. Schweißperlen traten auf seine Stirn. Er wollte sie abwischen, hatte aber keine Hand mehr frei und benutzte den T-Shirt-Ärmel.

Was noch?

Konnte gut sein, dass ihm nur noch wenig Zeit blieb, denn sie hatten sicher einen Durchsuchungsbefehl beim Staatsanwalt beantragt. So eindeutig wie sein Gesicht auf dem Foto am Tatort zu identifizieren war, lag es auf der Hand, dass der Staatsanwalt ihn genehmigen würde. Vielleicht waren sie sogar schon auf dem Weg.

Er rannte hinüber in Elisas Wohnung und warf alles aufs Bett. Dann dachte er fieberhaft nach.

Was brauchte er noch?

Was war dringend? Gar lebensnotwendig?

Ihm fiel nichts ein. Er rannte trotzdem noch einmal hinüber, ging an seinen Schrank, sammelte eine Shorts, ein Paar Socken, eine Jeans, zwei T-Shirts zusammen, griff sich im Bad die Zahnbürste und verschwand wieder hinüber zu Elisa. Als er endlich die Tür hinter sich geschlossen hatte, atmete er durch. Sein Puls flog. Er dachte an eine nicht angebrochene Flasche Pernod, die drüben im Kühlschrank stand, und hätte sich ohrfeigen können. Aber jetzt wollte er das Risiko nicht mehr eingehen.

Er musste vorerst hier ausharren.

Wie lange?, überlegte er.

Solange es Not tat.

Bis sie hierher kämen und wieder verschwinden würden.

Dann musste er weitersehen.

Jetzt hatte ihn also die Kripo auf dem Kieker. Vielleicht würden sie ihn observieren lassen und eine Streife vorm Haus postieren. Er würde vorsichtig sein müssen. Höllisch aufpassen, um ihnen nicht blindlings in die Arme zu laufen. Vielleicht sogar seine Identität ändern.

Was konnte er noch tun?

Oder sollte er sich stellen? Ein neuer Gedanke. Aber abwegig. Womöglich verdächtigten sie ihn, etwas mit dem Mord zu tun zu haben. Ihm lief es eiskalt den Rücken hinunter.

Sein Blick fiel auf die Pernodflasche, die noch zu einem Drittel gefüllt war. Er schenkte sich ein halbes Glas ein, füllte es mit Wasser auf und trank. Es dauerte keine zehn Minuten und die Pernodquelle war versiegt. Der Boden der leeren Flasche trieb ihm beinahe Tränen in die Augen.

10

Benjamin Brick hockte auf Elisas Bett und dachte über seine Lage nach.

Nach einer Weile fiel ihm der Artikel über die Agentur ein, der eigentlich heute vor Druckschluss fertig sein und morgen der Öffentlichkeit die Augen öffnen sollte, was in Frankfurt – mitten unter uns – ablief. Im Rotlicht. Unter der Bettdecke.

Brick stand auf und fuhr seinen Laptop hoch. Er wollte lesen, was er geschrieben hatte. Alles schien so weit weg. Lichtjahre. Seit vorgestern Nacht schien eine Ewigkeit vergangen zu sein.

Er begann zu lesen:

Stars, Sex und Frauen, die alles dafür geben würden, berühmt zu werden. Und so spielt es sich ab: Eine 17-jährige Frau trifft sich mit einem Mann, der prominent ist. Je prominenter, desto besser. Je mehr Kohle, desto bereitwilliger. Den Kontakt hat zuvor ein Mitarbeiter einer Agentur hergestellt. Früher sagte man dazu Zuhälter. Heute heißen sie Agenten. Die Frauen nennt man in Szenekreisen Starfuckerinnen. Das Treffen findet meist in Hotelzimmern statt. Je mehr Sterne, desto exklusiver und teurer wird es für den Star. Die Frau hat Sex mit ihm. Er bezahlt sie. Vielen jener Starfuckerinnen geht es aber vordergründig gar nicht um das Geld, sondern ums Rampenlicht. Sie wollen in die Öffentlichkeit. Manchen gelingt es, weil sie mit dem Star fotografiert werden. Sie versprechen sich dadurch einen Karrieresprung und den Zugang zu elitären Kreisen der Gesellschaft. Dafür sind sie bereit, sich und alles, was sie zu bieten haben, zu verkaufen. Und das ist in der Regel nicht wenig.

Was nach einem fiktiven Romanstoff klingt, ist Realität. Eine Realität, die täglich um uns herum abläuft. Spätestens seit dem Prozess gegen Franck Ribéry, Stürmer bei Bayern München, der sich vor Gericht zu verantworten hatte, weil er die damals 17-jährige Zahia Dehar in ein Pariser Hotel bestellte und für den

Sex mit ihr bezahlte, ist der Öffentlichkeit bekannt, was im Verborgenen läuft. Ribéry konnte vor Gericht seine Unschuld beteuern, weil er nicht wissen konnte, dass Dehar minderjährig gewesen war, jedoch darf dieser Prozessausgang nicht darüber hinwegtäuschen, dass es minderjährige Prostituierte gibt, die Sex mit Stars wollen, um selbst berühmt zu werden. Und es gibt sogenannte Agenturen und Zuhälter, die diese Mädchen gezielt an jene Männer, die diese Art Sex wünschen, vermitteln. Und für manche jener Frauen zahlt es sich aus: Zahia Dehar hat es immerhin zu einer gewissen Popularität gebracht. Sie ist inzwischen Modedesignerin mit einer eigenen Kollektion.

Wer nun glaubt, dies alles spiele sich nur in Pariser Hotelzimmern ab, der irrt. Das Gleiche geschieht jede Nacht in Frankfurts Betten. Dafür sorgt hierzulande die Agentur Starlight, deren Inhaber Dejan Tomovic sich damit brüstet …

Brick wurde schlecht, als er den Namen las. Er stoppte unwillkürlich und wandte seinen Blick vom Bildschirm ab. Bei einem Rundgang durch Elisas Zimmer stöberte er im Kühlschrank, im Kleiderschrank und in einem Regal. Irgendeine Flasche Alkohol würde sie doch hier haben. Aber dem war nicht so. Stattdessen stieß er auf benutzte Tampons, dreckige Unterwäsche, Essensreste auf Papptellern und rümpfte die Nase.

Elisa war eine Nummer für sich. Eine Seelenverwandte. Vielleicht mochte er sie gerade deshalb über alle Maßen.

Zurück auf Elisas Bett nahm er den Laptop auf die Oberschenkel und versuchte, trotz seines Ekels, weiterzulesen. Zwei Zeilen tiefer begann der nächste Absatz:

Und so werden sie angepriesen: „Girlie mit runden Formen?“, „Stute mit geilem Blick?“, „Typ Studentin mit Brille und sinnlichen Lippen?“ Die Agentur Starlight hat alles im Programm, was sich der feine Herr von heute nur wünschen kann, wenn er sich Sex kaufen will. Und noch einiges mehr, was nicht auf der offiziellen Homepage angepriesen wird. Der speziellste Bereich kommt natürlich nirgendwo vor. Denn unter dem Deckmantel einer seriös geführten Escortagentur bahnt die Firma Kontakte zwischen Stars und minderjährigen Prostituierten, wie ein Kunde der Agentur, der namentlich nicht genannt werden möchte, gegenüber der Frankfurter Presse freimütig bestätigte. „17 oder sogar 16 Jahre alt? Kein Problem. Starlight besorgt dir alles, was du haben willst. Dieser Tomovic verfügt über ein immens großes Netzwerk …“

Jetzt würgte es Brick. Er konnte nicht an sich halten, stand auf, rannte ins Bad und kotzte in die Kloschüssel.

Anschließend wischte er sich die Lippen ab, beugte sich übers Waschbecken und spülte sich den Mund aus. Im Spiegel sah er seine dunklen Augenringe.

Tomovic, Dejan!

In ihm sträubte sich alles, sobald er den Namen nur hörte oder las. Er löste Atemstillstand aus.

Starlight-Escort!

Er musste an diese ganze Mischpoke herankommen. Er musste sie ausspionieren. Er musste den Mörder seiner Tochter ausfindig machen. Und er war hundertprozentig sicher, dass es Tomovic oder einer seiner Lakaien gewesen war.

Gleichzeitig musste er etwas unternehmen, um den Artikel doch noch veröffentlichen zu können. Er hätte Eddie niemals so angehen dürfen, aber manchmal war er etwas ... impulsiv. Ja, er fand, das war das richtige Wort. Die Sauereien von Starlight mussten an die Öffentlichkeit kommen, um diesen Schurken das Handwerk zu legen. Der Artikel könnte ein erster Schritt sein. Ein wichtiger, um Polizei und Staatsanwaltschaft auf den Plan zu bringen.

Irgendwann musste Brick im Bett eingeschlafen sein. Im Schlaf hatten ihn die Augen wieder verfolgt. Sie kamen immer näher, saßen ihm im Nacken, als er fortrannte, aber er war außerstande, sich ihnen zu entziehen oder sie zu verscheuchen. Und als sei das nicht grausam genug, kam ein weiteres Paar Augen hinzu, die Jagd auf ihn machten. Es waren Alinas Augen gewesen. Seine große Liebe, die er für immer verloren hatte. Er konnte sie nicht abschütteln, sie setzten ihm zu, bis er zu nichts anderem mehr bereit war, als zu sterben.

Dann war er aus dem fiesen Traum erwacht, und Elisa stand wie aus dem Nichts kommend vor ihm. In seinem Kopf drehte sich alles.

Elisa begrüßte ihn.

„Schon so spät?", fragte er mit heiserer, belegter Stimme.

„So früh, meinst du wohl! Sieh mal hier, was ich dir mitgebracht habe." Sie griff in eine Plastiktüte und zauberte zwei Flaschen Pernod hervor.

„Danke, aber jetzt nicht. Ich bin wohl eingeschlafen ..."

„Bin auch groggy. Wollen wir uns hinhauen?"

„Wir uns?" Er zog die Augenbrauen hoch.

Elisa knöpfte betulich ihre enge Jeans auf, strampelte sie zu Boden und ließ sie liegen. Dann entledigte sie sich ihres T-Shirts und ihres BHs. Obwohl sie sich nur auszog, wirkte das Ganze wie bei einer Pornoshow auf der Bühne.

„Du gibst wohl nie auf, was?“, fragte Brick und musste lachen.
„Nö!“ Sie trat einen Schritt vor und warf sich auf ihn.
Er fing sie auf, schnappte sich ihre beiden Hände und hielt sie fest, damit sie nicht irgendwelche Sachen unternehme konnte, von denen er nichts wissen wollte. Ihre Gesichter waren dicht an dicht. Er roch ihren Atem. Sekt oder Cocktails, schätzte er.
„Ich bin ein alter Mann ...“, warf er in den Raum.
„Aus dem ich einen wilden Stier machen würde ... Außerdem wiederholst du dich. Das langweilt!“
„Ich krieg bestimmt keinen mehr hoch.“
„Lass es mich versuchen!“
„Keine Chance. Ich will dir nicht meine Schrumpelhoden zumuten.“
„Sag mal, geht's noch? Du hast mehr Sexappeal als diese ganzen Jungschnösel zusammen! Die halten sich für unwiderstehlich, in Wirklichkeit sind sie das reinste Brechmittel. Würg!“
Brick wartete eine Weile ab. „Netter Versuch, Elisa! Beinahe hättest du mich weichgekocht!“
Elisa rollte sich nach rechts von Brick runter, ließ sich aufs Bett plumpsen und starrte die Decke an. „Fuck!“, rief sie. „Ich kapier das einfach nicht. Dein Sack hängt doch bestimmt schon bis zum Boden, oder machst du's dir jeden Tag selbst?“ Sie schlug mit der flachen Hand aufs Bettlaken.
„Früher ja, heute nein.“
Sie lachte jetzt. „Dann lass es mich machen! Du brauchst mich nicht zu ficken. Ich mach das gern. Echt jetzt!“
Er wälzte sich herum und sah sie an. „Kannst du nicht einfach mal die Waffel halten und an was anderes denken?“
„Nicht, wenn ich mit dir in einem Raum bin.“
„Dann hau ich jetzt ab!“
„Aber ... aber wohin willst du?“
„Keine Idee. Hauptsache du gehst mir nicht mehr auf den Sack damit ... Und das kannst du wörtlich nehmen.“ Er erhob sich.
„Ach, Brick. Bleib hier! Ich verspreche dir, mich zu bessern. Waren eigentlich die Bullen noch mal hier?“
„Ich hab nichts mitgekriegt.“ In diesem Moment kam Brick auf eine Idee. „Kennst du eigentlich eine Agentur namens Starlight Escort?“
Elisa schaute ihn lange und ruhig an. „Warum fragst du mich das? Willst du dir etwa ne Schnalle von denen buchen?“ Sie wirkte fast

schon beleidigt, setzte sich aufrecht hin und verschränkte die Arme vor den bloßen Brüsten.

„Quatsch! Ich bin an ner Geschichte dran ... und ... und ..." In diesem Moment wuchs die Verunsicherung in ihm. Was konnte, was durfte er ihr verraten? Was wollte er offenbaren?

„Was und?"

„Und ich könnte vielleicht deine Hilfe brauchen."

„Sag das doch gleich!" Sie fuhr sich über die Augen. „Soweit ich weiß, sind die fett im Geschäft. Scheint mega zu florieren, was man so hört. Wieso fragst du?"

„Und was hört man so?"

„Die aquirieren wie blöd. Neulich hat mich auch jemand angesprochen, ob ich dort anfangen will. Ich könnte ne Menge Kohle verdienen, hat er gemeint. Aber du weißt ja, dass das für mich nicht infrage kommt."

„Kennst du von denen jemanden persönlich?"

„Nein, aber ... der Chef von denen, der fickt wie ne Nähmaschine."

„Woher weißt du das?", rief Brick entsetzt aus.

„Na ja ... hat mir Linda erzählt. Exkollegin von mir. Die hat den mal flachgele..."

Sie konnte nicht aussprechen, denn in diesem Moment gab es einen Knall, als explodiere etwas im Haus. Elisa sprang wie von der Tarantel gestochen an die Tür und schaute durch den Spion. „Scheiße, Ben. Du hast keine Wohnungstür mehr."

„Wie meinst du das?"

„Ich glaube, jemand hat sie weggesprengt. Ich seh kaum was vor lauter Qualm. Das ganze Treppenhaus ist ein Nebel."

Brick stand gemächlich auf.

„Da springt so ein Typ rum, er ist eben bei dir rein. Und da ist noch einer. Ich glaub, die suchen was ..."

„Wovon redest du eigentlich?"

„Schau's dir doch selbst an!"

Brick stellte sich hinter Elisa, die ihm ihren Po entgegenstreckte.

Er blickte durch den Spion, als sie ein wenig Platz gemacht hatte, und traute seinen Augen kaum. Tatsächlich. Seine Tür stand weit offen und er konnte gerade noch sehen, wie ein fremder Mann die Wohnung betrat.

„Scheiße!", rief er, hielt sich jedoch sofort die Hand vor den Mund.

Brick stand da wie ein Ölgötze.

„Um Himmels willen, was machen die da drüben?"
„Kennst du einen der beiden?" Brick konnte kaum noch an sich halten. Am liebsten wäre er hinausgesprungen und hätte den beiden Einhalt geboten, aber das wäre Wahnsinn gewesen. Oder Selbstmord. Soweit hatte er sich im Griff. Jetzt bloß nicht unüberlegt die Lage weiter verschlimmern.
„Nö", flüsterte Elisa. „Nie gesehn! Wie kommst du darauf, dass ich sie kennen könnte?"
„Vielleicht von Starlight?"
„Wie jetzt? Du denkst, dass die dir jemanden auf den Hals hetzen?"
„Möglich."
„Warum sind die so sauer auf dich? Hast du was gegen die in der Hand?"
„Nein."
„Ach, komm schon, Brick! Sonst hättest du mich doch vorhin nicht über sie ausgefragt."
Von drüben hörte man es poltern und krachen, ganz so, als fielen Regale um oder würden Vitrinenfenster eingeworfen.
„Ich hab dich nicht ausgefragt, ich wollte lediglich wissen, ob ..."
„Schon gut! Schon gut! Is ja auch egal. Aber die da drüben verstehen jedenfalls keinen Spaß."
„Sie werden sicher nicht meine besten Freunde." Er versuchte zu schmunzeln, brachte aber lediglich ein gequältes Grinsen zustande.
Die beiden Eindringlinge fuhrwerkten mindestens noch drei Minuten in Bricks Wohnung herum, bevor sie wieder im Treppenhaus erschienen und das Weite suchten.
Brick rutschte mit dem Rücken an der Wohnungstür herunter und ließ sich auf den Hosenboden sinken. Er sah mitgenommen aus.
„Denk nach!", sagte Elisa. „Du musst denen auf die Füße getreten sein."
Brick tat seit Minuten nichts anderes, aber seine Gedanken waren einen Schritt weiter. Wenn das wirklich Tomovics Leute gewesen waren, dann wussten sie, dass Brick an dem Artikel über Starlight Escort schrieb. Nur woher? Konnte es sein, dass einer seiner Informanten geplaudert hatte? Gar Eddie Zinnober? Soweit wollte er nicht denken.
Fest stand hingegen, dass hier eine Verschwörung gegen ihn lief, anders waren die Ereignisse der letzten Tage und Nächte nicht zu erklären.

Er saß in der Scheiße. Nicht nur die Polizei fahndete nach ihm, auch Tomovics Leute suchten ihn. Eine ungemütliche Lage.

„Was hast du jetzt vor?“, fragte Elisa. „Von mir aus kannst du gern hierbleiben. Aber ich weiß nicht, ob das sicher ist.“

„Danke dir, aber ich muss erst mal nen klaren Kopf kriegen.“ Brick erhob sich, griff sich die Plastiktüte und zog eine der Flaschen Pernod heraus. Das erste Glas trank er pur und auf ex. Das zweite füllte er mit Wasser auf und nippte daran.

11

Später waren Brick und Elisa eingeschlafen. Elisa hatte sich eng an ihn geschmiegt. Und in genau dieser Position war er irgendwann wieder aufgewacht. Ihm taten alle Knochen weh.

Kaum hatte sie ihre kleinen Äuglein geöffnet, schmollte sie ihn an. „Na, wie sieht’s heute aus?“

„Was meinst du?“

„Das weißt du genau.“

„Ich kann nicht mit dir schlafen.“

„Aber warum nicht?“

„Du könntest meine Tochter sein.“ Und Brick fühlte, dass ihm genau das am liebsten gewesen wäre. Elisa als seine Tochter. Eine schöne Vorstellung, die leider nicht der Realität entsprach.

„Apropos: Du wolltest mir von ihr erzählen.“

„Sie ist tot“, platzte Brick heraus. Er wusste selbst nicht, warum er ihr das sagte. Es tat ihm sofort leid, aber rückgängig zu machen war es nun nicht mehr.

„Erzähl kein Scheiß!“

„Ich schwöre es.“

„Glaub ich dir nicht!“

Brick stand auf, ging zum Tisch und fuhr seinen Laptop hoch. Er winkte ihr, sie folgte. Er zeigte Elisa die Fotos der Toten vor dem Eingang des Klosterkellers.

„Is nicht wahr!“, staunte Elisa.

„Doch“, schniefte Brick. Eine Träne rann ihm die Wange herunter. „Die hab ich in jener Nacht gemacht.“

„Das glaub ich einfach nicht. Du hast Fotos von deiner eigenen Tochter gemacht, als sie tot war?“ Elisa sah ihn mit bitterernstem Blick an. So schön war sie ihm noch nie zuvor erschienen.

„So ist es! Nur da wusste ich noch nicht, dass es meine Tochter ist. Ich hatte sie nie zuvor gesehen."

„Das ist ja komplett irre!"

„Und es kommt noch schlimmer: Ich bin mir inzwischen fast sicher, dass ich dorthin gelockt wurde. Ein Foto von mir am Tatort ist den Bullen zugespielt worden."

„Ein abgekartetes Spiel."

„Und ob!"

„Fuck!"

„Das kannst du laut sagen."

„Du musst hier verschwinden."

„Nichts überstürzen, ja. Klar muss ich hier weg, aber es ist besser, wenn ich mir erst einmal darüber klar werde, wohin und was dann als Nächstes zu tun ist."

„Okay, okay. Lass uns nachdenken!"

„Gut. Willst du auch einen?" Brick zeigte auf die Flasche.

„Einen Doppelten."

Er schenkte zwei Doppelte ein. Sie tranken.

Plötzlich warf sich Elisa um seinen Hals. „Ich muss dich mal drücken."

„Was soll das?"

„Tut mir leid, aber ich kann nicht anders. Ich will dich trösten."

Brick hielt Elisa fest und er spürte, dass sie weinte. „Ist ja schon gut."

„Nichts ist gut, verflucht! Deine Tochter musste sterben, und wofür? Weil irgendeinem Wichser irgendwas nicht in den Kram gepasst hat!"

„Wir wissen zu wenig, um darüber was sagen zu können."

Sie zögerte. „Du klingst so vernünftig."

„Glaub mir, am liebsten würde ich denen die Hälse umdrehen, aber wenn ich jetzt unbedacht vorgehe, wäre das purer Leichtsinn."

Elisa zitterte in seinen Armen. Immer wenn sie Luft holte, vibrierte ihr zarter Körper. Er spürte ihre Haut. Sie fühlte sich gut an. Ein Kribbeln erfüllte seinen Magen, als flöge ein Schwarm Bienen darin herum. So nahe war er lange keiner Frau mehr gekommen. Ganz lange. Konnte sich kaum daran erinnern und wollte es auch nicht. Das Gefühl, das ihn übermannte, war zu schön. Es verwirrte ihn. Er durfte nicht zulassen, dass es in seinem Inneren die Überhand gewann und zog seine Hände mit einer blitzartigen Bewegung zurück.

„Was ist los?", hauchte ihm Elisa ins Ohr.

„Nichts", antwortete er.

„Du kannst nicht aus deiner Haut raus. Ich merk das."

„Du merkst alles."

Brick hätte gerne mit ihr geschlafen. Es zumindest versucht. Aber es gab eine Sperre in ihm, die ihm verbot, zu weit zu gehen. Wie eine Blockade lag sie auf seinem Herzen. Und seinem Verstand. Und er konnte sie nicht überwinden. Noch nicht, sagte er sich, vielleicht irgendwann einmal.

Mit der Hand wischte er eine verirrte Träne an Elisas Kinn ab. Weinen wär jetzt schön, dachte er, sagte aber nichts.

Stattdessen spürte er eine beginnende Erektion. Er musste sich von ihr lösen. Musste weg von hier. Irgendwohin, wo er vorübergehend in Sicherheit war.

Elisa versuchte, ihn im Bett zu halten, indem sie ihn erneut umklammerte. Aber es blieb halbherzig, denn sie spürte, dass er nicht bleiben würde.

Er wandte sich ab von ihr. Gustav Klemm fiel ihm ein. Bei ihm würde er Unterschlupf finden. Das war zurzeit die beste – weil einzige – Möglichkeit, die er sah. Dort würde ihn niemand vermuten. Niemand wusste, dass Gustav sein Informant war. Er agierte im Verborgenen, war die unsichtbare Größe in der Szene und gerade deshalb lieferte er ihm umso wertvollere Tipps.

Oder doch? Die Frage irritierte Brick. Immerhin hatte jemand Gustavs Namen beziehungsweise sein Initial G, quasi seine Identität, benutzt, um ihn vor den Klosterkeller zu locken. Wer war dieser Jemand, der über seinen Kontakt zu Gustav Bescheid wusste?

Elisa hatte sich die Tränen abgewischt. Ihr Kajal war verschmiert. Seine Hände streichelten ihre Wange.

„Wir reden später, dann erkläre ich dir alles. Momentan blicke ich selbst noch nicht durch, okay?"

„Okay! Aber versprich mir, dass du keinen Scheiß machst und auf dich aufpasst. Kannst du mir sagen, wohin du dich verdrückst?"

„Besser nicht. Jedenfalls vorerst nicht. Je weniger Leute meinen Aufenthaltsort kennen, desto gesünder ist das."

Sie legte ihren Kopf auf seine Brust und zog die Nase hoch.

„Wie du meinst", stieß sie mit zusammengepressten Lippen hervor. „Am liebsten würd ich mitkommen, aber das geht wohl nicht."

„Baby, das siehst du genau richtig. Ich weiß selbst nicht, wie es weitergeht. Muss mich erst mal sammeln. Nur eins weiß ich sicher: Hier muss ich weg!"

„Soll ich die Bullen rufen? Wegen dem Einbruch bei dir, mein ich."

„Hmmm, wär vielleicht das Beste ... Ja, spricht nix dagegen. Und wenn sie dich fragen, wo ich stecke, weißt du von nichts."

„Sowieso!"

Er zögerte einen Moment, dann drehte er sich um. Innerhalb einer Minute packte er den Laptop und die wenigen Klamotten zusammen, die er aus seiner Wohnung mit herüber gebracht hatte, und sah sich um. Elisa nahm die Plastiktüte, verstaute die angebrochene bei der vollen Pernodflasche und überreichte sie Brick.

„Denk bei jedem Schluck an mich, okay?"

„Okay!"

Sie umarmten sich verhalten, wie sich zwei verlorene Seelen umarmen. Kurz darauf verließ er das Haus, nicht ohne vorher einen Blick in seine halbverwüstete Wohnung geworfen zu haben. Draußen versicherte er sich minutenlang, dass er freie Bahn hatte.

12

Gustav Klemm wohnte in einer mickrigen Drei-Zimmer-Wohnung in Frankfurt-Niederrad, 50 Quadratmeter, unweit der Galopprennbahn in der Bruchfeldstraße. Mehr war nicht mehr drin.

Als er die Wohnungstür öffnete, blickte er in finstere Augen.

„Du musst mir helfen", sagte Brick.

„Was ist los?"

„Kann ich bei dir übernachten?"

„Komm rein! Du kannst für ne Weile auf der Couch im Wohnzimmer schlafen. Aber bequem ist was anderes. Das sag ich dir gleich, also beschwer dich nicht", begrüßte ihn Gustav. „Trifft sich übrigens sehr gut. Ich muss morgen für ein paar Tage zu meiner Schwester Gabi nach Norddeutschland. Ihre Kleine, die Janine, wird 10 Jahre alt und ich bin ihr Patenonkel. Und wenn ich dort nicht erscheine, dann gnade mir Gott. Das waren Gabis letzte Worte, gestern am Telefon." Gustav grinste. „Du kannst dich hier einrichten. Fühl dich wie zu Hause!"

Gustav war Frankfurter durch und durch, der ohne sein Stöffche, Bembel, Gerippte und Rindswurst mit Kraut nicht überlebensfähig war. Hinzu kam seine Leidenschaft für die Eintracht, die ihm schwer zusetzte, wenn ein Spiel verlorenging, was er stets im Ebbelwoi zu ertränken versuchte. Hin und wieder gelang es ihm, dann sprach er von dem alleinseligmachenden Getränk auf Gottes Erdboden.

Brick hatte seinen Wagen stehen lassen und war von Elisa per Straßenbahn direkt nach Niederrad zu Gustav gefahren. Dabei hatte er darauf geachtet, nicht verfolgt zu werden. Was ihm nicht schwergefallen war, denn er war an der Gartenstraße, Ecke Stresemannallee einfach ausgestiegen und hatte auf die nächste Bahn gewartet. Und da weder jemand mit ihm ausgestiegen noch jemand wieder mit ihm eingestiegen war, konnte er sicher sein, dass seine Anwesenheit bei Gustav niemandem bekannt war.

„Was ist denn eigentlich passiert?", wollte Gustav auf dem Weg ins Wohnzimmer wissen.

„Die haben meine Bude auf den Kopf gestellt."

Gustav blieb stehen und wandte sich ihm zu. „Und wer sind die?"

„Keine Ahnung. Irgendwas haben die gesucht."

Gustav schaltete den Fernseher aus und bot Brick einen Platz am Wohnzimmertisch an. Als er die Plastiktüte mit den Pernodflaschen entdeckte, von denen Brick eine herausholte, verzog er das Gesicht. „Wie kann man nur so'n Schrott trinken?"

„Du scheinst nicht zu wissen, was da alles drin ist?", konterte Brick und schaute sich um. Die Wohnung lag direkt unterm Dach und war stark verwinkelt. Sie bestand aus drei kleinen Zimmern, dem Bad, der Küche und Dachschrägen. Es gab kaum eine Wand, an die Gustav einen hohen Schrank stellen konnte. Die Decke war niedrig, schien vom Himmel zu fallen. Die Einrichtung glich dem 90er-Jahre-Ikea-Style. Seitdem, hätte Brick schwören können, hatte sich kein einziges neues Möbelstück hierher verirrt. Für eine Junggesellenbude wirkte die Wohnung allerdings sehr aufgeräumt und sauber. Gustav schien einen Hang zum Reinlichen zu haben. Immerhin, dachte Brick, der zum ersten Mal hier eingekehrt war.

„Ist mir auch egal. Ich bleib beim Stöffche."

„Ich erzähl's dir trotzdem, damit du mal was lernst. Neben Anis enthält dieses geistvolle Getränk Minze, Fenchel, Koriander und weitere Kräuteressenzen."

„Klingt unheimlich gesund. Nur die vierzig Prozent haste klammheimlich untern Tisch fallen lassen. Jetzt aber gut: Sag mir lieber mal, was bei dir los ist!"

„Wenn ich das wüsste", sagte Brick und seufzte laut. „Es fing alles mit deiner SMS an ..."

„Moment, die SMS war nicht von mir ..."

Gustav erhob sich und holte zwei Gläser. Eines stellte er vor Brick auf den Tisch, seines befüllte er aus einem Kanister mit Apfelwein. „Von der Buchscheer", sagte er und grinste, „selbstgekeltert. So was Köstliches gibt's selbst in Frankfurt nicht mehr so oft, weißt du."

Brick hatte nie ein Faible für Apfelwein gehabt und würde es auch nie haben. Das Zeug war ihm zu sauer. Wenn er Wein trank, was er nicht selten tat, dann richtigen. Aus Trauben, nicht aus Äpfeln. Wein aus Äpfeln war für ihn ein Kulturschock. Ein barbarischer Akt, aber das behielt er in diesem Moment geflissentlich für sich.

Brick schenkte sich einen Pernod ein, stand auf und füllte das Glas in der Küche mit Wasser auf. Als er sich wieder gesetzt und getrunken hatte, fühlte er sich sofort besser.

„Von wem war die SMS dann?", warf Brick die Frage in den Raum, die er sich zwar selbst bereits beantwortet hatte, denn es kam für ihn eigentlich nur jemand von Starlight Escort infrage, aber er wollte mehr aus Gustav herauskitzeln.

„Bin ich Hellseher?", rief Gustav. „Hast du etwa jemandem von unserer geschäftlichen Beziehung erzählt?"

„Bist du wahnsinnig?" Brick ließ eine halbe Minute verstreichen. „Und du?"

„Was soll denn die blöde Anspielung? Glaubst du etwa, ich säge an dem Ast, auf dem ich selbst sitze?"

„Nö", war Bricks unmissverständliche Antwort. „Und dennoch muss jemand davon erfahren haben."

„Ich hab das Gefühl, da schnüffelt jemand hinter dir her. Und da frage ich mich natürlich sofort: warum?"

„Weißt du irgendetwas über dieses vermeintliche Treffen vor dem Klosterkeller?", überging Brick die Frage.

„Nie davon gehört."

„Und über die Tote?"

„Nur, dass sie im Starlight-Stall gearbeitet haben soll. Das hab ich aber erst im Nachhinein erfahren durch die Meldungen der Kripo."

„Du kennst sie also nicht?"

„Sag ich doch. Nie gehört und nie gesehn."

„Hmmm. Wer könnte unserer Zusammenarbeit auf die Schliche gekommen sein? Waren wir unvorsichtig?"

Jetzt schien Brick der richtige Zeitpunkt gekommen zu sein, sich etwas weiter zu offenbaren. „Ich nehme an, es war jemand von Starlight, weil ein Foto von mir, als ich den Tatort untersucht hab, den Bullen zugespielt wurde."

„Wie jetzt?“ Gustav schien ernsthaft erstaunt zu sein. „Du hältst es für denkbar, jemand von Starlight hat es denen geschickt?“

„Ich bin an einer Geschichte über Starlight dran ...“

„Fuck!“ Er schlug sich auf den Oberschenkel. „Jetzt wird mir einiges klar. Die wollen dir den Mord in die Schuhe schieben.“

„So sieht es aus!“

„Verdammt!“

„Es kommt aber noch schlimmer.“ Brick hatte sich entschieden, alles, was er derzeit wusste, auf den Tisch zu legen. Wenn nicht Gustav, wem sonst? Er hatte keine Wahl. Wenn er Hilfe benötigen würde, war Gustav sein Mann. Auf der Straße, an der Front, dort, wo sich die wenigsten auskannten, war Gustavs Revier. Auf Schnauze konnte er in dieser Situation nicht bauen, der steckte mitten in den polizeilichen Ermittlungen. Saß zwischen zwei Stühlen. Das war nie gut.

Gustav wandte sich ihm zu, kniff die Augen zusammen und wartete gespannt. Er kannte Brick. Und wenn Brick eine solche Formulierung wählte, war einiges zu erwarten.

„Die Tote ist ...“ Brick setzte einen Moment aus, war kaum fähig, es auszusprechen. „Die Tote ist ...“, setzte er erneut an, „... meine Tochter.“

„Hammer!“, rief Gustav geschockt aus. Sein Blick war unverwandt auf Brick gerichtet. „Du meinst das wirklich ernst, gell?“

„Ihr Gesicht auf den Fotos kam mir sofort bekannt vor. Und die Kripo hat mir den Namen bestätigt.“

„Das ist ja wohl die größte Scheiße, die ich seit langer Zeit gehört habe.“ Gustav nahm einen extra großen Schluck aus seinem Glas, lehnte sich zurück und fuhr sich übers Gesicht. „Jetzt aber mal langsam. Ich muss das erst mal auf die Reihe kriegen. Du willst mir erzählen, dass dich jemand dorthin gelockt hat unter einem falschen Vorwand, indem er sich für mich ausgegeben hat? Du fährst hin, machst Fotos von deiner Tochter, die erschossen worden ist, und dann schwärzt dich jemand bei den Bullen an und will dir den Mord in die Schuhe schieben? Nee, das ist zu viel für mich. Echt, ich steige aus! Das krieg ich nicht in meinen kleinen Kopf rein.“

„Musst du aber. Denn das ist die Wahrheit. Genau so muss es abgelaufen sein.“

„Das ist ja ultrapervers eingefädelt, verdammt! Das müssen verdammte Profis sein.“ Er kratzte sich am Kopf. „Die Bullen suchen dich, und die Starlight-Leute suchen dich auch. Das kann ja heiter werden.“

„Die richtige Zeit für einen Kurzurlaub oder so."
„Wo soll's denn hingehen?"
„Down Under!" Brick lächelte.
„Abtauchen ist schon mal gut. Ich denke, die nächsten Tage bleibst du einfach hier, bis sich der gröbste Sturm gelegt hat."
„Das war genau mein Plan."
„Deine Tochter, verdammt!", fing Gustav wieder an. Die Nachricht schien ihn mitzunehmen. „Mir schwirren einige Bilder von früher durch den Kopf. Das hatte ich lange nicht."
„Ich denke auch noch ab und zu an die Zeit zurück", log Brick, denn in Wirklichkeit verfolgte ihn die Vergangenheit permanent.
„Du hast mir damals mein Mädchen weggeschnappt", keifte Gustav ihn an. „Aber fast gleichzeitig hast du mir das Leben gerettet."
„Wie könnte ich das vergessen?"
„Ich hatte mich so volllaufen lassen wie noch nie zuvor in meinem Leben, ja, ich wollte mich echt totsaufen, nachdem ich gehört hatte, dass du mit Alina abgezogen bist ... Hätte auch funktioniert, wenn ich nicht gekotzt hätte."
„Zum Glück hab ich dich gefunden. Du lagst auf den Fliesen im Klo des Golden Gate und wärst beinahe an deiner eigenen Kotze erstickt. Ich kam gerade noch rechtzeitig, hab dich aufgehoben und den Notarzt verständigt."
„Mann, Mann, Mann. Die haben mir den Magen ausgepumpt."
„Das war ne ganze Tankladung voller Schnaps, die sie aus dir rausgeholt haben."
„Mensch Brick, das werd ich dir mein Leben lang nicht vergessen."
„Du hast mir schon oft geholfen mit deinen Tipps."
„Ach Quatsch! Das ist nichts gegen mein Leben. Aber es hat ne ganze Weile gedauert, bis ich das mit Alina verkraftet hatte. Obwohl, vielleicht war es besser so, dass ich die Schlampe nicht ..."
Brick sprang auf, ging auf Gustav los und packte ihn am Kragen. „Halt dein Maul! Sprich nicht über Dinge, die du nicht verstehst!"
„Hey, hey, hey! Was soll das?" Gustav fasste nach Bricks Händen und löste sich aus seinem Griff. Er stand ebenfalls auf, sodass sich die beiden Männer plötzlich gegenüber standen. Sie fixierten sich eine Weile.
„Bist ja extrem empfindlich, was das Thema Alina betrifft", hakte Gustav nach. „Ich dachte, du wärst längst drüber weg."
„Bin ich auch." Brick hörte sich angespannt an. „Aber durch diese Scheiße die letzten Tage ... Da ist alles wieder hochgekommen."

Seit knapp dreißig Jahren kannte Brick Gustav, der sich schon immer im Dunstkreis des Bahnhofsviertels herumgetrieben hatte. Zu jener Zeit jobbte er in einer Bar und weiteren Schuppen des Milieus und war bekannt wie ein bunter Hund. Kontakte zu den Albanern, den Russen, den Kroaten und zu den Höllenengeln. Er kannte alle, die etwas zu sagen hatten im Viertel. Später hatte er sogar eine eigene Videothek, von der er gut leben konnte. Das war noch vor den Zeiten, als die Sex- und Erotikshops und die Videokabinen wie Pilze aus dem Boden schossen und ihm das Geschäft kaputtmachten. Jahre später hatte sich Gustav in Alina verliebt. „Die machen sie fertig", hatte er Brick eines Tages gesagt. „Sie soll auf den Strich gehen für sie. Kannst du nicht ein Auge auf sie werfen? Du bist doch sowieso jede Nacht zwischen Taunus-, Elbe- und Moselstraße unterwegs. Solange sie nur tanzt, ist's okay für mich." Brick hatte Gustavs Worte noch im Ohr. „Aber auf keinen Fall anschaffen, das packt sie nicht, hörst du? Das hält sie nicht durch. Brick, verstehst du? Daran geht sie kaputt."

Brick hatte sich Alina angeschaut und war vom ersten Augenblick an wie vom Donner gerührt. Das süßeste Geschöpf, das er je hatte tanzen sehen. Ihre Bewegungen beim Tanzen waren eine Augenweide. Ihre Anziehung hatte etwas Magisches. Alina Angel hatte er sie für sich genannt. Ihre wallenden blonden Haare sahen himmlisch aus, engelsgleich. Und er hatte sich ihrer angenommen. Sich um sie gekümmert. Zu gut gekümmert. Während alle anderen Männer ihr auf den Arsch und die Titten starrten und ihr an die Wäsche wollten, führte Brick sie ins Theater aus. Das imponierte ihr. Drei- oder viermal war er mit ihr essen gegangen und hatte sich mit ihr über ihre Heimat Odessa und über Tolstoi unterhalten. Bald war er mit ihr im Bett gelandet und damit hatte er Gustav verraten und hintergangen.

Und seine Frau. Bricks Gedanken schweiften weiter ab. Zu jener Zeit war er bereits seit dreizehn Jahren verheiratet gewesen mit seiner Jugendliebe Daniela, die er mit zwanzig geheiratet hatte.

Doch Gustav holte ihn zurück in die Gegenwart. „Kannst du laut sagen. Und jetzt beruhig dich wieder und setz dich hin! Ich glaub, du kannst noch was vertragen." Gustav schenkte sein Glas voll und lachte kurz, aber heftig auf.

„Okay, okay", gab Brick klein bei. „Danke." Er nahm einen großen Schluck.

„Mensch, Mensch. Ich hab lange nicht mehr über die alten Zeiten nachgedacht. Da sind verrückte Sachen passiert. Ich war mal in einem Laden hinter der Theke, das war so ein Schuppen mit Nobelnutten, da wurde jede Nacht in Champagner gebadet. Einmal kamen nachts die Bullen rein und haben eine Razzia gemacht. Ihr Pech war, dass der Polizeichef seit nachmittags bei uns an der Theke saß, sich volllaufen ließ und von der Razzia nichts wusste. Hahahahaha! Das war ein Spaß, kann ich dir sagen. Die Gesichter hättest du sehen sollen."

Brick war nicht zum Lachen zumute. „Das Milieu ist eine Jauchegrube. Es stinkt an allen Ecken und Enden. Und es wird immer schlimmer."

„Du hast recht, aber das Milieu ist auch mein Zuhause. Meine Heimat. Wenn ich nirgends willkommen bin, dort kann ich immer hingehen. Dort kenne ich immer jemanden. Das ist viel wert."

„Das ist lauwarme Scheiße, die du da erzählst. Und das weißt du auch!"

„Sag mal", schwenkte Gustav plötzlich um. „Das wollte ich dich schon immer fragen. Wie war das damals eigentlich ... Ich meine, als Alina abgehauen ist und dir deine Tochter verschwiegen hat?"

„Hast du doch alles hautnah mitbekommen", entgegnete er trocken.

„An die Phase erinnere ich mich nicht mehr so genau."

„Kein Wunder. Du warst sauer." Er legte eine kurze Denkpause ein. „Tja, was soll da gewesen sein? Erst dachte ich, sie hat abgetrieben, bis diese Gerüchte aufkamen ..."

„Jetzt kommt's langsam wieder; ich glaub, ich hatte irgendwo gehört, dass das Kind auf der Welt war."

„Genau. Und dann hab ich sie gesucht. Überall. Jahrelang. Aber Alina war wie vom Erdboden verschluckt. Ich bin sogar in die Ukraine gefahren."

„Was?"

„Richtig gehört. Ich war in Odessa am Schwarzen Meer. Auf der Krim war ich auch. Hab ihre Familie besucht. Hab mit ihrer Mutter gesprochen, mit ihrem Vater. Hab weitere Verwandte kennengelernt. Aber niemand wusste etwas. Von einem Kind schon gar nicht. Da schwante mir zum ersten Mal, dass Alina gar nicht abgehauen, sondern in Deutschland geblieben und untergetaucht war."

„Aber wieso ist sie untergetaucht und nicht bei dir geblieben? Ihr wärt doch ein prima Paar geworden."

„Weiß ich auch nicht. Ich hab mir jahrelang den Kopf darüber zerbrochen. Sie wollte das Kind abtreiben lassen, aber ich wollte es unbedingt haben. Ich muss ihr damit unheimlich auf den Geist gegangen sein, hab sie genervt, bedrängt, bin einmal fast handgreiflich geworden, weil sie nicht auf mich hören wollte. Bis sie mit mir, dem Erzeuger und Vater ihres Kindes, nichts mehr zu tun haben wollte. Sie konnte es mir nicht verzeihen, dass ich ihr ein Kind gemacht habe und sie nicht weitertanzen konnte. So ähnlich habe ich es mir erklärt."

Brick ließ die letzten Sätze ausklingen. Dann schwieg er. Die Details schmerzten zu sehr. Als er damals schon völlig verzweifelt gewesen war, weil Alina vom Erdboden verschluckt schien, hatte er sogar im Internet auf Sexseiten mit Nacktbildern gesurft und dort ihren Namen eingegeben; in der diffusen Hoffnung, sie dort zu finden. Vielleicht, hatte er sich eingeredet, war sie zwischenzeitlich gänzlich abgeglitten und hielt sich mit Pornodrehs oder Ähnlichem über Wasser. Nacht für Nacht hatte er Schwänze und Mösen betrachtet, besonders die Gesichter, Haare und Körper der Frauen genau in Augenschein genommen, um eventuell Alina identifizieren zu können. Es half jedoch alles nichts. Was ihn dabei megamäßig frustrierte, waren zweierlei Dinge. Die Suche nach Alina war und blieb erfolglos. Und in der ganzen Zeit, in der er Hunderte dieser Videos angeschaut hatte, bekam er nicht ein einziges Mal einen Ständer.

Gustav hatte ihm die ganze Zeit gebannt zugehört. Fühlte sich teilweise in die Vergangenheit zurückversetzt. Und als Brick geendet hatte, fragte er: „Und nu? Ich meine, was soll jetzt passieren?"

„Ich frage mich die ganze Zeit, was die damit bezwecken?", schaltete Brick abrupt um und ging auf Gustavs Thema ein.

„Ist doch logo: Soll ein Denkzettel sein, an den du dich immer erinnern wirst, falls du vorhaben solltest, schmutzige Dinge über sie zu veröffentlichen."

„Hmmm. Aber sonst machen die doch auch nicht so ein Brimborium. Die hätten mir auch auflauern und mich fertigmachen können."

„Die wollen, dass du in den Bau wanderst und sie fein raus sind. Für den Mord muss ja jemand einsitzen, das darfst du nicht vergessen."

„Da hast du recht."

„Und in deiner Bude haben sie den Laptop gesucht. Oder irgendwas, wo du den Artikel gespeichert haben könntest."

„Da haben sie sich geschnitten. Womit die nämlich nicht rechnen, ist, dass ich den Artikel jetzt erst recht veröffentlichen werde. Ich will sie an den Eiern kriegen. Und ich werde sie an den Eiern kriegen. Worauf du dich verlassen kannst!"

„Puhhhhh!" Gustav schnaufte durch. „Ich versteh dich nicht, Brick. Warum reitest du dich selbst immer tiefer rein? Warum musst du immer deine Nase in Sachen stecken, die dich nix angehen? Und vor allem: Warum musst du das, was du dabei rausfindest, auch noch der ganzen Welt brühwarm auftischen?"

„Du bist witzig! Das ist mein Job! Schon mal dran gedacht?"

Gustav schüttelte den Kopf. „Ich hoffe, du weißt, was du tust und mit wem du dich anlegst. Ist ne heikle Sache. Glaub mir! Alles, was ich über Starlight weiß, ist ..." Er sprach nicht weiter und setzte eine Miene auf, die seine Abscheu deutlich zum Vorschein brachte.

„Kotz dich ruhig aus! Ich hab ja selbst recherchiert über den Laden. Mich kann so schnell nichts schocken."

„Du weißt, dass sie auch minderjährige Nutten vermitteln?" Da Brick nichts antwortete, redete Gustav weiter. „Klar weißt du es, sonst würdest du keinen Artikel über sie bringen wollen. Wo läge der Reiz?"

„So ist es. Escort Agenturen gibt es wie Sand am Meer, aber Starlight ist speziell ..."

In der nächsten Stunde erzählte Brick alles, was er über die Firma zusammengetragen hatte. Oberflächlich betrachtet handelte es sich bei Starlight um eine ganz normale Escort Agentur, die Frauen, meist jüngeren Alters, an solvente Männer vermittelte und dafür eine Provision kassierte. Was danach zwischen den beiden geschah, war ganz allein deren Sache und ging Starlight nichts an. Allerdings war Brick eines Tages einige Skandalbilder des letzten Jahres durchgegangen, die Promis mit Minderjährigen zeigten, und hatte daraufhin die Herkunft der Frauen recherchiert. Und siehe da: In allen Fällen ließ sich ihr Erscheinen auf der Bildfläche mit Starlight in Verbindung bringen. Das machte ihn stutzig. Er wühlte tiefer, überredete eines der Mädchen, ihm ein Interview zu geben. Im Gegenzug versprach er ihr, dass sie in die Zeitung käme. Er hielt sein Versprechen, jedoch hatte sie sich den Artikel etwas anders vorgestellt. Brick hatte nämlich einen unmissverständlichen Titel gewählt: *Käuflicher Sex mit Minderjährigen.* Worüber sie alles andere als glücklich war. Damals dachte er noch, es handele sich um Einzelfälle, bis er darauf stieß, dass ein System dahintersteckte. Die Anbahnung oder das Kuppelgeschäft lief über eine anonyme Internetseite für Barbiepuppen ab. Dort konnten die Frauen bestellt werden. Mit Angabe des gewünschten Alters, Brustumfangs und so weiter.

„Und Tomovic? Was weißt du über ihn?“, bohrte Gustav nach.

„Er ist so was wie die Eminenz im Hintergrund, tritt nur selten in der Öffentlichkeit auf und zieht die Fäden im Verborgenen.“

„Bist du ihm je persönlich begegnet?“

„Gott bewahre!“

„Ich schon!“

„Echt?“ Brick stutzte, war jedoch sofort angefixt und wollte erfahren, was Gustav wusste. „Erzähl!“

„Er ist Serbe. Geboren in Belgrad. Sein genaues Alter kennt niemand, aber er ist höchstens fünfunddreißig.“

„Und schon so ein Imperium aufgebaut! Wow!“ Bricks Worte klangen ehrlich.

„Sein Vater ist in einem der Jugoslawienkriege gefallen und seine Mutter ist mit ihm Anfang der 90er nach Deutschland gekommen, um ihre Schwester zu besuchen. Und dann ist sie mit Tomovic hiergeblieben.“

„Er ist hier aufgewachsen?“

„Richtig. Man erkennt ihn übrigens sofort, wenn man ihm begegnet. Er ist ein großgewachsener, breitschultriger Glatzkopf und trägt meistens sehr edle Klamotten. Echt eine Erscheinung. Und seine Augen können fürchterlich blitzen.“

„Wie meinst du das?“

„Na ja, wenn sie dich anschauen, entwickeln sie einen eigenartigen, angsteinflößenden Glanz ...“ Gustavs Augenbrauen hoben sich dezent. „Aber zum Glück begegnet man ihm selten.“ Er atmete erleichtert aus. „Er lebt sehr zurückgezogen. Kümmert sich um die Geschäfte und schaut nur ab und zu noch im Viertel nach dem Rechten.“

„Geschäfte?“

„Na ja, das hast du bestimmt recherchiert. Starlight ist inzwischen ein Imperium.“

„Ich weiß. Die Frauen, die für ihn anschaffen, scheinen ihm – wie soll ich sagen – hörig zu sein. Ja, es wirkt wie eine Abhängigkeit. Entweder sind sie total eingeschüchtert und fürchten um ihr Leben, oder ...“

„Oder was?“

„Ich weiß es nicht. Übler Bursche.“

„Ja, schon. Aber du darfst dir Tomovic nicht so vorstellen wie die anderen Zuhälter, Puffbesitzer und Möchtegernkiezgrößen. Das sind alles kleine Bübchen gegen ihn. Er ist keine Ratte wie die meisten von ihnen, die aus dem Dreck gekrochen kamen. Er ist klug. Er weiß, was er tut. Keiner, der laut wird oder den Mund zu voll nimmt. Er ist raffiniert und clever. So hat er sich schnell einen Namen gemacht in der Szene." Gustav lehnte sich zurück und grübelte. „Vielleicht kommt es daher, dass er Respekt hat vor dem Geschäft, weil er ganz unten angefangen hat. Als Türsteher. An der Tür eines Stripclubs. Er war kompromisslos, was ihm innerhalb kürzester Zeit in der Szene einen Namen als harter Hund eingebracht hat. Aber er wollte von Anfang an mehr, ihm fehlte nur das nötige Startkapital. Man erzählt sich von einem Gönner aus dem Milieu, der Tomovics Weg aufmerksam verfolgt hat ..."

„Weißt du, wer das war?"

„Leider nein. Aber er muss ihm eine beträchtliche Summe zur Verfügung gestellt haben. Mit dem Geld hat Tomovic einen Wohnungspuff gegründet und ein paar Landsleute um sich geschart. Er war ja immer ein charismatischer Typ, die Leute sind ihm gefolgt. Obwohl ja damals die Russen, die Albaner und auch die Kroaten schon im Viertel das Sagen hatten. Innerhalb von zwei Jahren hat er das geliehene Geld auf Heller und Pfennig zurückgezahlt. So hat sein Aufstieg angefangen. Genau zur richtigen Zeit und als Erster hat er einen FKK-Club gegründet. Das war damals ganz neu in Frankfurt. Außerdem hat er sich immer gut gestellt mit den führenden Rockerclubs, sodass sie sich nicht in die Quere gekommen sind. So hat er sich sukzessive zur Milieugröße hochgearbeitet, bis ihm der Siff und die Abgründe auf den Straßen zu viel geworden sind. Dann hat er sich zurückgezogen und Starlight aufgebaut. Auch wieder zum richtigen Zeitpunkt. Du weißt ja, was mit den Zuhältern und Drogenschmugglern aus Rumänien und Bulgarien auf den Straßen abging. Dann haben die Angels die Türen der Clubs und die Laufhäuser übernommen. Der Spaß war vorbei und die dicke Kohle wurde woanders verdient."

„Nämlich im Escort."

„Exakt. Und Tomovic war wieder Vorreiter."

„Und jetzt verkuppelt er Minderjährige mit Promis."

„Auch da ist er wieder ganz vorne dabei, zumindest was die Frankfurter Verhältnisse angeht."

„Scheint so, als habe er tatsächlich ein Näschen."

„Ein Koksnäschen, ja, da kannst du recht haben."

Nachdem Brick seine Erzählung über seine Recherchen beendet hatte, tauschte er mit Gustav noch stundenlang Informationen aus. Sie wälzten sie hin und her, aber nichts wirklich Neues trat zutage. Keine neue Erkenntnis, kein neuer Gedanke. Es war an der Zeit, empfand Brick, seinen Instinkt auf den Plan treten zu lassen. Ein Instrument, auf das er sich schon immer verlassen konnte, insbesondere in brenzligen Situationen. Und eine solche lag ohne Zweifel vor.

Der Pernod ging langsam zur Neige. „Wo gibt's hier in der Nähe Nachschub?", fragte Brick.

„Im Supermarkt. Um die Ecke ist ein Rewe."

Brick nickte und stand auf. Es war ihm anzusehen, dass die letzte Zeit nicht spurlos an ihm vorbeigegangen war. Der Dreitagebart verlieh seinem Gesicht einen dunklen Touch und seine Augen wirkten eingefallen, als habe er zu wenig Schlaf abbekommen. Neben der kleinen Nase zeichneten sich rechts und links tiefe Falten ab. Er bewegte sich mühsam und träge, aber er brauchte zwei neue Flaschen. Daran führte kein Weg vorbei.

Bevor Brick die Wohnung verließ, setzte er Klemms Sonnenbrille und Eintracht-Basecap auf, die auf dem Regal im Flur lagen. Sicher war sicher. Er musste vorbeugen, um unentdeckt zu bleiben.

Klemm beobachtete ihn dabei und schüttelte nur den Kopf.

13

Als Drago den Fitnessraum betrat, lag Tomovic gerade mit nacktem Oberkörper auf der Bank und drückte eine Stange mit 30-Kilo-Gewichten nach oben. Seine Muskeln zeichneten sich auf dem Bauch und den Oberarmen ab. Er setzte auch nicht ab, als sich Drago direkt neben ihn stellte.

„Was hast du mit Natalia angestellt?", wagte Drago sich seinen Chef zu fragen. „Die ist ja handzahm wie ein Schmusekätzchen, seit sie bei dir war."

Dragos Nachricht quittierte Tomovic mit einem sardonischen Lächeln. Er legte die Stange in der Halterung ab und setzte sich aufrecht auf die Hantelbank. „Mein Bruder, du musst noch viel lernen."

„Das weiß ich. Bring es mir bei!"

„Es spielt sich alles im Kopf ab, verstehst du?"

„Nein."

„Weißt du, diese kleinen Fotzen sind unser Kapital. Und Kapital lässt man für sich arbeiten. Aber es kann nur für uns arbeiten, wenn wir es gewinnbringend einsetzen können. Und dafür müssen wir sie gefügig machen. Aber nicht mit Schlägen. Schläge bewirken das Gegenteil von dem, was du erreichen willst, mein Bruder."

„Aber wie dann?"

„Du musst da rein!" Er nahm Zeige- und Mittelfinger und tippte fest an Dragos Stirn. „Du musst ihren Kopf besetzen. Verstehst du? Sie müssen immer an dich denken. Du musst ihre Gedanken einnehmen. Sie dürfen dir nicht mehr ausweichen können. Sie müssen sich verfolgt fühlen von dir. Aber sie müssen auch spüren, dass du es ernst meinst. Dass du sie beschützt, wenn es nötig ist. Dass du für sie da bist, wenn es hart auf hart kommt. Es sind diese zwei Pole, die du besetzen musst." Er nahm ein Handtuch und wischte sich das Gesicht trocken. Er hatte eine knappe halbe Stunde trainiert, vorher Sit-ups gemacht. Er wollte später noch laufen gehen. Seine Form war gut, nicht so prächtig wie früher, aber das Geschäft verlangte ihm immer mehr ab, insbesondere Zeit.

„Drago, mein Bruder", fing er wieder an, „ich gebe dir jetzt einen Rat. Werde unerbittlich! Weißt du, wie ich das meine? Unerbittlichkeit ist das Wichtigste. Wenn du das nicht schaffst, hast du nichts in dem Gewerbe verloren und wirst früher oder später über die Wupper gehen. Willst du das?"

„Nein, natürlich nicht."

„Willst du auf meinen Rat hören?"

„Ja, Dejan, ich meine ... Ich werde ihn befolgen, ich ..."

„Gut, Drago, ich hoffe es. Wirklich. Für dich."

Auf Tomovics blankem Schädel bildeten sich wieder kleine Schweißperlen. Er legte sich noch einmal auf die Hantelbank und erhöhte die Frequenz. Die Anstrengung zeichnete sich auf seinem Gesicht ab. Und während er drückte und drückte, meldete sich Drago wieder zu Wort. „Dejan, dieser Veigel hat sich wieder gemeldet."

„Scheint ungeduldig zu sein. So sieht er gar nicht aus. Hat er irgendwelche Spezialwünsche geäußert?"

Dragos Lippen formten ein zartes Lächeln. „Das kannst du dir doch denken, oder?"

„Lass mich raten. Blond und höchstens 17?"

Aus dem Lächeln wurde ein Lachen, lauthals. „Kennst du ihn etwa persönlich?"

„Zum Glück nicht, aber diese Art kenne ich gut."

„Okay, und wie gehen wir bei ihm vor?"

„Wir lassen ihn weiter schmoren." Dejan legte die Stange in der Halterung ab und schaute gedankenverloren zur Decke.

„Glaubst du nicht, dass er irgendwann abspringen wird?"

„Keine Sorge. Er hängt an der Leine. Wir lassen ihn noch ein wenig zappeln, bevor er in die höchsten Genüsse kommen wird."

„Okay, Dejan, wie du meinst."

„Wie läuft es denn mit Brick?", wollte Tomovic wissen. „Das ist für mich viel interessanter."

Drago zögerte. „Eigentlich ganz okay, wir haben ihm einen Besuch abgestattet."

„Eigentlich?" Tomovic wandte seinen Blick zu Drago.

„Der Vogel war ausgeflogen und den Laptop haben wir auch nicht gefunden."

„Aha ..."

„Aber, Chef, ansonsten läuft alles wie geplant. Glaub's mir. Ich hab's im Griff."

14

Brick lag auf der Couch in Gustavs Wohnzimmer und konnte nicht schlafen. Er döste nur. Zwar waren seine Sinne durch den Pernod betäubt, denn er hatte keine kleine Ration intus, aber seine Gedanken schlichen sich immer dann, wenn er nicht aufpasste, gefährlich weit in die Vergangenheit zurück. Sie durchforsteten einige Stationen seines Lebens, die er am liebsten gelöscht hätte, und von denen er geglaubt hatte, sie wären bereits endgültig in sein Unterbewusstsein verbannt. Durch die letzten Ereignisse schienen sie jedoch Morgenluft zu wittern und sein Gehirn kramte alles wieder hervor. Und so streckte er irgendwann die Waffen, gab sich seinen Erinnerungen hin und fand sich plötzlich im Jahr 1995 wieder. Im Frankfurter Bahnhofsviertel tobte die Nacht und er war unterwegs für eine großangelegte Bildreportage über das Rotlichtmilieu, hatte einige Peepshows und Pornokinos durchstreift, die es damals noch zahlreich gab, war in der Intimbar gewesen, hatte dem Romantica einen Besuch abgestattet und war etliche Treppen in Laufhäusern hinaufgestiegen, um einige Prostituierte zu befragen. Aber sie wollten sich von ihm nicht fotografieren lassen. Ziemlich gefrustet hatte er wenig später den Table-Dance-Club Golden Gate in der Karlstraße betreten und sich an Gustavs Worte erinnert. *Kannst du nicht ein Auge auf sie werfen? Die machen sie fertig.*

Alina tanzte an einer Stange und Brick war augenblicklich wie elektrisiert. Sexy und anmutig zugleich. Nicht billig und luderhaft wie die Allermeisten hier. Nein. Alina war eine Ausnahme. Nach ihrer Tanzeinlage lud er sie auf einen Drink ein und kam mit ihr ins Gespräch, erwähnte den Namen Gustav. Sie verzog den Mund. Er laufe ihr hinterher wie ein Liebeskasper. So hatte sie ihn genannt. *Liebeskasper.* Sie wolle nichts von ihm, fühle sich belästigt. Fast schon verfolgt.

Gustav meine es gut mit ihr, versuchte Brick zu erklären. Er mache sich Sorgen.

Sie könne auf sich selbst aufpassen und brauche keinen Wachhund, entgegnete sie.

Kannst du nicht ein Auge auf sie werfen? Die machen sie fertig.

Die kommenden Nächte schlug Brick wieder im Golden Gate auf, besuchte Alina und befolgte Gustavs Bitte. Aber er warf nicht nur ein Auge auf sie, sondern bald schon seinen ganzen Körper. Nie zuvor hatte er sich von einer Frau so angezogen gefühlt. Es war wie eine Woge reinster Liebe, die ihn überschwemmt hatte. Und Alina war deren Verkörperung.

Sie wohnte in einem Zimmer in einem heruntergekommen Altbau in der Elbestraße. Er holte sie dort ab, wenn sie tanzen musste, und brachte sie morgens wieder nach Hause.

Benny, so nannte sie ihn anfangs. Später sagte sie: mein Benny. Da war es um ihn geschehen.

Er kam überhaupt nicht mehr zum Schlafen. Höchstens zwei oder drei Stunden tagsüber. Er hielt sich mit Pillen wach, denn er musste fast jeden Tag in die Redaktion. Die freien Tage waren rar gesät.

Er nahm alles, was er an Uppern kriegen konnte, um wach zu bleiben, denn er musste Alina beschützen, wollte immer bei ihr sein. Koks, bis er es nicht mehr finanzieren konnte. Danach Speed und Ecstasy. Da er im Prinzip dauernd drauf war und nicht mehr runterkommen konnte, warf er Rohypnol oder Valium ein, um wenigstens etwas Ruhe zu bekommen.

So begleitete er Alina durch die Frankfurter Bahnhofsviertelnächte. Doch eines Nachts stand wie aus dem Nichts Daniela, seine Ehefrau, vor ihm. Mitten im Golden Gate, während er schmachtend zur Bühne glotzte, auf der Alina halbnackt die Beine schwang. Seine Ehefrau hatte Verdacht geschöpft. Kein Wunder, sie hatte ihn kaum noch zu Gesicht bekommen. Er war ständig auf Tour im Viertel, und seine Lügen, er müsse arbeiten, hatte sie ihm schon lange nicht mehr abgenommen.

Daniela blickte ihn lange an. Augen, aus denen Feuer spie. Das Feuer der Verachtung. Und gerade, als er etwas sagen, sich rechtfertigen wollte, knallte sie ihm eine.

Er spürte keinen Schmerz auf der Wange, war betäubt vom Alkohol, den Drogen. Er sah die Tränen, die wie eine Flut aus ihren traurigen Augen strömten.

Seit diesem Moment wusste er, dass er verloren hatte gegen Alinas Mächte. Es gab kein Zurück. Kein Zuhause mehr. Keine Daniela, kein früheres Leben.

Er war Alina ausgeliefert. Und er fand es schön.

Er wollte nichts anderes, als bei ihr zu sein.

Und dann kam der Tag, der alles auf den Kopf stellte. Der Tag, an dem Alina erfuhr, dass sie schwanger war. Der Tag, der Brick ins Gedächtnis gebrannt war wie nur noch ein weiterer seines Lebens. Ihr Todestag.

Alina konnte nicht arbeiten gehen, weil sie die ganze Zeit kotzen musste. Es war so schlimm, dass Brick nur einen Ausweg sah. Er brachte sie zum Arzt, der sie untersuchte und nichts fand. Er schlug vor, einen Schwangerschaftstest durchzuführen. Er war positiv. Und für Alina brach in diesem Moment eine Welt zusammen. Sie war sofort auf hundertachtzig. Er versuchte, mit ihr zu reden. Versuchte, ihr liebevoll beizustehen und die Situation zu erklären. Er würde sich um das Kind kümmern. Er würde ein guter Vater sein. Er würde sich natürlich von seiner Frau scheiden lassen und sie heiraten.

Alina wollte von alldem nichts wissen. Sie pochte auf Abtreibung. Ein Kind sei unvorstellbar in ihrem jungen Leben. Sie hatte viel vor.

Was sie vorhatte, fragte Brick. Weiterhin zu tanzen und zu strippen?

Ja und, sagte sie, das sei ein guter Job. Sie träume von einer Tanzkarriere. Und ein Kind würde ihr alles zerstören.

Doch Brick beharrte darauf, es unbedingt bekommen zu wollen, was jede Menge Auseinandersetzungen zwischen ihnen auslöste. Sie kamen auf keinen Nenner. Und Brick merkte bald, wie sie immer mehr Abstand von ihm nahm.

Eines Nachmittags kam er zu ihr in die Elbestraße, um sie abzuholen. Doch sie war verschwunden. Wie vom Erdboden verschluckt. Es gab Anzeichen, dass sie abgereist war, einige Dinge fehlten. Und Gerüchte, die durch die Straßenschluchten hallten und in der Gosse landeten. Brick, sagten sie, sie hat dich sitzen gelassen. Sie will dein Kind nicht haben. Kapier es endlich! Aber Brick wurde bockig. Stemmte sich gegen die angebliche Wahrheit und begann mit seiner Suche. Er stöberte in sämtlichen Clubs, in den Laufhäusern und Absteigen. Nichts. Er kundschaftete alle Table-Dance-Läden aus. Er durchkämmte das gesamte Bahnhofsviertel, jedes Haus, jede Gosse. Zeigte den Junkies Bilder von Alina, aber niemand hatte sie gesehen. Er sprach Freier an, die verstört in den Gängen oder auf den Treppen der Puffs lauerten, und Ausschau nach ihren Lieblingsnutten hielten. Keiner von ihnen kannte Alina. Er streunte nächtelang die dunklen und nur vom Rotlicht der Etablissements beleuchteten Straßen entlang, immer in der Hoffnung, sie zufällig zu sehen, ihr zufällig zu begegnen oder jemandem über den Weg zu laufen, der ihm helfen konnte. Er fing an, mehr zu trinken. Er warf ständig andere Pillen ein. Er musste wach bleiben. Setzte seine verzweifelten Nachforschungen fort. Die Suche wurde zur Obsession. Zur Entscheidung über Leben oder Tod. Und er sah mehr und mehr über die Abgründe hinweg. Hatte er als Journalist vor Kurzem noch einen Blick für die Schicksale der jungen Osteuropäerinnen gehabt, die in den Häusern anschaffen mussten, oder für die Junkiemädels auf dem Straßenstrich, interessierten ihn bald die Zustände nicht mehr. Jünger, immer jünger waren sie, die in den Türen auf Kundschaft warteten. Billiger, immer billiger boten sie ihre Dienste an. Schäbiger, immer schäbiger wurde das Geschäft, aufgrund der großen Konkurrenz an ausländischen Huren, die auf den Markt drängten seit der EU-Öffnung gen Osten, die Preise kaputtmachten und alles für weniger feilboten. Ein Teufelskreislauf nach unten, der nicht selten mit einer Spritze im Arm in der Gosse endete. Manche bliesen sich auch das Gehirn mit einem Crackpfeifchen weg. Auch Crystal Meth war schon angekommen im Viertel um den Bahnhof, dem Schmelztiegel, wo das letzte bisschen Menschlichkeit nach Urin stank und in einem Rinnsal über den Bürgersteig in den Abfluss lief.

Hier war unten. Ganz unten. Und hier suchte er wie in einem endlosen Wahn nach Alina. Welch ein Albtraum.

Die Suche sollte viele Jahre dauern.

Vor wenigen Tagen war ein neues Mosaiksteinchen hinzugekommen und hatte ihn vor den Klosterkeller geführt, wo er Nataschas tote Augen fotografiert hatte.

Die Bilder der vergangenen Tage lähmten ihn. Ein seltsames Gefühl, die Totenmaske seiner Tochter vor Augen zu haben. Natascha Werenko. Natürlich war sie seine Tochter, sein eigen Fleisch und Blut. Aber er war nicht ihr Vater. Hatte sie nicht aufwachsen sehen. Hatte weder mit ihr gespielt noch sie von der Schule abgeholt oder mit ihr Lesen oder Schreiben geübt. Und er hatte ihr auch nicht Fahrradfahren beigebracht. Vater war dafür das falsche Wort. Ein anderes fiel ihm ein: Erzeuger. Ja, mehr war er nicht. Brick zitterte bei diesem Gedanken. Er lag noch auf Gustavs Couch. Während er versuchte, die Dämonen der Vergangenheit im Zaum zu halten, stand er kurz davor, in Selbstmitleid zu versinken. Eine kleine Schwäche von ihm. Dafür hasste er sich. In diesen Momenten dachte er manchmal an sein eigenes Elternhaus im Vordertaunusstädtchen Kelkheim, westlich von Frankfurt, in dem er, wie es so schön heißt, behütet und geborgen aufgewachsen war. Hatte es etwas gebracht? Fuck, nein! Er schlug mit der Faust aufs Couchpolster und wirbelte Staub empor. Es schwang immer etwas Nostalgie mit, wenn er an die Gerichte seiner Mutter dachte. Wirsing mit gekochtem Rindfleisch oder Kohlrouladen. An die Familienfeiern mit Schwarzwälder Kirschtorte und Frankfurter Kranz. An die Schneeballschlachten auf den Taunushöhen an frostigen Wintertagen.

Die Relikte der Vergangenheit verfolgten ihn in der Regel genau dann, wenn er am empfindlichsten war. Als sei sein Gehirn darauf geeicht, als wisse es, wann es ihn erwischen, ihn fertigmachen und ihm daraus einen Strick drehen konnte. Aber das durfte und wollte er nicht zulassen. Er musste diesem Wirbel an Gedanken entfliehen, das Wirrwarr in seinem Kopf loswerden und entschied sich, ein Bad zu nehmen, obwohl die Außentemperatur viel zu heiß dafür war. Trotzdem. Es musste sein, er wollte entspannen. Und dabei konnte ein wenig Wasser auf nackter Haut hilfreich sein.

Im Badezimmer entkleidete er sich und stellte fest, dass seine Beine dünner geworden waren. Dafür war sein Bauch gewachsen. Er sah aus wie ein typischer deutscher alter Durchschnittsmann. Und genau das hatte er immer vermeiden wollen. Zum Glück hatte ihn Elisa so nicht gesehen. Diese leicht verschrumpelte Haut, die Falten warf. Dieses blasse Etwas, das an einigen Stellen transparent wirkte. Die dunklen Haare, die jetzt sprossen, wo früher alles babyglatt gewesen war. Der Anblick war deprimierend und ernüchternd. Er brauchte einen Drink und holte ihn sich im Wohnzimmer. Als er wieder ins Bad lief, am Spiegel vorbeikam und einen Blick auf sein Gesicht erhaschte, fiel ihm nur ein Begriff ein: aufgedunsen. Fehlten nur noch zwei bis zum Grab: gebrechlich und senil. Aber auch das würde kommen. Wenigstens darauf konnte man sich verlassen.

Etwas unwirsch aufgrund seiner Erkenntnisse ließ er heißes Wasser ein und legte sich kurz darauf in die Wanne. Ein Duftöl betörte seine Nase. Es roch nach Lavendel, jedenfalls stand das auf der Glasflasche.

Als er die Augen schloss, taperten alle wieder heran, vor denen er sich versteckte: Natascha und Alina, Tomovic, Eddie, Schnauze und die Kripo. Sofort öffnete er sie wieder. Das Wasser war ihm zu heiß, er schwitzte, ließ kühles Wasser nachlaufen und griff wieder zum Glas.

Als das Wasser kalt war, schenkte er sich den letzten Tropfen aus der Flasche in ein Glas. Er war breit. Breit wie der Himmel über Frankfurt, aber das war ihm in diesem Moment scheißegal. Er mochte dieses Gefühl, das ein bisschen wie Schweben war.

Er stieg aus der Wanne. Seine Haut war aufgequollen und runzelig. Er suchte im Badezimmerschrank nach einer Lotion und cremte sich ein, was er seit vielen Monaten nicht mehr getan hatte. Zeitvertreib, dachte er, ja, das war es. Er saß hier in dieser Bude und draußen hätte er Tomovic jagen sollen. Es war keine Langeweile, die ihn plagte, er stellte wieder einmal fest, dass es die Warterei war. Er mochte es nicht, wenn er dazu verdammt war, abzuwarten. Aber er musste Geduld aufbringen. Momentan war die Lage zu heiß. Sie musste sich beruhigen, dann konnte er aktiv werden.

Allerdings fühlte er sich ganz ohne neue Informationen verloren. Er fand Gustavs Bademantel im Schrank, zog ihn an, kramte sein altes Handy hervor und schaltete es an. Es waren noch etwas mehr als zwölf Euro auf der Karte. Immerhin etwas. Keine Nachrichten. Niemand schien sich um ihn zu kümmern. Wahrscheinlich besaß niemand mehr die Nummer. Gut so.

Eddie Zinnober fiel ihm ein. Vielleicht hatte er in der Zwischenzeit etwas gehört. Vielleicht gab es Entwicklungen, die ihn betrafen. Eine Fahndung etwa.

Er wählte und eine Stimme blökte ihn an, kaum dass der Anruf angenommen worden war. „Wo in aller Welt steckst du?“ Eddie schrie fast in den Hörer.

„Das ... das kann ich dir jetzt nicht sagen.“

„Bist du von allen guten Geistern verlassen? Du musst dich der Polizei stellen. Du stehst unter Mordverdacht.“

„Woher weißt du das?“

„Nicht nur die Kripo hat die Bilder bekommen. Wir auch.“

„Bilder?“

„Ja, es sind mehrere, die dich eindeutig am Tatort zeigen. Und ich muss sagen ...“ Er machte eine nachdenkliche Pause.

„Eddie! Du weißt doch genau, dass ich damit nichts zu tun habe ..."

„Eben! Genau deshalb musst du dich stellen."

„Das kann ich nicht. Ich habe was anderes zu erledigen."

„Wovon redest du? Du musst das aus der Welt schaffen. Wenn du nicht hingehst, machst du alles viel schlimmer."

„Auf keinen Fall!"

„Ich fasse es nicht. Ist das schon Altersstarrsinn, oder was?"

„Das verstehst du nicht."

„Dann erklär es mir!"

„Nicht jetzt. Aber ich melde mich wieder. Tschüss!" Noch bevor Eddie etwas erwidern konnte, hatte Brick das Gespräch beendet. Es war ein Fehler gewesen, Eddie anzurufen. Er musste sich vor Angriffen solcher Art hüten. Musste sich noch weiter abschotten. Abkapseln. Vorerst jedenfalls. Und dann würde er seinen Weg gehen und sein Ding durchziehen.

Ein Klingeln an der Tür ließ ihn zusammenzucken. Es wiederholte sich. Da war jemand penetrant. Das musste für Gustav sein. Hatte er vergessen, ihm zu erzählen, dass er Besuch erwartete? Brick schlich an die Tür und schaute durch den Spion.

Ein kurzer Blick, und sein Herz rutschte ihm bis in die Hose. Atemstillstand! Er drehte sich um und lehnte sich mit dem Rücken zur Wand.

Verdammt!

Da standen zwei Gorillas in schwarzen Anzügen und mit ernster Miene. Sie waren beide mindestens 1,90 Meter groß, breitschultrig und sahen aus wie Schwarzenegger in Terminator 3. Oberarme wie Pfosten einer Pferdekoppel. Markante Brustmuskulatur, die durchs weiße Hemd drückte. Und ihr Nacken – dem hätte Mike Tyson Beifall gespendet.

Das konnten nur Tomovics Leute sein, aber wie zum Teufel waren sie hierhergekommen? Oder besser gefragt: Wie waren sie auf seine Spur gekommen? Woher wussten sie überhaupt, dass er sich in Gustavs Wohnung befand?

Die Gefühle übermannten ihn. Angst und Schrecken. Lähmung angesichts seiner Lage. Der Schweiß brach ihm aus, perlte auf seiner Stirn.

Hier stand er im Bademantel, während zwei Hammerjungs nur darauf warteten, ihn fertigzumachen.

Er dachte blitzschnell nach, wog akribisch seine Möglichkeiten ab und kam zu dem niederschmetternden Ergebnis, dass es keinen

Ausweg gab. Er war ihnen ausgeliefert. Die einzige Hoffnung, die ihm blieb, war Gustavs Tür. Mit ein bisschen Glück würde sie halten. Wenn nicht, gnade ihm Gott.

Es klingelte wieder. Seine Knie wurden weicher.

Dann vernahm er einen kräftigen Faustschlag gegen die Tür. Es hörte sich nach einer massiven Holztür an. Hoffnung keimte in ihm auf, die jedoch im nächsten Moment von einer brachialen Stimme zerstört wurde.

„Brick!", rief sie. „Aufmachen, Arschloch! Wir wissen, dass du hier bist!"

Brick hielt immer noch den Atem an, zeigte keine Regung. Am liebsten hätte er sich in diesem Moment in Luft aufgelöst.

Als es eine Weile still war, bewegte er den Oberkörper von der Wand weg, drehte sich langsam um und linste wieder durch den Spion.

Die beiden standen da wie Bodyguards, nur dass sie ihn garantiert nicht beschützen wollten. Sie flüsterten sich etwas zu, das Brick nicht verstehen konnte, berieten wohl die weitere Vorgehensweise. Der eine verschwand die Treppe hinunter, während der andere sich keinen Millimeter von der Tür wegbewegte, als wolle er dort Wurzeln schlagen.

Etwas Erleichterung machte sich in Bricks Innerem breit, hielt jedoch nur so lange vor, bis er Schritte auf den Treppenstufen vernahm. Brick wagte erneut einen Blick und sein Herz gefror. Der Partner des Gorillas war zurückgekehrt und hielt ein großes Brecheisen in der Hand.

Der Erste gab ihm ein Zeichen. Ein Nicken Richtung Tür.

Brick sprang zwei, drei Schritte von der Tür weg. Im nächsten Augenblick knackte das Holz. Der Typ hatte das Brecheisen in den Spalt zwischen Rahmen und Holz gerammt und versuchte, die Tür aufzustemmen. Aber das Schloss hielt. Zumindest bei den ersten vier, fünf Versuchen. Er setzte immer wieder neu an, aber bis auf einige Splitter erntete er keinen Erfolg.

Brick sah sich blitzschnell in der Wohnung um. Er hatte keine Waffe und nichts, was er als solche gebrauchen konnte. Wäre ohnehin zwecklos gewesen, selbst ein Messer hätte ihm auf Dauer gegen die Gorillas keinen Schutz geboten. Einzig mit einer Schusswaffe hätte er sie wohl für geraume Zeit in Schach halten können.

Er sackte regelrecht in sich zusammen, als es wieder an der Tür krachte. Diesmal schien das Eisen tiefer eingedrungen zu sein. Es knackte laut. Ein Geräusch, das sich nach herausspringendem

Schloss anhörte. Keine Sekunde später flog die Tür auf. Die beiden stürmten in die Wohnung und untersuchten, ob die Luft in den anderen Räumen rein war.

Brick hatte sich ins Wohnzimmer verzogen und verharrte auf der Couch in Erwartung der Hölle. Erstaunlicherweise war er äußerlich völlig gelassen. Nur seine Hände waren Eisklötze und in seinem Magen schien ein Schwarm Hornissen sein Unwesen zu treiben.

Als die beiden Gorillas endlich vor ihm standen, etwa anderthalb Meter vor der Couch, fühlte sich Brick wie in einem schlechten Tarantino-Film, in dem es kein Happy End geben würde. Sie sahen aus wie zwei austrainierte Kampfmaschinen, die austeilen und einstecken konnten. Aber man konnte ihnen nicht wehtun. Unmöglich.

Gorilla eins schwang das Brecheisen in der rechten Hand und ließ es in die linke Handfläche klatschen. Brick lächelte zaghaft.

Gorilla zwei durchbohrte ihn mit seinen Blicken, die einem bissigen Rottweiler glichen. Sein Mund zuckte. Seine Lippen erinnerten an Lefzen, die sabberten, weil ihnen frische Beute winkte.

Die beiden ließen sich eine Weile Zeit und schienen die Situation zu genießen. Während Brick in den Kissen der Couch zu versinken drohte, hoben und senkten sich ihre Brüste in gleichmäßigem Siegesrhythmus. Sie hatten ihn. Es gab kein Entrinnen. Sie würden ihn zerquetschen und in Einzelteile zerlegen. Bricks letztes Stündlein hatte geschlagen. Daran führte kein Weg vorbei. Der Grad an Schmerzen hing einzig und allein davon ab, wie sadistisch sie veranlagt waren. Würde es ihnen Spaß machen, ihn lange zu quälen? Oder würden sie sich mit einer schnellen Nummer zufriedengeben? Brachte es ihnen zusätzliche Befriedigung, wenn sie ihrem wehrlosen Opfer so viel Pein wie möglich zufügten, oder waren sie halbwegs menschlich geblieben und zogen die Sache hier und jetzt zügig durch? Er hatte keinerlei Einfluss darauf.

Kann ja heiter werden, dachte Brick.

„Brick ...“, sagte Gorilla eins. „Du ...“

„Den Namen hab ich noch nie gehört ...“, sagte Brick, sah aber im nächsten Moment ein, dass er etwas voreilig gewesen war, denn der Gorilla schnellte nach vorne, bis dicht vor ihn, und schwang seinen rechten Arm. Die erste Gerade des Gorillas traf ihn mit voller Wucht an der linken Wange und schleuderte ihn über die Lehne der Couch nach hinten. Benommen landete er auf dem rückwärtigen Boden und schüttelte den Kopf, um wenigstens etwas Klarheit wiederherzustellen. Am liebsten hätte er sich keinen Millimeter gerührt, doch die Gorillas schienen noch lange nicht mit ihm fertig zu sein.

Gorilla zwei sprang vor und rückte die Couch mit einem Handstreich zur Seite. Sie landete donnernd an der rechten Wand. Zwei Bilder krachten daneben zu Boden.

Gorilla zwei beugte sich runter, packte ihn am Schlafittchen und zog ihn hoch, sodass seine Füße einige Zentimeter oberhalb des Dielenbodens baumelten. Auge in Auge mit dem Feind hing Brick nun dort und war gewiss, bald den nächsten Schlag einstecken zu müssen.

Er irrte sich. Gorilla zwei ließ von ihm ab und setzte ihn brav auf einen Holzstuhl, den er in die Mitte des kleinen Raumes gezogen hatte.

Die Enge empfand Brick als erdrückend. Er konnte jeden Atemzug der beiden wahrnehmen. Sie stanken nach Moschus wie brünftige Ochsen. Brick fragte sich ernsthaft, ob das Eau de Toilette oder Schweißgestank war oder ob er sich den Geruch bloß einbildete.

„Jetzt hör mal zu!“, sagte Gorilla eins, der sich direkt vor ihn hinstellte. „Du bist wahrhaftig nicht in der Situation, uns verarschen zu können. kapiert?“

Brick wagte sich, langsam zu nicken. Seine Augen flatterten, denn er rechnete jeden Moment damit, wieder eine zu fangen, die ihn rücklings zu Boden strecken würde.

Der Gorilla setzte erneut an. „Du schreibst gerade an einer Reportage über Starlight ...“

„Wovon redest ...?“

„Halt’s Maul!“, zischte Gorilla eins und gab ihm diesmal eine Backpfeife, die einen Besuch beim Kieferchirurgen unumgänglich machte, denn einige Zähne schienen aus der Wurzel geflogen zu sein. Sein Kopf sauste Richtung Wand. Er hatte alle Mühe, ihn wieder in eine gerade Position zu bringen. Die Wange brannte wie Feuer. „Du redest ab jetzt nur noch, wenn du gefragt wirst, kapiert?“

„Ja.“ Nun hörte er sich zum ersten Mal kleinlaut an. Wie ein Mann, der die Erkenntnis erlangt hatte, dass ihm Höllenqualen bevorstünden, wenn er nicht spurte, und dass es unklug sei, sie noch künstlich zu verschlimmern.

„Okay. Wir wollen deinen Laptop und die Datei.“ Da Brick keinerlei Regung zeigte, sprach er weiter, nun etwas lauter. „Hast du das verstanden?“

„Klar, bin ja nicht schwerhörig, aber ...“

Brick überlegte fieberhaft, wo sein Laptop abgeblieben war. Er entsann sich, dass er ihn in einer stinknormalen Plastiktüte in Gustavs Schlafzimmer unter eine Kommode geschoben hatte. Das war unauffällig. Zum Glück.

„Was, aber?"

„Wisst ihr, ich besuche hier meinen alten Kumpel Klemm. Das ist nicht meine Wohnung. Glaubt ihr etwa, ich schleppe den Laptop und meine gesammelten Artikel überall mit hin? Nein! Das mache ich ganz bestimmt nicht." Den letzten Teil betonte er sorgfältig mit ernster, langgezogener Stimme.

Der Satz stand einige Sekunden im Raum. Gorilla eins wandte sich an seinen Kollegen und schaute ihn an. Gorilla zwei zuckte die Achseln, schien unsicher zu sein, wie sie weiter vorgehen sollten. Es schien, als würde Gorilla eins die Lüge fressen.

„Okay", sagte er, drehte sich abrupt herum und rammte Brick die rechte Faust in den Magen.

Brick klappte sofort zusammen, fiel vom Stuhl und lag eine Sekunde später zusammengekrümmt am Boden. In seinem Kopf tobte das Chaos. Schmerzwellen durchfluteten ihn. Noch nie hatte er sich annähernd so schlecht gefühlt. Er war kurz davor, ein Gebet gen Himmel zu schicken und den Herrn um möglichst kurze Qualen anzuflehen. Doch da er nicht gläubig war, verzichtete er darauf.

„Dir bleibt eine Chance", fuhr Gorilla eins fort. „Du lieferst uns heute noch den Laptop. Die Adresse teilen wir dir per SMS mit."

Gorilla zwei sah Bricks Handy auf dem Tisch, schnappte es sich, tippte ein paar Mal darauf herum und signalisierte dann seinem Kollegen, dass alles in Ordnung war.

„Du vernichtest also alle existierenden Dateien von dem Geschmier ... Und finden wir raus, dass irgendwo eine weitere Kopie existiert, was glaubst du wohl, was dann mit dir passiert?" Ein fettes Grinsen erschien auf seinem Gesicht.

„Ihr .... ihr tötet mich?" Bricks Stimme holperte.

„Genau. Aber keine Sorge. Wir werden dich nicht erschießen oder erhängen. Wir werden dich genüsslich grillen! Und zwar ganz langsam wie ein Spanferkel am Spieß. Ist das jetzt bis zu dir vorgedrungen?"

„Sicher."

„Und damit wir uns nicht missverstehen: Solltest du in der Zwischenzeit darüber nachdenken, die Reportage weiterzuschreiben oder gar zu veröffentlichen, was meinst du, würde dann passieren?"

„Dann bin ich auch tot."

„Schlaues Kerlchen! Sollte man gar nicht meinen. Und in diesem Fall werden wir uns etwas ganz Fieses und Perverses für dich einfallen lassen. Und glaub mir, in dieser Hinsicht können wir sehr kreativ sein.“ Ein langgezogenes hohles Tenorlachen erfüllte den Raum. Gorilla zwei stimmte mit ein.

Vorfreude, überlegte Brick, zögerte nicht eine Hundertstelsekunde und stimmte mit übertriebenem Nicken zu.

„Bestens“, sagte Gorilla eins, packte Brick mit eisernem Griff im Nacken und zog ihn hoch, bis er stand. Die Schmerzen waren so stark, dass er sich kaum auf den Beinen halten konnte. Er wagte nicht, die beiden anzusehen, hielt den Kopf gesenkt und versuchte, seinen Magen mit beiden Händen zu schützen.

Aus den Augenwinkeln beobachtete er, wie sich die beiden langsam wegdrehten, und eine vage Hoffnung kam auf, dass sie bald verschwinden mochten. Doch das war ein Irrtum. Mit einer blitzartigen Drehung donnerte Gorilla eins, der etwas sadistischer drauf zu sein schien als sein Kollege, ihm wieder die Faust in den Magen. Brick brach auf der Stelle zusammen und wälzte sich mit geschlossenen Augen am Boden. Er hatte das Gefühl, dass seine Eingeweide explodierten. Er konnte sich nicht zurückhalten und musste sich übergeben. Die Kotze schwappte aus ihm heraus. Es war nur dünnflüssiges Zeug und stank nach Kloake.

Er hörte ein höhnisches Lachen, dann ein paar Schritte und das Donnern der zuschlagenden Wohnungstür.

War der Albtraum zu Ende? Hatte er überlebt?

Es fühlte sich nicht so an. Er traute sich nicht, die Augen zu öffnen. Er lag einfach da und in seinem Kopf changierten bunte Farben und Kreise. Der Tod, dachte er, so schön ist er also. Das Jenseits konnte kommen, wenn es dort so aussah.

Noch zwei Stunden später lag er in dieser Position, bis er den Ton einer SMS vernahm, die auf seinem Handy eingegangen war.

KAPITEL 2

1

Brick schaute dumm aus der Wäsche. Er war mehr als überrascht, er war baff. Woher hatten die Gorillas gewusst, dass er sich hier in Gustavs Wohnung aufhielt? Das war unmöglich. Aber er hatte keine Zeit, sich darüber den Kopf zu zerbrechen, denn noch schlimmer als der Schmerz pochte die Wut in Brick.

Im Badezimmer flickte er sein Gesicht wieder zusammen. Er verteilte Creme und Heilsalbe auf Wange, Nase, Kinn und Augenpartie. Würde nichts helfen. Blaue Flecken waren vorprogrammiert. Aber es half gegen den inneren Schmerz. Er goss sich am Waschbecken einige Spritzer kaltes Wasser über die Stirn, hob den Kopf und erschrak. Nataschas Augen blickten ihn an. Die Augen seiner toten Tochter verfolgten ihn immer noch, obwohl er sich alle Mühe gegeben hatte, sie zu verdrängen.

Sein Magen schlug weiterhin Kapriolen, aufgrund der Hiebe sendete er ein dumpfes Gefühl und polterte weiter.

Nachdem er ein Glas Pernod getrunken und seine Lage im Schnelldurchgang analysiert hatte, blieben zwei Möglichkeiten: klein beigeben oder jetzt erst recht?

Als er nach dem nächsten Glas Pernod seine Sinne wieder einigermaßen klar beisammen hatte, traf er eine Entscheidung, die folgenschwerer nicht hätte sein können. Er kramte seinen Laptop hervor, rief den Artikel auf, las ihn noch einmal von Beginn an und schärfte ihn an wenigen Stellen. Kaum war er durch, ging er online und schrieb eine Mail an Eddie.

Betreff: Starlight.

Text: Eddie, tut mir sehr leid. Mein Verhalten ist durch nichts zu rechtfertigen, aber wenn du mir einen großen Gefallen tun möchtest, dann veröffentliche den Artikel. Gerne auch ohne zusätzliche Bilder. Er birgt Sprengkraft genug. Du hörst von mir, Big Ben.

Er hängte den Artikel an, machte die Mail startklar und fuhr den Cursor auf den Senden-Button. Dort hielt er inne, der Zeigefinger kreiste über der Taste. Ein Klick konnte sein Todesurteil bedeuten. Seine Seele kochte. Aber er musste diese Arschlöcher erwischen, konnte nicht tatenlos zusehen.

Er ließ es darauf ankommen. Sein Finger fuhr herunter. Der Bildschirm zeigte ihm „Mail gesendet" an. Er atmete tief durch und versuchte, sich die Konsequenzen nicht auszumalen. Wischte sie weg. Er musste sich auf Wichtigeres konzentrieren. Sein eigenes Vorgehen. Und auch da traf er einen Entschluss, denn der Name Balisch kreiste bereits eine Weile in seinem Kopf herum. Er musste ihn ausfindig machen und mit ihm reden. Das Trainingsgelände an der Arena draußen im Stadtwald fiel ihm ein. Lag gar nicht weit entfernt von Gustavs Wohnung.

Gustav! Der Name weckte ein ungutes Gefühl. Genaugenommen war er der Einzige, der wissen konnte, wo er derzeit untergetaucht war. Er hatte es weder jemandem erzählt noch gesimst. Es war ein Geheimnis, dachte er jedenfalls bis zu jenem Moment, als die zwei Gorillas geklingelt hatten.

Konnte es sein, dass Gustav ihn verraten hatte?

Er verbot sich, weiterzudenken. Falls das stimmte, wäre der Schmerz darüber unerträglich. Zu viel hatten sie gemeinsam durchgemacht.

Jede Bewegung auf dem Weg ins Badezimmer, um sich frisch zu machen, tat höllisch weh. Er gab ein jämmerliches Bild ab, denn er lief gebückt und hielt eine Hand am Bauch. So waren die Schmerzen im Unterleib am besten zu ertragen. Die Schrammen im Gesicht waren hervorgetreten und das Bläuliche zeichnete sich deutlich ab. Kaschieren wäre nur mit einer dicken Schicht Schminke möglich gewesen, aber erstens hatte Gustav bestimmt keine zu Hause und zweitens wollte er sich das nicht antun.

Brick ließ sich Wasser über den gesamten Kopf laufen und kühlte abermals die Wunden. Anschließend kämmte er die nassen Haare und band sie hinten zusammen. Jetzt sah er aus wie nach einer wilden Trainingseinheit im Boxen.

Im Flur schmückte er sein Haupt wieder mit Basecap und Sonnenbrille und nahm sich vor, vorübergehend nicht mehr darauf zu verzichten. Brick verließ kurz darauf die Wohnung und bekam trotz der Vorsichtsmaßnahmen ein mulmiges Gefühl. Würden sie ihn beobachten? Er nahm sich vor, die Augen offen zu halten und Vorsicht walten zu lassen. Als er die Straße betrat, fühlte er sich plötzlich sicherer. In der Öffentlichkeit würden sie eher nicht gegen ihn vorgehen. So was passierte nur dort, sagte er sich, wo niemand zuschauen konnte.

Er ging die Bruchfeldstraße entlang und sah schon von weitem die Galopprennbahn. Dorthin hatte ihn Kati vor einigen Tagen schicken wollen. Die Haltestelle der Straßenbahn 21 lag unmittelbar davor. Es dauerte keine fünf Minuten, bis sie kam. Er schaute sich wiederholt um. Bemerkte aber niemanden. Ähnlich war es ihm auf dem Hinweg ergangen, als er aus der Innenstadt nach Niederrad gefahren war.

Schließlich stieg Brick ein und fuhr Richtung Stadion. Dann entschied er sich, bereits eine Station vorher, am Oberforsthaus, auszusteigen. Um diese Tageszeit stieg hier so gut wie nie jemand aus. So war es auch diesmal. Er war der Einzige.

Erleichtert schritt er weiter, erreichte nach fünf Minuten den Haupteingang und nahm den direkten Weg durch ein kleines Wäldchen zum Stadion.

Die Arena erhob sich über den Baumwipfeln. Das Trainingsgelände der Eintracht lag direkt daneben. Brick blieb hinter einem Baum stehen und sondierte die Lage. Nur einige wenige Schaulustige hatten sich hinaus in den Stadtwald verirrt, um die jungen Kicker kritisch zu beäugen. Das war hier in Frankfurt so üblich. Er sah zwei gestikulierende Rentner, die sich wohl gerade über die letzte Eintracht-Niederlage echauffierten. Einige Spieler flitzten über den extrem kurzgeschnittenen Rasen, der in hellem Grün strahlte. Auf Anhieb erkannte er den schlaksigen Alex Meier, Top-Stürmer der Eintracht, und den wieselflinken Aigner, der über die Außenposition schon einige Tore vorbereitet hatte. Da Brick sich nicht sonderlich für Fußball interessierte, fiel ihm die weitere Zuordnung schwer. Und nach Mike Balisch hielt er vergeblich Ausschau.

Die Luft war rein, also tastete er sich vorsichtig weiter. Auf dem Weg setzte er die Sonnenbrille ab, steckte sie in die Tasche und befühlte Auge und Nase. Sie waren geschwollen. Seine Wange brannte höllisch. Aber dafür, dass er sich nur notdürftig zurechtgemacht und geflickt hatte, ging es einigermaßen.

Je näher er dem Spielfeld kam, desto sicherer wurde er, dass das Ziel seiner Begierde nicht mittrainierte. Er stellte sich neben die beiden Rentner und tat interessiert. „Wo ist denn der Balisch abgeblieben? Hat's wohl nicht nötig!"

Die beiden Fachmänner blickten ihn an und schätzten ihn ab. „Der Trainer hat ihn zum Duschen geschickt", sagte der eine.

„Hat sich nach einer Minute den Knöchel verknackst", der andere. „Reine Vorsichtsmaßnahme. Am Samstag gegen die Bayern brauchen wir ihn."

„Dringend!", kommentierte der erste.

„Danke", warf Brick ein und wandte sich ab. Die Umkleidekabinen lagen in den Katakomben des Stadions. Der Parkplatz für die

Spieler war keine fünfzig Meter weiter. Mit ein bisschen Glück würde er ihn dort abfangen können.

Im Rücken hörte er, wie sich die Rentner über einen misslungenen Angriffsversuch aufregten.

Es denen recht zu machen, dachte Brick, war quasi unmöglich. Frankfurt hatte bestimmt 100.000 Trainer, die alles besser wussten.

Kaum war Brick am Parkplatz angekommen, sah er einen jungen Typen mit längeren Haaren, der mit einer Sporttasche über der Schulter die Stadiontreppe humpelnd herabstieg und sich dabei am Geländer festhielt.

Balisch. Eindeutig. Das Glück hatte ihn nicht ganz verlassen.

Brick näherte sich der ersten Treppenstufe und empfing ihn mit den Worten: „Ist der Einsatz am Samstag in Gefahr?“

„Quatsch! Halb so wild.“ Balisch blieb stehen und schaute ihn an. „Kenne ich Sie?“

Brick nahm die Basecap vom Kopf.

„Sie sind doch ... dieser ... dieser Reporter ...“

„Der bin ich. Benjamin Brick. Wir hatten bereits das Vergnügen ...“

„Vergnügen? Sie haben vielleicht Nerven hier aufzukreuzen, nach dem Senf, den Sie letztes Mal geschrieben haben.“

„Aber das Foto von Ihnen und der Blondine im Club war gut ...“, warf Brick ein und grinste.

„Danach hab ich ganz schön Ärger gekriegt ...“, er stockte. „Wer ist denn durch Ihr Gesicht gepflügt?“ Balisch grinste sich plötzlich einen ab.

„Ich hatte ein Date mit einem Gorilla. Nicht der Rede wert, aber ... Apropos: Wie lief denn Ihr Date vergangene Woche vorm Velvet Club?“

Balisch wollte sich gerade wieder in Gang setzen, hielt aber inne. „Wovon reden Sie, Mann?“ Er blickte Brick erstaunt an. „Ich hatte kein Date. Und wenn, würde ich es Ihnen als Letztem auf die Nase binden.“ Beim Wort Nase grinste er wieder frech. Wusste der Typ mehr, als er preisgeben wollte, oder warum machte er sich lustig? „Und jetzt verduften Sie. Ihnen geb ich bestimmt kein Interview mehr.“

„Ich bin nicht beruflich hier“, erwähnte Brick und hob die Hände, als Zeichen, dass er unbewaffnet, ohne Kamera, unterwegs war. „Ich interessiere mich für die Frau, mit der Sie angeblich verabredet waren. Natascha heißt sie.“

„Kenn ich nicht. Und ich war auch nicht verabredet. Was wollen Sie eigentlich von mir?" Er setzte sich wieder in Bewegung und zückte seinen Autoschlüssel. Von weitem öffnete er mit einem Klick seinen Wagen, einen 911er Porsche in Weiß. „Und jetzt lassen Sie mich in Ruhe."

„Und Starlight Escort kennen Sie natürlich auch nicht."

Balisch blieb abrupt stehen und wandte sich zu Brick. Seine Augen musterten ihn.

„Wie kommen Sie darauf, dass ich da jemanden kennen könnte?"

„Das hab ich nicht gesagt. Ich wollte nur wissen, ob Sie von dem Laden schon mal was gehört haben."

„Nö. Können Sie ihn empfehlen?"

„Wenn Sie auf blond und blutjung stehen, höchstens 17, dann ist er die erste Adresse." Brick beobachtete Balischs Augen.

„Okay, das war's dann." Der Fußballer zuckte nicht einmal mit der Wimper. „Ende der Durchsage." Plötzlich schien es Balisch sehr eilig zu haben. Er öffnete den Kofferraum und warf seine Sporttasche hinein. Sein Knöchel schien eine Wunderheilung erfahren zu haben. „Und tschüss!"

Er ließ sich auf den Sitz gleiten, startete den Wagen und röhrte davon. So schnell, dass Brick kaum hinterher schauen konnte.

Er schlug sich mit der einen in die andere Faust. „Vermasselt", sagte er zu sich selbst. Im selben Augenblick spürte er auch wieder seine Nase und seine Wange. Für wenige Minuten hatte er die Schmerzen verdrängen können.

An Balisch musste er dranblieben. So viel stand fest. Der Junge hatte womöglich Kontakte, die ihm hilfreich sein konnten. Und vielleicht verfügte er auch über wertvolle Informationen zu Starlight.

Denn dass er den Laden kannte, stand für Brick seit eben fest.

2

Eddie Zinnober war aufgewühlt, was aufgrund seiner jahrzehntelangen Erfahrung bei der Frankfurter Presse nicht alle Tage vorkam. Bricks Nachricht hatte ihn elektrisiert. Er überlegte fieberhaft, wie er vorgehen sollte. Wenn er sich mit dem Redigieren beeilen würde, könnte er den Artikel heute noch dem Blattmacher übergeben und er würde morgen erscheinen.

Aber wäre das überhaupt so gut?

Diese Frage kreiste seit geraumer Zeit in seinem Kopf herum.

Noch vor drei, vier Tagen war er heiß gewesen auf die Story. Sie war so gestrickt, wie er sich Storys wünschte. Sie deckte auf. Sie war investigativ. Sie pisste jemanden an, der es verdient hatte. Sie war wichtig, denn den Starlight-Schurken gehörte das Handwerk gelegt. Und sie war exklusiv. Denn sie beinhaltete etwas ganz Neues, das ausschließlich die Frankfurter Presse bringen würde.

Dennoch schreckte Eddie vor der Veröffentlichung zurück. In der Zwischenzeit war viel passiert. Es hatte eine Tote gegeben, die für Starlight anschaffen gegangen war. Der Autor der Geschichte stand unter Mordverdacht, was Eddie als überaus absurd empfand, und war zur Fahndung ausgeschrieben. Und seine engsten Mitarbeiter standen nicht mehr hinter ihm und der Veröffentlichung, dabei kannten sie den Inhalt nicht mal zur Hälfte. Das Ding war ihnen zu heiß geworden. Sie wollten sich nicht verbrennen. Zu viel stand derzeit auf dem Spiel. Einen weiteren Skandal oder Tiefschlag konnte die Zeitung nicht gebrauchen. Das konnte den entscheidenden Sargnagel bedeuten.

Aber Eddies Journalistenherz blutete.

Eine solche Geschichte musste veröffentlicht werden. Sie war es wert, an die Öffentlichkeit zu gelangen, damit die Verantwortlichen hinter Starlight zur Rechenschaft gezogen werden konnten. Es war ein Verbrechen gegen die Menschlichkeit, den Artikel unter Verschluss zu halten. Brick hatte ihn autorisiert. Nun lag es an ihm allein, ihn freizugeben.

Er griff zum Telefon und zitierte Karl-Heinz Martens zu sich. Sein Assistent kam eine Minute später und ließ seinen Blick durchs Büro schweifen. Es war aufgeräumt wie immer. Eddie hasste Unordnung. Martens setzte sich an seinen Schreibtisch.

„Kann mir schon denken, was du willst“, fing er an.

„Na?“

„Der Brick-Artikel. Hab ich recht?“

„Woher weißt ...?“

„Ich kenn dich lange genug. Es juckt dich gewaltig, stimmt’s?“

„Natürlich! Wäre es nicht so, säße ich hier auf dem falschen Stuhl.“

„Klar. Dennoch ... Es ist nicht klug, Öl ins Feuer zu gießen.“

Eddie verschränkte die Arme vor der Brust, schien in seiner Journalistenehre gekränkt. „Wie meinst du das?“

„Wir waren in letzter Zeit mit zu vielen negativen Schlagzeilen in der Presse. Die schlechten Zahlen, die Rationalisierungen. Und wenn jetzt auch noch herauskäme, dass ein Mörder weiter für uns schreibt ..."

„Du glaubst doch nicht etwa ...?"

„Ich glaube der Kripo. Und die verdächtigen Brick des Mordes. Außerdem glaube ich meinen Augen. Die Tatortfotos zeigen eindeutig ihn und wie er sich umschaut, als ob ... Für mich ist die Sachlage ziemlich klar."

„Niemals!" Eddie hätte gerne geflucht oder geschrien, hielt sich jedoch zurück. „Zurück zum Thema. Du würdest den Artikel also zurückhalten?"

„Ich würde davon abraten, ihn jetzt zu bringen."

„Aber im Zweifel würde es die Auflage steigern. Brisante Sache, wir hätten Publicity ..."

„Eddie, seit wann interessiert dich ...?"

„Seit wir mit dem Rücken zur Wand stehen. So einfach ist das."

„Und da wirfst du alles über Bord, woran du geglaubt, woran du jahrelang gearbeitet hast?"

„Jetzt übertreibst du."

„Aber es würde die Zeitung ins Zwielicht rücken. Die Kripo würde zu Recht nachfragen, wo Brick steckt. Und wir können nicht glaubhaft antworten, wir wüssten es nicht."

„Weißt du es etwa?"

„Nein."

„Siehst du! Ich auch nicht."

„Aber das nimmt uns doch niemand ab, dass wir keinen Kontakt zu unserem Mitarbeiter halten. Die würden davon ausgehen, dass wir ihn decken. Und das können wir uns nicht erlauben. Die anderen Zeitungen würden sich die Hände reiben und über uns herfallen." Er beugte sich nach vorne und sah Eddie bedeutungsvoll in die Augen. „Genau das würden wir auch machen."

„Das ist nicht unser Stil."

„Bist du eigentlich über den aktuellen Stand der Ermittlungen im Bilde?"

„Meinst du in Bezug auf Brick? Sie haben noch keine Spur von ihm. Kein Wunder: Ist ja oft so, flüchtige Tatverdächtige tauchen ab und dann wochen- oder gar monatelang unter. Es ist verdammt schwierig, ihren Aufenthaltsort ausfindig zu machen, wenn du niemanden hast, der ihn ausplaudert."

„Und Brick hat bestimmt Vorsorge getroffen, damit niemand weiß, wo er sich aufhält."

„Davon kannst du allerdings ausgehen." Eddie sah auf die Uhr. „Wir haben nicht viel Zeit. Was schlägst du vor?"

„Abwarten und beobachten, wie sich die Lage entwickelt. Vielleicht irrt sich die Kripo mit Brick. Wäre ja nicht das erste Mal. Der Artikel geht nicht verloren."

„Aber jetzt ist er brandheiß. Die haben alle ihre Griffel dran. Und wenn die anderen Lunte riechen und vor uns etwas darüber bringen, sind wir die Loser. Dann können wir uns in den Allerwertesten beißen."

Er schaute gedankenvoll aus dem Fenster. Die Minuten liefen gegen sie. Eine Entscheidung musste her. Bald. Der Entscheidungsfreudigste war er nie gewesen. Es war nicht seine Stärke, auf den Tisch zu hauen und aus dem Bauch heraus die Dinge voranzutreiben. Jetzt war es nötig.

„Wir machen's!", rief er und klang dabei freudig erregt.

„Willst du es dir nicht noch einmal durch den Kopf gehen lassen?"

„Bedenkenträger!", wiegelte er ab. „Wir machen es für Big Ben. Er hat es verdient. Und ich bin sicher, er wird aus der Scheiße wieder rauskommen. Vielleicht hilft es sogar dabei, wenn der Artikel erst mal öffentlich ist."

Martens stöhnte laut. „Ich kann dich wohl nicht mehr davon abbringen?"

„Erraten! Alea iacta est!", zitierte er Cäsar. „Die Würfel sind gefallen!"

Martens schüttelte den Kopf. „Das ist ein Fehler, ein großer Fehler. Du denkst immer nur an Brick. Was ist mit deinen Mitarbeitern hier? Viele haben eine Familie und ein Häuschen abzubezahlen. Denkst du an die nicht?"

„Das ist ein Totschlagargument. Wenn ich bei allen Entscheidungen abwägen müsste, ob es den Kollegen in den Kram passt oder nicht, kämen wir nie mehr auf einen grünen Zweig." Den ersten Satz hatte er noch voller Inbrunst gesprochen, doch der letzte Satz klang demütig, fast schon resignierend. „Okay, okay. Ich geb dir recht. Es ist vielleicht wirklich nicht die geeignete Zeit."

„Was soll das heißen?"

„Wir verschieben."

„Echt jetzt? ... Mensch, bin ich froh! Ich dachte schon, es kommt knüppeldick ..."

„Und jetzt raus. Ich hab noch andere Sachen zu erledigen."

Martens erhob sich, drehte sich zur Tür und ging wortlos hinaus. Ein feistes Grinsen legte sich auf sein Gesicht. Gerade noch mal gut gegangen, dachte er, und wandte sich wieder seiner Arbeit zu.

3

Brick stand noch eine Weile vor der Arena, nachdem Balisch die Biege gemacht hatte, und ärgerte sich, dass er kein Smartphone zur Hand hatte, um mal eben seine Mails abzurufen. Vielleicht hatte Eddie geantwortet. Vielleicht hatte er den Artikel schon auf den Weg in die Zeitung gebracht. Vielleicht würde dadurch eine Lawine losgetreten.

Es gab nun mehrere Möglichkeiten. Er konnte zurück zu Gustav fahren und seine Mails abrufen, aber das wollte er nicht. Das würde Zeit kosten und ihn aufhalten. Ihm schwebte etwas anderes vor. Er zückte sein altes Handy und wählte Schnauzes Nummer.

„Mensch, Brick", meldete sich der Polizeimeister prompt. „Du hast die Scheiße am Hacken. Du musst dich stellen ..."

„Keine Chance", fiel ihm Brick ins Wort.

„Moment", flüsterte Schnauze. „Ich muss mal frische Luft schnappen gehen." Dann flüsterte er. „Wenn du verstehst, was ich meine." Eine Zeit lang herrschte Stille, bis auf einige Nebengeräusche, die zu vernehmen waren. Stimmen im Hintergrund. Das Klackern einer Computertastatur. Ein Drucker, der Papier ausspuckte. „So, jetzt kann ich frei sprechen ohne Zuhörer. Wo bist du, verdammt?"

„Verrate ich nicht. Und du?"

„Bin vor die Tür gegangen. Du weißt ja, das Präsidium hat tausend Ohren."

„Wenn's reicht!"

„Genug damit. Ich mach mir Sorgen um dich ..."

„Wir können uns treffen, wenn du mir versprichst, allein zu kommen."

„Logo, was dachtest du denn? Wo?"

Brick überlegte. Er musste ohnehin im Gutleutviertel seinen Wagen holen, denn ohne ihn würde er nur schwerlich an Tomovic herankommen. Also bot es sich an, im Viertel einen Treffpunkt auszumachen.

„Im Melilla", sagte er rasch.

„Nie gehört“, antwortete Schnauze erstaunt. „Was ist das denn?“

„Ein Fisch-Imbiss, in dem ich seit Jahren verkehre und wo man ungestört ist. Jedenfalls ist mir dort noch nie ein Bekannter begegnet.“

„Und wo muss ich hin?“

„Karlsruher Straße. Findest du ganz leicht. Eine kleine Seitenstraße hinterm Hauptbahnhof. Südseite. Da gibt‘s sonst nicht viel.“

„Wann?“

„So bald wie möglich. Sagen wir in einer halben Stunde. Das müsste ich schaffen.“

„Ich auch.“

„Okay. Und denk dran ...“

„Willst du mich beleidigen?“

„Nein.“

„Na also! Bis dann.“ Schnauze hatte aufgelegt.

Brick sputete sich. Er setzte Basecap und Sonnenbrille wieder auf, nahm den Weg zum Haupteingang und ging unter den Bahngleisen hindurch. Zum Glück wartete bereits die Straßenbahn 21 Richtung Hauptbahnhof. Als er drinnen saß, ließ er seinen Blick über die Gleise und den Bahnsteig schweifen. Niemand war zu sehen. Er schien nicht verfolgt zu werden. Ein gutes Zeichen. Scheinbar wollten sie ihn vorerst nicht weiter behelligen. Die Frage war nur: Wie lange würde das vorhalten? Vielleicht würden sie ihm tatsächlich den ganzen Tag Schonfrist einräumen.

Nach etwa fünfzehn Minuten erreichte die Bahn den Baseler Platz, eine Station vorm Hauptbahnhof, und Brick stieg aus. Von dieser Haltestelle aus war es näher zum Melilla. Fußweg keine zwei Minuten.

Der Fischladen war in den letzten beiden Jahren vom Geheimtipp zum Insidertreff geworden. Melilla hieß die kleine spanische Enklave auf marokkanischem Gebiet, die immer mehr in den Medien präsent war, weil dort Tausende Flüchtlinge aus Afrika versuchten, über die hohen Grenzzäune illegal in die Europäische Union einzuwandern.

Der Wirt kam von dort und lockte viele marokkanischstämmige oder nordafrikanische Frankfurter an, die sich hier eine Fischmahlzeit gönnten. Frisch und preiswert – das war sein Markenzeichen. Und als Brick den Laden betrat, lachten ihn eine Dorade und ein Merluza aus eisgekühlten Behältern hinter der Glasvitrine an. Die Lachssteaks daneben waren auch nicht zu verachten, und Brick überlegte, eine gemischte Fischplatte zu ordern, vorausgesetzt

Schnauze hatte auch Appetit. Was aufgrund der derzeitigen Situation nicht sicher war. Durch Bricks Verhalten konnte er ihm abhanden gekommen sein.

Brick schaute sich um. Der Raum mit seinen weiß-blauen Kacheln bis zur Decke schien aus den 80er-Jahren des letzten Jahrhunderts zu stammen. Der Boden war dunkel gefliest, an einigen Stellen brüchig. Rechts lag die Theke mit der Vitrine, links standen Stehtische, geradeaus war der Durchgang zur Küche, aus der es nach gebratenem Fisch, Meeresfrüchten und Knoblauch duftete. Alles so wie immer. Ein gutes Gefühl machte sich bei ihm breit. Er war der einzige Gast.

Kaum hatte Brick auf einem Barhocker an einem der erhöhten Tische Platz genommen und der Chefin, die aus der Küche hinter den Tresen getreten war, zugelächelt, erschien Thilo Frost in der Tür und sah sich suchend um.

Brick nahm die Sonnenbrille und die Basecap ab und wandte sich ihm zu.

„Was ist denn mit dir passiert?", rief Schnauze sofort.

„Ich hatte Besuch."

„Netter Besuch!", kommentierte Schnauze und eilte zielstrebig auf ihn zu, drehte sich aber sofort wieder um und ließ seinen Blick über die Straße schweifen. Und zwar so intensiv, dass es auffälliger nicht hätte sein können.

„Jetzt beruhig dich mal", begrüßte ihn Brick.

„Du hast gut reden", flüsterte Schnauze. „Du bringst mich in Teufels Küche. Du bist zur Fahndung ausgeschrieben, und ich Idiot treff mich mit dir. Was meinst du, was passiert, wenn mich hier jemand mit dir sieht?"

„Du fliegst?"

„Eben drum."

„Jetzt setz dich erst mal!"

Schnauze zog seine leichte Sommerjacke aus, hängte sie über den Barhocker und nahm gegenüber von Brick Platz. „Jetzt mal Klartext!", forderte er.

Brick sah den Waffengürtel, den Schnauze umgeschnallt hatte, aber nicht die Vorrichtung für die Dienstpistole. Die war auf dem Rücken.

„Hast du Hunger? Ich kann die Fischplatte empfehlen."

„Tu, was du nicht lassen kannst, aber lenk nicht ab. Bitte!"

Brick wies die Chefin hinter der Theke an, eine Fischplatte für zwei Personen mit Pommes und Salat zuzubereiten. Erst jetzt bemerkte er, dass sie verändert aussah. Ihre Haare waren lockiger und dunkler getönt als früher. Sie wischte ihre Hände an einem Handtuch ab, packte in der Vitrine einen Fisch, einige Filets, ein paar Babytintenfische und eine Handvoll Garnelen in eine Plastikschüssel und brachte sie ihrem Mann in die Küche.

„So, zum Geschäftlichen", wandte sich Brick kurz darauf wieder an Thilo Frost. „Ich muss dir was beichten."

„Wird auch Zeit! Also, wer hat dich grün und blau geschlagen?"

„Davon rede ich nicht ... Die Tote von letzter Woche ... die vorm Klosterkeller meine ich ..."

„Ich weiß, wen du meinst. So viele Tote hatten wir nicht und der Fall schlägt langsam Wellen. Was ist mit ihr?"

„Sie ist ... meine Tochter."

Schnauzes Lächeln gefror ihm im Gesicht. „Das meinst du nicht ernst?"

„Und ob!"

„Ich wusste nicht, dass ..."

„Niemand wusste es. Nicht einmal ich selbst ... jedenfalls nicht richtig. Ich wusste nur von ihrer Existenz, aber gesehen hab ich sie nie. Ihre Mutter war vor der Geburt abgehauen und später blieb Natascha verschollen. Ich habe sie lange gesucht – vergeblich." Brick seufzte hörbar.

Schnauze hatte es offensichtlich die Sprache verschlagen, denn er schwieg und schaute Brick eindringlich in die Augen.

„Jetzt wirst du sicher verstehen", fügte Brick an, „dass der Mordvorwurf gegen mich vollkommen absurd ist."

„Und wer ...?" Schnauze fand die Sprache langsam wieder. „Hast du vielleicht einen Verdacht?"

Brick stieg vom Barhocker und ging hinter die Kühltheke. Er nahm eine 0,3 Liter Flasche Cola und hob sie hoch. „Auch eine?", fragte er Schnauze. Sein Kumpel nickte.

Brick benutzte einen Flaschenöffner, der auf der Theke bereit lag, und kam wieder hervor. Er setzte die Flasche an und trank sie halb leer. Während er sich wieder setzte und die andere Flasche vor Schnauze stellte, sprach er seinen Verdacht aus. „Ich weiß zwar nicht, was genau vorgefallen und wie es abgelaufen ist, aber ich wurde in eine Falle gelockt. Sagt dir der Name Tomovic was?"

Schnauzes Gesichtsfarbe wechselte. Von einem auf den anderen Moment wirkte er merkwürdig blass. „Du meinst doch hoffentlich nicht den Chef von Starlight Es ...?"

„Genau den", fiel Brick ihm unsanft ins Wort.

„Fuck!“, rief Schnauze, lauter als beabsichtigt.

„Was ist mit ihm?“, fragte Brick unschuldig.

„Das fragst du noch? Ein übler Zeitgenosse. Einer der Schlimmsten, wenn du mich fragst. Aber ... wie kommst du überhaupt auf ihn?“

„Ich bin gerade dabei, einen Artikel über Starlight und seine Machenschaften zu veröffentlichen.“

„Shit! Jetzt wird mir einiges klar. Warum zum Teufel bist du nicht früher zu mir gekommen?“

„Weil ich selbst erst seit Kurzem Bescheid weiß. Aber das ist sicher nicht alles, denn ich weiß zum Beispiel nicht, wie die auf mich gekommen sind, was mit Natascha passiert ist und so weiter. Ich stehe vor einem Rätsel.“

„Meine Fresse, Brick!“, seufzte Schnauze. „Mit wem hast du dich da eingelassen?“

„Ich hab mich nicht mit denen eingelassen. Ich will sie fertigmachen, auffliegen lassen oder was auch immer. Und glaub mir, ich hab alles Nötige dazu in der Hand.“

„Du weißt nicht, was du tust ...“ Er stutzte, betrachtete noch einmal Bricks Gesicht und deutete darauf. „Waren das Tomovics Leute?“

In diesem Moment betraten zwei Marokkaner den Imbiss und setzten sich auf zwei Barhocker an einem Nebentisch. Schnauze musterte sie, aber sie grüßten die Chefin und schienen sich nicht weiter an Brick und seinem Begleiter zu stören.

Schnauze flüsterte wieder. „Der Name darf jetzt nicht mehr fallen. Hörst du!?“

Brick nickte und geriet ins Grübeln. Wenn Schnauze ihn warnte, musste etwas dran sein. Aber was? Er musste mehr aus ihm rausholen. Aber nicht hier. Zu viele Ohren, die mithören konnten.

Die Chefin brachte die Fischplatte. Die Größe entlockte Schnauze einen langgezogenen Pfiff. „Hammer! Das reicht ja für ne sechsköpfige Familie zum Festmahl!“

„Ich hab nen Bärenhunger“, sagte Brick und strich sich über den Bauch. Doch im gleichen Moment spürte er wieder den brennenden Schmerz, der von den Schlägen zu stammen schien. Er wollte sich aber nichts anmerken lassen und riss sich zusammen.

Genüsslich machten sie sich über den Fisch her und vergaßen für einige Minuten den Grund für ihr Zusammentreffen. Der Lachs, die Dorade, die Garnelen und die frischen Calamares schmeckten Schnauze vorzüglich, doch dieser kam schnell wieder auf den Fall zu sprechen. „Vor einer halben Stunde haben wir übrigens den Obduktionsbericht auf den Tisch bekommen. Keine Fremd-DNA am Opfer. Das ist schlecht, denn nach dem, was du mir gerade erzählt hast, hätten wir in der Datenbank einen Treffer landen können."

„Und wie geht's jetzt weiter bei den Ermittlungen?"

„Ehrlich gesagt weiß ich es nicht. Ich werde versuchen, den Verdacht auf die Escort-Agentur zu lenken, damit du etwas aus der Schusslinie kommst, aber ich kann das nicht zu offensichtlich machen, du verstehst!"

„Klaro!"

„Echter Geheimtipp!", lobte Schnauze, nachdem sie alles verputzt hatten, und hob den Daumen. „Sensationell. Muss ich mir merken, Mensch."

„Wundert mich, dass du das Lokal noch nicht kanntest. Du kennst doch sonst jede Kaschemme in Frankfurt."

„Ich werde älter ...", sagte Schnauze, steckte sich eine Garnele in den Mund und lachte.

Die beiden Marokkaner bekamen ebenfalls eine Fischplatte serviert. Danach kam die Wirtin und räumte ab.

„Hat's geschmeckt?", erkundigte sie sich.

„Bestens", erklang Schnauzes euphorische Stimme. „Sie haben mich bestimmt nicht zum letzten Mal gesehen."

„Das will ich hoffen", sagte sie und verschwand mit der leeren Platte.

„Wo kann ich mir die Hände waschen?", fragte Schnauze, dessen Finger glänzten.

„Da hinten", sagte Brick und deutete links neben der Küche in einen Gang. „Da ist ein Waschbecken."

„Sehr komfortabel." Schnauze erhob sich vom Barhocker, drehte sich um und war kurz darauf um die Ecke verschwunden.

Brick sah ihm nach, der Waffengürtel in Schnauzes Rücken war leer. Er blickte sich hektisch um. Die Marokkaner schmatzten um die Wette und beachteten ihn nicht. Die Wirtin war noch in der Küche zugange. Er hatte eine Idee, machte einen Schritt vorwärts und tastete Schnauzes Jacke ab. Treffer. Er fühlte etwas Hartes. Stahl. Schnauzes Dienstwaffe. Er hatte sie in der Jacke verstaut, kurz bevor er hier angekommen war. Vielleicht, weil er gewusst hatte, dass er die Jacke ausziehen würde.

Jetzt galt es, die Nerven zu bewahren.

Brick musste in Windeseile eine Entscheidung treffen.

Er stellte sich mit dem Rücken zu den Marokkanern, langte in die Jackeninnentasche, griff die Pistole und steckte sie vorne in seine Hose. Gleichzeitig griff er mit der anderen Hand in seine Hosentasche, beförderte einen Zwanzigeuroschein ans Tageslicht, legte ihn gut sichtbar auf den Tisch und setzte sich im gleichen Augenblick in Bewegung. Innerhalb weniger Sekunden war er aus dem Imbiss gerannt. Er hielt sich links, beschleunigte seine Schritte, wechselte die Straßenseite und sah zu, dass er zum Hauptbahnhof kam, den er kurz darauf erreichte. Er nahm den Eingang Südseite und hielt sich geradeaus. Jede Menge Passanten und Fahrgäste boten ihm Sichtschutz. Er verschwand in der Menge und fuhr mit der Rolltreppe hinab in den U-Bahn-Bereich. Während der ganzen Zeit hatte er sich kein einziges Mal umgeblickt. Er achtete nicht einmal darauf, in welche U-Bahn er stieg und welche Richtung er nahm. Die erstbeste war seine. Die Türen schlossen sich. Er ließ sich auf einen Sitz gleiten. Die Personen auf dem Bahnsteig rauschten an seinem Fenster vorbei. Auf den unteren Stufen der Rolltreppe sah er einen Mann sprinten.

Das war Schnauze. Er hatte ihn also verfolgt. Schnauze sprang auf die Bahn zu, erkannte ihn und klopfte wie wild ans Fenster der fahrenden U-Bahn.

Brick blickte ihn an, grinste. Die Bahn verschwand im Tunnel. Von Schnauze war nichts mehr zu sehen. Er würde sauer sein. Klar. Mehr noch. Er würde ihm die Freundschaft kündigen. Und die Zusammenarbeit. Das war der Preis, den Brick zahlen musste.

Brick atmete auf, fasste sich zwischen die Beine und fühlte den kalten Griff der Pistole. Sicher war sicher, dachte Brick. Er wusste nicht, wofür das Ding noch gut sein würde, aber es verlieh ihm ein besseres Gefühl. Genauso wie die Sonnenbrille und die Basecap, die er kurz darauf wieder aufsetzte.

4

„Hornochsen!“, brüllte Tomovic. „Ihr seid echte Hornochsen!“ Er atmete tief durch. „Brick hat euch angeschmiert.“ Der Chef von Starlight Escort saß an seinem Schreibtisch, der in einer Bibliothek stand. Ringsherum zierten schicke Regale die hohen Wände, die bis unter die Decke mit Büchern vollgestellt waren. Hauptsächlich antiquarische Bücher, dicke Schinken und Gesamtausgaben. Er blickte hoch und sah seine Mitarbeiter scharf an, die ihm verstört gegenüber standen. Drago wartete zwei Meter dahinter und verfolgte das Gespräch.

„Aber Chef, woher ...?"

„Weil er clever ist und weil ihr Hornochsen seid!" Er lehnte sich zurück und verschränkte in Erwartung einer Erwiderung die Arme vor der Brust.

„Aber wir haben ihn gut bearbeitet ..."

„Ihr hättet ihn auseinandernehmen müssen!" Er schlug mit der Faust auf den Schreibtisch. „Ihn leiden lassen müssen. Er hätte sich in die Hosen scheißen müssen vor Angst."

„Aber ... er ... er hat uns die Wahrheit gesagt. Ich schwöre!"

Tomovic fuhr ihm über den Mund. „Wie lange ist es jetzt her, seit ihr Schwachköpfe ihn habt sitzenlassen?"

„Knapp sechs Stunden, Chef", sagte Gordon Serovic kleinlaut und senkte den Kopf.

„Ich hab ein verdammt mieses Gefühl, Leute, und ich schwöre euch, wenn das Ding in die Hose geht, werdet ihr mich kennenlernen." Er ließ eine Minute verstreichen, in der er angestrengt nachdachte.

„Chef ... was ... was sollen wir jetzt tun?", wagte sich Serovic zu fragen und schaute seinen Kollegen Adnan Drasic, mit dem er Brick aufgemischt hatte, ernüchtert an.

„Verpasst ihm einen Denkzettel! Irgendwas, das er sein Leben lang nicht vergessen wird."

„Es muss etwas sein", schaltete sich Drago ein, „das ihn so einschüchtert, dass er auf keinen Fall den Artikel veröffentlichen wird."

„Lasst euch was einfallen. Und jetzt raus hier!" Tomovics Stimme hallte im Raum nach. Sein Befehl war unmissverständlich. Er duldete weder Widerspruch noch Nachfragen, sondern erwartete dessen Ausführung.

Die beiden Gorillas zogen mit betretenen Mienen von dannen, doch Drago blieb wie angewurzelt stehen und räusperte sich.

„Was gibt's denn noch?" Dem Tonfall nach war klar erkennbar, dass Tomovic aus seiner beschissenen Laune kein Geheimnis machen wollte.

„Es geht um Veigel ... Er gibt keine Ruhe ... Ich kann ihn nicht länger hinhalten ..."

„Lass dir was einfallen!"

„Aber er ist schon verärgert. Können wir uns das leisten?"

„Wenn er so hartnäckig ist, muss das einen Grund haben. Erkundige dich über ihn. Sind seine Neigungen bekannt? Hat er das schon öfter gemacht? Welche Praktiken bevorzugt er? Steht er auf ganz abartige Sachen? Wir brauchen Informationen über ihn. Seine Kontakte, seine Leute, seine weiteren Interessen."

„Hältst du es für denkbar, dass jemand in einer solchen Position ... immerhin ist er ja Vorsitzender der Konservativen Partei ... dass der sich dafür hergibt, bei uns rumzuschnüffeln?"

„Eigentlich nicht. Aber nichts ist unmöglich. Die denken sich vielleicht die perfidesten Sachen aus, um an Informationen gegen uns zu kommen. Wie ist denn der Stand der Dinge bei dem neuen Prostitutionsgesetz?"

„Ja, da müsste ich mich schlau ..."

„Mach das!", fuhr ihm Tomovic über den Mund. „Hättest du längst tun sollen. Wir brauchen handfeste Informationen und verlässliche Informanten. Informationen sind ein wichtiges Pfund. Nur so können wir einschätzen, welche politischen Ziele Veigel mit dieser Aktion verfolgen könnte. Oder ob er einfach eine kleine, perverse Sau ist, die eine Schwäche für junges Gemüse hat und gern minderjährige Mädchen vernascht. Mir persönlich würde letztere Variante am besten gefallen." Er grinste über beide Wangen und wandte sich einem Buch zu, das aufgeschlagen vor ihm lag.

„Ist noch was?", fragte er ein paar Sekunden später, als er bemerkte, dass Drago noch immer im Raum stand.

„Nein, Dejan, nein. Ich habe verstanden."

5

Brick machte sich auf den Weg ins Gutleutviertel. Er wollte seinen Wagen holen. Der Golf Cabrio parkte in der Werftstraße. Brick stellte sich an eine Hausecke und schaute sich mit angehaltenem Atem um. Basecap und Sonnenbrille boten ihm Schutz vor unliebsamen Augen. Erkennen würde ihn nur schwerlich jemand.

Der Cabrio sah danach aus, als habe sich seit dem Abstellen niemand an ihm zu schaffen gemacht. Nur ein Zettel hing an der Windschutzscheibe, der ihn wegen seiner bunten Farben an einen Werbeflyer erinnerte. Schien also keine persönliche Nachricht von einem unliebsamen Freund oder Feind zu sein. Er entspannte sich und ließ seinen Blick schweifen. Eine Mutter rollte im Hetzmodus einen Kinderwagen vor sich her. Ein Obdachloser kauerte auf einer Parkbank am Spielplatz. Im Hintergrund war Fluglärm zu hören. Im Viertel schien alles so zu sein wie immer. Das Leben in Frankfurt, abseits der Bankentürme, verlief gemächlich. Keine Auffälligkeiten. Und die anderen parkenden Autos? Alle leer.

Brick setzte ein Pokerface auf und sich in Bewegung. In der Tasche umschloss er den Griff der Pistole. Für alle Fälle. Als er auf den Wagen zulief, hatte er trotzdem ein Gefühl, das nicht miserabler hätte sein können. Was, wenn jemand sein Auto überwachte? Wenn jemand im Hinterhalt saß? Er würde geradewegs in die Falle laufen. Aber was blieb ihm übrig? Er benötigte unbedingt ein Fortbewegungsmittel, das flexibler war als die Straßenbahn, die U-Bahn oder der Bus.

Er öffnete den Wagen, klemmte sich hinters Lenkrad und fuhr los. Mit einem Kavaliersstart preschte er die Werftstraße hinunter Richtung Main, bog links ab in die Speicherstraße und noch mal links zum Hauptbahnhof. Weg aus der Schusslinie. Aber wohin? Er überlegte fieberhaft. Er musste ein Plätzchen zum Nachdenken finden. Seine Wahl fiel auf Bockenheim, das er über den Umweg an der Alten Oper vorbei über die Bockenheimer Landstraße erreichte. Brick fuhr durch bis zum Niddapark, stellte den Golf vor der Sportfabrik ab und lief den schmalen Parkweg, an Bäumen und Büschen vorbei, bis zum Sportgelände des VFR Bockenheim. Hier hatte er früher regelmäßig mit Studenten gekickt. Er sah sich in kurzen Hosen und mit Schienbeinschonern über den Platz wälzen. Der filigranste Techniker war er nie gewesen. Hart gegen den Mann, das war sein Motto beim Fußballspielen. Eine solide Grätsche hatte noch niemandem geschadet.

Er lächelte.

Dankbar für die kurze Ablenkung setzte er sich auf eine Bank und ließ sich die Sonne ins Gesicht scheinen. Am Horizont waren die Taunusspitzen zu erkennen. Rechterhand ragte der Fernsehturm, den die Frankfurter Ginnheimer Spargel nannten, in den Himmel. In seinem Rücken lagen die beiden berüchtigten Studentenwohnheime, über die man munkelte, dass von dort nicht selten ein Student in den selbst gewählten Tod sprang.

Das war wie ein Stichwort für Brick. Er brauchte einen Plan. Einen Masterplan. Aber das Denken fiel ihm schwer. Ihm fehlte ein Schluck Pernod. Plötzlich fiel ihm ein, dass er gar nicht wusste, ob er überhaupt noch über Bargeld verfügte. Er griff in seine Hosentasche links. Leer. Rechts, auch leer. Er zückte sein Portemonnaie.

Keine Scheine, nur ein wenig Silbergeld. Er zählte es bis zum letzten Cent ab: 6,36 Euro. Zuerst musste er an Geld kommen. Zum Glück hatte er seine Bankkarte immer dabei.

Tomovic.

Der Name blitzte in seinem Kopf auf. Zwangsläufig. Er war das Ziel. Er war seine Motivation. Ihn musste er kriegen und zur Verantwortung ziehen.

Und wenn er ihn einmal hatte, was dann? Eine Frage, die er nicht zu beantworten vermochte. Abwarten, sagte er sich, das würde sich automatisch ergeben.

Vielleicht wäre es klug, Eddie anzurufen. Aber er wollte sein Handy nicht einschalten. Schnauze hatte sicher Hasstiraden auf die Mailbox gequatscht. Darauf hatte er keine Lust.

Der Abend brach an. Am Himmel zeigten sich einige Schleierwolken, die sich langsam rot färbten. Bockenheim versank in eine Dämmerstimmung. Da er langsam unruhig wurde und ihm nichts anderes einfiel, stand er auf und ging zurück zum Wagen. Konnte er es riskieren, mit seinem Wagen durch die halbe Stadt zu fahren? Brick wusste von den Überwachungskameras, die punktuell verteilt waren und auch Nummernschilder scannen konnten. Aber andererseits: Selbst wenn ihn die Kripo damit irgendwo sichten würde, hieß das noch lange nicht, dass sie ihn auch schnappen konnten. Bis die an Ort und Stelle waren, war er längst über alle Berge.

Er fuhr zur Bockenheimer Warte, parkte in der Gräfstraße und ging in die Bank an der Ecke unter den Arkaden.

Am Bankautomat steckte er seine Girokarte ein, drückte auf 300,- Euro, doch statt des Geldes erschien ein Hinweis: „Transaktion nicht möglich. Ihr Guthaben beträgt 2,78 Euro."

„Mist", brüllte er und schlug mit der flachen Hand gegen den Automaten.

Eine ältere Dame mit Hütchen drehte ihren Kopf zu ihm und schaute ihn strafend an. Am liebsten hätte er ihr eine lange Nase gemacht, verzichtete aber darauf. Er brach die Abhebung ab und nahm seine Karte wieder an sich. Seit seinen Eskapaden, in denen er sein komplettes Geld verjubelt hatte, genehmigte ihm die Bank weder eine Kreditkarte noch ein Girokonto. Lediglich ein Guthabenkonto ohne Dispo hatten sie ihm eingeräumt. Das war bei Schuldnern gesetzlich so verankert. Mehrfach hatte er versucht, seinen Bankberater breitzuschlagen, aber der ließ in dieser Hinsicht nicht mit sich reden und verwies darauf, dass Brick keine festen Einkünfte nachweisen konnte. Seine Verdienste als freier Journalist kamen tröpfchenweise. Wenn du bei denen einmal abgestempelt bist, hatte ein Freund zu ihm gesagt, hast du dein Image weg und kommst nie wieder davon los.

Brick verließ die Bank und trat auf die Straße. Kurz darauf rutschte ihm das Herz in die Hose. Er stand unmittelbar vor einer Polizeistreife, die direkt vor der Bank parkte. Ein Polizist in Uniform kam von links mit einer Tüte in der Hand aus einem Dönerladen. Er hatte wohl für die Kollegen Kebab besorgt. Brick zog den Nacken ein, wandte sich nach rechts und ging los, als sei er der coolste Typ der Welt. Nach zwei Minuten blieb er stehen und blickte sich langsam um. Die Luft war rein, vom Polizeiwagen war nichts mehr zu sehen. Er atmete auf, trat den Rückweg an und betrachtete den weitläufigen Platz vor der Warte. Auf der anderen Straßenseite lag das Bockenheimer Depot, ein ehemaliges Straßenbahndepot, das heute für Kulturveranstaltungen, zum Beispiel Ballettaufführungen, genutzt wurde. In der Abendsonne saßen viele Menschen in den Cafés, genossen ihre Getränke und die letzten warmen Strahlen des Tages.

Er beschloss, vorübergehend sein Aussehen zu ändern. Wie, wusste er zwar noch nicht, aber das würde sich finden. Und noch etwas: Ohne Geld konnte er alles andere vergessen. Er musste welches beschaffen. Welche Möglichkeiten gab es? Ihm fiel auf Anhieb keine ein. Deshalb verschob er das weitere Nachdenken darüber auf später. Er fühlte sich verloren. Wohin sollte er jetzt gehen? Seine Einschätzung fiel dürftig aus. Seine Wohnung kam überhaupt nicht infrage. Die wurde sicher von der Polizei überwacht. Der einzige Unterschlupf, der ihm in den Sinn kam, war Gustavs Wohnung. Er hielt es für nahezu ausgeschlossen, dass ihm die beiden Gorillas dort einen zweiten Besuch abstatten würden. Seine Entscheidung stand von einem auf den anderen Moment fest. Er machte sich auf zum Wagen und fuhr wieder nach Niederrad in die Bruchfeldstraße, parkte direkt vorm Supermarkt in einer engen Parklücke und holte sich für die letzten paar Euro zwei billige Sixpacks Bier.

Kurz darauf betrat er das Mietshaus, in dem Gustav wohnte. Er hielt die Augen offen und tastete sich Schritt für Schritt die Treppen hoch. Sein Magen jaulte und die Blessuren im Gesicht zogen. Alle Wohnungstüren auf dem Weg hinauf waren verschlossen. Offenbar gab es hier keine Nachbarn. Er hatte noch niemanden gesehen. Aber das war ihm nur recht. Dann würden auch keine unangenehmen Fragen gestellt.

Als er auf dem oberen Treppenplateau angekommen war, nahm er den Spalt in der Tür wahr. Sie stand halb offen, das Schloss war herausgebrochen und lag auf dem Boden. Augenscheinlich hatte das niemand im Haus registriert oder interessiert.

Er schlüpfte rasch in die Wohnung und zog die Tür hinter sich zu, die jedoch sofort wieder einige Zentimeter aufsprang. Er stellte die beiden Sixpacks ab und ging in die Küche. In einer der Schubladen fand er Klebeband, mit dem er die Tür am Rahmen festklebte. Das verlieh ihm wenigstens das Gefühl, von draußen abgeschottet zu sein.

Er ließ sich auf die Couch fallen, öffnete mit einem Feuerzeug eine Flasche Bier und trank sie fast in einem Zug leer.

Schöne Scheiße!

Jetzt saß er genau hier, wo er vor nicht allzu langer Zeit ordentlich vermöbelt worden war. Aber was blieb ihm übrig? Nach Hause ins eigene Reich konnte er nicht zurück. Das war viel zu gefährlich. Neben den Bullen konnten auch die Gorillas dort auf ihn warten. Sicher war ebenso damit zu rechnen, dass auch Schnauze ihm auflauern würde. Er strich den Gedanken an sein Zuhause aus dem Kopf.

Nach der ersten Flasche fühlte er sich matt. Eine innere Schwere legte sich auf sein Gemüt und zog ihn herunter. Die Augenlider fielen ihm zu. Er legte den Kopf nach hinten und schlief auf der Stelle ein.

Er erwachte und spürte sofort, dass ihm alles wehtat. Der Nacken und der Kopf schmerzten am schlimmsten. Die Bauchdecke brannte. Der Raum lag im Dunkeln. Ringsherum herrschte Stille, was er sympathisch fand. Er kam sich plötzlich vor wie in einer kleinen Oase.

Er kramte sein Handy aus der Tasche. Sollte er es für kurze Zeit anschalten? Er entschied sich dagegen. Stattdessen würde er später seine Mails abrufen. Aber vorher musste er etwas essen. Er hatte schon wieder Hunger, was ihn angesichts der riesigen Fischportion heute Nachmittag verwunderte.

Im Kühlschrank entdeckte er eine Ringsalami und einen angebrochenen Beutel Toastbrot. Er toastete zwei Scheiben, schnitt sich ein Stück von der Wurst ab und machte es sich wieder im Wohnzimmer bequem. Zusammen mit einer weiteren Flasche Bier empfand er die Mahlzeit als göttlich. Jetzt wurde es Zeit für seine Mails. Brick holte den Laptop aus der Plastiktüte, pflanzte sich auf den Stuhl vor Gustavs verschrammtem Schreibtisch und fuhr ihn hoch. Er hatte einen

WLAN-Stick, damit er auch von unterwegs ins Internet gehen und mit Photoshop bearbeitete Bilder in die Redaktion schicken konnte.

Während sein Browser startete, zog Brick geistesabwesend am Griff der Schreibtischschublade. Sie war nicht abgeschlossen und ließ sich leicht herausziehen. Sein Blick fiel auf ein Portemonnaie, das auf etlichen Papieren und Umschlägen lag.

Nanu? Hatte es Gustav vergessen?

Brick nahm es heraus und betrachtete es. Die Ränder des Lederportemonnaies waren abgewetzt, zwei Nähte gerissen. Schien alt zu sein. Er kontrollierte den Inhalt und fand einige Münzen, insgesamt 4,68 Euro. Scheine Fehlanzeige. In einem Fach stieß er auf einen Zettel mit Adressen. Er las die Namen, kannte aber niemanden davon. In den Fächern für die Scheckkarten steckten drei Stück. Eine Museumscard, eine Rabattkarte für den Supermarkt und – Brick hielt die Luft an – eine Kreditkarte.

Brick nahm sie an sich. Sie war noch zwei Monate gültig. Warum hatte Gustav sie nicht bei sich? Vielleicht hatte er mittlerweile eine neue. Brick war wie elektrisiert. Zwar brachte ihm die Karte ohne Geheimzahl nichts, denn in den meisten Geschäften brauchte man den Zahlencode, um damit einzukaufen. Zum Bargeld abheben ebenfalls. Im Internet genügte jedoch die Kartennummer und der vierstellige Sicherheitscode, der vorne auf der Karte stand.

Könnte klappen, dachte er. Wer weiß, wofür das Ding noch nützlich sein konnte. Er steckte sie in sein Portemonnaie neben seine unnütz gewordene Bankcard. Ein Hoffnungsschimmer nach all den niederschmetternden Erlebnissen in letzter Zeit. Er wollte diesen kleinen Glücksmoment genießen, stand auf und öffnete sich ein weiteres Bier, das noch mal so gut schmeckte.

Endlich fühlte er sich etwas besser. Zum ersten Mal seit langer Zeit ärgerte er sich, allein zu sein. Es kam ihm wie eine halbe Ewigkeit vor. Am liebsten hätte er Leute um sich gehabt. Eddie. Elisa fiel ihm ein. Kati Neubert flog wie eine Sternschnuppe durch seinen Kopf. Er lehnte sich zurück und ließ das Bier genüsslich in sich hineinlaufen, bis die Flasche leer war.

Jetzt war der richtige Augenblick für seine Mails, die er fast schon wieder vergessen hatte.

Er stellte den Bildschirm des Laptops gerade, öffnete sein Mailprogramm und rief die neuen Nachrichten ab. Nicht sehr viele. Einige Werbe- und Spammails löschte er sofort. Er scrollte weiter. Es gab keinen Absender, den er kannte. Zum Glück, dachte er.

Den Absender der nächsten Mail kannte er gut. Kati Neubert. Ihr Betreff lautete: *Hey, Big Ben.* Er las weiter. *Ich muss mit dir reden. Meld dich schleunigst. Es ist wirklich dringend. Grüße Kati.*

Er seufzte: Was konnte sie Wichtiges von ihm wollen? Er nahm sich vor, sie zu kontaktieren. Aber nicht sofort.

Dann fiel sein Blick auf eine Betreffzeile, die ihn stutzig werden ließ. Sie lautete: *Elisa konnte nichts dafür.* Der Absendername hieß „no escape". Die Mail enthielt einen Anhang. Das kam Brick spanisch vor. Eine leichte Gänsehaut legte sich auf seine Arme. Was sollte das? War das eine Anspielung auf seine Elisa, oder hatte ein Spamprogramm sich sein Adressbuch vorgenommen und wahllos einen Namen herausgefischt?

Er klickte die Mail an und es erschienen drei Zeilen, die ihm den Atem raubten.

Hallo Big Ben,
die Kleine war tapfer, hat ihr aber auch nichts geholfen.
Gruß aus der Hölle, hahahahaha

Augenblicklich war er wie vom Donner gerührt. Sein Mittelfinger zitterte, während er den Cursor zu den angehängten Dateien bugsierte.

Er klickte.

Das hätte er nicht tun sollen, denn sein Herz jagte urplötzlich in rasendem Galopp. Seine Augen weiteten sich. Erst kam der Schmerz, dann die Ohnmacht. Wie eine riesige Schockwelle überfluteten sie ihn und spülten jede Hoffnung weg.

ELISA!

Er fühlte sich hilflos wie ein kleines Kind, das vor einer schier unüberwindlichen Aufgabe Angst hatte.

Das erste Bild zeigte Elisa an einem Bett gefesselt. Halbnackt und blutüberströmt.

Bricks Blut gefror.

Was haben sie mit dir gemacht?

Das zweite Bild war eine Nahaufnahme ihres Gesichtes. Es war geschwollen. Das rechte Auge zu. Einige Schnitte und Schrammen waren zu erkennen. Es sah aus, als sei ihre Haut an den Wangen und auf der Stirn eingeritzt worden.

Diese elende Schweinebande!

Das Leben konnte gnadenlos sein. Genau das spürte er in diesem Moment.

Das dritte Bild war das grauenvollste. Es war eine Nahaufnahme von Elisas rechter Brust. Wo noch vor nicht allzu langer Zeit eine wunderschöne Brustwarze gewesen war, klaffte eine kreisrunde, blutende Wunde.

Brick wischte sich eine Träne aus dem rechten Auge.

Er brauchte einen Drink. Das Leben war lausig, wenn der Pernod nicht griffbereit stand.

Er musste zu ihr. Musste schauen, wie es ihr ging. Ob er etwas für sie tun konnte. Ob sie noch lebte.

Die Gefahr war groß, dass ihm jemand auflauern würde, aber das war jetzt scheißegal. Es ging nicht anders. Er zog sich an, schnappte sich Basecap und Sonnenbrille und machte sich auf den Weg.

6

Hans-Georg Zenker lag wie ein Pascha auf der zweieinhalb mal zweieinhalb Meter großen Spielwiese der Suite des Fünf-Sterne-Hotels in der Stresemannallee. Er wartete auf Natalia. Die kleine Nutte wollte sich frisch machen im Bad. Er konnte es kaum abwarten, sie zu vernaschen. Was trieb sie bloß so lange?

„Alles klar bei dir?“, rief er zu ihr hinüber.

„Moment bitte“, hört er die prompte Antwort.

Zenker, der nur einen Slip trug, hatte vor einer Viertelstunde eine halbe der süßen blauen Pillchen eingeworfen. Nur beim Gedanken an seine Gespielin wölbte sich sein bestes Stück. Er griff die Flasche aus dem Champagnerkühler und schenkte nach. Im Hintergrund erfüllte Sades leichte Samtstimme den Raum mit dem Smooth Operator und Zenker wippte mit dem Oberkörper. Die Matratze war hart und wie dafür geschaffen, ihm eine krachende Nacht mit seiner jungen Göttin zu bereiten. Der eisgekühlte Dom Perignon bitzelte auf der Zunge. Sein Blick fiel auf den kleinen Springbrunnen in der Mitte der Suite und er musste unwillkürlich lächeln. So stellte er sich sein Leben vor! Keine zickende Ehefrau. Keine fast erwachsene Tochter, die ihn ununterbrochen anpumpte. Keine nervende Sekretärin, die ihn mit Terminen belästigte. Und kein Chef, der ständig bessere Zahlen sehen wollte, obwohl seine Performance kaum zu toppen war. Immerhin hatte er der Firma den fettesten Fisch der letzten zehn Jahre geangelt. Ein Kunde, der pro Jahr über vier Mille laut unterschriebenem Vertrag abdrücken würde.

Die konnten ihn alle am Arsch lecken!

Apropos: Er war sehr gespannt, was die kleine Nutte draufhatte. Sie war ihm als Frischfleisch angepriesen worden, die in dem Business noch jungfräulich war. Seine Lolita hatte er sie genannt, als er zum ersten Mal ihr Bild gesehen hatte. Bei diesen Girls hatte er im wahren Leben nicht den Hauch einer Chance. Sein Haar wurde langsam schütter. Seine Bauchfalte wuchs stetig und sein Po zeigte unschöne Runzeln. Also kaufte er sich, was er nicht erobern konnte. Er konnte es sich leisten. Und er liebte diese Art Geschäfte.

Ein leises Stöhnen begleitete seine gespannten Blicke zur Badezimmertür, die sich langsam öffnete.

Natalia trat heraus und platzierte sich direkt vor dem Bett. Ein echter Augenschmaus. Ihre langen blonden Haare fielen seitlich über die gebräunten Arme. Sie trug einen BH, High Heels und halterlose Strümpfe, dafür keinen Slip. Eine echte Teeniepussy zeigte sich ihm. Er würde sie gleich ausgiebig ausschlabbern.

Zenker richtete sich auf, knautschte ein Kissen hinter sein Kreuz und lehnte sich wieder zurück.

„Was hast du so lange im Bad gemacht?"

„Mich schön gemacht. Für dich." Sie lächelte gezwungen.

„Komm her! Aber langsam. Ich will deinen Anblick und jeden deiner Schritte genießen."

Beflissen gehorchte Natalia. Sie setzte sich in Bewegung und stolzierte ums Bett herum auf die linke Seite.

Zenker griff wieder in den Champagnerkühler. „Zum Warmwerden", sagte er, reichte ihr ein gefülltes Champagnerglas und grinste lüstern.

Sie stießen an. Sie trank und ihre roten Lippen hinterließen Lippenstift am Glasrand.

„Cheers!" Seine Augen leuchteten. „Woher kommst du, Darling?"

„Ich bin in Deutschland geboren, aber meine Mutter stammt aus der Ukraine", antwortete sie.

„Das hört man ein bisschen, aber du sprichst sehr gut Deutsch." Schließlich tippte er mit der flachen Hand aufs Bett. „Komm zu mir!"

„Kannst es wohl kaum abwarten, was?" Sie kaute gemächlich auf einem Kaugummi herum und setzte sich neben ihn. In der linken Hand hielt sie das Glas, mit der rechten streichelte sie über sein wabbeliges Bauchfleisch.

Ein leichter Seufzer aus ihrem Mund ließ ihn aufhorchen. „Was ist los? Hast du was?"

„Bist du oft in der Zeitung?“, fragte sie.
„Wie meinst du das?“
„Na, du als Manager wirst doch sicher oft interviewt. Warst du auch schon im Fernsehen?“
Zenker grinste. „Wie kommst du darauf?“
Sie blickte ihn argwöhnisch an. „Etwa nicht? Tomovic hat mir gesagt, dass du reich und berühmt bist.“
„Ach Quatsch! Mich kennt keine Sau. Ich hab Kohle, ja das stimmt. Damit kann ich dich zuschütten, wenn du willst.“ Er lachte herzhaft. „Und jetzt lass uns anfangen. Ich will dich lecken.“
Natalias Augen schienen sich zu verwandeln. Ihre Freundlichkeit war einer aggressiven Arroganz gewichen.
„Was hast du denn?“
„Ach nichts!“
„Ich merk‘s dir doch an!“, sagte er unwirsch.
„Quatsch! Vermies nicht die Stimmung, okay?“
„Okay! Dann fangen wir schön langsam an.“ Er stellte sein leer getrunkenes Glas ab. „Kraul mir erst mal die Eier, Honey!“
„Kraul sie dir doch selbst, Manager!“ Sie zog seinen Slip ein Stück herunter und packte seinen Schwanz hart an. „Und dein Honeybunny bin ich bestimmt nicht.“ Ihre Worte klangen bestimmt und ihr Griff lockerte sich nicht.
„Oho, bist wohl kein Schmusekätzchen! Eher eine widerborstige Kratzbürste. Auch schön! Das törnt mich an.“ Er lächelte breit.
Natalia schaute ihm tief in die Augen und ließ ihre freie Hand langsam tiefer gleiten.
Zenker riss ihr das halbvolle Glas aus der Hand und warf es auf den Boden. „Ja, los jetzt! Blas ihn schön an!“ Er stöhnte laut und geil.
Doch Natalia schien seine Aufforderung zu ignorieren. Stattdessen ließ sie seinen Schwanz durch beide Hände gleiten und rubbelte weiter.
„Hey, hey! Was machst du da?“, empörte er sich. „Willst du mich abwichsen oder was? Dafür hab ich dich nicht bezahlt.“
Sie schmunzelte. „Schatzi, entspann dich! Wir haben Zeit. Viel Zeit. Du kannst so oft abspritzen, wie du willst, okay?“
„Okay! Dann will ich dich jetzt lecken. Leg dich hin!“
Natalia gehorchte, aber ihrem Augenaufschlag war anzumerken, dass sie dazu keine große Lust verspürte. Eine leichte Enttäuschung zeichnete sich in seinem Blick ab. Natalia fügte schnell hinzu: „Oh

ja, meine Pussy ist schon ganz heiß auf deine flinke Managerzunge." Sie leckte sich über die dunkelroten Lippen.

„Lass den Quark mit dem Manager. Das geht mir auf den Geist, weißt du!"

„Aber wieso?"

„Ich will jetzt nix vom Job hören!"

„Bist du nicht stolz auf die Kohle, die du machst?"

„Mist!" Er seufzte und schaute hinunter auf seinen schlaffen Schwanz. „Du hast echt ein Talent, die Stimmung zu killen." Er trank einen weiteren Schluck aus der Champagnerflasche und kostete dann Natalias Brustwarze.

„Keine Sorge, ich kümmere mich jetzt um deinen großen dicken Schwanz. Du musst mich heute richtig rannehmen, okay?"

Ihre Stimme klang seltsam entrückt, doch das schien er nicht zu hören, denn plötzlich war er wieder munter. „Oh ja!" Seine Augen begannen erneut zu leuchten. Ein öliges Lächeln zeigte sich auf seinen Wangen. Die Vorfreude stand ihm ins Gesicht geschrieben.

Natalia rollte seine Hoden sanft zwischen den Fingern, während er sich ins Kissen zurücksinken ließ und entspannt die Decke anschaute, um sich ganz ihren Berührungen hinzugeben. Sie spielte mit den prallen Bällen. Gekonnt, fingerfertig. Es fühlte sich nicht an, als nehme sich eine Anfängerin seiner an. Oder sie war ein Naturtalent. Das mochte es auch geben. Vielleicht war er an eines geraten.

„Ich wusste von Anfang an, dass wir auf der gleichen Wellenlänge sind", sprach er in lüsternem Tonfall. „Ich glaube, in dir steckt ein kleines versautes Luder, das ich nur zum Vorschein bringen muss."

Im nächsten Moment stieß er einen schmerzerfüllten Schrei aus. Am liebsten wäre er aus dem Bett gesprungen. Natalia hatte offensichtlich einen seiner Hoden zwischen ihre Finger gequetscht.

„Auuuuutsch, verdammt!" Er musterte sie skeptisch.

„Hoppsala! Entschuldigung, der Herr!" Sie kicherte. „War keine Absicht."

„Das hast du extra gemacht, gib's zu! Was ziehst du hier für eine Nummer ab? Ich hab für dich bezahlt. Viel Geld, das ich mir hart erarbeitet hab, und du raubst mir die Laune! Wenn das so weitergeht, dann ..."

Im nächsten Augenblick verschwand sein Schwanz bis zum Anschlag in ihrem Mund, sodass er keinen Pieps mehr über die Lippen brachte. Im Gegenteil. Er flog. Er genoss die Wonne, die durch seinen Körper spülte und ein warmes Gefühl hinterließ.

Volle Granate! Das war genau das, was er jetzt brauchte, und die kleine Ratte hatte ihn nur hinhalten wollen. Das hatte sie professionell drauf. Sie wollte ihn nur reizen, die kleine Schlampe. Sie hatte ihn schon jetzt in der Hand und er musste höllisch aufpassen, dass sie ihn nicht im Handumdrehen um den kleinen Finger wickelte.

„Darling, darauf steh ich totaaaaaaal!" Plötzlich klang seine Stimme entsetzt. „Heeeeeeyyyyyy!"

Sie hatte zugebissen.

„Was zum Teufel machst du?"

Sie wollte ihm den Schwanz mitsamt den Eiern abbeißen. Sie wollte ihn verschlucken und aufessen. Er hatte das Gefühl, im Rachen einer gierigen Ratte festzustecken. Und der Schmerz tat ein Übriges. Es brannte tierisch.

Geistesgegenwärtig stieß er sie von sich. Sein blutender Schwanz glitschte heraus. „Ahhhhh! Ich krieg die Krise, du verflixtes Luder!" Er rückte weiter von ihr ab, griff in den Champagnerkelch und holte Eiswürfel raus, um seinen Schwanz zu kühlen, aber das brannte noch mehr. Er hätte die ganze Welt verfluchen können.

Natalia wälzte sich währenddessen auf dem Bett. Blut lief aus ihrem Mund übers Kinn. Das Rot hatte Signalwirkung, denn Zenker besann sich, vergaß den Schmerz, kochte vor Wut und lief seinerseits rot an. „Dir werd ich's zeigen, du Sau!" Seine Augen drohten vor Zorn aus den Höhlen zu treten. Er wollte sie packen und ohrfeigen. Am liebsten hätte er ihr die Kehle zugedrückt oder die Faust schnurstracks in die Fresse geschlagen. Ihm diesen Moment zu versauen! Das war ein Albtraum. Ein kostspieliger noch dazu. Wenn er an die Tausender dachte, kam ihm die Galle hoch. Er holte aus, schleuderte seine Faust nach vorne, doch er verfehlte sie.

Blitzflink schlüpfte Natalia vom Bett und entkam seinem Schlag. Er flog nach vorne und konnte sich nicht halten. Prallte mit dem Kopf auf dem Boden auf. An der Schläfe entstand eine klaffende Wunde. „Fucking hell!" Er blieb benommen liegen.

Natalia krümmte sich vor Lachen, hielt aber einen Sicherheitsabstand von drei oder gar vier Metern ein. „Ich steh nicht auf fette, verpilzte Managerwichser. Kapiert, du Kackbratze!"

Irgendwo in der Suite flog eine Tür zu. Nach etlichen Sekunden wurde sie wieder aufgerissen. Verschwommen sah er kurz darauf Natalia vor sich stehen. Sie hielt ihre Klamotten im Arm. „Mach's gut, Manager!" Sie drehte sich auf dem Absatz um und verschwand durch die Tür der Suite nach draußen auf den Gang des Hotels.

So laut fluchen, wie er es gewollt hätte, konnte er nicht. Er verstummte, sank in sich zusammen und war so frustriert, dass es sich eher wie eine große Depression anfühlte, die in ihm wütete.

Er benötigte einige Minuten, um sich zu sammeln. So eine rotzfreche Göre hatte er noch nie erlebt. So etwas hätte er sich nicht einmal in seinem schlimmsten Albtraum vorstellen können. Das würde diese Fotze bereuen. Er würde ihr beschissenes Nuttenleben noch beschissener werden lassen.

Zenker brauchte nicht lange darüber nachzudenken, was nun zu tun war, sondern tippte wutentbrannt einige Ziffern auf dem Handydisplay ein. Sobald er in der Leitung eine Stimme vernahm, brüllte er los: „Was habt ihr Arschlöcher mir denn da für eine Furie geschickt? Verdammte Hacke! So was könnt ihr mit mir nicht machen. Mit mir nicht! Ich will mein Geld zurück! Und außerdem will ich dieser Sau den Arsch aufreißen!"

7

Sie lag auf dem Bett und sah aus wie ein mit Blut vollgerotztes Taschentuch. Ihr Slip hing in ihren Kniekehlen. Ihre Brüste waren nackt. Gesicht und Nase geschwollen, ein Augenlid aufgeplatzt. Blut floss aus der Nase. Der Körper wies diverse Schnittwunden auf, die teils tief aussahen.

Er musste schwer an sich halten, sonst hätte er laut losgebrüllt.

Eigentlich hatte Brick zu viel gesehen, um überrascht zu sein. Aber Elisas Zustand in Natura war viel schlimmer, als er anhand der Fotos hatte abschätzen können. Sie tat ihm so leid. Sein Mitgefühl war grenzenlos. Er litt mit ihr. Vielleicht hatte er noch nie im Leben mit einem Menschen so mitgelitten.

Diese verfluchten Schweine!

Würde sie je wieder tanzen können?

Als er die Bilder auf dem Laptop gesehen hatte, wusste er sofort, dass eine Tragödie geschehen war. Und dass er – ganz allein er – die Schuld daran trug. Ihm wurde schlecht, aber er dachte keine weitere Sekunde nach und hatte sich sofort zu ihr aufgemacht.

Als er Elisas Wohnung betrat, waren seine Knie weich und seine Beine fühlten sich an wie Pudding. Er fand sie in ihrem Bett und wäre bei ihrem Anblick fast zusammengebrochen. Wie lange mochte sie hier schon liegen?

„Oh, scheiße! Diese verdammten Schweine!“

Er trat näher.

„Elisa?“

Er nahm so etwas wie eine Regung wahr. Ein Zucken. Ein Lebenszeichen. Er atmete auf.

Blitzartig wandte er sich um und hielt nach einem von Elisas Handys Ausschau. Er fand es auf der Ablage und rief den Notarzt an.

***

Etwa vier Stunden später stand er in Elisas Krankenzimmer, in dem sie allein lag. Sie war verarztet und mit Schmerzmitteln vollgepumpt worden. Trug eine Halskrause, Verbände, Pflaster und eine Kanüle in ihrer Hand, durch die eine Infusion in sie hineinlief. Die Bettdecke war hochgezogen bis zu den Schultern. Ihre Arme lagen darauf. Sie hatte die Augen geschlossen und sah aus wie ein braves Mädchen, das das Leben noch vor sich hatte.

Die sterile Krankenhausatmosphäre hatte ihm noch nie behagt, aber das war kein Vergleich zu heute. Das weiße Bett, der hohe Nachttisch und die Einbauschränke. Der glänzende Boden, der aussah, als sei er gerade gewischt worden. Die spießigen Gardinen vor dem Fenster ohne Griff. Das alles kotzte ihn an. Die Luft war abgestanden. Es roch nach Tod und Verwesung. Es roch nach Schmerz und Rache. Und es war still. Zu still für ihn. Das machte ihn nervös.

Er griff sich einen Stuhl und rückte ihn dicht an Elisas Bett. Hier, in dieser beschissenen Stunde, merkte er erst, wie viel sie ihm bedeutete. Aber vor Elisa wollte er nicht weinen und versuchte, die aufkommenden Tränen zu unterdrücken.

Wohin würde er sich jetzt am liebsten wünschen? Auf den Mars. Er wollte jemand anders sein. Urlaub von sich selbst und seinem Leben machen.

Er legte seine Hand auf ihren Arm und streichelte sie. Ihre Haut, die er mit den Fingerspitzen sanft berührte, fühlte sich an wie Samt.

Sie musste es spüren, war also nicht ganz abgeschossen worden, denn sie öffnete leicht die Augen. Sie fingen an zu leuchten, als er in ihr Blickfeld geriet.

„Hi“, hauchte er ihr entgegen.

„Hi“, flüsterte sie mit kratziger Stimme.

„Kannst du sprechen?“

„Geht ... so." Es fiel ihr unendlich schwer, die Lippen zu bewegen.

„Was ist denn passiert, oder willst du nicht drüber reden?"

Elisa zögerte. Ihre Blicke wanderten langsam zur Decke, dann zurück zu Brick. „Warum ... nicht?" Sie legte eine Pause ein, atmete tief aus. „Was passiert ist, lässt sich eh nicht rückgängig machen." Sie sprach langsam und leise. Ungewohnt für Brick. Normalerweise fegte ihre Stimme durch seinen Gehörgang – sie war ja ein Temperamentsbündel par excellence.

„Ich glaube", fuhr sie fort. „Ich war ein bisschen stoned an dem Abend, als es klingelte. Hab mir nix dabei gedacht und die Tür einen Spalt geöffnet. Rumms flog sie mir in die Fresse. Dieses Monster hat sie sofort aufgedrückt, mir gegen den Kopf geschlagen und mich nach hinten gedrängt. Is bestimmt ne Riesenbeule, was?"

Brick nickte.

Elisa hustete, es klang, als müsse sie den Rachen freikriegen.

„Monster Nummer zwei kam hinter ihm in die Wohnung gestürmt, hat mich geschnappt und an den Haaren aufs Bett gezerrt."

Sie musste wieder husten und es dauerte eine Weile, bis sie sich beruhigt hatte. Da sie keine Anstalten machte weiterzureden, fing Brick an. „Haben Sie dich ...? Ich meine, was haben sie ...?" Er konnte ihr nicht in die Augen blicken und schaute beschämt zur Seite.

Elisa hielt einen Moment inne. „Alles, was du dir vorstellen kannst", sagte sie mit matter Stimme und es klang, als müsse sie sich dazu überwinden. „Was du dir aber nicht vorstellen willst!"

Brick zitterte am ganzen Körper, während Elisa langsam und leise weiterredete, riss sich aber zusammen und hörte weiter zu, obwohl er es kaum ertragen konnte.

„Der eine Typ hat mich festgehalten, während der andere seinen Schwanz in mich reingeschoben hat. Und dann umgedreht ... Oh ja, muss schon sagen, so wie die gelacht und gebrüllt haben, hatten sie bestimmt ihren Spaß, die blöden Ficker!"

Brick war fassungslos. „Sie haben dich tatsächlich ... vergewaltigt." Er brachte das Wort kaum über die Lippen.

„Mehrmals. Und ausgiebig. Ich bin für die nächste Zeit bedient. Du wirst deine Ruhe vor mir haben."

Brick wunderte sich, warum sie nicht in Tränen ausbrach und auch sonst recht gefasst schien. Sie wirkte wie ein Eisblock, den nichts zum Schmelzen bringen konnte. Er schob es auf die Medikamente, die man ihr verabreicht hatte. Bestimmt war ein Liter Beruhigungsmittel in sie geflossen. Oder es war ihre Art, mit der Sache fertig zu werden. Sie weinte nach innen und blieb nach außen cool.

„Das sind keine Menschen“, sagte er, „das sind Tiere.“

„Schweine.“

„Ratten.“

„Kakerlaken.“

„Widerliches Ungeziefer.“

Brick wurde abgelenkt. Er wandte den Kopf, weil die Tür aufging. Eine Pflegerin mit kurzen Haaren und in hellblauer Schwesterntracht kam herein und stellte Elisa eine Kanne Tee und einen Teller mit einem Brot auf den Nachttisch.

Sie nickte Brick zu und sprach dann zu Elisa. „Versuchen Sie, was zu essen und zu trinken.“ Elisa starrte sie an, als sei sie ein Geist. „Und schlafen Sie viel.“ Ihre Augen wanderten zu Brick. „Die Besuchszeit ist zu Ende. Machen Sie nicht mehr so lange, okay?“

„Okay!“, sagte er, und es hörte sich an wie ein großer Seufzer.

Zum ersten Mal empfand er sie wirklich als seine Tochter. Sein Mädchen, das er nicht beschützt hatte. Und es tat genauso weh. Mit seiner Exfrau hätte er eine solche Tochter haben können. Er hätte damals nur Ja sagen müssen. Daniela wäre auf der Stelle und nur zu gerne schwanger geworden, aber er konnte sich nicht dazu durchringen. Zu viele Flausen hatte er im Kopf gehabt. Immer stand ihm etwas im Weg, und Ausreden hatte er schnell parat. In Wirklichkeit war es eine Flucht vor der Verantwortung gewesen. Erst als Alina in sein Leben getreten und schwanger geworden war, wäre er bereit gewesen, diese Verantwortung zu übernehmen. Aber daraus war nichts geworden.

„Ich versteh das nicht“, setzte Elisa an. „Was ... was wollten die von mir?“

Brick ließ sich Zeit, überlegte genau, was er ihr antworten sollte. „Ich sag es ungern, Eli, aber das war ne Warnung an mich. Verstehst du, Eli? Du hast damit nichts zu tun. Es ging um mich.“

„Nenn mich nicht Eli, Brick!“, reagierte sie erzürnt.

„Und warum?“

„Weil du Eli immer nur dann sagst, wenn du ein schlechtes Gewissen hast.“

„Ja, und?“

„Du sollst dein schlechtes Gewissen haben, von mir aus, aber du sollst es mir nicht zeigen. Kapiert?“

„Alles klar, Elisa! Kommt nicht wieder vor.“

„Nie mehr?“

„Nie mehr!“ Er überlegte, wie es weitergehen konnte. „Kannst du die Schweine beschreiben?“

„Nichts leichter als das. Das waren zwei Stiernacken. Bodybuilder. Bestimmt vollgepumpt mit Anabolika. Riesengroße Kampfmaschinen.“

„Die gleichen, die mich bearbeitet haben.“ Er fasste sich ins Gesicht.

„Scheint so, als hätten wir zwei neue Freunde gefunden.“ Sie schien ihren Humor nicht verloren zu haben. Das beruhigte ihn in gewisser Weise. Aber es war nur vorgetäuscht. Ein Selbstschutz, um nicht vollends in der Hölle zu versinken.

Er machte sich Sorgen um Elisa. Was sollte mit ihr werden? Wer würde sich um sie kümmern? Er war nicht in der Lage dazu. Und was war mit ihren Träumen? Zerschellt an den Muskeln der Gorillas von Starlight Escort. Und ihre Hoffnungen? Zerstört durch pure Gewalt.

Ein Groll übermannte ihn, der stärker war als der übliche Zorn, den er sowieso fortwährend in sich trug. Big Ben war der falsche Spitzname für ihn. Ab sofort, beschloss er, sollten ihn alle Big Brass nennen. Genau das fühlte er in sich. Eine Mischung aus Ärger, Wut, Zorn und Hass. Brass. Ein wunderbares Wort.

Hinzu kam eine Art Ohnmacht angesichts der verfahrenen Situation. Er hatte in seinem Leben schon oft in Schwierigkeiten gesteckt, aber noch nie in einem solchen Schlamassel.

Die Erkenntnis traf ihn wie ein Vorschlaghammer. Er rang um Selbstbeherrschung, sonst hätte er auf der Stelle losgeschluchzt.

Nicht vor Elisa, sagte er sich.

Sie und ihr jetziger Zustand waren es, die ihn an seinem Weg zweifeln ließen. Wohin sollte das alles führen, wenn er sich nicht bereit erklären würde, den Artikel zurückzuziehen und ihn endgültig zu vernichten? Vielleicht war es schon zu spät und Eddie hatte ihn bereits veröffentlicht. Wer wäre der Nächste? Etwa Eddie selbst? Was würden sie mit ihm anstellen? War es seine Ignoranz, nicht sehen zu können, dass er sich auf dem Holzweg befand? Waren es die vielen Verletzungen seines Lebens, die ihn in die Irre geführt hatten? Waren es die Wunden, die ihn anpeitschten, weil er deren Existenz nicht aushalten konnte?

Er musste gegenlenken. Er musste raus aus der Sackgasse. Er musste einen anderen Plan entwickeln. Einen, aus dem er alle anderen heraushalten konnte. Einen, den er allein, ohne fremde Hilfe, umsetzen konnte.

Er allein musste den Kopf hinhalten. Das war schonungslos, doch er ahnte, dass es der einzig gangbare Weg war.

„Du siehst aus wie ausgespuckt“, holte ihn Elisa in die Gegenwart des tristen Krankenzimmers zurück.

Brick bekam Ohrensausen. Sie hatte bestimmt recht. Genau so fühlte er sich auch. Er stand langsam auf. „Ich muss los“, sagte er, „aber ich komme wieder.“ Er beugte sich zu ihr hinab und gab ihr einen Kuss auf die Stirn. „Bleib tapfer!“

„Ich geb mein Bestes. Ich schwöre.“

Er rang sich ein gequältes Lächeln ab.

Elisa versuchte, die rechte Hand zum Abschied zu heben, aber es fiel ihr schwer und sie ließ sie im Nu wieder sinken. Stattdessen blinzelte sie ihm zu.

„Bis bald!“, sagte Brick, bevor er sich umwandte und die Tür öffnete.

Als er auf den Klinikflur trat, waren es nicht mehr die Augen seiner Tochter Natascha, die ihn verfolgten. Es waren Elisas Augen. Ihre Stichwunden und ihre vermeintlichen Schreie während ihrer Vergewaltigung, die in seinem Inneren nachhallten.

Eine unmissverständliche Warnung der Starlight-Bande.

Es gelang ihm nicht länger, die Tränen zurückzuhalten. Sie schossen ihm in die Augen und liefen ihm die Wangen hinunter.

Was werden sie mit dir anstellen?, fragte sich Brick. Einen Arm brechen. Dich an den Füßen aufhängen. Dich massakrieren. Oder dich gleich erschießen? *Sie werden mich umbringen*, dachte Brick. *Wenn sie mich das nächste Mal erwischen, werden sie mich umbringen.*

Seine innere Stimme ermahnte ihn. Über ein solches Zeug nachzudenken, hatte noch niemandem geholfen. Er wischte die Tränen ab, verließ die Uniklinik und marschierte zum Parkplatz, der unmittelbar am Main auf der Niederräder Seite lag. Um sich etwas abzulenken, schaltete er sein Handy ein. Nach der Hochfahrmelodie erklangen sofort enervierende Töne, die ihm anzeigten, dass einige SMS angekommen waren. Die Erste war von Schnauze. Brick blieb sowieso nichts übrig, also las er:

Brick, du Arsch, du hast mir die größten Schwierigkeiten meines Lebens beschert. Wie soll ich erklären, dass meine Dienstwaffe so mir nichts dir nichts verschwunden ist? Hä? Hallo? Bring sie auf der Stelle zurück, sonst kriegen wir den größten Zoff aller Zeiten und du würdest sicher froh sein, wenn du mir niemals begegnet wärst.

Kaum hatte er die SMS gelesen, löschte er sie sofort.

Wenn du wüsstest!

War ne miese Idee, dachte er, das Handy einzuschalten, während er auf den Main starrte, auf dem soeben das Schiff ‚Goethe' vorbeifuhr. Dessen gemächliche Fahrt, die er eine Weile beobachtete, ließ ihn zur Ruhe kommen. Er fühlte sich unendlich müde. Er wollte nur noch schlafen, doch dann kam ihm Katis Mail wieder in den Sinn. Er musste sie anrufen, wollte aber nicht sein Handy benutzen. Also machte er sich auf den Weg zu Gustavs Wohnung, die nur fünf Minuten von hier entfernt lag.

Die Luft war rein, davon hatte er sich überzeugt, als er angekommen war. Er wählte auf dem Festnetztelefon Katis Nummer.

„Hallo Kati. Hier spricht Ben."

„Wo steckst du?"

„Was hast du denn auf dem Herzen?"

Ihre Stimme überschlug sich fast. „Es gibt Gerüchte."

„Welche?"

„Über dich."

„Erzähl schon!"

„Du darfst nicht mehr für die Zeitung schreiben."

„Wie bitte?"

„Beschäftigungsverbot. Soll von ganz oben kommen."

„Weshalb?"

„Weiß ich nicht genau. Ich hab's vom Schleimer Martens gehört. Eddie hat wohl mit dem Vorstand und der Geschäftsführung ein Meeting gehabt. Details sind mir aber noch nicht zu Ohren gekommen."

„Danke, dass du's mir erzählt hast."

„Brick ...", rief sie.

„Was ist?"

„Dieser Haftbefehl gegen dich ..."

„Mach dir keine Sorgen", entgegnete er. „Das entbehrt jeder Grundlage, aber ich muss vorsichtig sein und mich vorerst versteckt halten, okay?"

„Bist du sicher, dass du keine Hilfe brauchst?"

„Sicher!"

„Gut, du sturer Hund. Aber wenn was ist, meldest du dich bei mir, ja?"

„In Ordnung. Und danke."

„Wofür?"

„Für alles! Bis bald."

„Gerne."

Brick schaltete das Handy aus.

Nach einer Flasche Bier fühlte er eine Schwere in sich, die ihn zu Boden zog. Als er sich kurz darauf hinlegte, um zu schlafen, hasste er es zu wissen, dass er morgen früh wieder aufwachen würde.

KAPITEL 3

1

Auf der Galopprennbahn in Niederrad stand der Start des dritten Rennens an. Die letzten Pferde wurden gerade in die Startboxen geführt. Im Hintergrund zeichneten die Bankentürme der City ihre Konturen vor einem blau strahlenden Himmel ab. Dejan Tomovic beobachtete mit einem Feldstecher die Szenerie von der Tribüne aus und konnte kaum ruhig auf seinem Platz sitzenbleiben. Sein Hengst Starlight One, das Paradepferd seines Stalles, war mit von der Partie. Er setzte viel Hoffnung in den neuen Jockey, der das Tier endlich an seine Leistungsgrenze bringen sollte, was bislang kein anderer vollbracht hatte.

Die Tribüne war zu zwei Dritteln gefüllt. Neben Tomovic saßen zwei Ladys in Rüschenbluse und mit Hut. Die beiden waren sicher zum ersten Mal hier. Sie nervten ihn mit ihrem Geschwätz, aber er versuchte sich wieder auf den Start des Rennens zu konzentrieren.

Zwei Starthelfer führten das letzte Pferd, einen Schwarzen, an der Trense zur Startbox, aber das störrische Tier wehrte sich. Schnaubte und riss den Kopf zurück. Es war ein edler Hengst, muskulös und erhaben. Starke Konkurrenz. Im Gegensatz zum Rest des Feldes, in dem sich einige merkwürdige Klepper befanden.

Macht schon, dachte Tomovic, dessen Pulsschlag jetzt deutlich erhöht war. Er nahm mit dem Feldstecher seinen Braunen mit der hellen Mähne und seinen Jockey in der grünen Seidenjacke ins Visier. Sie wirkten konzentriert. Tomovic liebte den Moment, wenn sich die Boxen öffneten und die Pferde hervorpreschten. Das war geballte Energie, die sich unter dem Sattel entlud.

Einen eigenen Rennstall zu leiten war immer Tomovics Traum gewesen, den er sich vor zwei Jahren erfüllt hatte. Seit die Geschäfte prächtig liefen, konnte er schalten und walten, wie er wollte.

Er hatte zwei Ställe. Die einen Pferdchen brachten ihm die Kohle heim, die anderen befriedigten seinen Wunsch nach Ruhm. Wobei die großen Erfolge mit den Rennpferden noch auf sich warten ließen. Das Kräftemessen mit den etablierten Rennställen war kein Zuckerschlecken. Es ging ums Prestige. Die Alteingesessenen verteidigten ihre Pfründe mit harten Bandagen. Aber Tomovics Rennstall war im Kommen. Heute sollte wieder ein kleines Mosaiksteinchen dazukommen.

Der Schwarze zeigte sich weiterhin widerspenstig. Tomovic setzte den Feldstecher ab. Wie lange sollte das noch dauern?

Plötzlich hörte er von der Treppe aus seinen Namen rufen. Er wandte den Kopf und sah Drago, der dort stand und ihm hektisch zuwinkte.

Tomovic schüttelte den Kopf. Was sollte das jetzt? Er betrachtete noch einmal die Startboxen. Der Schwarze hatte immer noch keine Lust, sich in die Ausgangsposition zu begeben, und machte seinem Jockey zunehmend Schwierigkeiten, ihn unter Kontrolle zu bekommen.

Warum musste Drago ausgerechnet jetzt hier auftauchen? Er trippelte von einem Fuß auf den anderen und veranstaltete in seinem schwarzen Anzug eine Art Balztanz. Scheinbar gab es etwas Wichtiges.

Tomovic blieb keine andere Wahl, als aufzustehen und ihm den Marsch zu blasen.

Er erhob sich. Einige Zuschauer beschwerten sich. Ihre Blicke durchbohrten ihn, denn sie mussten ihm auf dem schmalen Weg vor den Tribünensitzen Platz machen. Er ignorierte sie und konzentrierte sich auf die Standpauke, die er Drago gleich entgegenschmettern würde.

„Sag mal tickst du noch richtig, mich hier zu stören?“ Er schnickte mit der Rechten Dragos Kopf nach hinten. „Du weißt doch genau, dass die Rennbahn der einzige Platz auf der verdammten Welt ist, wo ich absolut meine Ruhe haben will. Ich bin nirgends ungestört, da wird es doch wohl möglich sein, mal zwei, drei Stunden eine Auszeit von der ganzen Kacke nehmen zu können.“

„Tut mir sehr leid, Dejan, aber ... wir haben ein beschissenes Problem.“

„Dann lös es gefälligst, und lass mich damit in Frieden!“

„Sorry, aber ich muss unbedingt mit dir reden. Komm mit!“

„Jetzt? Das Rennen beginnt gleich.“

„Es ist sehr wichtig. Es geht um Natalia.“

„Was ist mit der Schlampe?“

„Nicht hier. Das sag ich dir gleich. Nicht vor den ganzen Leuten.“

„Diese verdammte Nutte! Ich hab geahnt, dass sie uns nur Ärger einbringt.“

Tomovic stemmte die Hände in die Seite. Das Publikum geriet in Wallung. Einige jauchzten, andere ließen Freudeschreie erklingen. Das Stimmengewirr wurde lauter. Offensichtlich war es gelungen, den Schwarzen in die Box zu bringen. Er hob den Feldstecher. Tatsächlich. In diesem Augenblick klappten die Gitter auf und die Pferde sprengten heraus. Jedes Mal, wenn Tomovic einem Rennen zusah, empfand er diesen Moment als magisch. Als würde sich die ganze Welt auf diese eine Szene fokussieren. Nichts anderes spielte mehr eine Rolle.

„Du hättest dir keinen unangemesseneren Zeitpunkt aussuchen können", schimpfte er, ließ den Feldstecher sinken und starrte Drago durchdringend an. „Das darf echt nicht wahr sein!"

„Ich weiß, Chef, ich weiß!" Es klang wie eine Kapitulation. „Aber ..."

„Nichts aber ... Wie ich dieses Wort hasse! Immer nur aber, aber, aber ... Fuck!"

Tomovic erkannte, dass ihm momentan nichts anderes übrigblieb. An einem Gespräch mit Drago führte kein Weg vorbei. Er ging voran und stieg die Treppe empor. Drago folgte ihm auf den Fersen. Sie verließen die Tribüne, hielten sich rechts, umkreisten einige Trink- und Essensstände und kamen an einen Zaun. Von hier aus konnte man einen Blick auf die Rennbahn erhaschen. Die Sicht war allerdings sehr eingeschränkt. Der Lautstärke des Publikums nach zu urteilen, gaben die Jockeys den Pferden die Sporen und jagten übers aufspritzende Grün.

„So. Was zum Teufel ist los?", hatte es Tomovic nun eilig, den Grund der Störung zu erfahren.

„Natalia hat ... Ich weiß gar nicht, wie ich es dir sagen soll." Dragos Mut sank.

„Spuck's schon aus, sonst werd ich fuchsteufelswild! Und ich glaube nicht, dass du das heute erleben willst."

„Sie hat ...", setzte Drago erneut an, weil er die Situation nicht noch verschlimmern wollte. „Sie hat Zenker verärgert."

Tomovic hob die Augenbrauen. „Was meinst du damit?"

„Na ja, sie hat ihm fast den Schwanz abgebissen und auch sonst ..."

Tomovic musste augenblicklich schmunzeln, riss sich aber sofort wieder zusammen. „Ist die irre geworden?", knallte er Drago an den Kopf.

„Sieht so aus. Sie hat sich völlig danebenbenommen, und das bei einem so guten Kunden. Der ist so was von stinksauer, der hat mich durchs Telefon angeföhnt, Alter! So was hab ich lange nicht erlebt. War kaum zu bremsen. Ich musste ihm versprechen, dass wir sie aus dem Verkehr ziehen und dass wir alles wieder gutmachen werden."

Tomovic atmete tief durch. Er versuchte, seine Gefühle im Zaum zu halten und einen Ausbruch zu verhindern. Für einen Moment schloss er die Augen, doch das aufbrausende Publikum störte seine innere Einkehr.

Er hielt sich den Feldstecher vor die Augen. Die Pferde preschten durch die erste Kurve und da ... Er konnte sich kaum halten vor Anspannung. Starlight One lag auf dem zweiten Platz. Er hing an den Hufen des Schwarzen, der auf der Innenbahn mit einer knappen Länge Vorsprung an der Spitze galoppierte und unaufhaltbar schien. Das Feld lag dahinter dicht beisammen.

„Was sollen wir jetzt machen?", holte ihn Drago wieder zurück in seinen zweiten Starlight-Stall. „Mit Natalia?"

„Ich knöpf sie mir persönlich vor", antwortete Tomovic cool, schien dabei aber geistesabwesend, denn er fixierte weiter gebannt das Renngeschehen. Auf der Gegengerade spitzten sich die Ereignisse nun zu. Der schwarze Hengst lag weiterhin vorne, doch Starlight One machte Zentimeter für Zentimeter gut. Tomovic quittierte es mit einem breiten Lächeln. „Geil! Und jetzt die Außenbahn!", schrie Tomovic. „Nimm die Außenbahn, verdammt!" Er schlug sich mit der Linken auf die Oberschenkel. „Drago, wir schaffen es. Diesmal schaffen wir es!"

Während er mitfieberte, blickte ihn Drago verzweifelt aus den Augenwinkeln an. „Meinst du mit Natalia?"

„Das Rennen natürlich", fuhr Tomovic dazwischen. „Natalia ist mir doch scheißegal."

In der zweiten Kurve hatte sich im Rennverlauf wenig getan, aber die Spannung stieg. Das Feld donnerte nahezu geschlossen vorwärts. Das Publikum erhob sich, klatschte und feuerte mit Gebrüll die in den Steigbügeln stehenden Reiter an, die zunehmend zur Peitsche griffen und die Hinterteile der Pferde bearbeiteten. Auf der Zielgeraden schließlich hatte Starlight One, der sich die Außenbahn gesichert hatte, den höchsten Speed. Er griff den Spitzenreiter an, was Tomovic mit einem lauten Jauchzer begleitete. Er warf die linke Hand hoch und setzte schon zum Jubelschrei an.

Es war ein Kopf-an-Kopf-Rennen. Die beiden Hengste ließen ihre Muskeln spielen und jagten nebeneinander dahin. Im Publikum gab es kein Halten mehr. Die Schreie waren spitz, die Begeisterung schwappte über.

Auf den letzten hundert Metern galoppierten die beiden imposanten Hengste parallel. Sie lieferten sich eine Schlacht mit offenem Ausgang. Beide Jockeys malträtierten die Hinterteile, versuchten, das letzte Quäntchen aus den ihnen anvertrauten Rennpferden herauszuholen.

„Ja, los! Los! Schneller, ja, los, jaaaaaaaaaaa!“, schrie Tomovic aus Leibeskräften, während er versuchte, dem Ende des Rennens per Feldstecher zu folgen. Er sprang dabei auf und nieder.

Und schon rückte die Ziellinie näher. Mit bloßem Auge war der Zieleinlauf nicht auszumachen. Die Zuschauer applaudierten. Jeder feierte den Sieger, den er am liebsten gehabt hätte. Tatsächlich war lange Zeit nicht klar, wer gewonnen hatte. Die Anzeigetafel blieb schwarz. Ein eindeutiges Ergebnis fehlte.

Tomovic fiel Drago um den Hals. „Ich glaube, wir haben es!“, brüllte er und schaute gen Himmel, als sei dort ein Gott, dem er sich zu Dank verpflichtet fühlte.

Drago blieb zurückhaltend, wollte aber den Optimismus seines Chefs nicht bremsen. „Cooles Rennen von dem Gaul“, streute er ein, erntete jedoch sogleich wütende Blicke.

„Nenn dieses majestätische Tier nie wieder so, kapiert!“, schrie Tomovic, ließ sich jedoch nicht lange von seinem Freudentaumel ablenken.

In diesem Moment ertönte ein Kratzen aus dem Rennbahnlautsprecher. Der Sprecher meldete sich zu Wort. Das Publikum verstummte und hielt den Atem an.

„Verehrte Damen und Herren, die Rennjury hat soeben das amtliche Endergebnis des dritten Rennes verkündet. Der Zieleinlauf war auf die hundertstel Sekunde gleich, somit entschied eine Auswertung des Zielfotos über den Sieger. Meine Damen und Herren, gewonnen hat ... Old Boy, zeitgleich dahinter Starlight One, gefolgt von Crusader und Matchpoint auf den Plätzen drei und vier. Ich danke Ihnen. Kommen wir zu den Teilnehmern des vierten Rennens, die ich Ihnen sogleich mitteilen werde ...“

Tomovic sackte zusammen und schmetterte Drago ein verbissenes „Merde!“ entgegen. Eine Zornesfalte zeigte sich quer über seiner Stirn.

„War haarscharf, Chef!“

„Umso ärgerlicher.“

„Das nächste Mal klappt’s bestimmt, Chef.“

Tomovic drehte sich um. „Der ganze Tag versaut. Erst kommst du mit deinem Scheiß und jetzt das. Es ist zum ...“

„Es gibt auch noch was Neues zu Veigel“, unterbrach ihn Drago. „Willst du es hören?“ Dragos Stimme hörte sich besorgt an, in Erwartung eines Donnerwetters.

„Nicht jetzt“, sagte Tomovic gefährlich leise. „Keinen Nerv. Wir sehen uns später. Am besten heute Abend in der Villa.“

2

Für jeden Furz musste Karl-Heinz Martens in Eddies Büro vorstellig werden und ihn um Erlaubnis fragen. Es ging ihm schon immer gegen den Strich, wenn sich der Chefredakteur des Lokalteils jedes Mal aufspielte. Selbst wenn es um einen winzigen, beschissenen Artikel über ein Sommerfest in der Kleinmarkthalle oder ein Grillfest der Frankfurter Rudergesellschaft Germania ging. Eddie wollte alles absegnen. Und das stank ihm gewaltig.

Schluss damit!, dachte Martens.

Er hatte keine Lust mehr, immer die zweite Geige zu spielen. Er hatte sich über zehn Jahre als freier Journalist für schmales Geld verdingt, danach hatte er ein Volontariat gemacht und war Handlanger der etablierten Redakteure geworden, die ihn triezten und ausbeuteten. Und heute war er zwar selbst Redakteur im Lokalteil und Eddies rechte Hand, aber etwas zu sagen hatte er immer noch nicht. Eddie behielt auf allem die Hand drauf und sich selbst das letzte Wort vor.

Jahrelang war Martens still geblieben, hatte sich geduckt und jeden Befehl ausgeführt. Er wollte ja in dem Laden Karriere machen. Und das lag durchaus im Bereich des Möglichen. Katsches‘ Artikel, wie ihn die Kolleginnen und Kollegen nannten, waren gut, inspiriert, immer hieb- und stichfest. Ein geborener Schreiber, so hatte ihn einmal ein Kollege genannt. Und darauf war er stolz. Einer, dem die Sätze nur so aus der Feder flossen. Wenn er mal loslegte, brachte er seitenweise Texte aufs Papier, manche waren sogar brillant. Fast schon Literatur. Das war auch der Grund, warum Katsche im Frühjahr mit seinem ersten Roman begonnen hatte. Und er hatte sich auch schon einen genialen Romanplot gebastelt, der auf seinen Erfahrungen in der Zeitungsbranche beruhte. Ein kleiner Schreiberling, der gerade mal so eben den Realschulabschluss geschafft hatte, setzt sich gegen alle Konkurrenten durch, wird zum Chefredakteur einer renommierten Zeitung und schließlich zur Führungspersönlichkeit eines Medienimperiums. Ruhm und Ehre ohne Ende. Ein phänomenaler Aufstieg. So was wie die Rocky-Filme, übertragen auf das Haifischbecken Medien. Katsche glaubte an diese Geschichte und musste sie nur noch zu Papier bringen. Hollywood würde anklopfen, und der eine oder andere angesehene Literaturpreis war sowieso drin. Es war mehr als offensichtlich, dass er zu Höherem berufen war, als in der Lokalredaktion der Frankfurter Presse zu versauern und ein Dasein als zweite Kraft hinter dem Journalistengott Zinnober zu fristen, den alle anzubeten schienen.

Leider hatte das bislang niemand wahrgenommen – außer ihm selbst.

Früher war Eddie vielleicht das gewesen, was er heute vorgab zu sein. Eine Koryphäe. Aber das war eine Weile her. Eddie war stehengeblieben, das Zeitungsmachen hatte sich weiterentwickelt. War er, Katsche, der Einzige, der Eddies begrenzte journalistische Fähigkeiten wahrnahm? Warum hatte noch niemand die 08/15-Schreibe bemerkt? Warum hatte nie jemand die miesen, von Paraphrasen und Gemeinplätzen nur so wimmelnden Zeilen angeprangert? Warum kritisierte niemand Eddies Abneigung gegen die Neuen Medien, seine Vorbehalte gegen das Internet? Dabei lag doch die Zukunft des Journalismus im Netz, im Online-Journalismus!

Katsche gab sich die Antwort selbst: weil Eddie über allem stand. Niemand wagte es, an seinem Denkmal zu kratzen oder es gar infrage zu stellen.

Er, Katsche Martens, wollte der Erste sein. Er wollte das Idol zu Fall bringen. Das hatte er sich fest vorgenommen. Und er würde diesen Plan umsetzen. Momentan war die Zeit günstig. Die Brick-Affäre zog Kreise. Eddie musste von Meeting zu Meeting und war mit seinen Gedanken ganz woanders, nur nicht beim Tagesgeschäft. Katsche wollte sich der Sache annehmen. Aber auf seine Art.

Er lächelte in sich hinein, als er Eddies Büro betrat, an den Türrahmen klopfte und in die miese Miene seines Chefs blickte. Auweia! Dem war sicher ne Laus über die Leber gelaufen. Oder seine Alte hatte ihn nicht rangelassen. Egal. Jedenfalls war etwas passiert.

„Hallo Eddie, was ist denn los mit dir?“, fragte er, während er sich an seinen Schreibtisch setzte.

Eddie rieb sich die Augen und sah ihn an. Er wirkte angestrengt. „Der Herr Quälgeist schon wieder.“

„Ist was mit Brick?“

„Du hast den Nagel auf den Kopf getroffen. Die Geschäftsleitung hat beschlossen, künftig auf seine Dienste zu verzichten, und ich konnte es ihnen nicht ausreden. Es wird keine Zeile mehr von ihm erscheinen.“

Martens versuchte, sich seine Freude darüber nicht anmerken zu lassen, und lächelte in sich hinein. „Ach, die beruhigen sich schon wieder, sobald er von den Vorwürfen freigesprochen wird ..."

„Ach, Herr Klugscheißer. Das klang aber gestern noch anders!"

„Ich mache mir keinen Kopf um Brick. Die regen sich ab, sobald das Thema wieder aus dem Fokus raus ist. Das war schon immer so. Wir könnten ja was beitragen, damit es schneller geht."

„Wie meinst du das?" Eddie war gespannt und spitzte die Ohren.

„Na ja, warum berichten wir nicht darüber? Ich meine redaktionell?"

„Aber das machen wir doch. Die Artikel zum Mord, die Pressekonferenzen der Kripo ..."

„Ja, schon. Aber direkter, meine ich."

„Verstehe ich nicht."

„Wir müssten uns was anderes einfallen lassen."

„Ach ja? Und was?"

„Lass uns ein Interview mit Brick machen und die Sache aus seiner Sicht schildern."

Eddie schien verblüfft und sah ihn lange an. „Und was erreichen wir damit, außer dass die Kripo hier erscheint und uns zu Bricks Aufenthaltsort ausquetschen wird?"

„Quatsch. Wir schreiben, dass es ein Telefoninterview war und wir nicht wissen, wo er derzeit steckt. Das wissen wir doch auch nicht, oder?"

„Ich weiß es jedenfalls nicht", antwortete Eddie prompt.

„Ich dachte nur, weil ihr so eng seid, hat er sich vielleicht bei dir gemeldet."

„Hat er auch, aber er hat mir nicht auf die Nase gebunden, wo er sich aufhält."

„Schade." Martens grinste. „Ich könnte versuchen, mich mit ihm in Verbindung zu setzen. Was meinst du?"

„Ich weiß nicht, ob ihm das recht ist."

„Einen Versuch ist es wert."

„Ich muss ihn ohnehin kontaktieren. Die Geschäftsleitung hat mich dazu verdonnert, ihm ihre Entscheidung mitzuteilen."

„Na, prima. Das ist doch eine gute Gelegenheit, ihn zu fragen." Da Eddie zögerte, sprach Katsche weiter. „Es gibt aber noch was anderes."

Eddie horchte auf. „Schieß los!"

„Die Entscheidung der Geschäftsleitung bedeutet doch, dass wir Big Bens Artikel zu Starlight nicht bringen dürfen ..."

„Schlaumeier!“

„Dann lass mich doch über den Fall berichten und wie nebenbei flechte ich Bricks Thesen aus seinem Artikel ein.“

„Das kommt überhaupt nicht infrage!“, erboste sich Eddie und schlug mit der Faust auf den Tisch. „Das ist Bricks Ding! Das rühren wir nicht an. Wir werden eine Lösung finden. Und dann wird der Artikel erscheinen. Und jetzt raus! Ich hab zu tun.“ Er senkte den Kopf und wandte sich seinem Laptop zu.

Martens blieb noch eine Weile sitzen und schien abzuwägen, ob und wie er Eddie noch einmal darauf ansprechen konnte. Doch dann resignierte er – es war ein wenig Trotz und ein wenig Desillusion dabei. Er stand auf und verließ ohne ein weiteres Wort das Büro.

Dir werd ich's zeigen, du alter Arsch!, dachte er. Ihr werdet mich jetzt richtig kennenlernen.

3

Diese Nacht hatte Brick geschlafen wie ein Toter. Er konnte sich nicht erinnern, jemals so tief geschlafen zu haben. Morgens war er aufgewacht und musste sich orientieren, wo er überhaupt war. Er lag in Gustavs Bett und erschrak. Wie war er dort hingekommen?

Mit galligem Geschmack im Mund erhob er sich rasch aus dem Bett, setzte einen starken Kaffee auf und putzte sich mit seiner abgenutzten Zahnbürste die Zähne. Danach gurgelte er mit Gustavs Mundwasser.

Sich halbwegs frisch fühlend, setzte er sich mit einer Tasse Kaffee vor den Fernseher und zappte. Im Hessischen Rundfunk stieß er mitten in einen Bericht der Lokalnachrichten. Schon das erste Wort, das er aus dem Mund der Reporterin vernahm, die offensichtlich vor dem Hessischen Landtag stand, elektrisierte ihn. „... Prostitutionsgesetz verschärfen. Herr Veigel hat damit eine Debatte ausgelöst, die sich quer durch alle Gesellschaftskreise zieht. Und damit zurück ins Studio.“

Mist, dachte er, zu spät. Aber es war ein Zeichen. Das Thema waberte inzwischen überall. Es kursierte in der Öffentlichkeit. Wenn sein Artikel endlich erscheinen würde, wäre das eine Art Supergau zur richtigen Zeit.

Er musste unbedingt herausfinden, ob der Artikel schon erschienen war. Vielleicht hatte ihn Eddie noch vor dem Boykott seiner Person bei der Zeitung bringen können.

Mit der Tasse in der Hand begab er sich vor seinen Laptop, fuhr ihn hoch und öffnete das Internet. Er tippte seinen Namen in eine Suchmaschine, stieß aber nur auf alte Artikel. Dann durchstöberte er die gesamte Zeitungshomepage und benutzte auch die Suchfunktion. Nichts. Er probierte verschiedene Stichwörter. Von Starlight über Tomovic bis Escort Agentur. Vergeblich.

„Mist!", regte sich Brick auf. Sein Artikel hätte längst online sein müssen. Wenn er es nicht war, konnte das nur bedeuten, dass Eddie ihn zurückgehalten oder jemand anders ihn gestoppt hatte. Er musste Eddie anrufen.

In diesem Moment ertönte sein Mailboxton aus dem Laptop. Absender der soeben angekommenen Mail war die Adresse von Katsche Martens aus der Lokalredaktion. Brick wunderte sich. Von ihm hatte er noch nie eine Mail bekommen. Er klickte sie an.

Hallo Big Ben, ich wollte mit dir ein Interview führen und es in der Zeitung veröffentlichen. Über deinen Haftbefehl, deinen Starlight-Artikel, die brisanten Informationen – vielleicht gelingt es uns, deine Zeitungssperre auf diese Weise zu umgehen und so die ganze Sache in einem anderen Licht erscheinen zu lassen. Was meinst du? Ruf mich doch einfach mal an, grüßt Katsche.

Brick war wie vor den Kopf geschlagen. Das sah nach einem Alleingang von Katsche aus. Ansonsten hätte Eddie ihn angerufen oder zumindest vorher darüber informiert, dass er den Schmierfinken drauf angesetzt hatte. Außerdem: Woher wusste Katsche überhaupt von seinem Artikel? Eddie würde ihn ja wohl kaum überall rumgereicht haben. Was sollte er davon halten? Es käme auf einen Versuch an. Oder sollte er Eddie vorher informieren? Er hatte ihn ja ohnehin anrufen wollen. Erneut benutzte er Gustavs Festnetztelefon.

„Big Ben hier", meldete er sich, als Eddie abnahm. Brick vernahm auf der anderen Seite der Leitung ein Schnauben. „Eddie", rief er. „Was ist los?"

„Kannst du dir das nicht denken, verflucht? Sie haben mich durch die Scheiße gezogen wegen dir. Das mit dem Haftbefehl, das verkraften die Jungs da oben nicht. Das ist zu viel. Die haben Schiss. Die sehen die Reputation der Zeitung in Gefahr ..."

„Dass ich nicht lache", fuhr Brick grinsend dazwischen. „Was gibt's da noch zu verschlimmern?"

„Brick, jetzt halt mal den Rand. An der Zeitung hängen ne Menge Existenzen, das weißt du. Es geht nicht nur um dich oder mich, es geht um viel mehr."

„Es geht ums Ganze, ich weiß."

„Na, wenigstens etwas."

„Gibt's eigentlich was Neues zu meinem Haftbefehl?"

„Die Kripo hat die halbe Redaktion auf den Kopf gestellt und mich in die Mangel genommen. Ich hab natürlich nichts gesagt."

„Gut so."

„Die Jungs von der Mordkommission sind nicht die schnellsten, außerdem chronisch unterbesetzt. Ich weiß aus erster Hand, dass Hauptkommissar Engländer parallel zwei weitere Mordfälle zu klären hat. Der Tod einer ukrainischen Prostituierten hat nicht unbedingt oberste Priorität ..."

„Eddie ..."

„Lass mich ausreden! Die Kripo scheint nach wie vor im Dunkeln zu tappen. Auf den Pressekonferenzen sind sie sehr schmallippig geworden. Entweder sie halten relevante Informationen bewusst zurück, oder sie haben keine."

„Auf was tippst du?"

„Letzteres! Und das Wichtigste: Sie scheinen absolut keinen Anhaltspunkt zu haben, wo du steckst."

„Ich hoffe, das bleibt auch so."

„Von mir erfahren sie jedenfalls nichts, also kannst du es auch sagen."

„Wäre mir lieber, wenn ich es dir nicht sagen müsste."

„Wie du meinst. Und nun?"

„Warum ist mein Artikel nicht erschienen?"

„Du kannst Fragen stellen!"

„Konnte ich schon immer. Also?"

„Weil die Oberen zu schnell gehandelt haben. Ne Stunde später und er wär drin gewesen und niemand hätte sein Erscheinen mehr verhindern können, aber so ... Das hätte meinen Arsch gekostet!"

„Mist!"

„Kannst du laut sagen!"

„Und jetzt?"

„Was meinst du?"

„Siehst du ne Chance, es zu probieren?"

„Du meinst ... heimlich über ihre Köpfe hinweg?"

„Wie auch immer, ja ... Dir fällt bestimmt ne Möglichkeit ein."
„Schon, aber weißt du eigentlich, was du da von mir verlangst?"
„Derjenige, der ihn reinstellt, muss ja nicht gleich auffliegen."
„Und wenn doch?" Eddie pustete laut durch. „Du bringst mich in Teufels Küche, ist dir das klar?"
„Sicher, Eddie, aber du bist mein Freund – vielleicht mein einziger, den ich noch habe."
„Hier steht viel auf dem Spiel, Brick."
„Aber es ist die einzige Möglichkeit, mich reinzuwaschen und den Starlight-Clan und Tomovic, den Hund, auffliegen zu lassen."
„Aber das Risiko, selbst draufzugehen, ist enorm hoch."
„Wer nicht wagt, ..."
„... der hat schon verloren. Okay, du hast gewonnen. Ich sehe, was ich tun kann. Übrigens: Hier läuft noch was, aber ich weiß nicht, was."
„Worauf willst du hinaus?"
„Ich glaube, Katsche ..."
„Die Kröte führt was im Schilde. Ich hätte dich auch noch auf ihn angesprochen."
„Wie kommst du darauf?"
„Er hat mir ne Mail geschickt, ich solle ihn unbedingt anrufen. Es ginge um den Artikel und ein Interview und so."
„Sieh mal an!"
„Hat er ihn etwa gelesen?"
„Sicher. Er ist hier bei uns im System hinterlegt, das heißt, er hat Zugriff darauf."
„Hmmm. Ich weiß nicht, ob ich das gut finden soll."
„Ich glaube auch, dass da was nicht stimmt. Er hat irgendwas vor. Aber was?"
„Bestimmt nichts Gutes."
„Ich muss ihm auf die Finger schauen."
„Kannst du vorher noch das mit dem Artikel klarmachen?"
„Ich sehe, was sich machen lässt. Versprechen kann ich aber nix. Und schon gar nicht sagen, wann er erscheinen wird."
„Gib Gas! Wir machen Tomovic Feuer unterm Arsch."
„Und du halt die Ohren steif!"
„Alles klar und danke."
„Bis bald hoffentlich."
„Wenn der Sturm abgeflaut ist ..."
Brick klickte das Gespräch weg, lehnte sich zurück und dachte an Eddie. Brick rechnete es ihm hoch an, dass er ihn in dieser Phase

nicht hängenließ und ihn weiter unterstützte, wie das nur gute Freunde taten. Auch wenn sie ab und an mal aneinander gerieten. Halb so wild. Sie kannten sich. Sie schätzten sich. Sie würden für den anderen durchs Feuer gehen.

Seine Gedanken schweiften ab zu der Zeit, als er Eddie kennenlernte. Seine eigenen Anfänge, oh ja, wenn er daran zurückdachte, bekam er eine Gänsehaut. Beim Höchster Kreisblatt als Lokalreporter. Er musste durch die gleiche Mühle, die alle durchlaufen hatten. Diamantene Hochzeiten, Kaninchenzüchter, Ausstellungseröffnungen, später Sitzungen des Ortsbeirats. Er hatte den nötigen Biss, die richtigen Fragen zu stellen, und den angeborenen Blick, hinter die Oberfläche zu schauen. Und so entwickelte er im Laufe der Zeit ein Gespür dafür, mit welchen Geschichten etwas zu holen war und mit welchen nicht. Von letzteren ließ er schnell die Finger.

Später wechselte er zur Frankfurter Presse und absolvierte ein Volontariat. Eddie nahm ihn dort unter seine Fittiche und wurde sein Mentor. Von Anfang an schien er an Brick einen Narren gefressen zu haben. Er erkannte sein journalistisches Talent und förderte seine investigative Nase.

Und Brick steckte sie überall rein. Besonders lockte ihn das Rotlicht des Milieus. Damals, vor knapp zwanzig Jahren, gab es einen Vorfall, den selbst Eddie nicht mehr geraderücken konnte. Brick war an einer Story dran. Es ging um Immobilien im Bahnhofsviertel, die Hersch Beker, der Milieukönig, dem im Bahnhofsviertel etliche Bordelle und Clubs gehörten, der Stadt verkauft hatte. Zu horrenden, völlig überteuerten Preisen. So teuer, dass sich sogar die Staatsanwaltschaft einschaltete und Beker wegen Betrugs anzeigte. Damals hatte die Stadt vor, eine neue Sperrgebietsverordnung per Gesetz durchzubringen, und wollte durch den Aufkauf der Immobilien die Prostitution aus dem Viertel verdrängen, zumindest jedoch stark einschränken. Hersch Beker hatte die Situation schnell erkannt und die Preise für seine Immobilien dementsprechend hochgetrieben. Ein Haus in der Taunusstraße, von dem es ein Gutachten mit einem Schätzwert von etwa einer Million D-Mark gab, verhökerte er für sage und schreibe zwölf Millionen an die Stadt. Brick hatte Wind von der Sache bekommen und sich drangehängt. Monatelang kannte er nur dieses Thema und schrieb über nichts anderes. Doch dann der Schock. Beker wurde freigesprochen. Wie manisch ermittelte Brick weiter und steigerte sich so sehr in den Fall hinein, dass er quasi Tag und Nacht arbeitete. Er recherchierte akribisch und trieb Leute auf, die er interviewen konnte; das ganze Programm. Nur dass er die Intensität hochfuhr, bis er fast zusammenbrach. In dieser Zeit trank er immer mehr und ließ sich bald völlig gehen. Je klarer wurde, dass er nichts erreichen und Beker mit heiler Haut davonkommen würde, desto mehr schüttete er in sich hinein.

Eines Tages, als Brick erfahren hatte, dass sein letzter Versuch, Beker in einer groß angelegten Reportage an die Wand zu nageln, von der Zeitung abgelehnt worden war und nicht gedruckt werden würde, kam er stinkbesoffen in die Redaktion. Er pöbelte und schrie herum, dass er den Dreckspuff abbrennen würde, schmiss leere Bierflaschen an die Wand und ging einigen Redakteuren an die Gurgel. Einmal in Fahrt, beschimpfte er einen der Geschäftsführer als Obernull und kündigte an, über jeden einzelnen einen Enthüllungsartikel zu veröffentlichen, in dem er sie gnadenlos richten und als Lackaffen bloßstellen würde, die ihren Job nicht verstanden.

Der Einzige, der ihn schließlich stoppen konnte, war Eddie. Doch gezwungenermaßen musste Eddie nun die Reißleine ziehen und seinen Big Ben vor die Tür setzen. Fortan arbeitete Brick nur noch als freier Journalist, der fast nie seinen Fuß in die Redaktionsräume setzen musste.

Von da ab hatte er seinen Ruf weg. Er war das Enfant terrible der Redaktion. Auf der einen Seite galt er als genialer Journalist mit dem Näschen für Geschichten, die es in sich hatten. Andererseits war er berüchtigt wegen seiner Eskapaden. Zeitweise wollte niemand mehr mit ihm zusammenarbeiten und Brick musste darum betteln, überhaupt noch einen Termin zu bekommen. Eddie Zinnober war so etwas wie sein Fußabtreter, bei dem er sich auskotzen konnte, wenn es nicht nach seinem Kopf lief. Aber Eddie musste auch die Redakteure bei Laune halten, war der Vermittler zwischen ihnen und Brick.

Irgendwann fing Kati in der Redaktion an. Sie war unbefangen, gab nichts auf die Gerüchte und Legenden, die sich um Bricks Person in den Redaktionsgängen rankten, sondern ging ganz normal mit ihm um und schusterte ihm Aufträge zu. Sie mochte seine Schreibe, die immer den Impetus des Enthüllens in sich barg, und seinen Sinn für investigativen Journalismus. Brick verkörperte für sie einen der letzten Idealisten, die nicht alles der Karriere opferten. Mit ihrer positiven Einstellung war sie eine große Hilfe für Brick.

Die Übergangszeit hatte auch etwas Gutes. Während er im Bahnhofsviertel unterwegs war auf der Suche nach Geschichten aus der Gosse, entdeckte Brick seine Liebe zur Fotografie. Statt sich einen Fotografen von der Zeitung zu bestellen, kaufte er sich eine Kamera und bebilderte seine eigenen Artikel. Rotlicht. Eroscenter. Junkies. Nadeln. Crackpfeifchen. Heroin. Straßenmädchen. Obdachlose. Szenen, die sich unterhalb der spiegelnden Hochhausfassaden abspielten, hielt er fest wie Stillleben der sozialen Schande.

Das machte ihm Spaß.

Brick setzte sich auf die Couch mit einem flauen Gefühl im Magen. Er spürte die Stille, die ihn umgab. Normalerweise mochte er sie, aber jetzt empfand er sie als unheimlich. Er sehnte sich nach jedem noch so kleinen Geräusch, aber er hörte nichts.

Er ging in die Küche, weil er Hunger hatte. Doch statt sich einen Toast zu machen, schenkte er sich ein Glas Pernod ein und trank es in wenigen Schlucken. Die Lebensgeister kehrten zurück. Aber jetzt brauchte er mehr. Ihm fiel Gustavs Kreditkarte ein. In manchen Geschäften brauchte man keine Geheimzahl. Im Nu zog er seine Schuhe an, tarnte sich mit Sonnenbrille und Basecap und lief hinunter auf die Straße. Er probierte es im Supermarkt. Es funktionierte. Er unterschrieb die Quittung mit Klemm und kaufte fünf Flaschen.

Wieder zurück in der Wohnung, trank er zwei Gläser auf ex. Danach mixte er sich ein Getränk aus halb Wasser und halb Pernod und verzog sich auf die Couch im Wohnzimmer. Die Flasche war ruck, zuck geleert. Brick fiel augenblicklich in einen komaähnlichen Schlaf, bis ihn jemand am Oberarm rüttelte. Er schreckte hoch und sein Herz drohte, stehenzubleiben. Unwillkürlich kroch er zur Seite und wollte über die Lehne fliehen.

„Ganz schön schreckhaft, Brick!“, erklang eine Stimme, die er erkannte. „Ist wohl das schlechte Gewissen.“ Das zugehörige Gesicht nahm er im Halbschlaf nur schemenhaft wahr.

„Fuck, Schnauze! Du hast mich zu Tode erschreckt!“ Er atmete tief ein und erntete ein tiefes Lachen. „Wie bist du ...? Ich meine, wie hast du mich gefunden?“ Brick raffte sich auf und setzte sich aufrecht hin. Er fuhr sich mit beiden Händen übers Gesicht und wischte die Haare glatt nach hinten.

„Die Tür war nur angelehnt. Oder soll man sagen: Du hattest wohl früher schon Besuch? Und dass du irgendwann bei Gustav auftauchst, konnte ich mir an drei Fingern abzählen.“ Schnauze machte es sich im Sessel rechts neben der Couch gemütlich. „Apropos: Wo steckt denn der Scheißer?“

„Familienfeier, ich glaube bei seiner Schwester.“

„Weiß er, dass seine Wohnungstür total demoliert ist?“

„Nö.“

„Brick, Brick, Brick!" Schnauze schüttelte den Kopf. Es sah aus, als wolle er nie mehr damit aufhören. „Hast du ernsthaft geglaubt, damit durchzukommen?"

„Meinst du deine Knarre?"

„Quatsch! Du legst dich mit dem Starlight-Clan an. Du hast echt nicht mehr alle Latten am Zaun! Dir ist hoffentlich klar, dass die jeden Augenblick durch die Tür da vorne hereinspaziert kommen könnten ..."

„Sind sie schon", unterbrach Brick harsch. „Brauchst dir keine Sorgen zu machen. Sie hatten mich bereits am Schlafittchen."

„Und du hast es überlebt? Erstaunlich! Hätte ich nicht gedacht ..." Er schüttelte immer noch den Kopf. „Umso bekloppter, dass du schon wieder hier abhängst. Du musst vollkommen verrückt geworden sein. Klaust mir meine Dienstwaffe – was ich dir nie verzeihen werde, das schwöre ich dir. Ich hab mir das gleiche Modell besorgt, damit es nicht auffällt, was mich eine Stange Geld gekostet hat. Und wenn das rauskommt, mein Freund, dann sind wir für alle Zeiten geschiedene Leute. Kapiert?"

„Sicher, ja ...", antwortete Brick halbherzig.

„Okay. Jetzt erklär mir mal, was bei dir im Oberstübchen los ist – du scherst dich ja einen Scheißdreck darum, ob ich Ärger kriege oder sogar gefeuert werde. Mann, Mann, Mann! Früher waren wir ein Team! Und heute? Bei dir muss in den letzten Tagen irgendwas völlig ausgetickt sein."

Brick blieb während Schnauzes Standpauke ruhig und bewertete seine Lage. Es sah mies aus. Vielleicht mieser, als es je ausgesehen hatte. Aber er war Lichtjahre davon entfernt aufzustecken. Jetzt erst recht, dachte er. Irgendwann hatte auch mal ein kleiner verarmter Journalistenwichtel ne Glückssträhne. Dann würde der Artikel erscheinen, sich alles aufklären, er wäre rehabilitiert und könnte wieder normal für die Zeitung arbeiten. Ruhm und Ehre wären ihm gewiss.

Schnauze holte ihn in die Realität zurück. „Du gehst jetzt mit mir aufs Präsidium. Ich mach das nicht mehr mit. Ich kann mir nicht länger anschauen, wie du dich selbst immer weiter in die Scheiße reitest und komplett ruinierst."

„Keine Chance!"

„Warum stellst du dich nicht einfach? Du würdest dir und mir das Leben einfacher machen."

„Immer die gleiche Leier. Mal unter uns: Das bringt doch nichts. Und das weißt du besser als ich. Tomovic schmiert, was das Zeug hält. Bei euch steht doch jeder Dritte auf seiner Gehaltsliste. Erzähl mal was Neues!"

„Im Prinzip hast du noch Glück. Engländer musste drei Mitarbeiter vom Natascha-Fall abziehen und in ein anderes Team stecken. Order von oben. Er kocht."

„Dann sieht es doch gar nicht so schlecht für mich aus."

„Quatsch! Ich kann nicht ewig auf der Bremse stehen, das geht so nicht mehr lange gut."

Schnauze nahm die leere Flasche, die auf dem Tisch ihr trostloses Dasein fristete, schüttelte den Kopf und stellte sie wieder ab. „Du verkommst total. Merkst du das nicht?"

„Lass das meine Sorge sein!"

„Wie lange soll das hier weitergehen? Bis sie dich irgendwo aufknöpfen?"

„Es gibt schlimmere Arten zu sterben."

„Aber auch nettere. Und schnellere."

„Irgendwann erwischt es jeden."

„Richtig. Aber du legst es geradezu darauf an."

„Mein Leben ist mir scheißegal. Es geht um ... um ..."

„Das würde mich auch interessieren. Um was geht es hier eigentlich?"

„Es geht darum, den Arschlöchern das Handwerk zu legen. Sie müssen bezahlen für das, was sie getan haben und immer noch tun." Er legte eine Pause ein. „Drehst du dich bitte mal um? Da siehst du eine Tüte auf dem Boden. Reich mir eine der Flaschen!"

Schnauze schaute in die Tüte. „Willst du dich zugrunde richten, noch bevor Tomovic erledigt ist?" Er griff eine Flasche und hielt sie Brick über den Tisch hin. Als er sie nehmen wollte, zog Schnauze sie ein Stück zurück. „Brick, du brauchst einen klaren Kopf."

„Mein Kopf war nie klarer. Und jetzt her mit dem Zeug." Er griff nach der Flasche, packte sie fest am Bauch und entriss sie Schnauze. Danach schenkte er sich einen dreifachen Pernod ein und kippte ihn hinunter. Sein Rachen und seine Speiseröhre fühlten sich kurz darauf an, als sei jemand mit einem Häcksler durchgefahren.

„Mensch Brick, wach auf!" Schnauze seufzte tief und schwer. „Du machst es nicht mehr lange. Schau dich doch mal an! An deiner Stelle wäre ich schon längst über alle Berge. Irgendwo, wo sie dich auf keinen Fall finden können."

„Wenn er will, findet mich Tomovic überall."

„Flieg nach Australien oder Alaska! Hauptsache, weit weg."

„Was soll ich da? Meine Heimat ist Frankfurt. Hier will ich leben."

„Aber hier kannst du nicht leben. Weil du bald tot sein wirst, wenn du bleibst. Wie lange willst du das Spießrutenlaufen noch durchhalten?"

„Bis ich Tomovic habe."

„Du bist irre." Schnauze hielt inne und fuhr sich mit den Händen übers Gesicht. Er wirkte extrem angestrengt.

„Du wirst mir immer fremder", sagte Brick und es klang lakonisch.

„Kein Wunder. Das kommt, weil wir uns immer seltener sehen. Und wenn, dann türmst du gleich wieder." Er wollte ein Lachen anhängen, aber es klang gestelzt.

Und als sei er gerade aus einem langen, einsamen Traum erwacht, fiel es ihm nach Schnauzes Stichwort wie Schuppen von den Augen. *Hier kannst du nicht bleiben.* Er musste schleunigst weg. Er brauchte ein neues Domizil, einen Unterschlupf, den niemand kannte – auch Tomovics Leute nicht – und unmöglich herausfinden konnten.

Es gab nur eine Adresse, die ihm einfiel.

Bricks Blick fiel auf seine Jacke, die über einem Stuhl am Esstisch hing und in der immer noch Schnauzes Dienstwaffe steckte. Ein Gedanke, eine Idee. Ja, er musste es tun. Auch wenn es ihm leid tat.

„Ich muss mal pissen", sagte er, schwang sich von der Couch hoch und lief in Schnauzes Rücken am Sessel vorbei. Links davon stand der Stuhl. Er wandte sich der Jacke zu, holte die Waffe heraus und packte deren Griff.

Was machst du hier? Das ist Wahnsinn. Oder Selbstmord. Egal, beschissen war die Idee auf jeden Fall.

Im gleichen Augenblick wandte Schnauze den Kopf und sah aus den Augenwinkeln, was Brick trieb. „Hey, was hast du vor? Was soll das?", rief er entsetzt.

Unterdessen hatte Brick die Waffe in der Hand gedreht, hielt sie nun am Lauf und hob sie über Schnauze hoch. Im nächsten Moment ließ er sie blitzartig heruntersausen und verpasste Schnauze am Hinterkopf eins mit dem Griff.

Der Schlag saß. Schnauze war sofort ausgeknockt und verstummte. Sein Kopf fiel zur Seite und sein Körper rutschte wie ein nasser Sack in die Polster zurück. Seine Augen waren geschlossen.

Brick schaute sich hektisch um. Was musste er mitnehmen? Jacke, Waffe, Sonnenbrille und Basecap, Handy, USB-Stick, Kreditkarte. Er stopfte alles in die Tüte mit den Pernodflaschen. Danach nahm er noch seinen Laptop unter den Arm. Das musste reichen. Nichts wie weg hier.

4

Frankfurt war ein Tresor. Ein großer, fetter, dickwandiger Zasterschrank, den man nur knacken musste, um an die Mäuse zu kommen. Das Geld floss in den Banken, den Versicherungen, auf den Straßen, in den Museen, der Alten Oper und im Römer. Es wurde angelegt, verzockt, verspekuliert, versoffen und verfickt. Um an all das schöne Geld heranzukommen, musste es in die richtigen Kanäle gelenkt werden. Genau das fasste Dejan Tomovic als seine ureigene Aufgabe auf.

In letzter Zeit waren einige Dinge schiefgelaufen, worauf er sehr allergisch reagiert hatte. Es wurde höchste Zeit, wieder alles in gewohnte Bahnen zu lenken und den Weg neu zu justieren, damit möglichst viel des begehrten Geldes direkt in seine Taschen fließen konnte.

Draußen flutete die Sonne die Kennedyallee mit gleißendem Licht. Der Asphalt flimmerte, während in der Villa die Luft stand. Tomovic trug eine Sonnenbrille, sonst hätte er angesichts der Helligkeit nicht aus dem Fenster schauen können. Außen Hitze, innen cool, dachte er. Das passte. Er stellte die Rollos per Fernbedienung so ein, dass sein Appartement im Halbdunkel lag, und regelte die Klimaanlage um zwei Grad kühler.

Inzwischen hatte er die Niederlage auf der Rennbahn fast verdaut. Ein Dinner in seinem Salon und eine Zigarre später war sein Gefühlshaushalt weitgehend wiederhergestellt. Jetzt brauchte er nur noch einen Drink. Er begab sich in seine Bar, die in dunklem Mahagoniholz gehalten war. Hier war es dunkel. Im Hintergrund lief ein langsamer House-Sound, der ihn beschwingte, gleichzeitig aber beruhigend wirkte. In einer Ecke stand ein Steinway-Flügel. Zwei Lichtzylinder beleuchteten die Theke und einen tiefen Bartisch mit zwei schwarzen Ledersesseln, die unter einem Dali-Gemälde an der Wand standen.

Hinter der breiten Theke fand er die vorbereiteten Zutaten. Er füllte den Mixer mit einem Drittel Lillet – ein Apero aus Frankreich –, zwei Dritteln Tonic Water und Eiswürfeln und mixte alles. Dann schüttete er den Cocktail in ein Kristallglas und garnierte ihn zu guter Letzt mit vier Minzblättern und einer Scheibe Pink Grapefruit.

Der erste Schluck löste die Spannung. Er begab sich an den Bartisch und ließ sich in einen Ledersessel gleiten. Er liebte die Ruhe nach dem Essen. Eine Zeit, in der er das Alleinsein genoss. Hier konnte er chillen und sich von den Strapazen des Tages erholen.

Seinen Gedanken nachhängen. Vage Hoffnung keimte in ihm auf, sich ein wenig entspannen zu können, bevor er sich die kleine Nutte vorknöpfen musste. Doch als er in seinem Rücken Dragos Stimme hörte, die nach ihm rief, begriff er, dass der Tag der nervtötenden Nachrichten noch nicht zu Ende war.

„Was willst du denn schon wieder?", blaffte Tomovic Drago an. Er saß im Lichtkegel und starrte seinen Assistenten an, der aus der Dunkelheit näher kam und unmittelbar vor ihm stehen blieb.

„Ich habe Natalia für acht Uhr bestellt ..." Drago zögerte.

„Darauf freue ich mich schon", kommentierte Tomovic mit einem breiten Grinsen im Gesicht.

„Aber jetzt geht es noch einmal um Veigel."

Tomovic besah sich die helle Flüssigkeit in seinem Cocktailglas. Das Thema Veigel kam ihm ausgelutscht vor wie der letzte Rest eines Bonbons auf der Zunge. Er hatte es satt, sich den Kopf über Veigel oder andere Perverse zu zerbrechen. Aber sie mussten handeln. „Okay, scheint sich nicht vermeiden zu lassen. Bevor du mir die kleine Fotze bringst, klären wir das mit Veigel. Was gibt es Neues?"

„Veigel hält es nicht länger aus. Er hat uns ein Ultimatum gesetzt."

„Die Ratte setzt uns also unter Druck. Gut, wenn er es so haben will. Was hast du über ihn herausgefunden?"

„Ehrlich gesagt nichts Besonderes. Ich habe mit einigen Leuten über ihn gesprochen. In den einschlägigen Freierkreisen ist er ein unbeschriebenes Blatt."

„Das heißt, er geht zum ersten Mal auf die Pirsch?"

„Alles deutet darauf hin. Manche Gelüste brauchen eine Weile, bis sie an die Oberfläche gelangen."

„Du hast also keine Bedenken, mit ihm ins Geschäft zu kommen?"

„Es spricht nichts dagegen."

„Okay, dann spielen wir mit. Aber nach unseren Regeln." Hinter Tomovics Stirn schien es zu rumoren. Er dachte scharf nach. Plötzlich griff sich Tomovic an den Kopf. Eine Idee zirkulierte in seinem Kopf wie ein Satellit auf der Erdumlaufbahn. „Ich hab's!", rief er erfreut. „Wir arrangieren ein kleines Stelldichein mit Veigel und Natalia und erweitern die kleine Zusammenkunft. Das wird ein nettes Spielchen."

„Erweitern? Wie meinst du das?"

„Wir laden Brick dazu ein. Er soll Fotos machen von den beiden ..." Tomovics Augen glänzten, er schien von seiner eigenen Idee begeistert zu sein.

„Und was soll uns das bringen?"

„Drago, du kapierst auch gar nichts ...", rief er erbost. „Wir schlagen zwei Fliegen mit einer Klappe. Brick ist bestimmt heiß, neue Fotos zu bekommen. Veigel ist ein dicker Fisch, die Chance lässt er sich nicht entgehen. Und wir können ihn in aller Ruhe schnappen, nachdem er die Fotos gemacht hat. Denn die brauchen wir, um Veigel unter Druck zu setzen. Er könnte uns in Zukunft noch sehr nützlich sein ..."

„Genial!", sagte Drago und rieb sich das Kinn.

„Ja, so ist das, wenn sich der Chef persönlich um die Angelegenheit kümmert, weil du es nicht auf die Reihe kriegst." Ein höhnischer Klang begleitete seine letzten Worte.

„Es gibt nur einen Haken", konterte Drago.

„Und der wäre?"

„Wie willst du Brick zu dem Treffen locken?"

„Wir schreiben ihm ne Nachricht, hat sich bewährt."

„Darf nur nicht Starlight drunterstehen, sonst erscheint er sicher nicht."

„Genau. Wir lassen uns was anderes einfallen." Tomovic warf einen Blick auf seine Rolex. „Und jetzt bring mir das Biest. Es wird Zeit, dass ich das hinter mich bringe."

Er nahm einen weiteren Schluck seines Cocktails, wie um sich innerlich auf die bevorstehende Herausforderung vorzubereiten.

Drago verließ die Bar und kehrte nach zehn Minuten mit Natalia an der Hand zurück.

Als sie auf High Heels durch die Tür schritt, trug sie den Kopf weit oben. Feurige Augen blickten Tomovic an und strahlten Trotz aus. Ihre blonden Haare fielen ihr fast bis zur Taille. Das eng anliegende schwarze Minikleid betonte jeden Quadratzentimeter ihres begehrenswerten Körpers, ließ die Brüste wie zwei Melonen weit nach vorne stehen und spannte sich über ihren schmalen Hüften. Sie wusste, dass sie schön war. Dass sie Tausende von Männerblicken auf sich zog. Und bildete sich etwas drauf ein. Das verlieh ihr Erhabenheit. Die Verkörperung einer angehenden Diva stand vor ihm.

Zu seinem Erstaunen fiel Tomovic jetzt erst auf, wie verdammt jung sie war. Heißblütig und jung.

„Meine kleine Lady!", sagte Tomovic schwungvoll.

Ein Lachen in Natalias Gesicht blitzte auf und verschwand wieder. Ihre Blicke begegneten sich. Doch Natalia hielt ihm nicht stand und wandte sich ab.

Er bot ihr einen Platz am Bartisch an, den sie gern annahm. Mit einer kleinen Geste schickte Tomovic Drago hinaus. Er wollte mit der kleinen Nutte allein sein.

„Magst du auch einen Drink?“

„Was ist das?“ Sie klang etwas nasal und der russisch-ukrainische Akzent kam deutlich durch.

„Ein Lillet.“

„Kenn ich nicht.“

„Solltest du kennenlernen.“

„Na gut.“

Tomovic erhob sich und ging hinter die Bar. Er schenkte den Rest aus dem Mixer in ein Kristallglas, garnierte es mit Minzblättern und der Grapefruitscheibe und reichte ihn Natalia am Bartisch.

„Cheers!“, hauchte sie ihm entgegen und trank. „Lecker.“

Tomovic blieb vor ihr stehen. „Lady in black“, sagte er. „Du weißt, warum du hier bist?“

„Bestimmt wegen dem Arsch“, platzte sie heraus.

„Der Arsch hat zweitausend Euro für dich hingelegt. Er ist einer unserer besten und zahlungskräftigsten Kunden ...“

„Er ist aber kein Promi ...“, fiel sie ihm ins Wort.

„... und du hast ihm in den Schwanz gebissen“, setzte Tomovic fort. Er wirkte dabei gelassen und trank seinen Cocktail leer.

„Dejan, ich ... ich kann dir das erklären ...“

„Weißt du“, fuhr er ihr in die Parade, „diese ganzen Ärsche halten den Laden hier am Laufen. Es geht nicht nur um ihre Kohle. Sie haben Einfluss. Macht. Sie besitzen wertvolle Kontakte, die wir nutzen können. Sie schützen uns vor der Polizei, der Justiz, der Politik. Ohne diese Ärsche wären wir Freiwild und ruck, zuck weg vom Fenster.“

Tomovic dachte an die vielen Abendessen mit Leuten, deren Gunst sie gewinnen mussten. Sie waren immer langweilig und es ging immer nur darum, dass der Typ sich anschließend ein oder zwei Mädchen aussuchen und sich die ganze Nacht die Eier lecken lassen konnte. Dieses Erlebnis vergaßen sie einem nie. Dementsprechend kulant waren sie danach.

Natalia schien sich ein Lächeln abringen zu müssen. Sie wirkte verkrampft. Wusste nicht, was sie sagen sollte.

„Weißt du eigentlich, was sich Drago deinetwegen hat anhören müssen von dem Arsch? Das war wie ein Tsunami, der durchs eine Ohr rein- und durchs andere wieder rausgefegt ist."

„Sorry, ich ..."

„Was hast du dir nur dabei gedacht, Lady in black? Sag es mir! Ich möchte es verstehen."

„Dejan, das ging so schnell ... Ich ... ich habe überreagiert." Eine kleine Träne trat aus ihrem rechten Auge und lief die Wange hinunter.

„Er verlangt jetzt, dass wir dich bestrafen und rausschmeißen", setzte Tomovic nach.

„Aber Dejan ... du hast mir gesagt, dass er reich und berühmt ist. Das stimmt aber nicht, der is ne totale Null, der ..." Sie schluchzte.

„Magst du für mich tanzen?"

Natalia zeigte sich überrascht von diesem Angebot, zögerte kurz und wischte sich eine weitere Träne aus dem Auge.

„Das war keine Frage. Ich würde dich gern tanzen sehen." Er schaute sie erwartungsvoll an.

Los, du kleine, beschissene Nutte. Schwing endlich die Hufe, sonst muss ich dir Beine machen!

Natalia nickte, stellte ihr Glas ab und stand auf. Sie war etwas mehr als einen Kopf kleiner als er. Erinnerte ihn an eine Puppe, eine wunderschöne Puppe, der er nun die Hand reichte. Sie ergriff sie. Im Hintergrund setzte soeben ein neuer Song ein. Es waren die ersten weltbekannten Klänge von „Every Breath You Take" von Police. Stings melancholische Stimme erzeugte eine Gänsehaut auf Tomovics Arm. An seiner Hand drehte sich Natalia im Kreis um ihn herum. Ihre Bewegungen im Rhythmus der Musik waren grazil, der Puppenkörper hielt den Takt. Sie versuchte, Tomovics Blick auszuweichen.

„*Every move you make, every step you take, I'll be watchin' you.*"

Tomovic glitt ein kaltes Kichern über die Lippen. Das war Vorhersehung. Der Song passte perfekt zur Situation. Er würde Natalia beobachten. Er würde sie nicht mehr aus den Augen lassen. Er würde dafür sorgen, dass sie sich nie mehr allein fühlte.

„*Every move you make, every step you take, I'll be watchin' you*", sang Tomovic mit und sein Grinsen verbreiterte sich.

Tomovic ließ ihre Hand los und trat einen Schritt zurück. Augenblicklich hielt Natalia in der Tanzbewegung inne und sah ihn fragend an.

„Tanz weiter!“, sagte er. „Magst du auch noch einen?“ Er deutete auf sein Glas. Natalia stimmte zu und fing wieder an zu tanzen. „Los, los, beweg dich! Ich will dich sehen.“ Er ging hinter die Theke und mixte zwei neue Lillets. Dabei beobachtete er sie und spornte sie an, wenn er das Gefühl hatte, sie ließ in ihren Bewegungen nach.

Natalia zierte sich etwas, wirkte unsicher in der Mitte der Bar, die ihr nun, ganz allein, als Bühne diente. Sie war es nicht gewohnt, vor Publikum zu tanzen. Schon gar nicht vor einem Voyeur wie Tomovic, der ihre Schritte und Drehungen akribisch verfolgte.

Als er die beiden Gläser eingeschenkt hatte, kehrte er zu ihr zurück und drückte ihr das Glas in die Hand. „Cheers, my Lady in black“, sagte er und lächelte.

Sie setzte das Glas an die Lippen, schaute ihn scheu an und machte Anstalten, erneut eine Pause einzulegen.

„Tanz weiter, verdammt!“, fuhr er sie mit kalter Stimme an, die augenblicklich klarmachte, wie die Rollen hier im Raum verteilt waren und dass sich daran nie etwas ändern würde.

„Du hörst erst auf, wenn ich es dir sage, Lady!“

Er nahm ihr das Glas ab und warf es hinter die Theke, von wo es klirrte. „Hast du das verstanden?“ Seine Augen quollen teuflisch aus ihren Höhlen hervor, als sei er der Leibhaftige. Das Böse schlechthin.

Natalia verschluckte sich und musste leicht husten. Der Song war zu Ende und ein neuer begann. *„How Fragile We Are.“* Wieder Sting, diesmal in einem Cover gemeinsam mit Stevie Wonder.

„Hmmmmm“, machte Tomovic. „Ist das nicht beflügelnd?“ Er schloss die Augen und träumte von einem großen Konzertsaal, einer tobenden Menge und der Bühne, auf der die beiden Heroen standen und sangen. „Der Mensch ist so zart und verletzlich, meine Lady, so verletzlich.“ Er schwelgte im Rhythmus der Musik und öffnete die Augen wieder. Je mehr Tomovic in die Musik abglitt, desto nervöser wurde Natalia. Sie schien Angst zu bekommen. Sie hatte die Situation falsch eingeschätzt und war nun verwirrt, wie sie sich entwickelte.

„How fragile we are, how fragile we are“, sang Tomovic mit. *„How fragile we are, how fragile we are.“*

„Lady in black“, raunte er scharf, als er ihre missgelaunte Miene zur Kenntnis nahm. „Glaubst du wirklich, du könntest uns verarschen?“

Natalias Gesicht war nun blass, fast weiß. Zusammen mit dem blonden Haar, das ihr lockenförmig über die Schultern fiel, erinnerte sie ihn an einen Engel.

Dabei war sie eine Teufelin!

„Natalia, du hast vielleicht geglaubt, du könntest uns auf der Nase herumtanzen. Aber das war ein Irrtum. Du hast mich bitter enttäuscht, meine Liebe“, schnaubte Tomovic vorwurfsvoll, während sie keinen Ton über ihre rot angepinselten Lippen zu bringen schien. „Du scheinst nicht kapiert zu haben“, brüllte er weiter, „wie das hier läuft. Vielleicht kapierst du es nie.“ Sein Gesicht lief jetzt rot an. Er taumelte vor innerer Erregung.

Sie wandte sich ab von ihm, schien Desinteresse oder gar Verachtung zu signalisieren, was ihn aufbrachte. Er funkelte Natalia ärgerlich an. „Du hältst uns zum Narren!“

„Nein, das tue ich nicht!“, erwiderte sie resolut und drehte sich wieder zu ihm um.

Aber Tomovic machte weiter. „Du wagst es, diejenigen, die es gut mit dir meinen, die dir den Weg ebnen und dich groß rausbringen wollen, so zu hintergehen!“

„Dejan, jetzt mach mal halblang! Du bläst dich hier auf wie ein Pfau ...“

Tomovic hatte sich fest vorgenommen, cool zu bleiben. Aber das war zu viel. Er ließ sie nicht weitersprechen, denn in diesem Moment holte er aus und donnerte seine Faust gegen ihre Wange.

Sie taumelte nach hinten und presste ihre Hand gegen das Kinn. Ihre Augen verrieten, dass sie sichtlich geschockt war. „Dejan, das war doch nicht so gemeint“, versuchte sie zu beschwichtigen, doch das brachte Tomovic erst richtig in Fahrt. Er prügelte weiter auf sie ein, bearbeitete sie mit der flachen Hand mit ein paar schallenden Ohrfeigen, von denen eine sie zusammensacken ließ. Ihre Wangen zeigten rote Striemen.

Natalia ging auf die Knie und umklammerte verzweifelt sein rechtes Bein. Sie schrie und wimmerte.

„Wer hat dir gesagt, dass du aufhören sollst zu tanzen?“, fauchte er hinab und trat nach vorne aus, um sie abzuschütteln. Sie krümmte sich zusammen und krallte sich umso fester an ihn, doch mit einem dynamischen Beinkick löste er sich von ihr.

Jetzt war sie so klein wie eine Kirchenmaus und genauso musste sie sich auch fühlen. Aber das reichte ihm noch nicht. Er musste ihre Willenskraft brechen.

„Ich habe an dich geglaubt, Natalia. Aber du hast mir das Herz gebrochen.“ Er presste seine Hand an die Brust. „Verstehst du das? Und jetzt steh auf und tanze, Lady!“

Natalia gefiel ihm, denn kaum hatte sie den Kopf gehoben und ihm ihr verheultes Gesicht präsentiert, blitzten ihre Augen auf. Hass stand darin. Er erkannte ihr Temperament, das ihr Willenskraft verlieh. Er musste sie endgültig bändigen. Er packte ihre Haare am Hinterkopf und riss sie nach hinten. Blankes Entsetzen sprang ihn aus ihren Augen an. Ihr Make-up war längst verlaufen.

„Dejan ...“, jaulte sie im Flüsterton. „Was tust du?“

Dann zerrte er an ihrem Oberarm, bis sie wieder auf die Beine kam und mit wackligen Knien vor ihm stand.

Er klatschte in die Hände. „Los, Lady, los!“ Und er lachte dabei, als gäbe es etwas Großes zu feiern.

Zaghaft und unbeholfen setzte sie sich wieder in Bewegung. Ließ die Hüfte schwingen, probierte einige Tanzschritte. Ihr tränenüberströmtes Gesicht hielt sie gesenkt. „Was ist, Lady? Mehr Drive! Zeig mir, was in dir steckt! Ich will, dass du alles aus dir rausholst!“

Natalia erhöhte langsam das Tempo und versuchte, in den Rhythmus der Musik zu gelangen. Aber es blieb bruchstückhaft. Sie schien nicht die Energie aufzubringen, die Beine zu heben, die immer noch zitterten. Wie auch ihr gesamter Körper zitterte. Aus ihrer Sicht war die Situation aus dem Ruder gelaufen. Tomovic passte diese Inszenierung gut in den Kram. Sie lief unter seiner Regie ab, war minutiös geplant gewesen. Wenn Tomovic eines im Laufe der Jahre gelernt hatte, dann war es die Tatsache, dass es in seinem Job auf Durchsetzungsvermögen ankam. Das Auftreten war alles. Es entschied zwischen persönlichem Erfolg und Misserfolg. Lass dir nie das Heft des Handelns aus der Hand nehmen, war eines seiner Leitmotive. Und es war gleich, wem er gegenüberstand, er handelte stets danach.

„Das, was du mit dem Arsch gemacht hast, kann man nicht einfach verzeihen. Das musst du abarbeiten, meine kleine Nutte! Und jetzt beweg endlich deinen Arsch, das ist ein geiler Beat!“

Ein neuer Song hatte angefangen. *„Still Got The Blues For You“* von Gary Moore. Tomovic schnippte mit den Fingern und umkreiste die schlingernde Natalia.

„But I found out the hard way, there's a price you have to pay.“

Natalias Körper bebte. Sie konnte nicht mehr tanzen, stolperte nur noch. Ihre Demütigung war zu groß. Sie blickte ihn jammervoll an und schluchzte tränenreich. Tomovic hatte sie getroffen. Sie blieb starr stehen und stemmte die Hände in die Seite. „Dejan, bitte nicht! Lass uns doch ein bisschen Spaß haben.“ Ihre Stimme holperte. Die Worte kamen gebrochen über ihre Lippen. „Ich mach‘s dir, wie du es haben willst ...“ Sie schniefte tief.

Prompt fing sie eine schnelle Gerade von Tomovic, genau auf die Nase. Ein Schwall Blut schoss heraus. Sie kippte nach hinten und landete auf dem Boden. Winselte, röchelte, bettelte, der Albtraum möge aufhören. Ihre rechte Gesichtshälfte lief blau an. „Es tut mir leid!“ Sie jammerte. Lag zusammengekrümmt am Boden und verschmierte Blut auf dem Parkett. „Es tut mir so leid.“ Sie keuchte, rang nach Atem. Tränen schossen ihr wieder in die Augen. „Ich mach alles wieder gut, Dejan, ich schwör‘s dir. Ich mach alles wieder gut und noch viel mehr. Aber bitte hör auf, mir wehzutun. Bitte! Du wirst nie wieder Ärger mit mir haben. Nie wieder!“

Rotz, Blut und Tränen vermischten sich in ihrem Gesicht.

Tomovic ließ sich wieder in den Sessel am Bartisch fallen und sah sie an, wie sie sich am Boden vor Schmerzen wand und die Augen zusammenkniff. Jetzt musste er schmunzeln.

„Und jetzt hör mir mal gut zu! Ich habe eine gute Nachricht für dich. Wir haben einen dicken Fisch an der Angel. Du kannst die Scheiße, die du verbockt hast, wiedergutmachen. Ich bin so gnädig, dir eine zweite Chance zu geben. Vermassel sie nicht! Das wäre sehr unklug von dir. Denn dann müsste Onkel Tomo sehr, sehr böse werden.“ Er stand auf und ging hinter die Bar. Mit einem Blick entdeckte er eine Flasche schottischen Single Malt, schenkte sich einen doppelten ein und kippte ihn hinunter. Dann starrte er Natalia wieder an. Ihr Blick wirkte verschwommen. „Hast du das jetzt begriffen, Lady? Du bist ne Zweitausendeuronutte, weil du etwas hast, was sie wollen: deine Jugend und deine Unschuld. Und wenn ein Kerl will, dass du ihm einen bläst, dann bläst du ihm einen, klar?“ Er setzte kurz ab, um sich zu sammeln, während er Natalias zartes Nicken wahrnahm. „Okay! Und jetzt geh und bring dein Gesicht auf Vordermann! Wer will denn ne Nutte sehen, die so aussieht? Sei froh, dass wir dir eine zweite Chance geben. Und wenn du in einigen Tagen wiederhergestellt bist, wirst du mich glücklich machen. Du fickst für mich, was das Zeug hält, kapiert? Und wenn du es versaust, dann ... ach ...“ Er winkte ab. „Das willst du gar nicht wissen!“

5

„Brick?“

Katis Stimme drückte ehrliches Erstaunen aus, als sie den Kopf aus ihrer Wohnungstür steckte und ihren Kollegen erblickte, der im Treppenhaus vor ihr stand. Es war kurz nach acht Uhr abends; zwar nicht allzu spät, aber es war nie zuvor vorgekommen, dass er bei ihr geklingelt hatte.

„Ich bräuchte ne Bleibe für die Nacht“, sagte Brick, und es klang kleinlaut.

Sie zog die Augenbrauen hoch. „Um Himmels willen. Ich mach mir langsam Sorgen um dich.“

„Bald läuft es wieder in geordneten Bahnen.“

„Aber was ist denn passiert? Woher kommst du? Warum kannst du nicht in deine Wohnung?“

„Da hat jemand was dagegen. Also, was ist jetzt?“

„Ach so! Komm schon rein!“ Sie lächelte.

Kati wohnte in einer etwas heruntergekommen und verlassen wirkenden Gegend im Stadtteil Praunheim. Ehemaliges Arbeiterviertel, das jetzt von Ausländern aus aller Herren Länder besiedelt wurde, seit die Kaste der Arbeiter in Frankfurt nahezu ausgestorben war. Hier waren die Mieten noch bezahlbar und die Nachbarn ließen einen in Ruhe, weil sie selbst nicht gestört werden wollten.

Das kam Brick gerade recht. Hier würde bestimmt niemand nach ihm suchen. In der Redaktion gab es hundert andere, zu denen er hätte gehen können. Wie um alles in der Welt sollte die Polizei ausgerechnet auf Kati kommen? Und die Starlight-Leute hatten sicher keinen Schimmer von ihr. Das konnte er ausschließen. Es war ein ideales Versteck.

Kati führte ihn durch einen schmalen Flur, vorbei an einem kleinen Schlafzimmer und einem weiteren Raum in die Wohnküche. Sie war schwarz-weiß gefliest. Ein antiker Schrank, ein Stehkühlschrank, eine Spüle, eine Ablage. Das war’s. Der Laptop stand aufgeklappt auf dem Tisch in der Mitte des Raumes. Sie schloss ihn und stellte ihn beiseite.

„Setz dich!“, sagte sie und nahm selbst Platz. „Magst du was trinken?“

Brick machte es sich auf einem rot gestrichenen Holzstuhl bequem. „Was hast du denn?“

„Apfelwein oder Bier?“

„Bier.“

Sie ging an den Kühlschrank, holte zwei Bier heraus, nahm einen Öffner und reichte Brick eine Flasche Schlappeseppel.

„Manchmal brauche ich einfach ein Feierabendbier“, sagte Kati und lächelte.

„Kann ich mir vorstellen. Der Job in der Redaktion ist kein Zuckerschlecken.“

„Ich hab’s mir ausgesucht.“

„Warum wolltest du unbedingt Journalistin werden?“

„Weil ...“ Sie setzte forsch an, hielt dann aber inne, als seien ihr die Worte abhanden gekommen. „Früher hab ich geglaubt, ich könnte was bewegen, für die gute Sache eintreten, was aufdecken, investigativ sein ...“

„Und heute?“

„Ach, lassen wir das. Prost!“ Sie hielt ihm die Flasche vors Gesicht. Er stieß an und trank einen großen Schluck.

Brick war froh, dass das Gespräch sofort auf ein anderes Thema und nicht auf seine eigene Situation gekommen war. Kati war eine sensible Seele und bohrte nicht nach. Er war ihr dankbar.

„Es ist manchmal so frustrierend“, verschaffte sie sich Luft. Es schien, dass sie froh war, mit jemandem reden zu können. „Ich bin so damit beschäftigt, die internen Probleme, die Verwaltung, die Zankereien, das Mobbing und die Politik in der Redaktion auf die Reihe zu kriegen, dass ich oft das Gefühl habe, zum Eigentlichen gar nicht zu kommen.“

„Und das wäre?“

„Gute Artikel schreiben. Genau hinsehen, recherchieren. Sich einsetzen für Menschen, denen Schlimmes widerfährt. Ihnen helfen, wenn sie von der Obrigkeit schachmatt gesetzt werden.“

„Ist vielleicht auch ein bisschen viel auf einmal.“

„Ich halse mir gern viel auf. Wenn ich das nicht tue, hab ich das Gefühl, fehl am Platz zu sein.“

„Du lebst den Job!“

„Wer das im Journalismus nicht macht, ist definitiv falsch. Aber wem sage ich das?“

„Ich bin raus!“ Es schwang etwas Wehmut mit. „Aber ich freue mich sehr über solchen Nachwuchs wie dich. Ich könnte mich gar nicht mehr in eine Redaktion eingliedern, weil ich zu sehr mein eigenes Ding mache.“

„Aber du bist doch der geborene Journalist. Bissig und kantig. Gibst dich mit pauschalen Antworten nie zufrieden.“

„Ha! So war ich vielleicht früher. Aber glaub mir, der Job zehrt an dir. Er frisst dich auf. Du gehst nicht einfach ins Büro, einstechen, ausstechen, Feierabend. Er ist immer da. In dir. Du musst lernen, mit ihm zu leben. Ihn zu bewältigen. Weil er dich nicht loslässt und du sonst kaputtgehst."

„Aber genau das ist es ja, was ich an dem Job schätze. Es ist nicht irgendein 08/15-Ding. Journalismus hat einen Wert. Wenn er gut ist, kann er der Gesellschaft helfen, etwas über sich selbst zu erfahren."

„Da gebe ich dir recht. Das steht über allem. Ist das Ideal. Aber das Tagwerk überlagert alles. Du rennst ständig hinter einer neuen Story her, die noch größer, noch investigativer, noch besser sein muss, als alles, was du bis dahin geschrieben hast. Du findest kein Ende. Und dabei reibst du dich auf. Mit allem, was du schreibst, wölbst du dein Inneres nach außen. Jeder Satz erzählt auch etwas von dir selbst."

„So habe ich das noch gar nicht gesehen."

„Es ist aber so. Sieh mal, ich habe dreißig Berufsjahre auf dem Buckel, hab Tausende Artikel geschrieben. Genau hab ich sie nicht gezählt. Ich habe für mehr als fünfzehn Zeitungen geschrieben. Manchmal habe ich den Job so satt! In der nächsten Sekunde liebe ich ihn wieder über alles. Ich komme nicht los ... Ich bin sein Gefangener."

„Ach, komm mir nicht mit dem Gedöns! Du könntest doch aufhören, wenn du wirklich wolltest."

„Und dann?"

„Wie, und dann?"

„Was sollte ich dann treiben?"

„Du würdest was Neues finden. Keine Frage."

„Aber für uns Journalisten gibt es nichts anderes, das ist es ja, was ich dir sagen will." Kati schien über seinen letzten Satz nachzudenken. Er legte eine Pause ein, bevor er das Thema wechselte. „Bist du eigentlich noch an der Kampagne zu dem neuen Prostitutionsgesetz dran?"

„Interessierst du dich dafür? "

„Ja."

„Ich bin noch dran, aber viel Neues gibt es nicht zu berichten. Veigel hat sich ja auf dem Parteitag profiliert, indem er eine massive Verschärfung angekündigt hat."

„Worum geht es ihm?"

„Du meinst, außer dass er damit Stimmen in den eigenen Reihen für seine Wiederwahl fischen wollte?"

„Ja. Inhaltlich, meine ich."

„Er will die Zwangsprostitution bekämpfen. Frankfurt ist ja ein heißes Pflaster. Das Bahnhofsviertel quasi das Zentrum des Ganzen."

„Wenn er dagegen vorgehen will, ist das ja erst mal okay. Oder hast du daran was auszusetzen?"

„Nein, aber die Frage ist das Wie."

„Und was schlagen sie vor?"

„Eine Meldepflicht für Prostituierte beispielsweise. Da gehen sogar die Hurenorganisationen auf die Barrikaden, weil dann die Identität der Frauen offengelegt wird, was massive Nachteile in unserer Gesellschaft mit sich bringen kann."

„Okay, und worum geht's ihm noch?"

„Sie fordern ein striktes Verbot von Flatrate-Sex ..."

„Von was?"

„Du gehst in den Puff, zahlst einmal und darfst, so oft du willst."

„Oder kannst." Brick lächelte.

„Oder das. Und sie wollen auch ein Verbot von Gangbang-Partys. Letztendlich wollen sie Kontrolle über das gesamte System gewinnen. Sie sprechen immer davon, dass es in Deutschland einfacher ist, ein Bordell zu betreiben als eine Imbissbude."

„Wer sagt das?"

„Die Konservative Partei."

„Und haben sie da nicht recht?"

„Doch. Aber sie nutzen es aus, um zweifelhaftere Dinge ins Gesetz einzubringen ... Sag mal: Ich hab einen Bärenhunger! Ich glaube, ich rufe Spiro an, er soll uns was hochbringen."

„Spiro?"

„Mein bester Freund. Er ist Grieche und betreibt vorne an der Ecke das Restaurant."

„Hast du was mit ihm, ich meine ...?"

„Bist ja gar nicht neugierig!" Sie schmunzelte vielsagend, blieb ihm jedoch eine Antwort schuldig. „Was magst du? Zaziki? Gyros? Griechischen Salat? Spiros Bifteki sind die besten. Das Taramas und die Dolmades sind auch nicht von schlechten Eltern."

„Ob er auch Stifado hat?"

„Muss ich ihn fragen. In der Regel steht ein Topf auf dem Herd."

„Da würde ich nicht Nein sagen."

Kati verschwand kurz hinaus. Er hörte, wie sie Spiro anrief und ihm die Bestellung durchgab. Nach drei Minuten kam sie wieder herein, räumte den Tisch ab und deckte ihn. Ihre halblangen, braunen Haare fielen ihr dabei ins Gesicht. Soweit er wusste, war Kati knapp dreißig Jahre alt. Sie war eine schlanke Frau, etwa 1,65 Meter groß, mochte Sport, joggte gerne an der Nidda, kam aber selten dazu. Verheiratet war sie nicht. Hier sah es auch nicht nach einem Freund aus. Vielleicht hatte sie keine Zeit für einen Mann oder keine Lust auf eine Beziehung. So eng waren sie nicht, dass sie sich schon darüber ausgetauscht hätten.

„Danke, dass ich hierbleiben kann", sagte Brick. „Ist ja nicht selbstverständlich."

„Für mich schon." Sie lächelte. „Drüben kannst du schlafen, in meinem Kruschelzimmer."

„Deinem was?"

„So nenne ich es, weil da alles reinfliegt, was ich sonst nirgends gebrauchen kann. Da steht ne Couch zum Ausklappen. Das wird schon gehen."

Es klingelte. Das Essen kam. Der Duft nach Anis und Zimt, der kurz darauf den Raum erfüllte, ließ Bricks Herz höher schlagen.

Das Stifado, das Kati auftischte, verzauberte ihn. Er sah sich in einer griechischen Taverne an der Ägäis sitzen. Sie genoss derweil einige Dolmadakia und Gigantes und gönnte sich noch einen Saganaki und einen Souvlaki-Teller.

Pappsatt waren sie, als die Teller leer waren. Sie genehmigten sich einen Ouzo. Nach dem Essen drehte sich Kati eine Kippe.

„Auch eine?"

„Nee, danke. Ein Bier würd ich noch nehmen."

„Bedien dich!"

Sie öffnete das Fenster und rauchte genüsslich. Komisch, dachte Brick, in der Redaktion wirkt sie ganz anders als hier im Privaten. Hier ist sie eher der gemütliche Typ, der in sich ruht und daraus seine Stärke schöpft. Im Job ist sie akribisch, wuselig, muss immer was tun, hat nie Zeit für ein Gespräch, weil immer auf dem Sprung zu neuen Taten.

Brick nahm sich ein zweites Bier und setzte sich wieder.

„Dieser Veigel. Was ist der für ein Typ?"

„Ein widerwärtiger Karrierist, wenn du mich fragst."

„Also das Übliche."

„Schon, aber bei ihm geht es noch weiter. Er ist zu hundert Prozent berechnend und ich glaube auch skrupellos." Sie stieß Rauch aus dem Fenster.

„Inwiefern?"

„Na ja, nehmen wir diese Kampagne als Beispiel. Ich glaube, die Frauen sind ihm scheißegal. Er hat sich das Thema ausgesucht, weil sich daran exemplarisch zeigen lässt, dass er ein Hardliner ist. Einer, der die schönen christlichen Werte verteidigt und hochhält. Einer, der wieder für Ordnung sorgen will, wenn alles aus dem Ruder zu laufen droht. Das gefällt der Partei. Und in der Öffentlichkeit stößt er damit auf offene Ohren. Es ist natürlich reiner Populismus, aber den setzt er dosiert ein. Das wirkt. Und dann greift er sich einige Punkte raus, schießt damit weit übers Ziel hinaus und sorgt für einen regelrechten Medienhype. Das bringt ihm zusätzliche Publicity. Nicht ungeschickt, der Gute."

„Was fordert er denn noch?"

„Eine Kondompflicht."

„Ha, der Mann ist ja richtig witzig. Wie soll denn das kontrolliert werden? Wollen die mit ins Lotterbettchen steigen und unter der Bettdecke nachschauen?"

„Dazu sagt er leider nichts."

„Außerdem gibt's die schon. In Bayern, glaub ich."

„Bringt aber auch nichts."

„Außerdem will er das Mindestalter der Frauen von 18 auf 21 heben ..."

„Klingt erst mal vernünftig, nur wer kontrolliert die Illegalen?"

„Genau. Und jetzt wird es abstrus: Sie wollen regelmäßige Untersuchungen beim Onkel Doc zur Pflicht machen."

„Aha, der gute alte Bockschein. Wollen die den etwa wieder einführen?"

„Schaut so aus. Ja, manchmal fühlt man sich bei der Diskussion wie in einer Zeitmaschine auf dem Weg zurück in die 80er- oder 90er-Jahre."

„Denen fällt nichts Neues ein. Damals haben wir genau das Gleiche diskutiert."

„Eben drum. Und jetzt noch mal kurz zu Veigel. Er setzt sich sogar dafür ein, dass die Freier, die zu Zwangsprostituierten gehen, bestraft werden."

„Hoppla! Wenn er sich da mal nicht vergaloppiert."

„Wie meinst du das?"

„Na, von denen geht doch jeder mal einen wegstecken, wenn die Alte zu Hause nicht mehr der Brüller ist."

„Brick!", rief sie erzürnt. „Pass auf, was du sagst!" Sie drückte die Kippe im Aschenbecher aus.

„Oh, sorry, ich meine ... Ach, ist doch wahr. Für kleine Gefälligkeiten landet man schnell im Puff und nimmt eine Spendiernummer entgegen."

Kati pustete zweimal tief durch. „Ich weiß so was zwar, aber ich will es gar nicht wissen. Manchmal glaube ich eben doch noch an das Gute."

„Im Menschen?"

„In der Welt."

„Na, hoffentlich habe ich dich heute nicht davon kuriert?"

„Bestimmt nicht. Apropos: Ich glaube ja, hinter Veigels Aktion steckt noch was ganz anderes."

„Nämlich?"

„Die wollen die Prostitution verbieten und unter Strafe stellen."

„Puhhh! Wie in Schweden."

„Zumindest so ähnlich."

„Dann spielt sich alles in der Illegalität ab. Freier und Prostituierte werden zum Freiwild und stehen am Pranger. Und die Politiker können das schön für sich ausschlachten. Letztlich werden wieder nur die Frauen drangsaliert, weil man an die Verursacher des ganzen Dilemmas, nämlich die Hintermänner, Menschenhändler und Schleuserbanden, die die teils minderjährigen Mädchen hierher bringen, nicht rankommt."

„Die Politik ist machtlos wie immer und Polizei und Bundesgrenzschutz sind heillos überfordert."

„Aber das will man sich nicht eingestehen."

„Sie dürfen es nicht, sonst verlieren sie ihr Gesicht."

„Haben sie das nicht längst?"

„Da hast du auch wieder recht. Aber das schert die einen Scheißdreck."

„Als Politiker muss man geboren sein."

„Ach, es gibt durchaus Berufsgruppen, die sind noch verkommener."

„Echt! Welche?"

„Journalisten." Beide lachten herzlich und stießen an.

KAPITEL 4

1

In den letzten drei Tagen hatte sich Bricks Welt auf Katis 48 Quadratmeterreich beschränkt. Mit einer Ausnahme. Gleich am Morgen des ersten Tages hatte er einen Supermarkt um die Ecke gefunden, in dem er mit Gustavs Kreditkarte einkaufen konnte. Er füllte Katis Kühlschrank randvoll auf und besorgte auch zwei Kisten Schlappeseppel. Außerdem ließ er sich beim Einkauf an der Kasse noch 200 Euro in bar auszahlen, was die Supermarktverkäuferin ihm explizit anbot. Er ärgerte sich kurz darauf, dass er nicht mehr verlangt hatte, weil alles reibungslos abgelaufen war, aber dann entschied er, dass es gut gewesen war. 500 oder 1000 Euro hätten vielleicht Aufsehen erregt. Das wollte er unbedingt vermeiden.

Brick war froh, untergetaucht zu sein. Er wollte zur Ruhe kommen. Wollte sich aus der Schusslinie nehmen. Einige Tage verschnaufen.

Anfangs war er noch nervös gewesen, war jede Viertelstunde aufgestanden, ans Fenster gegangen und hatte rausgeschaut, bis er sich vergewissert hatte, dass draußen niemand war, der auf ihn wartete. Dann fragte er sich, ob er schon unter Verfolgungswahn litt. Ab diesem Zeitpunkt wurde es besser.

Katis Wohnung eignete sich ideal zum Abtauchen, obwohl er das Eindringen in die Persönlichkeitssphäre eines anderen Menschen nicht mochte. Kati hatte intime Details hier, die ihn nichts angingen, die er aber nun kannte. Er wusste, welche Marke ihre Tampons hatten, welchen Kondomgeschmack sie offensichtlich bevorzugte und dass sie nicht gern Haare aus dem Duschabfluss entfernte. Es war nichts Schlimmes dabei und er hoffte, nicht selbst mit irgendetwas Kati zu kompromittieren, etwas, das sie ihm gegenüber lieber nicht offenbart hätte, aber es ließ sich jetzt nicht ändern. Er war froh, hier bei Kati Unterschlupf gefunden zu haben, und fühlte sich zunehmend wohl. Seit Tagen hatte er sich nicht mehr rasiert und sich bewusst einen Vollbart stehen lassen, der sein Aussehen stark veränderte und die Schrammen kaschierte. Konnte nicht schaden, dachte er. Und er spielte auch schon mit dem Gedanken, sich die Haare abzuschneiden oder gar abzurasieren. Aber dazu war er noch nicht bereit.

Kati war den ganzen Tag in der Redaktion. Er richtete sich häuslich in ihrem Kruschelzimmer ein, benutzte Katis Waschmaschine, um seine Sachen, die er am Leib trug, zu waschen, nutzte ihre umfangreiche Bibliothek und schmökerte in einigen Werken, die er seit Jahren nicht mehr in die Hand genommen hatte. Er las jeden Tag ein Buch, insgesamt drei schmale Bände. Am ersten „Der Schneemann“ von Jörg Fauser, der in Frankfurt spielte und der ihn an Westernhagen erinnerte, der die Hauptrolle im Film spielte. Am zweiten Tag kam Jakob Arjounis „Happy Birthday, Türke“ dran, der ebenso in Frankfurt spielte und den er vor zwanzig Jahren zum ersten Mal gelesen hatte. Er stellte fest, dass Kayankayas Charme immer noch funktionierte, dass aber die Realität im Frankfurter Bahnhofsviertel leicht verklärt dargestellt war und die Sitten deutlich rauer geworden waren. Am dritten Tag schließlich knöpfte er sich ein Werk vor, an dem er sich mehrfach versucht, aber immer die Zähne ausgebissen hatte. Houellebecqs „Elementarteilchen“. Er las etwa zwei Drittel des Romans, dann zermürbte ihn der Stil des französischen Schriftstellers. Es war ohne Frage ein großes Epos, aber er konnte es kaum aushalten, diese deprimierenden Zeilen zu lesen.

Am ersten Tag hatte er einmal den Laptop aufgeklappt, um seine Mails abzurufen, doch noch bevor er ihn hochfuhr, ereilte ihn ein Schock. Auf dem grau-schwarzen Bildschirm des Laptops erschienen wie aus dem Nichts Nataschas tote Augen und blinzelten ihn kurz darauf an. Und als sei das nicht genug der Paranoia, flimmerte kurz darauf Elisas Bild auf, wie sie von Wunden und Blut übersät in ihrem Bett lag und flüsterte: *„Brick, warum bist du abgehauen und hast mich hier alleine gelassen?“*

Er zuckte augenblicklich zusammen, klappte den Laptop zu und verstaute ihn ganz unten in einer von Katis Kommodenschubladen. Er beschloss, ihn erst wieder hervorzuholen, wenn sich sein Nervenkostüm beruhigt hatte.

Abends, wenn Kati heimkam, aßen sie zusammen. Manchmal fühlte er sich fast wie in einer Familie. Er als arbeitsloser Hartz-IVler, der seine arbeitende Frau zu Hause nach Feierabend empfing und ihr ein Abendessen kredenzte. Er hatte das Gefühl, Kati war gar nicht unglücklich darüber, dass jemand auf sie wartete, wenn sie ausgelutscht vom Job kam und den ganzen Rotz des Tages vor ihm ausbreiten konnte.

Am dritten Abend goss es draußen in Strömen. Ein Sommergewitter fegte seit einer Stunde über Praunheim. Kati kam von der abenddunklen Straße herein, und Brick beobachtete sie, wie sie den

Regenschirm zuklappte und zum Abtropfen in der Badewanne verstaute.

„Wohl von anno dazumal", kommentierte er. „Ganz schön altmodisches Teil. Brauchst mal einen neuen."

„Niemals. Er ist ein Erbstück meiner Oma. Ich hüte ihn wie einen Schatz."

Er drückte ihr ein Bier in die Hand. „Du kannst dich schon mal an den Küchentisch setzen. Das Essen ist gleich soweit."

„Was gibt's denn?"

„Pizza, selbstgemacht."

„Wow!"

Sie zog die durchnässten Klamotten aus und kam in die Küche. Noch bevor sie ein Stück der Salami-Champignon-Oliven-Pizza probierte, richtete sie ihren Blick auf Brick, der bereits die erste Gabel zum Mund geführt hatte. „Du, ich muss dich mal was fragen. Wir haben ja nicht darüber gesprochen, warum du hier bist oder vor wem oder was du wegläufst ..."

„Dafür bin ich dir auch sehr dankbar", gab er mit vollem Mund zurück.

„Aber heute hat mich Katsche Martens ..."

„Dieser elende Waldschrat?"

„Genau der. Er hat mich bestimmt fünfmal gefragt, ob ich wüsste, wo du steckst. Er hätte mehrfach versucht, dich zu erreichen."

„Aha. Was will er denn von mir?"

„Keine Ahnung. Ich dachte, du könntest es mir sagen."

„Nein, Gott bewahre. Mit dem will ich nichts zu tun haben."

„Vielleicht hängt es mit deiner Flucht zusammen."

„So würde ich es nicht nennen."

„Wie dann? Versteckspiel?"

„Auch nicht. Es ist kein Spiel. Ich muss eine Weile von der Bildfläche verschwinden. Das ist alles. Dann geht alles normal weiter."

„Aha!" Sie trank einen Schluck Bier aus der Flasche.

„Hört sich an, als zweifelst du daran."

„Ehrlich gesagt weiß ich nicht, was ich denken soll. Du erzählst mir nichts. Und dann diese Fragen von Katsche. Der Haftbefehl. Dein Untertauchen. Merkwürdig ist das schon."

„Es wird sich alles aufklären, das verspreche ich dir."

„Okay." Sie beharrte nicht darauf, das Thema weiter zu besprechen, sondern erzählte von einem Artikel, den sie heute geschrieben hatte, über das neu geplante Terminal 3 am Frankfurter Flughafen und die bevorstehenden Proteste der Bürgerbewegungen, die vergleichbare Aktionen wie damals an der Startbahn West ankündigten. Brick hörte ihr gern zu, aber sie waren beide müde und gingen früh schlafen.

In diesen Tagen bei Kati hatte Brick viel Zeit. Er dachte darüber nach, wie zum Teufel er in diese Scheiße geraten war. Irgendwann schlichen sich die alten Dämonen wieder in seinen Kopf, belagerten seinen Geist, nahmen ihn gefangen und pflockten ihn an den Marterpfahl. Er sah die Augen seiner toten Tochter Natascha, die wie ein Film im Nebel seines Gehirns flimmerten. Er hörte Elisas Schmerzensschreie und sah, wie sie sich auf dem Bett wand, nachdem sich die Bluthunde an ihr vergangen hatten.

Eine Traurigkeit überfiel ihn, die er in dieser Form noch nicht kannte. Es war, als zöge sich alles in ihm zusammen; seine Organe, seine Blutbahn. Seine Muskeln schienen zu verkrampfen. Er fühlte einen Mix aus Trauer, Verzweiflung, Trotz, Desillusion und Depriemiertheit. Die Tage, bevor er bei Kati untergeschlüpft war, waren selbst für seine Verhältnisse ein wenig zu viel gewesen. Das spürte er jetzt.

Unmittelbar musste er an früher denken. Die wirklich harte Zeit. Die Zeit, die ihn sein erstes Leben gekostet hatte und die ihn bis zu seinem Lebensende verfolgen würde. Und dann konnte Brick seine Gedanken nicht länger vom schlimmsten Tag seines Lebens abwenden. Die Nacht, die sich in seinem Hirn eingebrannt hatte wie ein Tattoo auf nackter Haut. Die Nacht, in der er Alina wiedergetroffen hatte.

Die Nacht, die alles zerstörte.

Es war eine jener Nächte, in denen er ziellos und wie ein Getriebener durchs Viertel irrte. Obwohl er stocknüchtern war, stürzte er wie ein Betrunkener vorwärts, besuchte Clubs und Bars, sprach mit alten Bekannten, grüßte die üblichen Verdächtigen und traf auch hin und wieder auf neue Gesichter. Die Nacht funkelte in Rot, aber in seinem Herzen herrschte tiefe Dunkelheit. Er hatte die Hoffnung, Alina wiederzufinden, nie ganz aufgegeben, obwohl der Beginn der Suche bereits Jahre zurück lag. Es war wie in einem Vakuum ohne sie; als entzöge ihm jemand die Luft zum Atmen und raube ihm dadurch nach und nach die Grundlage, weiterleben zu können.

Es war bereits nach zwei Uhr und er war auf dem Heimweg, als er am Golden Gate vorbeikam. Der Laden, in dem sie getanzt und in dem er sie zum ersten Mal gesehen hatte. Immer wenn er das neonrote Logo-Schild über dem Eingangsportal sah, versetzte es ihm einen Stich. Der Ort, der seine schönsten Stunden begründet, aber auch die schlimmste Phase seines Lebens eingeläutet hatte.

Als er davor stand, kam eine weiße Limousine angefahren, aus der zwei schwarzhaarige Frauen sowie eine blonde Frau und zwei Typen ausstiegen, die Spaß hatten, lachten und Champagner aus einer Magnumflasche tranken. Sie eilten ins Golden Gate. Als Letzter steckte Gustav seinen Kopf aus der Wagentür und schmiss sie hinter sich zu.

„Brick!", rief er erfreut, als er ihn erkannte. „Was ne Sause! Hey, Mann, kleiner Tipp von mir: Die Blonde bläst wie'n Vorwerk-Staubsauger." Er griff sich in den Schritt und pfiff durch die Zähne.

„Gibt's was zu feiern?", erkundigte Brick sich und beobachtete den schwankenden Gustav.

„Es gibt immer was zu feiern. Das ganze Leben ist eine Party, Mann! Komm mit rein. Ist ja cool, dass ich dich hier treffe, es gibt ne Überraschung." Er schlang seinen Arm um Bricks Schulter und zog ihn mit sich hinein ins Getümmel.

Brick ließ es geschehen und wunderte sich, warum der Laden aus allen Nähten platzte. Es tummelten sich bestimmt 500 bis 600 Leute in der Table-Dance-Bar. Er blickte sich um, entdeckte ein Plakat und las, dass sich heute Nacht im Golden Gate ein Pornosternchen auf der Bühne entblättern würde. Alle schienen deswegen gekommen zu sein. Discoblitze zuckten durch den Saal. Schwarzlicht aus Neonröhren ließ die Leute unwirklich aussehen. Die rauchige Luft weckte Erinnerungen an durchgefeierte Nächte und Saufgelage. Es gab drei Laufstege, auf denen halbnackte Tänzerinnen an Stangen ihre Hüften kreisen ließen und ihre langen Beine gen Himmel streckten.

Kaum hatten sie den Laden betreten, war Gustav im Gewühl der Menschenmenge verschwunden. Er konnte ihn nicht mehr finden. Es gab kaum ein Durchkommen. Die Überraschung, von der er gesprochen hatte, würde warten müssen. Selbst der Weg zur Bar und zu einem Drink erschien unmöglich.

Brick entdeckte bekannte Gesichter. Einige von ihnen hatte er fotografiert, andere interviewt, aber er verspürte nicht die geringste Lust, in ein Gespräch verwickelt zu werden. Stattdessen kämpfte er sich durch die Menge und hielt nach Gustav Ausschau, der aber verschollen blieb. Hier würde er ihn nie finden. Brick ärgerte sich, überhaupt mit reingekommen zu sein. Diese ganze Gesellschaft widerte ihn an. Der Geräuschpegel schmerzte in seinen Ohren. Das Discolicht tat ihm in den Augen weh. Er hasste die Gäste, die sich hier vergnügen wollten, die Zuhälter, die an der Bar neue Kontakte knüpften oder Geschäfte anbahnten, die Tänzerinnen, die sich für ein paar Euro verkauften, die Inhaber, eine Rocker- und Motorradgang, die sich die Taschen vollmachten und alle anderen aus keinem bestimmten Grund. Er hasste den ganzen Abschaum.

Was machst du hier, zum Teufel? Sieh zu, dass du nach Hause kommst und dich aufs Ohr haust! Morgen musst du wieder für die Redaktion malochen und was Vernünftiges zu Papier bringen.

Er kam sich mit einem Male fehl am Platze vor, machte auf dem Absatz kehrt und wühlte sich durch einige Leute Richtung Ausgang. Er trat einigen auf die Füße, ging weiter, ohne sich zu entschuldigen, und kaum war er vier oder fünf Meter weit gekommen, stand sie plötzlich wie eine Erscheinung vor ihm.

Alina.

Einen Moment lang glaubte er an eine Halluzination, eine Fata Morgana mitten im Rotlichtdisconebel.

Doch wie aus dem Nichts blinzelte sie ihn mit ihren blauen Augen an.

Brick war so perplex, dass er keinen Ton herausbrachte. Er starrte sie an, als sei sie ein wunderschöner blonder Geist, dessen rechte Hand mit den rot lackierten Fingernägeln sich auf seine Wange legte und ihn streichelte. Einen Herzschlag lang hatte er das Gefühl, ohnmächtig zu werden. Oder verrückt.

Allmählich kam er wieder zu sich. Es schien, als stünden sie von einem auf den anderen Moment allein im Saal. Es gab nur sie beide. Nichts und niemand um sie herum störte sie. Die laute Musik verstummte. Die Dunkelheit löste sich auf.

Alina war noch schöner, als Brick sie in Erinnerung hatte. Sie war noch genauso schmal, aber einige Jahre älter geworden und gereift. Ihre ebenmäßigen Gesichtszüge waren kantiger, als habe sie abgenommen. Sie wirkte eleganter als früher, graziler. Unter ihren blonden Haaren, die über die Schultern fielen, trug sie ein silbernes Top mit weitem Ausschnitt. *War ihr Busen üppiger geworden?* Dazu eine hauteng geschnittene Jeans und High Heels.

„Alina ... ich ..."

Sie strahlte ihn an und er erkannte die in ihren Augen aufflammende Freude.

„Ich hatte so gehofft, dich zu sehen", antwortete sie.

Hatte er sich verhört? Nein!

Nach diesem ersten Satz wäre er fast zusammengebrochen vor Glück. So viele Jahre. Er konnte es nicht glauben. Er hatte sie völlig unerwartet wiedergefunden. Hatte gar nicht mehr daran geglaubt, sie je wiederzusehen.

Er trat auf sie zu. Sie fielen sich in die Arme. Er drückte sie fest an sich. Es fühlte sich augenblicklich vertraut an.

„Wo warst du?", sprach er in ihr Ohr. „Ich meine, wieso ... Ich habe tausend Fragen, die ..."

„Hier können wir nicht reden", unterbrach sie ihn. „Komm mit!"

Sie drängelten sich Hand in Hand durch die Masse der Leute, registrierten aber niemanden außer sich selbst. Aus den Augenwinkeln warfen sie sich Blicke zu und lächelten sich an.

Sie gelangten in den Eingangsbereich. Von dort konnten sie die Reihe vor dem Eingangsportal sehen. Etwa achtzig Personen standen dort und wollten in den ohnehin schon überfüllten Table-Dance-Schuppen hineingelassen werden. Sie wirkten zwischen den Absperrgittern, die eine Linie bildeten, wie eingepfercht. In der ersten Reihe wurden zwei Typen nervös, fuchtelten mit den Händen vor den Türstehern herum und baten darum, endlich reingehen zu dürfen. Dahinter beschwerten sich einige, jemand rief „Motherfucker!"

Es brodelte und roch nach Aufruhr.

Im nächsten Augenblick preschten zwei schwarze Limousinen vor und legten eine Vollbremsung vor dem Gebäudeeingang hin. Es quietschte lautstark. Alle Hälse drehten sich überrascht um. Acht Männer in Jeans und Kutten sprangen heraus, hielten Pistolen oder Baseballschläger im Anschlag und stürmten in den Laden.

Der Mann, der vorneweg lief, feuerte zwei Schüsse in die Luft. Die Reihe der Personen vorm Eingang ging fast zeitgleich in die Knie, um Schutz zu suchen. Sie schlugen die Hände über ihre Köpfe. Entsetzensschreie. Wildes Kreischen zerriss die Luft. Panik brach aus.

Die beiden Türsteher rissen die Augen auf, aber sie konnten nicht rechtzeitig reagieren. Der eine wurde von einem Baseballschläger mitten ins Gesicht getroffen und niedergestreckt. Er ging zu Boden und blieb reglos liegen. Der andere griff ruckartig in die Innentasche, zückte eine Waffe und wollte gerade auf die Angreifer zielen, als er auch einen Schlag mit dem Baseballschläger abbekam und zusammensackte.

Das alles beobachteten Alina und Brick aus dem etwa vier Meter breiten Gang heraus, der wie ein Tunnel zum Ausgang führte, und er wusste in diesem Moment, dass sie in akuter Gefahr waren. Es gab keinen Ausweg, kein Entrinnen, weder nach rechts noch nach links. Sie waren wie gelähmt. Sein Herz rutschte in die Hose. Zwischen ihnen und den Angreifern gab es keine Versteckmöglichkeit. Es lagen nur noch etwa fünfzehn Meter zwischen ihnen. Sie kamen direkt auf sie zu. Er drehte Alina um und sie hetzten in die Gegenrichtung, wieder hinein in den Laden.

Sie rannten um ihr Leben.

Im Inneren des Ladens waren ein paar Leute auf das Getöse aufmerksam geworden, konnten es aber nicht einordnen. Zwei oder drei Security-Mitarbeiter machten sich auf den Weg nach draußen, um nachzusehen und kamen Brick und Alina entgegen, die nun gefangen waren zwischen den Angreifern und den Golden-Gate-Typen, die hinauseilten.

Eine tödliche Falle.

Einer der Golden-Gate-Jungs eröffnete mit einer Pistole das Feuer. Brick warf sich auf Alina und riss sie zu Boden, damit sie aus der Schusslinie kamen. Sie kauerten auf dem Boden. Er umklammerte sie mit beiden Armen und versuchte, seinen Körper wie eine Decke über sie zu legen. Sein Gesicht versteckte er unter ihren Haaren.

Immer mehr Golden-Gate-Leute kamen von innen angestürmt, warfen sich den Angreifern entgegen und bremsten deren Vorwärtskommen. Es gab einige Scharmützel mit Baseballschlägern und Fäusten. Einige weitere Kugeln flogen durch die Luft. Danach ging alles sehr schnell: Als die Angreifer realisierten, dass sie nicht weiter vordringen konnten, machten sie kehrt und verzogen sich so schnell, wie sie gekommen waren. Bei den Golden-Gate-Leuten saß der Schock so tief, dass sie nicht einmal daran dachten, ihre Verfolgung aufzunehmen.

Nachdem es ruhiger geworden war, hob Brick den Kopf. Qualm und Nebel standen im Eingangsbereich, weil ein Vorhang Feuer gefangen hatte, und es roch nach Schweiß und Munition.

Gerade noch mal Schwein gehabt, dachte Brick.

„Alina“, flüsterte er der unter ihm Liegenden zu und löste seine Umklammerung. Er zog seine linke Hand unter ihrem Rücken hervor. Sie fühlte sich feucht an.

Warm und feucht.

Als er seine roten Finger sah, keuchte er. Verwirrt blickte er in Alinas Augen, die ihn fixierten. Sie hatten einen seltsamen Glanz angenommen und bewegten sich nicht.

„Alina“, flüsterte er wieder.

Keine Reaktion.

„Es ist vorbei. Sie sind weg." Er setzte zu einem Lächeln an, bis ihm klar wurde, dass sie ihn nicht hören konnte. Sie starrte reglos geradeaus ins Leere.

„Was ... was ist mit dir?"

Er griff erneut unter sie, tastete ihren Rücken ab und traf auf eine Wölbung. Als er darüber fuhr, zuckte sie. Dann spürte er auf dem Boden darunter mehr Flüssigkeit. Ein kleiner See war im Entstehen.

Sie schloss die Augen.

„Alina, Alina ...!" Er rüttelte an ihr. „Mach die Augen auf, bitte!" Sein Tonfall hörte sich kläglich an, voller Hoffnungslosigkeit. „Du darfst nicht schlafen, jetzt nicht."

Ihre Augen zitterten. Wie der gesamte Körper. Sie schien sich anzustrengen, wollte ihn ansehen. Die Augenlider öffneten sich einen winzigen Spalt, doch ihr schien die Kraft zu fehlen, sie ganz aufzumachen.

„Alina!", winselte er. „Bitte, tu mir das nicht an, bitte!" Er schüttelte sie, doch erntete keinerlei Reaktion.

Die Augen glitten endgültig zu.

Ihr Kopf fiel nach hinten. Ihr Körper erschlaffte.

Sie starb in seinen Armen, und mit ihr starb etwas in Brick. Für immer.

Brick erhob sich von Katis Couch. Er ging in die Küche und schenkte sich einen Pernod ein, den er in einem Zug trank. Er wischte sich eine Träne aus dem Auge. Auf dem Rückweg ins Kruschelzimmer sah er hinaus auf die Straße. Die Abenddämmerung setzte ein. Die Praunheimer Straßen lagen im Zwielicht. Und seine Erinnerung kehrte zu jener Nacht zurück, in der ein Teil von ihm gestorben war.

Nach einer Stunde mussten mehrere Rettungssanis seinen Klammergriff um Alina lösen und ihn wegzerren, um an die Tote heranzukommen. Er hatte sie die ganze Zeit festgehalten und angeblickt, als könne er das Unfassbare nicht glauben.

Er hatte sie wiedergefunden und im gleichen Moment für alle Zeiten verloren.

Wie sich später herausstellte, war das Golden Gate fest in der Hand einer deutschlandweit bekannten Motorradgang. In dieser Nacht wollte eine verfeindete Gang den Laden aufmischen. Sie wollten den Trubel nutzen, um möglichst viel Aufsehen zu erregen. Es ging um eine Abrechnung im Rockermilieu. Seit längerer Zeit herrschte im Frankfurter Bahnhofsviertel ein Bandenkrieg um die Vorherrschaft in den Table-Dance-Clubs und Bordellbetrieben. Der

Angriff war eine Revanche für einen sechs Wochen zurückliegenden Einbruch in ein Clubhaus des gegnerischen Motorradclubs.

Brick war wie in Watte gehüllt. Er nahm seine Außenwelt nicht wahr. Er nahm nichts wahr. Alle, die ihn ansprachen, ignorierte er mit kaltem Blick. Seine Gedanken waren tot. Seine Gefühle mausetot. Selbst Gustav, der ihn draußen vor dem Golden Gate in der Gosse gefunden und hochgezerrt hatte, drang nicht zu ihm durch. Er rief einen Arzt, der Brick eine Beruhigungsspritze verabreichte. Mehr könne er momentan nicht tun, meinte der Arzt. Er würde sicher bald wieder zu sich kommen und der Alte werden.

Der Alte wurde er nie mehr.

Er ließ sich gehen. Von dieser Sekunde an trank er nur noch, wusch und rasierte sich nicht mehr, trank noch mehr, wollte seine Liebe hinunterspülen, warf alles in sich hinein, was er an Pillen und weißem Pulver auftreiben konnte und erlebte ein einziges großes Delirium, aus dem er nie mehr aufwachen wollte. Er durchstreifte die Clubs, ruhe- und rastlos, war permanent drauf, musste den Schmerz betäuben, wollte allem ein Ende setzen. Er suchte Streit und fand ihn, pöbelte Passanten an, geriet in kleine Handgemenge, weil er sich nicht unter Kontrolle hatte, und wurde einmal übel verdroschen.

Er kam herunter, sah bald aus wie ein Obdachloser. Er wollte sich totsaufen oder totspritzen oder totrauchen. Es war ihm einerlei; Hauptsache, er würde sterben. Würde ihr folgen, sie wiederfinden, im Himmel oder in der Hölle. Auch das war ihm egal.

Er übernachtete einige Male auf der Straße, unfreiwillig, weil es ihm nicht mehr möglich war, in seinem betrunkenen und zugedröhnten Zustand den Heimweg anzutreten. Zuletzt streunte er wie ein Zombie durchs Viertel, wurde nirgends mehr hereingelassen, wurde zur Seite geschubst. Niemand sprach mehr mit ihm, außer ein paar Junkies, die ähnlich drauf waren. Erlöst wurde er von einem Crackpfeifchen, das ihm das Hirn wegknallte.

Als Brick nach drei, vier Wochen im Dauerrausch in einem Krankenhausbett erwachte, sah er die Welt mit anderen Augen. Sie war blass, alles um ihn herum erschien wie im Nebel. Er wusste weder, wo er war noch wie er dorthin gekommen war.

Zuerst kam eine Schwester an sein Bett und entdeckte, dass er zu sich gekommen war. Später sah er Gustavs Umrisse, der neben ihm stand und seine Hand hielt.

„Auferstanden von den Toten“, kommentierte sein Freund. „Ich wusste, dass du es schaffst.“

Brick blieb zwei weitere Wochen in der Klinik und die Schwestern und Pfleger päppelten ihn wieder auf. Alinas Tod hatte eine Schneise in sein Leben gerissen. Fortan unterteilte er es in ein Davor und ein Danach. Als er wieder zu Hause war und einigermaßen klar denken konnte, zündete er viele Kerzen an. Ihr Lichtschein erinnerte ihn an die Tränen, die er für Alina vergossen hatte. Er setzte sich hin und schrieb einen Artikel über jene Nacht, in der seine Liebe in seinen Armen gestorben war. Getroffen von einem Rückenschuss eines Mitglieds einer Rockerbande, die die Vormachtstellung im Rotlichtmilieu des Bahnhofsviertels mit aller Gewalt an sich reißen wollte und auch nicht vor Todesschüssen zurückschreckte.

Der Artikel sorgte augenblicklich für Furore, weil er so herzzerreißend geschrieben war und authentisch rüberkam. Zum ersten Mal überhaupt hatte ein Journalist einen Bandenkrieg im Milieu geschildert, den er mit eigenen Augen gesehen hatte. Es war eine schonungslose Abrechnung mit den scheußlichen Methoden, die auf der Straße herrschten, und mit den Strippenziehern, die über Leichen gingen, um die Macht im Viertel an sich zu reißen.

Zu Ruhm und Ehre brachte es Brick jedoch durch die Verknüpfung mit seiner persönlichen Lovestory, die auf so tragische Weise endete. Brick bekam noch Monate später Beileidsbekundungen und Liebesbriefe von Frauen, die ihn auf der Stelle heiraten wollten, weil ihnen der Artikel über alle Maßen ans Herz gegangen war und sie sein Schreibstil zu Tränen rührte.

Doch eine Frage blieb für immer unbeantwortet: Warum hatte ihn die schwangere Alina wirklich verlassen? Er konnte es nur ahnen. Erfahren würde er es nie mehr.

2

Am vierten Tag in Praunheim hatte Kati frei und sie frühstückten zusammen. Es gab selbstgemachte Himbeer- und Brombeermarmelade und Croissants vom Bäcker nebenan. Sie stellte eine Teekanne aus Glas auf ein Stövchen. „Ingwer-Honig-Tee mit frischer Minze."

Brick rümpfte die Nase.

„Mir schmeckt er", fügte sie an.

„Klingt ungemein ... gesund."

„Bestimmt“, bekräftigte sie, und nach einer Weile fragte sie unvermittelt: „Und was gedenkst du jetzt zu unternehmen? Ich meine, du willst doch nicht ewig hierbleiben.“

„Hättest du was dagegen?“, antwortete er mit einer Gegenfrage und fühlte sich etwas unbehaglich.

„Na ja, nicht direkt. Von mir aus kannst du sehr gern bleiben, aber du musst doch sicher wieder arbeiten. Irgendwann.“

Kati schenkte ihm von dem duftenden Kaffee ein, den sie eigens für ihn mit einem Keramikfilter aufgebrüht hatte. In manchen Dingen war sie altmodisch, was ihr einen besonderen Charme verlieh, empfand Brick.

„Solange der Haftbefehl aufrechterhalten wird, darf ich nicht. Und danach? Wer weiß, wie die Gnädigen da oben entscheiden. Vielleicht wollen sie mich für immer loswerden. Ich war schon immer ein Stachel in ihrem Fleisch.“

„Komm schon, Brick! Du bist der beste Schreiber bei der Zeitung und das weißt du auch ...“

„Hmmm, ist die lecker!“, unterbrach Brick und kaute auf einem Stück Croissant mit Brombeermarmelade.

„Von meiner Mutter. Hat sie echt drauf.“ Kati freute sich, dass es Brick schmeckte. „Gegen dich sind alle anderen Handwerker, aber du bist der Künstler“, setzte sie ihren Gedankengang fort.

„Früher“, sagte Brick mit ruhiger Stimme. „Ja, früher vielleicht. Da hatte ich Biss. Heute ist die Zeitung doch nur noch ein Abklatsch früherer Tage. Ach, was sage ich! Fast der ganze Journalismus ist vor die Hunde gegangen. Die meisten Redaktionen sind doch bessere PR-Abteilungen, die die Marschroute von oben diktiert bekommen. Es gibt nur noch wenige Ausnahmen.“

„Aber du hast doch den Starlight-Artikel geschrieben. Das zeigt doch, was auch heute noch möglich ist.“

„Genau das ist aber das Problem.“ Er hatte eine Schwäche für Frauen, die seine Schreibe mochten. Das hatte er an sich schon immer gehasst. „Damit hab ich mich ins Aus geschossen. Das war wohl genau der berühmte Schritt zu viel. Außerdem steht in den Sternen, ob er je erscheinen wird.“ Plötzlich kribbelte es in seinem Magen. Er hatte es die ganze Zeit verdrängt, aber nun meldete sich wieder sein alter Ehrgeiz. Es interessierte ihn, was mit dem Artikel geschehen war oder geschehen würde.

Außerdem war da noch was anderes. Das wurde ihm nun bewusst. Kati hatte seinen wunden Punkt angesprochen, der über allem schwebte. Er vermisste das Schreiben, aber man hatte ihm die Grundlage dafür entzogen.

Den restlichen Tag über spürte er eine diffuse Unruhe, die er zunächst nicht einordnen konnte. Er versuchte es mit Stoff, trank zwei, drei Gläser Pernod, aber das Gefühl in seinem Inneren ließ sich nicht mehr stoppen. Es wühlte in ihm, als würde sein Magen umgegraben und eine neue Scholle Erde käme zum Vorschein. Er musste sich eingestehen, dass er Angst davor hatte, nie mehr schreiben und als Journalist arbeiten zu können. Denn genau das war sein Leben. Ein anderes hatte er nicht. Und wollte er auch nicht. Wie ein Junkie, dem das Dope ausgegangen war, verspürte er große Sehnsucht danach, sich wieder an seinen Laptop zu setzen und den Film, der in seinem Kopf ablief, in die Tastatur zu hacken. Er gierte danach, den magischen Anblick einer weißen, leeren Seite zu sehen, die er füllen musste. War sie für andere ein Angstauslöser, war sie für Brick eine Inspiration. Das war schon immer so gewesen. Er wollte Geschichten erzählen, die etwas aufdeckten. Die Missstände benannten. Die den Kleinen halfen, die sich nicht selbst helfen konnten. Darum war er Journalist geworden.

Das durfte nicht in diesem Debakel enden. Er konnte und würde sich mit der jetzigen Situation nicht abfinden. Dazu war er zu abhängig. Er würde zurückkehren. Stärker denn je. Sie alle, die ihn jetzt verurteilten und als Verbrecher abstempelten, würden Abbitte leisten müssen, wenn Benjamin Brick, allseits bekannt unter seinem Künstlernamen Big Ben, wieder in die Tasten hauen würde.

Als ihm diese Erkenntnis gekommen war, gewann er seine alte Ruhe zurück. Er trank sich langsam in die Nacht, bis er nichts mehr spürte. Weder Schmerz noch Liebe, weder Hoffnung noch Enttäuschung.

Am nächsten Morgen stand Brick vor dem Badezimmerspiegel, betrachtete sich eine Weile, seufzte tief und nickte anschließend. Es musste sein, denn es bot ihm zusätzlichen Schutz. Dann griff er zu Schere und Rasierer. Seine Haare fielen. Die Schädeldecke war nahezu weiß, als sie zum Vorschein kam. Ein niederschmetterndes Gefühl. Ein widerlicher Anblick und ein ungewohntes Bild. Er erkannte sich kaum wieder.

Perfekt!

Brick packte seine fünf, sechs Habseligkeiten in eine Tüte, inklusive Schnauzes Dienstwaffe und Gustavs Sonnenbrille, und nahm seinen Laptop unter den Arm. Ohne sich von Kati zu verabschieden, die noch schlief, verließ er ihre Wohnung.

Im Wagen verstaute er die Waffe im Handschuhfach. Den Rest legte er in den Kofferraum. Sein erster Weg führte ihn ins Krankenhaus zu Elisa. Er ärgerte sich maßlos über sich selbst, weil er sie so lange vernachlässigt hatte. Sie hatte für ihn den Kopf hingehalten und mächtig einstecken müssen. Statt sich um sie zu kümmern, die seine Hilfe brauchte, hatte er sich in seinen eigenen Problemchen gesuhlt und nur an seinen eigenen Scheiß gedacht.

Elisas Zimmer 218 lag mitten auf dem Gang im zweiten Stock. Er betrat das Doppelzimmer, in dem sie allein lag. Das Bett neben ihr war frei. Am Kopf trug sie keinen Verband mehr. Ihr Gesicht war nicht mehr so bleich. Die Wunden waren verschorft und am Abheilen. Sie wirkte kräftiger.

Als sie ihn sah, weiteten sich ihre Augen.

„Brick? Bist du das?"

„Erkannt!"

„Wie siehst du denn aus?"

„Musste sein. Glatze steht mir nicht, stimmt's?" Er wischte sich über den Schädel.

„Dir steht alles." Sie grinste. „Wo hast du gesteckt?"

„Langweilig hier, oder?", überging er die Frage.

„Die Alte neben mir ist heute Morgen entlassen worden. Bin froh drum, war ne Trantüte."

Obwohl es ihr offensichtlich besser ging, fing Brick an zu weinen. Tränenüberströmt setzte er sich auf den Bettrand und hielt ihre Hand. Er konnte seine Gedanken nicht ordnen.

„Tut mir leid", flüsterte er und senkte den Kopf. „Ich hab's vermasselt. Ich kann das nicht wiedergutmachen, was sie dir angetan haben. Verzeih mir!"

„Ben", begann sie mit unerwartet sanfter Stimme. „Du hast recht, du hättest mich nicht allein lassen dürfen, aber was dann passiert ist, damit konnte niemand rechnen. Und jetzt denken wir positiv. Du kannst nämlich doch was für mich tun." Sie schmunzelte.

Er sah auf. „Und was?"

„Du besorgst mir nen Drink."

„In der Klinik?"

„Klaro. Die saufen hier alle."

„Echt?"

„Ja, freilich. Unten ist ein Kiosk. Sag einfach, es ist für dich. Den Scheißtee krieg ich nicht mehr runter. Und Wasser ist was für Fische." Plötzlich hob sie die Augenbrauen, als habe sie eine Idee gehabt. „Kannst du auch was zum Rauchen besorgen? Das wär ultragenial!“

Jetzt klang sie fast wie die alte Elisa. Brick fiel ein Stein vom Herzen. Er lächelte, wusste aber, dass ihr Leben nie mehr so sein würde wie vor dem Überfall.

„Ich schau mal, was sich machen lässt. Momentchen. Bin gleich wieder da.“

„Beeil dich! Ich kann's kaum erwarten.“

Brick machte sich auf den Weg und nahm den Aufzug ins Erdgeschoss. Neben dem Klinikcafé gab es einen kleinen Kiosk. Er packte drei Piccolo, drei Dosen Bier, belgische Pralinen und Cognacbohnen ein. Zartbitter hatten sie keine. Er ließ sich noch einen bunten Strauß Blumen geben und bezahlte bar.

Wieder zurück in Elisas Krankenzimmer riss sie ihm den ersten Piccolo aus der Hand und trank gierig. Dann probierte sie die Pralinen. An ihrer Miene konnte Brick ablesen, dass er ins Schwarze getroffen hatte.

Als Elisa den ersten Piccolo und vier verschiedene Pralinen vertilgt hatte, schaute sie Brick nachdenklich an. „Du siehst übrigens besser aus als beim letzten Mal“, sagte sie. „So ... ausgeruht.“

„Kann gut sein. Ich war bei ner Freundin untergeschlüpft ...“

„Ach, nee! Mit anderen Weibern treibst du es also, nur unter meine Bettdecke willst du nicht“, bemerkte sie trotzig, jedoch mit einem leichten Lächeln auf den Lippen, als freue sie sich für ihn.

„Nicht so, wie du denkst. Kati ist ne Kollegin aus der Redaktion ...“

„Schade, also keine Lovestory?“

„Nicht die Bohne.”

„Apropos: Ich glaube, ich genehmige mir noch eine von den Cognacbohnen. Die erinnern mich an meine Stiefmutter.“

Brick reichte ihr die Schachtel. „Leider musst du aufs Kiffen noch verzichten. Hier kann ich nichts auftreiben. Und wo willst du das Zeug denn rauchen, den süßlichen Gestank riecht man doch bis in den OP?“

„Ist ja gut. Aber schön wär's schon.“

„Wenn du wieder draußen bist ... Wie lange musst du eigentlich noch hier bleiben?“

„Morgen früh ist Visite. Kann sein, dass sie mich entlassen.“

Elisa schnappte sich ein Bier und Brick öffnete sich auch eine Dose. Sie stießen an.

„Ich bin froh, dass du da bist", flüsterte Elisa und eine Träne schlich sich aus ihrem rechten Auge.

Sie wirkte ein wenig matt und es dauerte nicht lange, bis sie einschlief. Der Alkohol und die Schokolade, dachte Brick. Er streichelte ihre Haare und küsste sie auf die Stirn, bevor er ging.

Auf dem Rückweg stieß er am Ende des Ganges auf eine Glastür, auf der ein Schild mit dem Wort Kreissaal angebracht war. Er öffnete sie vorsichtig und huschte hinein. Hier herrschte hektische Betriebsamkeit. Einige Schwestern und Pfleger kümmerten sich um Neugeborene. Mütter, die gerade entbunden hatten, wurden zurück auf ihre Zimmer geschoben.

Dann gelangte er an eine Glasscheibe, hinter der drei Säuglinge lagen. Er schrak heftig zusammen, denn genau in diesem Moment dachte er wieder an seine Tochter, und der ganze Schmerz über ihren Tod kam wieder hoch. Aber es musste weitergehen. Elisa war nun seine Ersatztochter, und er schwor sich, künftig auf sie achtzugeben.

3

Seit Nataschas Tod waren etliche Tage vergangen. Es war etwas Gras über die Sache gewachsen. Die Bullen hatten ihn befragt. Sie hatten ganz schön rumgestochert und waren hartnäckig gewesen, mussten aber letztlich wieder abziehen, ohne etwas in Erfahrung gebracht zu haben. Sie hatten nichts in der Hand gegen ihn. Nichts, was auf eine Beteiligung an dem Mord an Natascha hindeutete, weder von ihm noch von seinen Leuten.

Diese kleine Fotze hatte ihm sein Geschäft ruinieren wollen. Hatte ihm gedroht, zur Polizei zu gehen. Doch er würde ein Starfucker-Imperium aufbauen, und von diesem Weg würde ihn niemand, und schon gar keine kleine Nutte, abbringen.

Das Business war perfekt für ihn. Er konnte im Hintergrund agieren und konnte nicht belangt werden. Und alle waren froh. Die Männer konnten ihre geheimsten Begierden befriedigen. Die Mädchen konnten sich im Rampenlicht aalen. Was sollte an einem solchen Handel verwerflich sein? Nichts! Er machte Menschen glücklich. Bahnte Zusammenkünfte an. Und wenn ein Date zustande kam, kassierte er. Nichts weiter. Harmlos geradezu. Er war ein Unternehmer moderner Schule, der ein Produkt anzubieten hatte, das beidseitig funktionierte. Und das würde er sich nicht kaputtmachen lassen.

Logistisch war das Ganze nicht schwierig zu bewältigen. Im Prinzip stellte er nur die Plattform zur Verfügung. Okay, er hatte ein paar Kontakte knüpfen müssen, aber im Laufe der Zeit hatte sich in prominenten Männerkreisen herumgesprochen, welche Art Produkt er anbot. Er hatte das Angebot lediglich bei einigen wenigen wichtigen Persönlichkeiten gestreut. Inzwischen lief es wie von selbst. Geradezu irre gut. Die Mundpropaganda funktionierte unübertrefflich. Hard Selling war nicht nötig. Die Anfragen kamen von allein. Starlight war eine Marke, klug und nachhaltig aufgebaut, im Luxussegment angesiedelt und von Weltformat. So was sprach sich in den einschlägigen Kreisen herum.

Bald würde er dazu übergehen, sein Produkt auf weitere Städte auszudehnen, neue Verkaufskanäle zu erschließen und weitere Vertriebsmöglichkeiten zu nutzen. Seine Agenda sah vor, es bundesweit anzubieten, passende Locations zu orten und den Interessenten schmackhaft zu machen. Auch das dürfte keine allzu große Herausforderung sein.

Im Hintergrund zog er schon lange die Fäden, hatte wertvolle Kontakte in Wirtschaft und Politik aufgebaut und pflegte sie sorgsam, damit einflussreiche Personen nicht auf dumme Gedanken kamen. Es hatte sich als sehr vorteilhaft erwiesen, Politikern in Schlüsselpositionen und Entscheidern in der Wirtschaft sexuelle Angebote zu machen. Damit kriegte er sie fast alle.

Manchmal ärgerte es ihn ein wenig, dass alles so spielerisch lief. Wo waren die wirklichen Hürden?

Das Wichtigste war natürlich, dass das Produkt erstklassig war. Nur Topniveau garantierte auf Dauer beste Marktchancen. Heutzutage wollten alle Girls berühmt und reich werden. Und wenn sie sich dabei an den Teufel verkaufen mussten. Auch gut. Hauptsache Glanz und Glamour. Es gab da draußen massenweise Mädels, die hätten ihre kleine Schwester verkauft, um sich einen Promi angeln zu können. Die Rekrutierung der Ware musste jedoch professionalisiert werden. Da war zu viel Ausschuss dabei. Zu viele billige Chicks, zweitklassige Hobbynutten. Manche waren aufmüpfig, manche naiv, andere größenwahnsinnig, hielten sich tatsächlich für Stars. Dumm waren sie alle. Immerhin spurten die meisten und man konnte gut mit ihnen arbeiten. Um das Starlight-Image nicht zu gefährden, mussten sie das Kontaktnetz optimieren und den Markt noch besser sondieren. Nur noch Premiumqualität würde ihm ins

Haus kommen. Castings wären eine gute Möglichkeit. Warum war er nicht früher darauf gekommen? Er würde Drago damit beauftragen. Die Mädels in Action filmen. Am besten sogar beim Sex. Einen kleinen Porno mit ihnen drehen, da wäre sogar eine Zweitvermarktung im Internet drin. Die vielen Pornoseiten würden sich sicher die Finger danach lecken. Gute Idee. Er notierte sie.

Die größte Sorge, die Tomovic derzeit plagte, war das viele Geld. Genaugenommen das Schwarzgeld. Es war unendlich viel, das nicht einfach zu waschen war. Dafür musste er schleunigst eine Lösung finden. Steuern zahlten in diesem Land nur Loser. Natürlich hatte er längst eine Briefkastenfirma in Luxemburg, eine in der Schweiz, ein Nummernkonto in Liechtenstein und eines auf den Caymans. Das reichte aber bei weitem nicht aus. Sie brauchten Cash, und zwar hier im Land. Zugang zu sauber gewaschenem Geld, nicht rückverfolgbar. Spielcasinos und ähnlicher Müll, der Asoziale und Spieljunkies anzog, hasste er. Das Business kam für ihn nicht in Betracht. Massagesalons fielen ihm ein. Warum gründete er nicht gleich eine Kette? Für Männer und Frauen. Wellnesssalons, noch besser. Verwöhnen von Profis. Guter Slogan. Die Männer würden von Nutten, die Frauen von Callboys mit freiem Oberkörper massiert. So wie diese Klamottenmarke, deren Verkäufer den jungen Shopperinnen ihre Sixpacks präsentierten. Im Laden und auf jeder Einkaufstüte. Genial! Er machte sich erneut eine Notiz.

Heute war ein Spitzentag. Er hatte mal wieder einen Flash. Sein Kopf war sein Kapital. Das unterschied ihn von allen anderen im Milieu, die nur mit dem Schwanz dachten. Und das auch nur bis zum nächsten Abspritzen.

Okay, okay, wenn das alles in trockenen Tüchern wäre, würde er erst einmal die Füße stillhalten und sich einiger lästiger Dinge entledigen müssen. Dieser Brick machte ihm am meisten Sorgen. Er war nicht nur ein penetranter Wadenbeißer, nein, er hatte auch Grips, das musste man ihm lassen. Eine gefährliche Kombination. Er war gespannt, ob sein Spielchen mit dem Journalisten aufgehen würde. Sie mussten es nur geschickt einfädeln, dann würde es gelingen. Das Ding würde steigen, sobald Natalias Gesicht wieder in Gänze hergestellt war.

Andererseits wollte sich Tomovic von einem Pressefuzzi nicht kirre machen lassen. Zum Glück hatte er Kontakte zur Redaktion der Frankfurter Presse. Er suchte die Nummer raus und wählte. Wäre doch gelacht, wenn er über diese Schiene nichts erreichen könnte. Das war seine Art. Immer nach vorne schauen und das Beste rausholen. Später würde er sich einen blasen lassen. Von wem, wusste er noch nicht. Er hatte reichlich Auswahl. Manchmal konnte er sich zwischen der Ware nicht entscheiden. Grausam.

4

Am Ausgang des Krankenhauses kam Brick wieder an dem Kiosk vorbei und erhaschte einen Blick auf die ausgelegten Zeitungen. Er konnte dem Drang nicht widerstehen, die neue Ausgabe der Frankfurter Presse zu kaufen. Er setzte sich in das Café nebenan und blätterte sie durch. Ohne seine Haare auf dem Kopf fühlte er sich sicher. Und wenn der Bart weiter so spross, würden ihn innerhalb von kurzer Zeit selbst engste Freunde kaum noch erkennen.

Im Lokalteil sprang ihm ein bekanntes Gesicht entgegen: seine Tochter. Mit schwarzen Balken vor den Augen. Die Überschrift lautete: „Keine neuen Erkenntnisse im Fall der toten Ukrainerin". Im Artikel wurde behauptet, die Polizei tappe weiterhin im Dunkeln, verfolge aber etliche Spuren.

Er fixierte das Bild.

Wenn ich dich gefunden hätte, wären deine Augen jetzt nicht geschwärzt und du würdest nicht in dieser beschissenen Zeitung auftauchen.

Wut überkam ihn. Ein gärendes Gefühl, es wühlte in ihm. Er fühlt sich schuldig, und diese Schuld machte ihn fertig. Das Wissen, dass er versagt hatte. Wieder einmal.

Als er weiterlas, stieß er auf den Namen Brick. Er fiel im Zusammenhang mit der Fahndung, die nach ihm lief. Zudem waren einige private Details enthalten, und es stand schwarz auf weiß dort, dass er bei der Zeitung suspendiert war.

Brick schnaufte kurz durch, bevor er weiterlas.

Im Verlauf des Artikels lenkte der Autor die Aufmerksamkeit auf die Starlight Agentur, für die das Opfer gearbeitet habe. Bricks Atmung setzte für einen Moment aus. Er fiel aus allen Wolken. Da standen etliche Sätze, die quasi eins zu eins aus seinem Artikel übernommen waren. Er suchte das Kürzel unter dem Artikel und fand es: khm. Eindeutig. Es stand für Karl-Heinz Martens.

Katsche hatte bei ihm geklaut.

Sofort sprang er auf und machte sich auf den Weg zum Parkplatz. Er holte sein Handy aus der Tüte im Kofferraum, schaltete es ein und wählte Eddie Zinnobers Büronummer.

„Wo steckst du denn?“, empfing ihn die harsche Stimme seines Freundes und Chefs. „Ich versuche seit Tagen, dich zu erreichen. Handy aus, Mails beantwortest du nicht. Mann, Mann, Mann!“

„Ich hab ne Auszeit gebraucht. Ist das so schwer nachzuvollziehen? Und du setzt jetzt sofort deinen Arsch in Bewegung. Ich habe gerade den heutigen Artikel gelesen und muss mit dir reden.“

„Katsche, ich weiß. Er ist wohl etwas übers Ziel hinausgeschossen. Und was willst du jetzt von mir?“

Brick überging Eddies Frage. „Wir treffen uns auf der Eisenbahnbrücke über den Main. Der am Druckwasserwerk. Da vermutet uns niemand. In fünfzehn Minuten. Das schaffst du locker.“

Er klickte das Gespräch weg und steckte sein Handy ein.

Brick fuhr durch den Westhafen mit seinen neu hochgezogenen Eigentumswohnungen und der Spiegelfassade des Rautenturms, im Volksmund „Geripptes“ genannt nach den Gläsern, aus denen in Frankfurt der Apfelwein getrunken wurde. Das Neubaugebiet lag direkt am Main. Es gab zahlreiche Privatstege für Boote oder kleine Yachten. Hier verlieh sich Frankfurt ein hypermodernes Antlitz. Unweit des Bankenviertels gelegen, war es die perfekte Gegend für Banker und andere Reiche, wobei die Gossen des Bahnhofsviertels auch nur einen Lufthauch entfernt vor sich hin stanken.

In diesem Areal konzentrierte sich alles, was die Welt zu bieten hatte. Der Hauptbahnhof lag um die Ecke. Zig Nationen wohnten als Nachbarn nebeneinander. Millionär und Bettler, Marktfrau und Hure begegneten sich tagsüber auf der Straße. Der Sozialarbeiter suchte seinen Junkie, der Banker seinen nächsten Kick an der Börse, der Freier sein Lieblingsmädchen, der Seelsorger den Obdachlosen.

Und das Schöne war: Hier fanden alle, was sie suchten.

Brick parkte auf einem Schattenplatz vor dem Druckwasserwerk und wartete noch ein, zwei Minuten, bevor er ausstieg. Er schaute sich um. Die Uferpromenade war menschenleer. Auf der anderen Mainseite ging jemand mit seinem Hund Gassi, aber das interessierte ihn nicht. Die Luft schien rein zu sein. Es war heiß. Die Sonne brannte auf Frankfurt.

Brick schloss den Wagen ab und machte sich auf den Weg. Hinter ihm lag das Gutleutviertel, dahinter das Gallus. Von dort würde Eddie kommen. Bereits von weitem erkannte er ihn an seinem weit ausholenden Schritt. Eddie schien es eilig zu haben.

Brick stieg die etwa fünfundzwanzig Treppenstufen hoch und begab sich in die Mitte der Brücke. Unter ihm floss der Main. Er lehnte sich an einen Pfeiler und wartete.

Je näher Eddie kam, desto unsicherer wurde sein Schritt.

„Was haben sie denn mit dir gemacht?", fuhr ihn Eddie an, als er vor ihm stehenblieb. Er wollte ihm über den Kopf streicheln, aber Brick wehrte seine Hand ab. „Reine Vorsichtsmaßnahme."

„Dir scheint ja der Arsch auf Grundeis zu gehen."

„Lass das mal meine Sorge sein!", kläffte Brick zurück. „Und kümmere dich um deinen Scheiß. Wieso zum Beispiel konnte Katsche die Infos aus meinem Artikel verwenden und in seinem Geschwurbel unterbringen?" Brick kochte vor Wut.

„Keine Ahnung, ich schwör es dir. Das war ein Alleingang. Katsche hat es nicht mit mir abgesprochen. Er hat den Artikel gestern Abend an mir vorbeigeschleust und in Druck gegeben, ohne dass ich ihn zu Gesicht bekommen habe."

„Fuck!", schrie Brick.

„Du dramatisierst das Ganze." Eddie blickte über den Main in Richtung Dom. Auf der anderen Seite ragte die Spitze der Dreikönigskirche zum Himmel. Und am Horizont thronte majestätisch der gerade hochgezogene neue Turm der EZB.

„Kapierst du eigentlich nicht", echauffierte sich Brick, „was da gerade passiert ist? Wir spielen ihnen in die Karten!"

„Inwiefern?"

„Jetzt haben sie auch euch auf dem Kieker. Außerdem gefährdet Katsche auch mich damit. Was soll das? Was bezweckt er damit?"

Eddies Antwort war ein Achselzucken, doch dann fügte er hinzu: „Vielleicht wollte er sich profilieren?"

„Schöne Scheiße. Das ist ihm prächtig gelungen. Auf Kosten aller anderen."

„Du bist doch nur sauer, weil er deinen Text benutzt hat ..."

„Richtig. Wo gibt's denn so was? Anstatt dass du ihn in Gänze veröffentlichst, ist er jetzt bruchstückhaft zu lesen und die Leser wissen nicht einmal, dass er von mir stammt."

„Glaub mir, ich hab alles versucht, deinen Artikel doch noch reinzukriegen. Aber ... aber ich muss vorsichtig vorgehen. Damit riskiere ich meinen Arsch, verstehst du? Wenn das rauskommt, bin ich geliefert."

„Eddie, nimm's mir nicht übel, aber früher warst du anders. Da hast du anders geredet. Da hätten dich keine zehn Pferde stoppen können. Da hättest du alles dran gesetzt, diese Wichser an den Eiern zu kriegen!"

„Ich weiß echt nicht, was du willst. Der Anfang ist doch jetzt gemacht. Jetzt brauchen wir ein wenig Geduld, und dann bring ich das

Ding und wir nageln sie an die Wand. Von der Zwangsprostitution Minderjähriger und den Starfuckern hat Katsche ja kein Wort erwähnt. Das wird einschlagen wie eine Bombe." Eddie legte eine Pause ein. „Hör zu! Ich muss gleich wieder los." Er machte auf geschäftsmäßig.

„Mach doch, was du willst! Ist mir scheißegal. Ich bin raus und hau ab." Seine Wangenmuskeln spannten sich an. Er drehte auf dem Absatz um und wollte gehen, doch Eddie packte ihn am Arm und hielt ihn zurück.

„Big Ben, jetzt warte doch mal! Mit dir kann man nicht mehr vernünftig reden."

„Wozu auch?", fragte er hitzig. „Es läuft eh alles gegen mich."

„Du siehst Gespenster! Du wirst der gefeierte Mann sein, wenn es an der Zeit ist."

„Spar dir den Müll! Und jetzt lass mich." Er riss sich los, wandte sich ab und ging davon.

„Big Ben, bau keinen Scheiß! Hörst du? Ich hab die Sache im Griff. Überlass den Rest mir. Es kommt auf das Timing an. Aber es wird nicht mehr lange dauern, dann kommt der richtige Moment. Und dann schlagen wir zu!"

Brick lief einfach weiter und ignorierte Eddies letzte Worte. Er hatte genug gehört, um zu wissen, dass er allein auf sich gestellt war. Er konnte sich auf niemanden mehr verlassen. Auch nicht auf seinen ältesten Kumpel Eddie.

5

In seinem Wagen herrschten Saunatemperaturen. Die Sonne hatte einen Bogen gemacht und ihre Strahlen ins Innere wandern lassen. Er öffnete das Cabriodach und fuhr los. Der Fahrtwind brachte etwas Abkühlung nach dem frustrierenden Gespräch mit Eddie.

Als er am Hauptbahnhof vorbeifuhr, verspürte er einen Moment lang Lust, das Viertel zu besuchen, in dem er jahrelang gearbeitet und abgehangen hatte. Doch dann verwarf er den Plan. Er schien ihm zu gefährlich zu sein. Sein Gesicht war dort immer noch bekannt. Zu viele Leute kannten ihn. Und wer wusste schon, wem er über den Weg laufen würde.

Er musste sich jetzt dringend um die Sache Tomovic kümmern. Doch dazu musste er an ihn herankommen. Er brauchte schleunigst eine Idee. Plötzlich fiel ihm etwas ein. Vielleicht konnte ihm der Bahnhof doch von Nutzen sein. Spontan kam ihm das Monopol in den Sinn. Das altehrwürdige, inzwischen etwas heruntergekommene Jugendstilhotel kannte er von früher. Es lag unmittelbar am Hauptbahnhof in der Mannheimer Straße und erschien ihm ideal für seine Zwecke.

Er legte eine Vollbremsung hin, schaute in den Rückspiegel, wechselte die Fahrbahn nach links auf die Abbiegespur und hielt vor einer roten Ampel. Kaum schaltete sie auf Rot-Gelb um, beschleunigte er, legte einen U-Turn hin, fuhr wieder am Hauptbahnhof vorbei und bog gleich dahinter rechts ab. Der offizielle Bahnhofparkplatz ‚Südseite' lag vor ihm. Er steuerte ihn an, bis er registrierte, dass in der Karlsruher Straße einige freie Parkplätze zu sehen waren. Er fuhr am Parkplatz ‚Südseite' vorbei, bog dahinter links ab in die Stuttgarter Straße und wieder links, bis er in die Karlsruher Straße gelangte. Dort nahm er einen der freien Stellplätze mit Blick auf den Fischimbiss Melilla, den er vor nicht allzu langer Zeit mit Schnauzes Dienstwaffe wieder verlassen hatte.

Vorm Aussteigen kontrollierte er noch seine Barreserven. Es waren ihm noch über 140 Euro geblieben. Das musste für eine Nacht reichen.

Er schnappte sich die Tüte mit seinen Habseligkeiten und den Laptop. Das Hotel lag direkt um die Ecke. Er erkannte sofort, dass sich kaum etwas geändert hatte. Die beiden Engelreliefs aus Gips und die kleinen kupferbedeckten Kuppeln prangten noch immer an der Außenfassade. Er ging an die Hotelrezeption, nicht ohne sich vorher vergewissert zu haben, ob ihm jemand folgte. Das schien nicht der Fall zu sein.

Im Inneren wirkte das Monopol mit seinen Marmorsäulen, der goldverzierten Thekenfassade und den plüschroten Sesselbezügen wie ein Relikt aus dem vergangenen Jahrhundert. Es erinnerte ihn an ähnliche Etablissements in Prag oder Budapest, als der Eiserne Vorhang Europa noch trennte.

Die geräumige Empfangshalle war fast leer. Der elegant gekleidete Rezeptionist, Herr Lorenz, sah mit seinem Menjou-Bärtchen, dem weißen Hemd und dem Anzug aus wie ein Concierge aus der Zeit der Jahrhundertwende. Er war ein noch junger Mann, vielleicht Ende zwanzig, und konnte Brick unter keinen Umständen kennen.

„Guten Tag, der Herr, Sie wünschen?", empfing ihn seine freundliche Fistelstimme. Brick hätte fast schmunzeln müssen.

„Ein Zimmer für eine Nacht, bitte."

Lorenz blätterte in einem altehrwürdigen Büchlein, statt eines Computers, und schaute nach.

„Gerne", erklärte er. „Das Studio wäre noch frei. Nummer 313, 80 Euro mit Frühstück. Vorauszahlung. Auf welchen Namen?"

Brick überlegte nur kurz. „Klemm", sagte er. „Gustav Klemm."

„Und wie möchten Sie bezahlen?"

„Kreditkarte. Mir fällt gerade ein, dass ich meinen Personalausweis heute nicht dabei habe ..."

„Kein Problem für eine Nacht." Der Concierge schmunzelte. „Solange die Kreditkarte akzeptiert wird."

Brick verstand, zog sein Portemonnaie und reichte ihm die Kreditkarte. Lorenz zog sie durch den Automat. Kurz darauf tickerten zwei Papierquittungen heraus. Er riss sie ab und überreichte sie Brick.

„Die ist für Sie und hier bitte einmal unterschreiben."

Brick nahm einen Kuli und zog eine Wellenlinie auf dem Papier.

„Vielen Dank. Ich wünsche Ihnen einen angenehmen Aufenthalt. Der Frühstückssaal liegt gleich hier links." Er deutete mit einer Geste die Richtung an. „Der Aufzug ist gleich hier rechts. Falls Sie etwas benötigen: Die Rezeption ist Tag und Nacht besetzt."

„Danke sehr." Brick nahm Kreditkarte, Quittung und einen vergoldeten altmodischen Schlüssel entgegen und wandte sich um. Aus dem Aufzug stieg gerade ein älteres Paar aus und schien sich prächtig zu amüsieren. Brick betrat den Aufzug und drückte den Knopf zum dritten Stock. Die Türen schlossen sich. Nun war er allein. Er atmete tief durch. Bis hierhin hatte alles perfekt geklappt. Der entscheidende Teil stand ihm jedoch noch bevor.

Sein Hotelzimmer war spartanisch eingerichtet. Ein Bett, ein Tisch, ein Stuhl, ein Schrank, dunkles Holz. Ein Kühlschrank mit Wasser, O-Saft, Wein, Sekt, Bier und Hochprozentigem. An den Wänden Samttapete in dunklen, warmen Farben. Rot, Orange und Braun. Der schwarze Teppich hatte schon etliche Jahre auf dem Buckel und war an einigen Stellen ausgetreten.

Als Erstes schmiss Brick sein Zeug aufs Bett, stellte den Laptop auf den Tisch und klappte ihn auf. Auf einer Ablage standen mehrere Longdrinkgläser. Eines füllte er mit einem Fingerbreit Pernod und kippte ihn hinunter. Sein Treibstoff.

Anschließend fuhr er den Laptop hoch, ging ins Internet und besuchte die Starlight-Seite. Er klickte auf ‚Modelle' und betrachtete sich die Bilder der Frauen. Manche schienen noch Mädchen zu sein.

Es gab eine Schwarzhaarige, die Catherine Zeta-Jones ähnelte. Eine Brünette erinnerte ihn an Angelina Jolie. Dann gab es eine mit wasserstoffblonder Kurzhaarfrisur, die Pink wie aus dem Gesicht geschnitten war. Brick überlegte eine Weile, ob das echte Bilder oder Fakes waren. Aber es musste sich um die Originalbilder der Frauen handeln, denn wenn die Männer sie bestellten und sahen, konnten sie sich ja beschweren, falls ihre Vorstellungen nicht erfüllt wurden.

Als Nächstes stieß Brick auf ein Bild einer Blondine mit langen Haaren. Sie erinnerte ihn an Natascha. Die Haare und die Gesichtszüge waren ähnlich. Das Alter kam auch hin, aber es war nicht seine Tochter. Es gab Unterschiede. Die Nase war kleiner. Die Augen dunkler. Die Lippen voller.

Diese Teenies heutzutage sahen alle gleich aus, dachte er.

Ihr Name war Natalia. Herkunft Ukraine. Sieh mal einer an. Er las die Beschreibung unter ihrem Bild: „Natalia ist ein Lolita-Girl, das dem solventen Herrn jeden Wunsch von den Lippen abliest. Und noch viel mehr."

Sie reizte ihn. Ja, entschied er. Sie wollte er haben. Vielleicht hatte sie Natascha gekannt. Er klickte auf den Buchungsbutton und erlebte eine Überraschung. ‚Verreist' stand dort. ‚Bitte wählen Sie ein anderes Modell'.

Zu dumm, dachte er und ärgerte sich. Er setzte seine Suche fort, begleitet von einem weiteren Pernod. Der Inhalt der Flasche ging langsam zur Neige.

Die Homepage wies insgesamt über zwanzig Frauenbilder auf. Er klickte alle durch. Aus der Ukraine war keine mehr darunter, aber er blieb an einer jungen Frau hängen. Eine Russin, die sich Irina nannte. Sie wählte er aus und klickte den Buchungsbutton. Zahlungsmethode: Kreditkartenzahlung. Für eine Stunde verlangten sie 250 Euro. Zwei Stunden sollten 400 Euro kosten. Eine Stunde musste reichen.

Er buchte, erledigte die Zahlungsformalitäten und gab die Kreditkartennummer ein. Im Feld ‚Name' gab er vorsichtshalber nur den Nachnamen Klemm an. Den Kasten ‚Treffpunkt' füllte er mit ‚Hotel Monopol. Zimmer 313' aus. Die gewünschte Uhrzeit stellte er auf 20 Uhr ein. Er schickte die Nachricht ab. Keine fünf Minuten später bekam er die Bestätigung. Das Modell fände sich zur vereinbarten Zeit am vereinbarten Treffpunkt ein. Ein Hinweis folgte, er solle nach dem Treffen eine Bewertung abgeben, ob alles zur vollen Zufriedenheit abgelaufen sei. Kurzer Dank für die Buchung und Gruß. Das war's. So einfach ging das also.

Er erhob sich, schritt zum Fenster, schob die Gardine beiseite und schaute hinunter. Er schnippte mit dem Finger. Von hier aus konnte er die Straße und den Eingang des Hotels sehen. Die Sonne ging hinterm Hauptbahnhof unter und alles erstrahlte in angenehmer Röte. Jetzt hatte er noch über eine Stunde Zeit, die es zu überbrücken galt. Er war nicht müde, fühlte sich aber schlapp. Er nahm eine ausgiebige Dusche. Zunächst heißes, dann kaltes Wasser, das er auf den Hinterkopf prasseln ließ, während er sich an der Wand mit beiden Händen abstützte. Anschließend registrierte er im Badezimmerspiegel voller Genugtuung, dass sein Bart wuchs und wuchs.

Gehüllt in ein Badetuch kam er aus dem dampfenden Bad heraus und genehmigte sich einen weiteren Pernod. Wie kleine Geister kamen die Schatten der Vergangenheit angeschlichen, aber er wehrte sie ab, wollte sich nicht wieder mit ihnen auseinandersetzen. Stattdessen rief er sich Elisa in ihrem Krankenzimmer in Erinnerung. Sie würde bald entlassen werden. Tapferes Mädchen. Vielleicht konnte er ihr dabei behilflich sein, ihr Leben etwas besser auf die Reihe zu kriegen. Allerdings war es dazu notwendig, dass er zunächst sein eigenes wieder in den Griff bekam. Danach sah es momentan noch nicht aus.

Er zog seine getragenen Sachen an, wartete im Sessel und starrte die Wand an. Kurz vor zwanzig Uhr stand er auf. Er stellte sich an die linke Fensterseite und beobachtete die Straße. Keine zwei Minuten später fuhr eine schwarze Limousine vor. Aus der linken hinteren Tür stieg eine etwa 1,80 große, schlanke Frau aus. Er erkannte Irina sofort. Mit einer Geste verabschiedete sie sich von ihrem Chauffeur, den Brick von seinem Fensterplatz nicht erkennen konnte, und stöckelte ins Hotel.

Als es kurz darauf an seiner Tür klopfte, öffnete er.

Große braune Augen über einem roten Kussmund blickten ihn an. „Hallo“, sagte die Frau. „Ich heiße Irina.“ Ihre Stimme klang tief, ruhig und gleichmäßig. „Wir sind verabredet.“

Er setzte ein Lächeln auf und reichte ihr die Hand, die sie ergriff. „Komm doch rein!“

Er trat einen Schritt zur Seite und ließ sie eintreten. Während sie an ihm vorbei ins Zimmer lief, musterte er sie. Der Kontrast ihrer blassen Haut und der tiefschwarzen glatten Haare gefiel ihm. Sie trug eine enganliegende schwarze Jeans und eine weiße, durchschimmernde Bluse, unter der ihr BH auszumachen war. Ihr Busen zeichnete sich in einer zarten Wölbung ab.

Er schloss die Tür hinter ihr und Irina drehte sich zu ihm um. „Moment bitte. Ich muss eine Nachricht senden." Sie zückte ihr Handy, schrieb eine SMS und schickte sie los.

„Alles klar bei dir?", fragte er.

„Ja, natürlich. Das gehört zu den Sicherheitsbestimmungen. Ignorieren Sie es einfach."

„Wollen wir uns nicht duzen?"

„Ich sieze alle Kunden. Wie darf ich Sie nennen?"

„Du kannst mich gerne Klemm nennen."

„Okay, Klemm. Was möchten Sie?"

Sie sprach ein nahezu perfektes Deutsch und annähernd akzentfrei.

„Du sprichst super Deutsch."

„Ich habe viele Sprachkurse belegt. Das ist Pflicht bei Starlight. Es gibt viele Kunden, die sich gepflegt unterhalten wollen. Ich spreche Russisch, Englisch, Deutsch und Französisch."

Bei der letztgenannten Sprache war er kurz geneigt, einen anzüglichen Witz zu reißen, ließ es jedoch bleiben. Solche Zoten waren nicht sein Ding und außerdem waren diese Anspielungen auf Oralsex ausgelutscht. Vielmehr wollte er mehr über Irina und Starlight erfahren, durfte aber nicht mit der Tür ins Haus fallen.

Sie sah sich im Zimmer um, legte ihre Handtasche auf den Stuhl, schnickte ihre hohen Schuhe ab und war plötzlich nur noch 1,65 Meter groß.

„Moment", sagte er, als sie gerade ihre weiße Bluse aufknöpfen wollte. „Nicht so schnell."

„Aber Sie haben nur eine Stunde gebucht. Das ist nicht sehr viel Zeit."

„Wenn es mir gefällt, kann ich doch verlängern, oder?"

„Ich glaube schon. Ich habe keinen Anschlusstermin. Ich müsste dann Bescheid geben."

Sie machte einen professionellen Eindruck, fast ein wenig zu kühl für seinen Geschmack. Zweifellos nahm sie ihren Job sehr ernst. Aber es kam ihm so vor, als sei sie ihn ein wenig überdrüssig.

Als er nicht weitersprach, übernahm sie das Kommando. „Gut. Sie müssen mir sagen, was ich tun soll."

„Möchten Sie etwas trinken?"

„Nein, jetzt nicht."

„Nehmen Sie Platz ... am besten auf dem Bett."

Sie gehorchte. Brick stellte den Stuhl unmittelbar vor sie und betrachtete sie.

Irina schien etwas verwirrt zu sein.
„Was haben Sie vor?“
„Ich möchte dich erst mal anschauen.“
Sie nickte. „Möchten Sie dabei reden?“
„Gerne.“
„Gut. Sind Sie geschäftlich in der Stadt?“
„So könnte man es sagen.“
„Und wie laufen die Geschäfte?“
„Na ja“, stieß er hervor, weil er etwas Zeit gewinnen wollte. Das Gespräch lief in eine Richtung, die ihm nicht behagte. „Waren schon mal besser, aber ich weiß, dass es bald aufwärts gehen wird. Reden wir von dir? Wie laufen deine Geschäfte?“
„Sehr gut“, sagte sie, ohne zu zögern.
„Bist du wegen des Jobs in Frankfurt?“
„Ja. Eigentlich wollte ich studieren, aber ... das ist teuer ...“
„Ach, du bist Studentin?“
„Ich habe in Russland ein Medizinstudium begonnen, aber man hat meine Scheine hier nicht anerkannt. Ich müsste von vorne anfangen.“
„Du bist doch noch jung. Das würde ich an deiner Stelle machen.“
„Aber von irgendwas muss ich auch leben ...“ Sie schaute auf die Uhr. „Entschuldigung. Wollen Sie die Zeit so verstreichen lassen?“
Bricks Art und das Gespräch schienen sie jetzt doch etwas zu irritieren.
„Ich dachte, es kommt häufig vor, dass deine Kunden mit dir reden wollen?“
„Schon, aber ... die buchen dann zwei oder drei Stunden. Manche länger.“ Sie berührte ihn mit der rechten Hand am Arm. Feingliedrig, zart und gepflegt mit rot lackierten Fingernägeln, dachte Brick, als sei sie täglich bei der Maniküre. „Ich möchte, dass Sie Spaß haben, Klemm. Dass es Ihnen gefällt.“
„Ach so, keine Sorge. Du gefällst mir. Musst du dich rechtfertigen bei Starlight?“
„Rechtfertigen nicht, aber ... aber ...“
„Du meinst diese Bewertungen auf der Homepage?“ Sie nickte und senkte den Kopf. „Kommt es häufig vor, dass ein Kunde dich schlecht bewertet?“
Mit einem Ruck hob sie den Kopf. „Nein, nein! Wie kommen Sie darauf?“
„Ich dachte, weil du so besorgt bist.“

„Ich achte auf die Zufriedenheit meiner Kunden. Sonst wäre ich schon ... Sonst könnte ich diesen Job nicht machen."

„Du meinst, sonst hätten sie dich schon rausgeschmissen?"

„Vielleicht, aber ... vielleicht auch nicht."

Brick rückte seinen Stuhl zurück und stand auf. „Ich brauche was zu trinken. Willst du jetzt auch was?"

„Ein Wasser?"

„Gerne. Ich nehme einen Pernod."

Er machte die Getränke und kam wieder zum Bett, auf dem Irina in unveränderter Pose saß. Wie eine Jungfrau vor ihrem ersten Mal. Sie wirkte fast etwas schüchtern. Er reichte ihr das Glas und sie nahm einen Schluck.

„Haben Sie mich wirklich nur zum Reden hierher bestellt?"

„Momentan, ja. Wieso, gefällt es dir nicht, mit mir zu reden?"

„Doch, doch, aber ... Ihre Fragen sind etwas ungewöhnlich."

Während er sich setzte, stand sie auf und stellte sich hinter ihn. „Es sind jetzt schon fünfzehn Minuten herum. Wie wär's, wenn ich Sie massiere?" Sie nahm sein T-Shirt am unteren Ende in beide Hände und zog es ihm über den Kopf.

„Gute Idee", sagte Brick. „Ich bin sicher verspannt." Er trank seinen Pernod und stellte das Glas auf dem Boden ab. Ihm war es etwas peinlich, dass sie seinen Bauch sah.

Brick, du Lusche, reiß dich zusammen!, ermahnte er sich.

„Vom Arbeiten?", fragte sie.

„Auch."

„Ihr Gesicht hat auch ein paar Kratzer abbekommen?"

„Stimmt. Ich hatte letztens eine unschöne Begegnung." Als sie ihn fragend anblickte, fuhr er fort. „Mit dem Küchenschrank."

„Ach so! Ich dachte schon."

„Was?"

„Ein Streit. Eine Keilerei oder ein Faustkampf."

So schön war's nicht.

„Nee, nee, ich bin ein friedliebender Mensch."

„Das freut mich. So wirken Sie auch." Sie begann damit, seine Schulterpartie zu kneten.

„Danke. Wissen Sie, ich bin nicht von der schnellen Truppe. So rauf, rein, raus und fertig funktioniert bei mir nicht. Da könnte ich auch für 25 Euro in nen Puff im Bahnhofsviertel gehen. Keine zweihundert Meter von hier entfernt."

„Sie meinen diese Billigfickläden?"

„Genau. In den Laufhäusern stinkt es. Die Zimmer sind klein und versifft."

„Hört sich so an, als kennen Sie sich dort gut aus."

„Früher hab ich es probiert, bis ich gemerkt habe, dass es nicht mein Fall ist. Mir tun auch die Frauen leid. Die müssen zwanzig oder dreißig Freier am Tag, wie sagt man ...?"

„Bedienen."

„Richtig. Vielleicht sogar fünfzig! Die Zimmermiete pro Tag ist horrend, und das Schlimmste ist, viele dürfen von dem Geld nicht einmal was behalten."

Ihre Hände zuckten zurück und ließen einen Moment von Bricks Schulter ab. „Wie meinen Sie das?"

„Das sind Zwangsprostituierte, die illegal in Deutschland sind. Der Einzige, der daran verdient, ist ihr Freund ..." Irina blickte skeptisch. „Oh pardon, das ist Neudeutsch für Zuhälter."

Als Brick ausgesprochen hatte, wirkte Irinas Mimik weiterhin gequält. Das Gespräch verlief zunehmend in eine Richtung, die ihr nicht geheuer war. „Ach, so meinen Sie das ..." Sie schien zu überlegen. „Soll ich weitermachen mit der Massage?"

„Gerne."

„Dann brauche ich etwas Öl. Moment." Sie ging an ihre Handtasche und öffnete sie. Brick erkannte ein Gerät. Sah aus wie ein Elektroschocker.

„Brauchen Sie den öfter?", fragte Brick mit einem Schmunzeln auf den Lippen.

Als Irina sah, was er meinte, lächelte sie. „Nur für die Männer, die nicht artig sind."

„Kommt das häufig vor?"

„Nie!" Sie legte eine Pause ein. „Die Kunden sind alle brav, aber auf der Straße hab ich manchmal Angst." Nachdem Brick sie mit ernster Miene angesehen hatte, ergänzte sie: „Sie brauchen sich keine Sorgen machen. Das Ding ist sehr wirksam. Damit kannst du Pferde oder Elefanten aufscheuchen."

Irina holte ein Fläschchen Massageöl der Marke Rituals aus der Tasche und verschloss sie wieder. Sie verteilte etwas Öl auf beiden Handflächen und fing wieder an zu massieren. Im Nu duftete der Raum nach Eukalyptus.

„Sie haben ja alles dabei."

„Nur wichtige Utensilien, die ich ab und zu für den Job brauche." Sie lächelte. Für eine Weile schwiegen beide. Stille umgab sie, die nur von vereinzelten Huptönen von der Straße gestört wurde. Brick schloss die Augen und gab sich Irinas kreisenden Bewegungen auf seiner Haut hin.

„Mhhhhh, das tut echt gut."

„Ich freue mich, wenn es Ihnen gefällt."

„Ja, du machst das wirklich gut." Es war eine Mischung zwischen zart und hart. Manchmal übte sie Druck aus, manchmal war es mehr ein Streicheln. Er genoss es. „So mag ich das."

„Sie sind ein Genießer", kommentierte sie und schien damit nicht unzufrieden zu sein.

„Findest du?"

„Ja. Ich kenne den Typ Mann."

„Darf ich fragen, wie lange du den Job schon machst?"

„Klar, ich habe nichts dagegen, wenn Sie fragen. Lassen Sie mich mal rechnen. Wir haben August, nächsten Monat werden es zwei Jahre."

„Ui, das ist ne lange Zeit."

„Was sind schon zwei Jahre?"

„Na ja, in dem Job kommen Sie mit vielen Männern zusammen. Sie haben bestimmt viele Erfahrungen sammeln können."

„Das ist wahr." Sie legte eine Pause ein und nahm die Finger von seiner Haut. „Sie fragen schon wieder so komisch. Wie ein Polizist."

„Gott bewahre! Mit denen will ich nichts zu tun haben."

„Ich auch nicht."

„Aber die Fragerei kann schon mit meinem Job zu tun haben. Ich bin nämlich Journalist." Kurz nachdem er es ausgesprochen hatte, fragte er sich, ob das eine gute Idee gewesen war. Er musste vorsichtiger sein. Andererseits stellte es eine gewisse Vertrautheit her, wenn Irina etwas mehr über ihn erfuhr. Und wer wusste schon, für was das noch gut sein würde.

„Wirklich? Das ist bestimmt spannend."

„Nur hin und wieder. Das meiste ist öde Schreibtischarbeit. Aber mit der Zeit lernt man, Fragen zu stellen."

„Ach, daher kommt das. Ich verstehe. Worüber schreiben Sie denn?"

„Dies und das. Eigentlich sind es immer Themen, die auf der Straße liegen."

„Wo?", fragte sie verständnislos.

„Das sagt man bei uns so, wenn etwas offensichtlich ist."

„Sagen Sie ein Beispiel!"

„Die Wohnungsnot in Frankfurt beispielsweise. Oder der Flughafenausbau und der Fluglärm."

„Ach so was meinen Sie. Sie schreiben also über soziale Themen."
„Politisch, sozial, ökologisch. Alles, was für die Gesellschaft relevant ist."
„Dann sind Sie ein engagierter Journalist."
„Könnte man sagen."
„Dafür gibt es noch ein Wort, ein Fremdwort, ich weiß aber nicht mehr genau, wie es heißt. So ähnlich wie investitiv."
„Investigativ meinst du."
„Ja."
„So arbeiten nur die besten unter uns. Die Branche verkommt leider langsam zu PR-Organen der Politik und Wirtschaft ... Ich könnte dir Sachen erzählen ... Aber lassen wir das."
„Interessiert mich aber, weil ich so wenig mitbekomme ... verstehen Sie?"
„Ja. Du musst bestimmt viel arbeiten und hast wenig Freizeit."
„So ist es."
„Außerdem hast du immer einen Aufpasser dabei, oder?"
„Woher weißt du das?"
„Ich habe die schwarze Limousine gesehen, die dich vor dem Hotel abgesetzt hat."
Irina hielt kurz inne. „Sie beobachten gut. Gehört das auch zu Ihrem Job?"
„Ohne diese Gabe ist noch niemand ein guter Journalist geworden. Wir sind einerseits Trüffelschweine, die sich durch den Dreck wühlen, andererseits Späher, die Dinge sehen, die andere nicht sehen."
„Aha. Das wäre nichts für mich."
„Wieso?"
„Im Dreck wühlen? Nein danke!"
Brick lachte. „Natürlich nur im übertragenen Sinne. Wir müssen dahin gehen, wo es wehtut. Sonst kommt nichts dabei heraus."
„So so, Sie Schwindler. Daher kommen also Ihre Schrammen im Gesicht!"
„Ertappt!", sagte er mehr im Scherz, schloss aber keine Erklärung an.
Sie wandte ihren Kopf. „Es ist jetzt fünfzehn Minuten vor neun Uhr. Wenn Sie verlängern möchten, müsste ich jetzt Bescheid geben?"
„Nein, heute nicht."
„Hach, ich wusste es."
„Was?"

„Es hat Ihnen nicht gefallen."

„Doch, doch." Anhand ihrer Miene erkannte er, dass Irina ihm kein Wort glaubte. „Ehrlich jetzt. War genauso, wie ich es mir beim ersten Mal vorgestellt habe." Da die Zeit bald ablief, wollte er Irina noch etwas aus der Reserve locken. „Ich wollte schon immer mal eine große Reportage machen über das Frankfurter Rotlichtmilieu. Eine Escort Agentur wäre dafür sicher ideal. Wie wär's? Würdest du mir dafür ein Interview geben?"

„Ich? Nein!"

„Wieso nicht? Hast du was zu verbergen?"

„Na klar! Wer nicht?"

„Dein Name würde natürlich nicht genannt werden. Auch der Name deines Arbeitgebers nicht. Ich würde ein Bild von dir machen, natürlich so, dass man dein Gesicht nicht sehen könnte."

Sie stockte. „Nein, das geht nicht. Ich glaube nicht, dass ..."

„Du meinst, deine Chefs hätten was dagegen? Aber wieso: Das wäre ja quasi Werbung für sie. Ich sehe schon die Headline: *Der leuchtende Stern unter Frankfurts Escort Agenturen.*" Brick zog mit beiden Händen einen großen Streifen in der Luft, als schriebe er eine Headline in den Raum.

Irina schien überfordert zu sein von seinen Ausführungen. Jetzt wollte er ihre Verunsicherung nutzen. „Übrigens kenne ich ein Mädchen von Starlight. Natalia nennt sie sich. Kennst du die?"

„Nein. Wir haben keinen Kontakt zu den anderen."

„Schade, du hättest ihr einen Gruß von mir ausrichten können." Und dann hängte er einen weiteren Satz an: „Sie hat sich öfter beschwert bei mir. Über ihre Chefs. Besonders Tomovic ..."

Nachdem er den Namen ausgesprochen hatte, schluckte Irina und sah ihn bass erstaunt an. Ihre Augen weiteten sich. Sie wusste nicht damit umzugehen, dass der Name ihres Oberchefs hier im Raum gefallen war, und schwieg.

„Na, hat es dir die Sprache verschlagen?"

„Nein", antwortete sie prompt, „es ist nur ... Ich darf nicht über Starlight sprechen ... und über den Chef schon gar nicht."

„Muss ja ein übler Typ sein, was man so hört. Ich hoffe, er behandelt dich gut." Der zweite Satz klang wie eine Frage.

„Mich? Ja, er ist korrekt. Er ..." Ihre Verwirrung nahm deutlich zu. Sie wirkte plötzlich hektisch, sah sich um. Wusste nicht, wie sie sich verhalten sollte. Offensichtlich konnte sie sich die Entwicklung des Gespräches überhaupt nicht erklären. „Oh", kam es wie aus der

Pistole geschossen. „Die Zeit ist in ein bis zwei Minuten um. Ich muss gehen, sonst bekomme ich Ärger."

„Sicher. Mein Rücken ist schon viel entspannter jetzt." Brick wollte sie etwas ablenken, damit sie mit einem positiven Gefühl das Hotelzimmer verlassen und keinen Verdacht schöpfen würde. Vielleicht brauchte er sie noch.

„Und Sie sind sicher, dass es Ihnen gefallen hat?"

„Klar. Vielleicht sehen wir uns ja mal wieder", sagte er. „Ich bin demnächst öfter in Frankfurt. Moment! Ich gebe Ihnen meine Mailadresse und meine Handynummer, falls ..." Er zwinkerte ihr zu, griff nach seinem Portemonnaie und zog eine verknitterte Visitenkarte von einem Pizzabestellservice heraus. „Haben Sie einen Stift dabei?"

„Ja." Sie kramte in ihrer Handtasche. „Hier!"

Brick notierte alles auf der Rückseite und reichte ihr die Karte.

„Okay, Pizzamann. Und Sie wissen ja, wie Sie mich buchen können."

Ein Lächeln kündigte ihren Abschied an. Sie ging kurz ins Bad, kam nach einer halben Minute zurück, packte das Massageöl in ihre Handtasche und hob die Hand, als wolle sie winken. Eine Geste, die ihre Verunsicherung symbolisierte.

Brick trat an sie heran und drückte ihr einen Kuss auf die Wange.

„Danke Irina. Von mir bekommst du die volle Punktzahl."

Sie freute sich und sah ihn mit scheuen Augen an. Ein Nicken war ihre Antwort, bevor sie sich umdrehte und das Zimmer verließ.

Jetzt hatte es Brick eilig. Er musste ihre Verfolgung aufnehmen. Der eigentliche Grund, warum er sie hierher bestellt hatte. Sein Plan war, sich an die schwarze Limousine dranzuhängen, und er war sehr gespannt, wohin sie ihn in Frankfurts Nacht bringen würde.

6

Brick zog sich rasch das T-Shirt über den Kopf und schlüpfte in seine Sneaker. Er steckte sein Handy ein, nahm seinen Laptop und seine Tüte und überlegte fieberhaft, ob er noch etwas mitnehmen musste.

Ihm fiel nichts ein. Er nahm den Zimmerschlüssel und ließ hinter sich die Tür ins Schloss fallen. Auf dem Hotelflur war niemand zu sehen. Er entschied sich, die Treppe zu nehmen. Als er unten im Foyer ankam, sah er gerade noch Irinas Rücken, die aus dem Hoteleingang nach draußen auf die Straße trat. Die schwarze Limousine fuhr vor.

Brick tat unbeteiligt, legte den Zimmerschlüssel auf den Tresen und schlenderte am Rezeptionisten vorbei, der ihn mit einem Lächeln verabschiedete. Brick erwiderte es kurz, konzentrierte sich dann aber sofort wieder auf die Straße, auf der Irina in diesem Moment die hintere Tür öffnete und im Inneren des Wagens Platz nahm. Der Chauffeur gab Gas und fuhr los.

Jetzt konnte es auf jede Sekunde ankommen. Brick huschte aus der Hoteltür und hetzte nach links. Es war ihm egal, ob Irina ihn eventuell aus dem Wagen sehen würde. Das Risiko musste er eingehen. Wenn er zu langsam war, konnte die Limousine schon über alle Berge sein, bevor er die Verfolgung aufnehmen konnte. Die Ampel am Ende der Karlsruher Straße stand gerade auf Grün. Mit ein bisschen Glück würde sie auf Rot springen, wenn Irina und ihr Chauffeur dort ankamen.

Das letzte Stück bis zu seinem Cabrio sprintete er, schloss die Tür auf und hechtete hinein. Der Kavaliersstart erregte bei einigen Passanten Aufsehen. Auch das war ihm schnuppe. Er fixierte die Straße vor sich und entdeckte das Heck der schwarzen Limousine, die tatsächlich vor der Ampel hatte warten müssen, aber soeben wieder anfuhr und aus der Karlsruher Straße nach rechts in Richtung Gutleutstraße einbog. Die Ampel stand noch auf Grün. Brick gab Vollgas, beschleunigte und preschte vorwärts. Die Ampel war inzwischen auf Gelb umgesprungen. Er musste noch zwanzig bis dreißig Meter zurücklegen. Das würde verdammt knapp werden. „Scheißding", brüllte er und schlug auf das Lenkrad. „Wart gefälligst auf mich!"

Unmittelbar vor der Ampel erschien das leuchtende Rot. Bäng!

Mist! Mist! Mist!

Doch Brick ließ sich nicht beirren. Er drosselte seine Geschwindigkeit nicht, sondern verfolgte weiter die Limousine, die am Baseler Platz entlang und weiter Richtung Friedensbrücke fuhr. Von hinten hörte er wildes Hupen, das er geflissentlich ignorierte. Mindestens dreißig Meter vor sich auf der zweispurigen Straße entdeckte er den Wagen wieder; eingereiht zwischen anderen Wagen, die ihm teilweise die Sicht nahmen. Glücklicherweise kam nach hundert Metern erneut eine Ampel. Irinas Chauffeur hielt davor.

Brick wechselte die Fahrspur und kam vier Autos hinter ihnen zum Halten. Ihm lief der Schweiß. Die Außentemperatur lag noch immer über dreißig Grad und es war schwül. Er kurbelte das Fenster hinunter, aber auch der Fahrtwind brachte wenig Abkühlung.

Die Limousine fuhr bei Grün wieder los. Es ging über die Friedensbrücke in den Stadtteil Sachsenhausen. Brick fixierte die Autos vor sich, um unbedingt an der Limousine dranzubleiben. Sie überquerte die Kennedyallee, machte auf der Stresemannallee einen U-Turn und bog rechts wieder in die Kennedyallee ein. Zunächst wunderte sich Brick über das Fahrmanöver und war einen Augenblick besorgt, dass der Chauffeur seine Verfolgung spitzgekriegt hatte und ihn abhängen wollte. Aber dann realisierte er schnell, dass vor der Kreuzung ein Linksabbiegen nicht erlaubt und der Fahrer somit zu dieser umständlichen Route gezwungen gewesen war. Außerdem fuhr er recht langsam, fast behäbig, als säßen die beiden darin und unterhielten sich angeregt.

Nach weiteren etwa zweihundert Metern setzte die Limousine den Blinker rechts und bog in eine Hofeinfahrt ein, die zu einer stattlichen Altbauvilla gehörte.

Aha, dachte Brick, das könnte das Starlight-Domizil sein. Während seiner Recherchen für den Artikel war er lediglich auf eine Briefkastenadresse in Luxemburg gestoßen. Es existierte keine Postadresse wie etwa bei einem Sauna- oder FKK-Club. Und wo Tomovic wohnte, hatte er auch nicht herausgefunden.

Er betrachtete beim Vorbeifahren das Grundstück und sah, dass ein automatisches Rolltor zufuhr, nachdem der Wagen im Inneren des Areals verschwunden war. Brick fuhr weiter und hatte Glück. Nach etwa sechzig Metern entdeckte er eine Parklücke und stellte den Cabrio dort ab. Schnell stieg er aus und eilte den Weg zurück.

Inzwischen war es Nacht geworden. In diesem Abschnitt der Straße gab es nur wenige Straßenlaternen, die die Gegend beleuchteten. Gut für Brick. Er pirschte sich an die Mauer heran, die das Grundstück umgab. Sie war knapp zwei Meter fünfzig hoch, schätzte Brick. Die Villa wirkte abgeschottet. Er schnaufte. Da würde er nur schwerlich drüber kommen. Wenn überhaupt. Er suchte nach Kameras oder anderen Bestandteilen eines Sicherheitssystems, wurde aber nicht fündig.

Scheint sich sicher zu fühlen, der Herr Tomovic.

In der gesamten Umgebung an der Kennedyallee lagen weitere kleine Anwesen mit Bürgerhäusern oder Altbauten. Rechts und links der Starlight-Villa, wie Brick sie im Stillen nannte, schlossen sich Mauern an, hinter denen weitere Grundstücke mit Villen lagen.

Rechts vom Rolltor gab es ein Portal mit einer schmiedeeisernen Tür. Ein gusseisernes Schild mit einer Klingel prangte daneben. Brick las die Initialen S.E. Treffer! Er hatte ein gutes Gefühl, das sich jedoch sogleich relativierte, denn er hatte keine Idee, wie er die Mauern überwinden könnte.

Brick wandte sich zur Straße und schaute sich um. Auf der gegenüberliegenden Seite standen einige Bäume. Sollte er hochklettern? Hier mitten im Stadtteil Sachsenhausen? Es war zwar eine reine Wohngegend, aber das würde Aufsehen erregen, wenn ihn jemand dabei beobachtete. Derjenige würde womöglich die Polizei rufen. Das musste er dringend vermeiden.

Er stemmte die Hände in die Seiten und ärgerte sich. Jetzt hatte er die Starlight-Zentrale ausfindig gemacht und trotzdem waren ihm die Hände gebunden. Was konnte er unternehmen? Die Frage erübrigte sich, denn in diesem Moment ertönte ein Geräusch hinter ihm. Das Rolltor fuhr wieder auf. Brick schreckte zusammen. Er musste schleunigst von hier weg und steuerte wieder seinen Wagen an. Unauffällig drehte er den Kopf, um einen Blick auf das Grundstück zu erhaschen. Kurz darauf kam die schwarze Limousine wieder zum Vorschein. Er erkannte die Silhouette des Fahrers. Hinten drin saß eine Blondine. Ihre Haare schimmerten hell und ihre Gesichtszüge kamen ihm bekannt vor. Einen Moment war er wie vom Donner gerührt. Sie glich dem Bild auf der Homepage. Wie hieß das Escort-Modell noch, das angeblich verreist sein sollte? Natalia, meinte er sich zu erinnern.

Brick drehte sich postwendend ab, um nicht erkannt zu werden, beschleunigte seine Schritte und ging rasch weiter.

Jetzt steckte er in einem Zwiespalt. Sollte er der Limousine folgen? Oder sich umdrehen, sobald sie außer Sichtweite war, und versuchen, durchs Rolltor auf das Villengrundstück zu gelangen? Aber was, wenn die Limousine weg und das Rolltor bereits geschlossen war, bevor er dort ankommen würde? Er entschied sich, die Limousine zu verfolgen. So schnell wie möglich eilte er zu seinem Cabrio, stieg ein und startete. Er legte einen scharfen U-Turn auf der Kennedyallee hin und versuchte, den Vorsprung seines Zielobjektes zu verringern.

Um die Villa konnte er sich immer noch kümmern.

Diesmal ging die Fahrt nicht über den Main, sondern über die Kreuzung Stresemannallee in Richtung Stadion. Allerdings bog die Limousine an der Rennbahn in den Stadtteil Niederrad ab. Brick klemmte sich hinter den Wagen, hielt aber ausreichend Abstand, um keinen Verdacht zu erregen. Kurz vor der Kreuzung an der Niederräder Landstraße wechselte ein anderer Wagen die Spur, ohne den Blinker zu setzen, und behinderte Brick, der einen Augenblick unkonzentriert gewesen war. Die Ampel sprang auf Rot. Die Limousine war schon über die Kreuzung. Brick konnte ihr unmöglich folgen. Zu unübersichtlich war die Stelle, und zu viele Autos überquerten die Fahrbahn vor ihm. Er schlug verärgert aufs Lenkrad. Von weitem beobachtete er, wie die Limousine in die Bruchfeldstraße abbog. Das Heck verschwand aus seinem Sichtfeld.

Shit!

Es blieb ihm nichts anderes übrig, als die Verfolgung abzublasen. Die Limousine konnte sonst wohin gefahren sein. Wohl oder übel wendete er, nachdem er über die Kreuzung gefahren war, als ihm plötzlich einfiel, dass er überhaupt nicht wusste, wohin er nun fahren und wo er die Nacht verbringen sollte. Ins Hotel wollte er nicht zurück. Zurück zu Kati kam ihm mies vor. Zu Gustav konnte er auch nicht, zumal der alte Freund sicher längst zurückgekehrt war und eine eingetretene Wohnungstür vorgefunden hatte. Es wunderte ihn, dass er von Gustav noch keine Nachricht erhalten hatte. Eddie konnte ihm vorerst den Buckel runterrutschen. Konnte er es wagen, zurück zu seiner Wohnung zu fahren? Ja, entschied er spontan, denn er hielt es für nahezu ausgeschlossen, dass ihm dort jemand auflauern würde.

Mit einem mulmigen Gefühl überquerte er wieder den Main nach Hibbdebach, wie die einheimischen Frankfurter den nördlichen Teil der Stadt oberhalb des Flusses nannten.

Brick fuhr dreimal um den Block, bis er eine schmale Parklücke fand und den Wagen hineinklemmen konnte. Er stieg aus und sah sich um. Im Gutleutviertel herrschte dieselbe Nachtstimmung wie immer. Es war düster und schummrig, die Straßen waren wie leergefegt. Es roch muffig, nach abgestandener, schwüler Luft. Kein Windhauch war spürbar. Trotz der fortgeschrittenen nächtlichen Uhrzeit waren es noch über fünfundzwanzig Grad. Ein Schweißtropfen perlte von Bricks Stirn. Er fühlte sich matt.

Nachdem er sich vergewissert hatte, dass ihn niemand beobachtete, begab er sich zu dem Mietshaus, in dem seine Wohnung im Hochparterre lag. Kaum war er um die Ecke gebogen, von der aus er sein Küchenfenster sehen konnte, hielt er abrupt inne, denn er nahm einen Lichtschein wahr. In seiner Wohnung. Eindeutig. Irgendwo musste eine Lichtquelle sein. Da er sich hundertprozentig sicher war, kein Licht angelassen zu haben, konnte das nur eines bedeuten: Ein Fremder war in der Wohnung gewesen oder hielt sich immer noch dort auf.

Fuck!

Sie waren ihm auf den Fersen. Aber wer? Vielleicht Starlight. Oder sogar Schnauze? Noch jemand fiel ihm ein. Gustav, der eventuell eine Erklärung zu seiner aufgebrochenen Wohnungstür verlangte. Vielleicht wartete er bei ihm auf seine Rückkehr, gemütlich vorm Fernseher, oder er hatte sich schon häuslich eingerichtet.

Brick zögerte. Was sollte er tun? Mit Gustav würde er gerne reden. Schnauze wollte er nicht über den Weg laufen. Und den Starlight-Leuten schon gar nicht. Dass sie ihm hier auflauern wollten, hielt er jedoch für sehr unwahrscheinlich. Erstens wären sie nicht so dumm, Licht zu machen, und zweitens hatten sie bestimmt Besseres zu tun, als stundenlang hier herumzusitzen. Bei Schnauze verhielt es sich ähnlich. Er konnte einem zwar manchmal auf den Keks gehen, aber er war clever und würde niemals einen solchen Anfängerfehler machen. Blieb demnach Gustav übrig. Mit großer Wahrscheinlichkeit lag er auf seiner Couch, schnarchte vor sich hin oder zog sich einen Film rein.

Er musste herausfinden, ob tatsächlich Gustav in seiner Wohnung war, ging zurück zum Wagen und holte die Waffe aus dem Handschuhfach. Dann schlich er sich an der Hausfassade entlang, bog um die Ecke in eine schmale Hofeinfahrt, ging weiter bis unterhalb des Wohnzimmerfensters und blieb dort unvermittelt stehen. Kein Geräusch war zu vernehmen. Keine Menschenseele zu sehen. Hier, quasi mitten in Frankfurt, war es nachts genauso tot wie in einem x-beliebigen Provinznest.

Brick wandte sich zur Hauswand und griff den Fenstervorsprung, stellte den rechten Fuß auf den Kellersockel und zog sich langsam hoch. Er riskierte vorsichtig und mit Bedacht einen Blick in sein Wohnzimmer und traute seinen Augen kaum. Seine Augen fielen auf zwei Arschbacken, die von einem Hauch von einem Slip geteilt wurden. Anhand der schmalen Figur mit den langen Beinen und den schwarzen Haaren waren sie eindeutig als Elisas zu identifizieren, die soeben aus dem Wohnzimmer Richtung Küche ging. Obenrum trug sie nur ein Bikinioberteil oder einen BH, das war auf die Schnelle nicht auszumachen. Fast wäre er ausgerutscht auf dem schmalen Tritt, aber er hielt sich krampfhaft fest.

Als Elisa wenige Sekunden später wieder das Zimmer betrat, klopfte er wie wild ans Fenster. Sie erschrak und riss den Kopf hoch. Ihr gesamter Körper zuckte zusammen. Erst als sie Brick erkannte, entspannte sie sich wieder.

Elisa flitzte ans Fenster und öffnete. „Mensch, Brick!“, rief sie hinaus in die Dunkelheit. „Hast du mich vielleicht erschreckt!“

„Ich werd ja wohl noch an meinem eigenen Fenster klopfen dürfen.“

„Logo, es ist nur ...“

„Lässt du mich rein?“, stoppte er ihre Erklärung.

„Klaro. Komm rum nach vorne. Oder willst du fensterln?“

Brick ging nicht auf die Bemerkung ein, ließ sich hinabgleiten und sprang das letzte Stück hinunter. Er war froh, wieder festen Boden unter den Füßen zu haben, und ging ums Haus herum bis zur Eingangstür, die wie üblich offenstand. Einen Tick später stand er vor seiner Wohnungstür, die langsam geöffnet wurde. Zwei wachsame Augen blickten ihn an. Sie schienen die Lage im Treppenhaus zu peilen. Erst als sich Elisa vergewissert hatte, dass er allein war, machte sie die Tür ganz auf und ließ ihn eintreten.

„Sie haben dich schon entlassen?“, fragte er und ging vor ins Wohnzimmer.

Elisa folgte ihm. „Schnellmerker!“

„Ging ja flott.“

„Sie brauchten mein Bett. Drei Frischlinge auf einen Schlag. Die mussten irgendwo untergebracht werden.“

„Aha. Na, umso besser. Und was machst du hier in meiner Wohnung, wenn ich fragen darf?“

Elisa ließ sich auf die Couch fallen. Erst jetzt bemerkte er den Joint in ihrer Hand, den sie entzündete. Sie legte ihre Beine gemütlich über die Lehne, nahm einen tiefen Zug, sog den süßen Rauch ein, behielt ihn lange in sich und stieß ihn durch die Nasenlöcher wieder aus. Ihre Augen leuchteten.

Brick beobachtete sie mit einem Grinsen auf den Lippen. „Wo hast du denn so schnell das Gras her?“

„Kontakte sind alles im Leben. Das solltest du als Journalist wissen. Könnte dir mal das Leben retten. Willste mal ziehen?“

„Nee, danke.“

Brick zog die Waffe aus der Hose und legte sie auf den Tisch.

Als Elisa spitzkriegte, was er gerade abgelegt hatte, pfiff sie durch die Zähne. „Ben, Ben! Was geht denn bei dir eigentlich ab?“

„Was meinst du?“

„Du rasierst dir deine heiligen Haare ab, rennst hier mit ner Waffe rum und fragst mich, was ich meine? Alter, ey! Ich glaub, das alles ist ne Nummer zu groß für dich, Bennyboy."

„Wovon redest du?"

„Sag du es mir!"

„Ich brauch erst mal einen Drink. Sorry, muss kurz ans Auto." Brick verließ die Wohnung, holte die Tüte und den Laptop herein. Fünf Minuten später saß er in einem Sessel gegenüber von Elisa und nippte an einem doppelten Pernod.

„Ahhhh!" Er lehnte sich zurück. „Und jetzt erzähl mir mal, was du hier machst!"

„Ich hatte Schiss. In meine Wohnung bringen mich keine zehn Pferde mehr. Jedenfalls nicht allein."

„Verstehe, daher weht der Wind. Kann ich nachvollziehen."

„Und du? Woher kommst du eigentlich um diese Zeit?"

„Ich hab ne Spur von Tomovic ..."

„Crazy. Du bist total gaga! Du kannst dich doch nicht ernsthaft mit ... Ach, egal. Du lässt dir ja sowieso nix sagen."

„Exakt, meine Liebe, exakt. Das ist ganz allein mein Ding und ich lass mir von niemandem reinreden. Auch von dir nicht. Wie geht's dir?" Brick nahm das Glas, trank den Pernod aus und schenkte sich sofort nach.

„Danke, dass du mich gefragt hast, ob ich auch einen will", sagte sie schnippisch.

„Willst du einen?"

„Gerne, der Herr."

Brick holte ein weiteres Glas aus der Küche und reichte Elisa kurz darauf einen dreifachen.

Sie trank. „Dann können wir ja kuscheln heut Nacht, hmmm, was meinst du?"

Brick lehnte den Kopf zurück und starrte die Decke an. „Ich bin platt, aber in meinem Bett ist genug Platz für zwei. Du kannst gern bleiben."

„Ich will dich ja auch nicht gleich heiraten."

„Zum Glück."

„Wäre auch sicher nicht dein Ding."

„Deins ja wohl auch nicht. Ich war übrigens mal verheiratet", merkte Brick an.

„Echt? Du hast nie drüber gesprochen."

„Ein Kapitel meines Lebens, das so unendlich lange zurückliegt."

„Und mit wem?"

„Mit meiner ersten Liebe. Daniela."
„Von der hast du mir nie erzählt."
Brick seufzte schwer und rang mit sich, ob er Elisa mehr erzählen sollte, als ihm lieb war. Die alten Geschichten, die längst verschüttet auf dem Schrottplatz seines Unterbewusstseins lagen. Sollte er sie wirklich wieder ausgraben?
Sie machte einen Schmollmund, der ihn dahinschmelzen ließ.
„Also gut. Daniela. Wie war das damals noch mal? Ich hab sie auf einer Unifete kennengelernt." Nach diesem ersten Satz kam er in Fahrt und erzählte Elisa die gesamte Geschichte. In seiner Jugend hatte Brick natürlich mehrfach seine Fühler ausgestreckt, erste Erfahrungen mit dem weiblichen Geschlecht gesammelt und – wie er es später nannte – einige Praktika absolviert. Sechs Monate bei Andrea. Acht Monate bei Ines. Viereinhalb Monate bei Monika und weitere acht Monate bei Annegret. Er arbeitete mit den Mädchen, testete aus, lernte mit jeder weiteren dazu, vagabundierte von einer zur nächsten, doch dann lernte er Daniela kennen und ließ sich fest anstellen.
Daniela war eine lebensfrohe, zwanzigjährige Studentin gewesen. Auf die Unifete war er mit einem anderen Mädchen gegangen, dessen Namen er längst vergessen hatte. Aber plötzlich hatte Daniela vor ihm gestanden und er hatte nur noch Augen für sie. Besonders mochte er ihre Stupsnase, die rötlich-blonden Haare und dass sie ab und an Brechts Lyrik, insbesondere die Liebesgedichte, zitierte. Manchmal etwas zusammenhanglos, aber das störte ihn nicht. So jemandem war er noch nie begegnet. Von der ersten Sekunde an hing er an ihren Lippen.
Nach der Unifete lud sie ihn auf einen Absacker in ihre Studentenbude ein. Sie tranken eine Flasche Chablis, probierten einige Kondome mit Geschmack und vögelten sich in eine Art Trance.
Ab da waren sie zusammen. Daniela mochte an ihm, dass er Journalist war. Ein Berufsfeld, das für sie als angehende Frau Magister in Germanistik nicht von der Hand zu weisen war. Was sie kritisierte, war, dass er nicht noch ein Publizistikstudium dranhängen wollte. Er verschludere sein Talent, sei zu Höherem geboren. *Du willst doch nicht immer ein kleiner Schreiberling bleiben?*
Da er aber aufs Schreiben nicht verzichten wollte und konnte, auch aus finanziellen Gründen, belegte er einen Abend- und Wochenendkurs an der Uni und paukte Publizistik, Medienwissenschaften und Kommunikationsvorgänge. Er merkte bald, dass ihm das nicht schmeckte. Die graue Theorie war nichts für ihn. Er war der

Praktiker, der einen Stift und ein leeres Blatt brauchte, um loslegen zu können.

Trotzdem investierte er über ein Jahr lang sehr viel Zeit in das Studium und immer weniger in Daniela. Sie sahen sich kaum noch. In ihrer Beziehung ging es bergab. Dennoch – oder gerade deshalb – entschlossen sie sich zu heiraten. Aber eine Hochzeit als Kitt war keine gute Idee.

Überspielt wurde diese Phase durch Danielas Selbstfindung, wie sie es nannte. Am Ende ihres geisteswissenschaftlichen Studiums wusste sie nicht recht, welchen Weg sie einschlagen sollte, welche Branche für sie die richtige war. Ein Praktikum in einer Werbeagentur wies ihr den Weg zu einer atemberaubenden Karriere. Sie fing als Junior-Texterin in einer Agentur an, wurde Texterin, innerhalb von zwei Jahren Senior-Texterin und schließlich Creative Director Text. Sie textete für immer größere Kunden, war verantwortlich für immer größere Kampagnen und Fernsehspots und verbrachte ihr Leben hauptsächlich im Büro. Statt Brechts Lyrik zitierte sie nun Slogans oder Headlines. Und je erfolgreicher sie wurde, desto weniger sahen sie sich.

Brick hatte inzwischen sein Studium wieder aufgegeben und machte ihr Vorwürfe. Die Agentur sei ihre Familie, nicht er. Sie sei in eine Sekte geraten, nicht in eine Firma. Doch das half alles nichts. Sie lebte ihren Job und nicht ihr Leben.

Irgendwann war Brick froh drum. Er vögelte mit einer Freundin von Daniela, merkte aber schnell, dass das genau das war, was er nicht wollte.

Daniela vögelte parallel den Artdirector der Agentur. Von da an ging alles den Bach runter.

Und dann begann Bricks Phase im Milieu. Ihn faszinierte die Rotlichtwelt. Er schrieb spannende Reportagen aus dem Bahnhofsviertel und lieferte authentische Bilderstrecken ab. So dicht und intensiv wie Brick hatte noch niemand die Lebensgeschichten von Huren, Junkies, Zuhältern, Türstehern, Würstchenverkäufern und Hütchenspielern aus dem Viertel dargestellt.

Eines Nachts lernte er durch Gustav Alina im Table-Dance-Club kennen. Das war der Anfang vom Ende seiner Ehe mit Daniela.

Kurz vorm Einschlafen war Brick sturzbetrunken und rief noch seine Mails ab. Es waren etliche angekommen. Er entzifferte ein Donnerwetter von Gustav. Schnauze blies ihm zum wiederholten Male den Marsch. Eddie beschwerte sich, dass er einfach abgehauen war. Und Kati wunderte sich, wo er abgeblieben war. Sie mache sich Sorgen.

Und dann war da noch eine Mail, deren Betreff höchst erfreulich klang: *Fotos für Ihre Rotlichtreportage.*

Er las weiter: *Ich hab über unser Gespräch im Monopol nachgedacht. Wenn Sie Bilder wollen, die sich gut verkaufen lassen, kommen Sie morgen Abend auf den Lerchesberg. Bertha-von-Suttner-Ring 122. Uwe Veigel trifft sich dort mit einem Starlight-Modell (noch keine 18!). Aber bitte halten Sie mich aus Ihrem Artikel raus. Viele Grüße, Irina.*

Brick rieb sich die Augen. Hatte er sich verlesen? Eine Mail von Irina. Die Absenderadresse lautete: Irina@hotmail.com. Was sollte er denn davon halten? Die Buchstaben verschwammen auf dem Bildschirm. Aber unter Aufbietung aller seiner verbliebenen Kräfte versuchte er sich zu konzentrieren und las nochmals.

Erst dann begriff er die gesamte Dimension dieser schlichten Worte.

Ein verdammt gutes Angebot, trotzdem – oder gerade deshalb – war er misstrauisch. Er brauchte eine Art Rückversicherung und schrieb eine Antwort: „Hallo Irina, warum hilfst du mir?"

Postwendend kam die Antwort: „Weil Veigel ein Arschloch ist! Ich will, dass du ihn fertigmachst."

Brick konnte ihr nur recht geben. Bingo! Veigel auf dem Präsentierteller. Geile Vorstellung. Eine Einladung, wie sie nicht jeden Tag hereingeschneit kam.

7

Irgendwann musste Brick eingeschlafen sein. Als er erwachte, fand er sich in seinem Bett wieder. Neben ihm lag Elisa, umhüllt von mehreren Kissen und Decken wie in einem Kokon. Brick lächelte.

Keine dreißig Minuten später war er schon wieder auf der Straße und lief auf seinen Wagen zu. Es war ein Samstag. Er blickte in einen stahlblauen Himmel. Heute brannte die Sonne gnadenlos. Er packte sein T-Shirt zwischen zwei Finger und zog es sich vom Leib, damit etwas Luft für Abkühlung auf der Haut sorgen konnte. Für ein bis zwei Sekunden gelang das. Danach kam es ihm so vor, als sei es noch heißer als zuvor.

Er gab auf, sich gegen die Hitze zu wehren, stieg stattdessen in den Wagen, setzte die Sonnenbrille auf und fuhr los. Unterwegs hielt er an einem Kiosk, kaufte eine eisgekühlte Cola und die Frankfurter Presse. Eine Art Logo auf der Titelseite traf ihn wie ein Schlag. „Neue Serie“, stand dort angekündigt. „Aufgedeckt: Die perfiden Machenschaften einer Frankfurter Escort Agentur. Von Karl-Heinz Martens“. Schnappatmung! Brick brach der Schweiß nun endgültig aus, so zornig war er mit einem Mal.

Katsche im Amoklaufmodus!

Warum nahmen die den Freak nicht in Gewahrsam? Warum hatte Eddie das nicht verhindern können? Was war in der Redaktion los? Tausend Fragen zuckten blitzartig durch sein Gehirn.

Kurz war er versucht, sofort in die Redaktion zu fahren, um dort klar Schiff zu machen. Doch nachdem er mit halbwegs kühlem Kopf über die Sache nachgedacht hatte, besann er sich eines Besseren. Er konnte dort nicht einfach auftauchen. Nicht, solange er polizeilich gesucht wurde.

Außerdem verfolgte er ein anderes Ziel. Er war auf dem Weg in die Kennedyallee. Die Villa ging ihm nicht aus dem Kopf. Ebenso wenig diese Mail von Irina, die er des Nachts noch gelesen und die ihm fast den Schlaf geraubt hatte. Wollte sie ihn tatsächlich unterstützen? Wollte sie ihm Bildmaterial liefern für seine Reportage? Oder war es eine Falle? Es gab unendlich viele Möglichkeiten. Keine überzeugte ihn.

Sollte er diesen Abendtermin wahrnehmen, oder war es zu gefährlich? Die Gemengelage war kompliziert genug. Der Name Uwe Veigel machte es nicht besser. Wenn da was dran war, dann war das mehr als eine Überraschung. Oder sollte es sich um einen Scherz handeln? Wollte ihn Irina auf den Arm nehmen? Daran glaubte er am wenigsten, dafür klang der Mailinhalt zu nüchtern.

Kati fiel ihm ein. Vielleicht wäre der Abendtermin für sie interessant. Sie kannte Veigel und wäre sicher mehr als entsetzt, wenn dieses Treffen tatsächlich zustande kommen würde. Andererseits würde es Stoff für viele Artikel liefern und trug die Dimension eines handfesten Skandals in sich, der die gesamte Politszene Frankfurts bis ins Mark treffen würde. Insbesondere die Konservative Partei.

Denen würd ich es gönnen. Denn genau jene Saubermänner, die sich gern als Moralapostel ersten Ranges aufspielten, hatten den meisten Dreck am Stecken. Sein Reden.

Er verwarf den Gedanken, Kati in die Sache hineinzuziehen. Das Risiko war nicht abschätzbar. Er wollte nicht für etwaige Folgen verantwortlich sein. Die Sache mit Elisa, an der er die Schuld trug, reichte ihm in dieser Hinsicht bis in alle Ewigkeiten.

Plötzlich dachte er wieder an dieses Mädchen, das er zuerst auf der Homepage gesehen hatte und mit der er sich gerne im Hotel getroffen hätte. Natalia hieß sie. Angeblich war sie verreist. Aber warum tauchte die Frau kurze Zeit später auf dem Rücksitz der Limousine auf dem Weg nach Niederrad auf? Sie war es hundertprozentig gewesen. Fatalerweise erinnerte sie ihn an Natascha, seine tote Tochter. Die Ähnlichkeit war verblüffend. Er war verwirrt, fühlte sich mies, wusste aber nicht warum.

Noch war Zeit. Bis zum Abend waren viele Stunden zu überbrücken. Und wie er mit der Katsche-Sache verfahren sollte, wollte er sich auch noch überlegen. Eine einfache Lösung würde es sicher nicht geben. Er versuchte, sich wieder auf die Gegenwart zu konzentrieren. Ein paar Meter vom Grundstück entfernt blieb er im Schutz eines Baumes stehen und beobachtete die Lage. Merkwürdige Gegend. So gut wie nichts deutete darauf hin, dass hinter den geschlossenen Toren, den hohen Mauern und den heruntergelassenen Rollläden jemand lebte. Dann nahm er das Objekt seiner Begierde genauer in Augenschein. Er bemerkte die strahlend weiße Fassadenfarbe der Villa. Schien erst kürzlich gestrichen worden zu sein. Oberhalb der Mauer konnte er die Fenster im ersten Stock erspähen. Er hätte sich ein Fernrohr gewünscht. Aus seiner Entfernung war nicht viel mehr auszumachen als spiegelnde Flächen, hinter denen sich aller Wahrscheinlichkeit nach gerade einige Starlight-Leute tummelten. Vielleicht auch Tomovic.

Das Tor des Nachbargrundstücks öffnete sich und Bricks Aufmerksamkeit wurde abgelenkt. Er konnte einen Blick auf das Grundstück werfen. Der Garten war ein Farbenmeer, die Blumenbeete sorgfältig bepflanzt und gepflegt. Heraus trat ein Mann mittleren Alters. Er war gekleidet in einen grünen Overall wie ein Gärtner, trug darunter nur ein Unterhemd. Er wirkte etwas zerzaust und stopfte gerade verwelkte Blätter und kleine Äste in eine Biotonne.

Diese Chance wollte sich Brick nicht entgehen lassen. Er huschte hinter seinem Baum hervor und ging auf den Mann zu.

„Entschuldigung, sehen Sie manchmal jemanden auf Ihrem Nachbargrundstück?“, sprach er den Mann an.

Der Mann hob den Kopf und sah ihn an, als sei er nicht begeistert davon, bei seiner Arbeit gestört zu werden. „Wer will das wissen?“

„Oh, Entschuldigung. Mein Name ist Brick, ich bin Journalist und schreibe für die Frankfurter Presse.“

„Schmierblatt!“ Der Mann lachte in sich hinein. „Geht’s Ihnen genauso dreckig wie den Kollegen bei der Rundschau?“

„Nicht ganz so schlimm", konterte Brick. „Aber es wird nicht mehr besser."

„Scheiß Internet, was? Macht alles platt."

„So könnte man es sagen. Die Leute sind nicht bereit, für Online-Zeitungen Geld auszugeben. Aber ohne Geld kann man keine Redaktion bezahlen. So einfach ist das." Er zuckte die Achseln.

Der Gärtner musterte ihn jetzt von oben bis unten. „Was wollen Sie denn von denen da drüben?"

„Mir ist zu Ohren gekommen, dass es sich um ein Etablissement handelt, das eine Escort Agentur beherbergt", begann Brick, denn er sah keinen Grund, warum er mit diesen Infos hinterm Berg halten sollte. „Sie wissen, was ich meine? Die Prostituierte per Internet vermieten." Doch kaum hatte er ausgesprochen, bereute er es.

„Bitte?", hörte er eine empört klingende Antwort. Die Augenbrauen des Mannes tanzten. „Davon weiß ich nichts." Er wirkte nun nervös und aufgebracht. „Was erlauben Sie sich eigentlich? Kommen einfach hierher und setzen solche unhaltbaren Behauptungen in die Welt. Typisch Schmierfink! Wo haben Sie denn den Käse her? Das ist eine Verleumdung, und Sie sollten gut aufpassen, was Sie als Nächstes sagen, sonst knöpfe ich Sie mir vor. Und jetzt machen Sie, dass Sie verschwinden!"

Der Mann stopfte aufgebracht die letzten Reste der Blätter in die Tonne, die an der Straße stand, drehte auf dem Absatz um und hastete zurück auf das Grundstück. Brick war perplex. Noch bevor er eine Erklärung abliefern konnte, flog das Eingangstor vor seiner Nase zu. Er stand wieder allein auf der Straße.

Mist. Die schöne Chance, etwas mehr über Tomovic und den Laden in Erfahrung zu bringen, war vertan. Er war tollpatschig vorgegangen, hatte den Mann mit dieser Enthüllung kompromittiert. Kein Wunder: Er konnte als Nachbar gegenüber einem Journalisten schlecht zugeben, dass er etwas über die Escort Agentur wusste. Oder Tomovic hatte ihn zum Schweigen verpflichtet, überlegte Brick, indem er den Nachbarn mit einigen Schäferstündchen geködert hatte. Das lag immerhin im Bereich des Möglichen. Brick wusste zu wenig über Tomovics Methoden, und das ärgerte ihn gewaltig.

Ihm blieb nun nichts anderes übrig, als sich wieder in seinen Wagen zu setzen und sich auf die Lauer zu legen, um aus sicherer Entfernung die Geschehnisse rund um die Villa zu beobachten. Der Gedanke an den Abendtermin kitzelte jetzt schon seinen Ehrgeiz und seine Neugier. Obwohl er wusste, wie gefährlich das werden konnte, hatte er sich innerlich bereits dazu entschlossen. Vielleicht konnte er künftig mit Irina zusammenarbeiten. Das wäre ein Ding. Eine Vertraute in der Höhle des Löwen bot ganz neue Chancen. Aber auch jetzt musste er wieder an Elisa denken. Was, wenn Irina auffliegen würde? Was würden sie mit ihr machen? Er mochte es sich nicht vorstellen. Doch dann warf er alle Bedenken über Bord und fasste einen Entschluss: Er würde abends bei Veigel aufschlagen, die Fotos schießen, ihn an den Eiern packen und öffentlich denunzieren. Eine sehr verlockende Vorstellung.

Der Asphalt flimmerte. Auf der Kennedyallee herrschte wenig Verkehr. Auf den Bürgersteigen lagen keine heruntergefallenen Blätter. Hier zeigte Frankfurt sein anonymes Gesicht. Eine bürgerliche Seite, die er nicht gut kannte und die er nicht mochte. Hier gab es nichts, was Frankfurt ausmachte. Keinen Essensgeruch. Keine Betriebsamkeit. Keine Parkplatzprobleme. Keine Menschenansammlungen vor den Kiosken, die in Frankfurt Wasserhäuschen genannt wurden. Keine nölenden Taxifahrer. Hierher hatte ihn bislang nichts in seinem Leben verschlagen. Und jetzt saß er genau hier und war auf der Spur eines der miesesten Typen, die sich Bürger Frankfurts nannten.

In Gedanken versunken überhörte er fast ein quietschendes Geräusch. Das Rolltor der Starlight-Villa fuhr auf. Brick war von einem auf den anderen Moment wie elektrisiert, denn kaum zeigte sich der rote Porsche 911 in der Ausfahrt, erkannte er ihn. Tomovic saß am Steuer. Er schien allein zu sein, schaute sich nur kurz um und bog dann links in die Kennedyallee ein.

Bricks Herz pochte. Er startete sein Cabrio und versuchte, sich hinter den Porsche zu klemmen. Was nicht ganz einfach war, denn Tomovic flog über die Straße. Von weitem sah Brick allerdings, dass er in Richtung Friedensbrücke fuhr und von dort in die Gutleutstraße abbog. Doch Brick verlor ihn in der nächsten Minute aus den Augen und ärgerte sich wie ein Rohrspatz. Vielleicht war Tomovic in Richtung Westhafen gefahren?

Brick brauste am Club Frankfurter Botschaft vorbei und parkte den Wagen im Karpfenweg, einer Sackgasse. Hier, direkt am Main, waren in den letzten Jahren Hunderte Luxusappartements hochgezogen worden. Brick stieg aus und versuchte hektisch, die Szenerie zu überblicken. Vor ihm lag das Hafenbecken mit seinen Privatstegen. Er lief raschen Schrittes über die Westhafenbrücke und sondierte die Umgebung. Am Pier erkannte er einige Spaziergänger, wahrscheinlich Angestellte aus den umliegenden Büros, die sich in ihrer Mittagspause etwas zu essen geholt hatten. In zweiter Reihe lag das Cronstettenhaus, eine Seniorenresidenz für eine betuchte Klientel.

Brick lief weiter. Kaum war er einige Meter über dem Wasser, sah er etwas Rotes auf der anderen Seite schimmern. Der 911er. Tomovic musste hier irgendwo stecken.

Brick verlangsamte seinen Schritt und ließ seinen Blick übers Hafenbecken schweifen. Er suchte zunächst die obere Uferpromenade ab. Nichts. Vielleicht war er in einem der mehrstöckigen Häuser verschwunden? Doch dann nahm er aus den Augenwinkeln eine Bewegung unten am Wasser wahr. Etwa achtzig Meter von ihm entfernt machte sich jemand auf einem Motorboot zu schaffen. Es sah aus, als hantiere der Mann mit einem Tau.

Er war es.

Tomovics braungebrannte Glatze war nicht zu verkennen. Sie glänzte in der hochstehenden Sonne. Seine Sonnenbrille wirkte cool. Das weiße Sommerhemd bildete einen starken Kontrast zur schwarzen Hose.

Ohne weiter nachzudenken, lief Brick bis oben an die Treppe, die hinunter zum Bootssteg führte, blieb dort jedoch abrupt stehen.

Was sollte er sagen, wenn er Tomovic von Angesicht zu Angesicht gegenüberstehen würde? Warum hatte er die Dienstwaffe nicht mitgenommen? Er schlug sich gegen die Stirn. Sollte er einfach umkehren und Tomovic fahren lassen? Nein, das konnte er nicht. Nicht diesen Berserker, der wahrscheinlich seine Tochter auf dem Gewissen hatte. Er musste ihn damit konfrontieren, dass er ihn für Nataschas Mörder hielt. Er musste wissen, wie Tomovic auf diesen Vorwurf reagieren würde.

Augenblicklich setzte sich Brick wieder in Bewegung und rannte die Treppe hinab.

Tomovic war gerade dabei, den Motor anzulassen. Er zündete sofort und hinterließ Wassersprudel hinterm Heck. Während Brick auf ihn zustürmte, schrie er: „Tomovic! Mörder!"

Der Escortchef riss den Kopf hoch und erschrak. Er erkannte die Gefahr, blieb jedoch einigermaßen entspannt. Als Brick am Ende des Stegs ankam, hatte das Boot gerade abgelegt.

Brick starrte Tomovic an. Sein Blick spiegelte kalte Wut wider. Er stand ihm quasi gegenüber, war jetzt nur wenige Meter entfernt von einem der widerlichsten Menschen, die der Planet je hervorgebracht hatte. Und doch schien er in diesem Moment unerreichbar für ihn zu sein. Er fühlte sich völlig machtlos.

„Ich krieg dich, Tomovic!" Brick streckte die Faust in die Höhe, was Tomovic dazu verleitete, laut zu lachen. Der Schall war durchs gesamte Hafenbecken zu vernehmen. „Du wirst zahlen für den Mord an Natascha. Verlass dich drauf!" Brick spürte einen Orkan in den Eingeweiden. Hass stieg in ihm auf wie in einem Vulkan, der kurz davor stand, Lava zu spucken.

Verflucht! Brick sprang auf und ab und schrie lauthals. Einige Passanten richteten ihre Blicke auf ihn und schauten ungläubig. Brick schlug sich auf den Oberschenkel, während Tomovic das Boot gekonnt lenkte und mit der anderen Hand sein Handy zückte, eine einprogrammierte Nummer wählte und hineinsprach.

Brick verstand kein Wort von dem, was Tomovic ins Handy sagte, aber er konnte sich denken, dass er seine Schergen alarmierte. Zeit für ihn, das Weite zu suchen. Auf eine neuerliche Begegnung mit den beiden Gorillas konnte er gut verzichten. Bevor er den Rückweg antrat, blickte er dem langsam davongleitenden Motorboot hinterher, auf dem Tomovic seelenruhig stand und nach vorne schaute. Dieser Verbrecher würdigte ihn keines Blickes. Brick hätte ihn gerne zu Brei geschlagen, aber er kam nicht an ihn ran. Stattdessen machte er nun kehrt und rannte zu seinem Wagen zurück. Die Villa lag ja nicht allzu weit entfernt. Nur über den Main und dann links. Die Gorillas würden nicht lange brauchen.

Dann ging alles wie automatisiert vonstatten. Rückwärtsgang. Vollgas. Wenden mitten auf der Straße. Brick preschte über die schmale Brücke des Hafenbeckens. Er blickte kurz nach rechts und sah aus der Speicherstraße die schwarze Limousine auf sich zukommen.

Fuck! Jetzt brauchte er einen Schutzengel.

Er raste geradeaus durch bis zur Gutleutstraße. Rechts, entschied er sich hier spontan. Richtung Innenstadt war es weitaus schwieriger, ihm zu folgen. Die Hochhausschluchten waren unübersichtlich, die Straßen enger und kurviger. Aber es gab auch mehr Verkehr. Sollte er jetzt in einen Stau geraten, war er geliefert.

Er umfuhr den Baseler Platz in rasender Geschwindigkeit, umkurvte dabei einige Autos, die allesamt anfingen zu hupen, und raste die Wilhelm-Leuschner-Straße entlang. Immer wieder fixierte er im Rückspiegel die Straße hinter sich. Vielleicht hatte er sie bereits abgehängt. Vielleicht waren sie gar nicht über die Ampelkreuzung gekommen. Oder hatten ihn aus den Augen verloren.

Doch dann entdeckte er wieder die schwarze Schnauze. Ihm brach der Schweiß aus.

Eine Verfolgungsjagd in Frankfurt hatte ihm gerade noch gefehlt. Wenn die Bullen irgendwo auf dem Weg standen, würden sie sicher auf ihn aufmerksam werden, aber das war immer noch besser, als in die Klauen der Starlight-Gorillas zu geraten.

Kurz vorm Schauspielhaus hielt er sich rechts, fuhr runter zum Untermainkai und weiter geradeaus bis zu Alten Brücke, wo er illegal links abbog. Die Kurt-Schumacher-Straße war zwar eine große Straße, auf der er gut sichtbar sein würde, aber hier konnte er gut beschleunigen und – falls erforderlich – nach rechts oder notfalls auch nach links ausbrechen.

Inzwischen waren noch mehr Autos und Passanten auf ihn aufmerksam geworden. Ein Hupkonzert begleitete ihn. Plötzlich nahm er drei schlanke Männer wahr, die Sonnenbrillen, Polizeihosen und Gürtel mit Schlagstock trugen. Sie waren offensichtlich unterwegs zur Konstablerwache, einem großen Platz auf der Zeil, der Einkaufsmeile in der Frankfurter City. Was ihn jedoch irritierte, war, dass sie alle mit nacktem Oberkörper durch die Stadt liefen. Außerdem hielten sie Becher in der Hand, der eine zusätzlich eine Flasche Sekt. Brick erblickte gleich darauf noch mehr Leute, die alle verkleidet waren, als würde gerade die Love-Parade durch Frankfurt ziehen. Und dann sah er die Katastrophe. Die Straße vor ihm war abgesperrt. Ein riesengroßes Banner hing quer darüber: *Christopher Street Day. Connecting People.*

Jetzt nahm er auch die Musik wahr und die Partymeute, die gut drauf zu sein schien und im Rhythmus der Technoklänge mittanzte.

Warum musste diese beschissene Parade ausgerechnet heute stattfinden? Ein Albtraum.

Für einen Moment fühlte er so etwas wie Bewusstlosigkeit angesichts seiner verfahrenen Situation. Er war offensichtlich zum zweiten Mal an diesem Tag in eine Sackgasse geraten. Es gab an dieser Stelle keine Ausweichmöglichkeit in eine Seitenstraße, und da immer mehr Leute vor ihm die Straße entlang liefen, schied auch die Möglichkeit zu wenden aus. Die einzige Alternative, die er auf die Schnelle sah, war, das Auto auf dem Gehsteig abzustellen, sich durch die Menschenmenge zu schlagen und zu verpissen, in der Hoffnung, die Gorillas würden irgendwann von ihm ablassen.

Jetzt nicht in Panik geraten!

Er lenkte den Wagen nach rechts, überfuhr beinahe einige Teilnehmer, die neben seinem Wagen liefen und aufs Dach schlugen, und parkte ihn auf dem Bürgersteig. Postwendend stieg er aus und reihte sich in die Masse ein, die zu dem Umzug mit den Festwagen lief. Immer wieder drehte er sich dabei um, doch von Tomovics Leuten war nichts zu sehen. Er drängte sich weiter vor, stieß einige

Leute weg und schob sich durch die Zuschauer der Parade. Machte Meter um Meter gut. Die Musik wurde lauter. Fast alle waren verkleidet. Oder halbnackt. Schrille Sonnenbrillen. Bunte Stolas. Grinsende Gesichter. Singende Lippen. Einige grell geschminkte Besucher traumwandelten über die Straße, als seien sie bis oben hin voll mit Dope. Umringt von Schwulen, Lesben, Transen und wenigen Normalos ging es vorwärts, bis er selbst das Tempo nicht mehr bestimmen konnte. Es waren viel zu viele Menschen und er wurde nur noch von der Masse geschoben. Und dann stoppte die Menge mit einem Mal. Es ging keinen Millimeter mehr weiter, aber auch nicht zurück. Unmittelbar vor ihnen zog der Festzug vorbei. Ein Festwagen, auf dem Frankfurts versammelte Dragqueens zu tanzen schienen, fuhr gerade vorüber. Die Zuschauer jubelten ihnen zu.

Er saß fest wie in einem Gefängnis. Wenn die Gorillas jetzt auftauchten, wäre er verloren. Das war klar. Er musste aus diesem geschlossenen Block herauskommen, um wieder selbständig seine Schritte lenken zu können und nicht von der Masse getrieben zu werden. Die gute Nachricht: Hier konnten die Gorillas unmöglich hingelangen. Zu dicht standen und tanzten die Leute.

Doch dann der Schock. Trotz der tobenden und berauschten Leute ringsherum hörte er einen Schrei: „Brick, du Arschloch!"

Er riss den Kopf herum und traute seinen Augen kaum. Es waren tatsächlich die beiden Gorillas, keine dreißig Meter hinter ihm. Sie waren ebenso eingequetscht wie er und kamen deshalb nur schwerlich vorwärts. Er kam sich vor wie in einem Schraubstock. Eingeklemmt zwischen dem Festzug vorne, den Gorillas hinten und den groovenden Leuten rechts und links.

Nur weg hier, nur weg! Sonst bist du tot!

Aber wie? Das war die Frage. Er musste versuchen, durch die Absperrgitter vor ihm zu gelangen und zwischen den Zuschauern und den Festwagen abzutauchen. Das war seine einzige Chance. Sie gab ihm neuen Mut, bis er wieder den Schrei hörte: „Brick, du Arsch! Wir kriegen dich! Und wenn wir dich haben, machen wir dich platt!"

Geistesgegenwärtig verrenkte er den Hals, um erkennen zu können, was hinter ihm geschah. Aus den Augenwinkeln sah er, dass die beiden Gorillas näher gekommen waren, aber das konnte eigentlich nicht sein. Sie wurden von allen Seiten begrabscht und hofiert, insbesondere die schwule Fraktion der Zuschauer schien an den beiden muskulösen Jungs, die mit ihren Sonnenbrillen megacool aussahen, Gefallen zu finden. Sie mussten Griffen ausweichen, Hände abschütteln, Arme abwehren, sich aus Umklammerungen befreien und kamen doch voran. In seine Richtung.

Gütiger, der du bist im Himmel oder in der Hölle!

Apropos: Die Hölle war soeben im Anmarsch. Höchste Eisenbahn, dachte Brick, und tauchte ab. Er machte sich klein, senkte den Kopf und schlängelte sich wie ein gehetztes Tier an diversen Leuten vorbei, bis er zu dem Absperrgitter gelangte. Es war etwa 1,20 Meter hoch. Er griff beherzt an der obersten Stange zu und zog sich hoch. Mit einem Satz saß er oben und wollte sich gerade auf der anderen Seite wieder herunterlassen, als sich eine Hand auf seine Schultern legte und ihn zurück riss.

Sein Herz setzte aus. Selbiges würden sie ihm gleich rausreißen. Sie hatten ihn. Er war erledigt. Was konnte er jetzt noch tun?

„Stopp, Stopp, mein Junge!“, hörte er eine Stimme in seinem Nacken, die ihm nicht bekannt vorkam.

Er drehte den Kopf und blickte einem als Polizisten verkleideten Schwulen in die dunklen Augen.

„Wohin willst du, mein Zuckerpüppchen?“

Brick schaute ihn verdutzt an. Er wollte ihm an die Wäsche. Auch das noch! Dabei war er alles andere als dem gleichen Geschlecht zugetan, außerdem zu alt, zu fett, zu schlapp, nicht durchtrainiert, nicht rasiert, gestylt oder was sonst noch Pflicht in der Szene war. Aber das spielte jetzt alles keine Rolle.

„Ich wollte ... Ich muss ...“, stotterte Brick und wusste nicht, was er antworten sollte. Er wollte cool reagieren, es gelang jedoch nicht.

„Aber, aber, mein flotter Hase“, hörte er den Polizisten. „Dies ist eine Absperrung.“ Er tippte auf das Gitter. „Da darf man nicht rüber. Komm zu mir, von hier hast du einen super Blick auf den Festzug.“ Er zwinkerte ihm zu und machte ihm schöne Augen.

Brick hatte nicht die Muße, sich mit dem aufdringlichen Typen auseinanderzusetzen oder sich gar in seine bulligen Arme zu begeben, zumal er mit einem Auge die Gorillas sah, die gefährlich nahe gekommen waren. Noch vier oder fünf Schritte und der Erste der beiden hätte ihn packen können.

Brick schluckte. Wieder brach ihm der Schweiß aus. Er musste handeln, und zwar plötzlich! Er blickte sich erneut sorgenvoll um, starrte die heraneilenden Gorillas einen Herzschlag lang an, als ihm eine Idee kam. Der ihm zugetane Polizist konnte seine Rettung sein.

„Jetzt ist's aus mit dir, Arschloch!“, hörte er einen der beiden Gorillas brüllen. In seiner Stimme schwang schon die Vorfreude auf das kommende Gemetzel mit. Da packte ihn die rechte Hand des Gorillas bereits am Nacken. Ein Schrei kam über Bricks Lippen.

Brick deutete mit beiden Händen in die Richtung der Gorillas und rief in allerletzter Sekunde – und zwar so laut, dass es alle Umstehenden mitbekommen mussten – dem Polizisten zu: „Die beiden haben mich schwuler Wichser genannt. Sie hassen Schwule, die homophoben Arschlöcher!"

Augenblicklich reckten alle Umstehenden die Hälse. Hasserfüllte Blicke durchbohrten Tomovics Gorillas.

„Frechheit!", rief einer.

„Das sind Perverse!", knurrte ein anderer.

„Auf sie!", ein dritter.

Im Nu waren Brick und die Gorillas umringt. Ein Mann drängelte sich zwischen Brick und den vordersten Gorilla. Es gab kein Durchkommen mehr. Die beiden mussten abrupt stehen bleiben, als sie bemerkten, dass hier etwas nicht stimmte und sich eine feindselige Stimmung gegen sie aufbaute.

„Sie sind hier, um Schwule aufzumischen!", schrie Brick, so laut er konnte, und schüttelte die Hand ab, während er ängstlich um sich blickte.

„Das können sie haben!", antwortete der Polizist.

„Die zerreißen wir in der Luft", pflichtete ihm ein anderer bei.

Im Nu warfen sich mehrere kräftige Männer auf die beiden Gorillas, und es entstand ein Handgemenge. Sie wurden unflätig beschimpft und die ersten Schläge prasselten auf sie ein. Verzweifelt versuchten sie, sich zu wehren, doch es waren zu viele Fäuste, die zielsichere Treffer landeten. Als die Gorillas angeknockt zu Boden gingen, fingen sie sich noch Tritte in Rippen und Rücken ein. Begraben von einem Pulk an Männern lagen sie auf der Straße, versuchten noch, sich mit Brachialgewalt der Meute über ihnen zu entledigen, jedoch ohne Erfolg. Es kamen immer mehr Schaulustige, die an dem Spektakel teilnehmen wollten und sich mit Geschrei auf den Berg warfen.

Brick atmete auf und lächelte kurz. Das hatte er schön eingefädelt. Aber viel wichtiger war es jetzt, Geistesschärfe zu beweisen. Er löste sich von der Gitterstange und landete auf der anderen Seite, wobei er umknickte und auf die Straße fiel. Mit dem Kopf schlug er auf den Asphalt. Dabei biss er sich auf die Lippe und spuckte Blut. Dann spürte er seinen linken Knöchel, der höllisch wehtat, aber darauf konnte er jetzt keine Rücksicht nehmen, denn beinahe wäre er unter einem fahrenden Wagen gelandet. Er rollte zur Seite, kurz bevor ein Wagenrad sein rechtes Bein zermatschen konnte.

Als er aufstand und mit dem linken Fuß auftreten wollte, knickte der sofort wieder weg. „Ahhhhhhhhh!“, rief er, stützte sich am Gitter ab und unterdrückte seinen Schrei so gut es eben ging. Er wollte keine zusätzliche Aufmerksamkeit auf sich lenken. Mühsam klammerte er sich an die obere Stange und zog sich vorwärts, um sich unauffällig zu entfernen.

Bloß weg hier!, schoss es ihm durch den Kopf.

Der Lärm der Musikanlage war ohrenbetäubend. Und die Feiernden taten ihr Bestes, ihn mit Jubelgesängen noch zu übertönen.

Brick humpelte hastig in einigermaßen gerader Haltung weiter, bis er zu einer Abzweigung kam, wo es einen ein Meter breiten Durchgang durch das Absperrgitter gab. Davor hatte sich ein Wachmann postiert.

„Ich bin verletzt“, stöhnte Brick ihm entgegen.

„Moment, ich helfe Ihnen“, antwortete der Typ mit lauter Stimme und stützte ihn unterm Arm. So ging es besser. Der Wachmann sorgte mit Schreien dafür, dass man ihnen Platz machte, und begleitete ihn zu einem Notarztfahrzeug mit mehreren Rettungssanis, das am Rande des Zuges stand. Einige Zuschauer wurden bereits behandelt. Alkoholleichen oder Drogenmissbrauch, dachte Brick auf den ersten Blick.

Fix und fertig und mit allerletzter Kraft ließ Brick sich auf eine Krankenliege fallen. Er war inzwischen komplett durchgeschwitzt und schloss die Augen, weil ihm schwindlig wurde. Irgendwann nahm er gar nichts mehr wahr. Die Welt rundherum hörte auf zu existieren.

KAPITEL 5

1

Brick erwachte in einem Krankenbett. Es stand in einem 08/15-Zimmer in einem gewöhnlichen Krankenhaus. Die Einrichtung glich der des Markus-Krankenhauses, in dem er vor nicht allzu langer Zeit ein Interview mit einem Oberarzt geführt hatte, der eine neue Operationsmethode bei Prostatabeschwerden propagierte.

Im ersten Moment wusste Brick nicht, wo er war und wie er hierhergekommen war. Dann erinnerte er sich an die Gay-Parade an der Konstablerwache, den Polizisten und die beiden Gorillas, die ihm gefährlich nahe auf den Fersen gewesen waren und dann ordentlich auf die Mütze bekommen hatten.

Er dankte allen Schwulen dieser Welt und nahm sich vor, sie für immer ins Herz zu schließen.

Überlagert wurde seine Dankesformel rasch von einem anderen Gefühl: Unsicherheit. Wie lange war er weggetreten gewesen? Was hatte er überhaupt? Gab es eine Diagnose? Neben seiner Lippe klebte ein Pflaster. Ein weiteres an der Schläfe. Ansonsten konnte er keinerlei Verbände entdecken. Ihm fiel sein Knöchel wieder ein. Er schaute ihn an. Er glich einem Kürbis. Er musste dringend herausfinden, was mit ihm los war und wie spät es war. Und er musste hier weg. Schließlich wartete ein wichtiger Termin auf ihn. Heute Abend würde es zu einem Treffen zwischen Veigel und einem minderjährigen Starlight-Modell kommen, und er musste unbedingt dabei sein. Sämtliche Bedenken waren wie weggewischt. Chance und Risiko hielten sich die Waage. Er musste es tun.

Da er allein im Zimmer lag, erhob er sich und wollte aufstehen. Als er mit dem Fuß den Boden betrat, fuhr ein Blitz durch seinen Körper und er ließ sich rücklings wieder aufs Bett fallen.

„Argggghhh!" Er würgte den Schrei ab, der über seine Lippen zu kommen drohte. Vorsichtig tastete er den Knöchel ab, aber er hatte dabei tierische Schmerzen.

Verdammt!

Die Tür flog auf. Voller Elan kam eine adrette Schwester mit fliegenden schwarzen Haaren und einer Stupsnase hereinspaziert. „Herr Brick, was haben Sie vor?"

„Nichts ..."

„Na, na! Sie wollten doch nicht etwa türmen?"

„Niemals!", log er.

Schwester Eva, so stand es auf ihrem Schild, legte einige Tablettenschachteln auf eine Ablage. Daneben stellte sie eine Flasche stilles Wasser „Seit wann sind Sie wach?"

„Paar Minuten."

„Und wie fühlen Sie sich?"

„Gerädert."

„Sie waren mehrere Stunden ohnmächtig."

„Echt? Warum denn?"

„Das weiß niemand genau. Eine solche Bewusstseinsstörung kann zum Beispiel durch eine kurzfristige Unterversorgung des Gehirns mit Sauerstoff ausgelöst werden."

„Die Hitze. Mir war schwindlig."

„Wohl zu viel gefeiert, gell!"

„Wie kommen Sie darauf?"

„Die Rettungssanis kamen vom CSD."

„Ach so. Wie viel Uhr ist es denn jetzt?"

„Kurz nach 17 Uhr."

Mist, nur noch drei Stunden bis zum Date mit Veigel.

Sie werden jetzt gleich zum Röntgen abgeholt. Dazu mussten wir warten, bis Sie aufgewacht sind. Dann bekommen Sie ein Abendrot und einen Tee."

„Was ist denn mit meinem Knöchel?"

„Das können wir erst sicher sagen, wenn er geröntgt ist."

„Aber Sie vermuten doch etwas?"

„Im schlimmsten Fall könnte sogar das Gelenk gebrochen sein."

„Und wenn es nicht so schlimm ist?"

„Dann sind die Bänder durch. Oder Sie haben Glück gehabt."

„Und das wäre?"

„Dann wären die Bänder stark überdehnt. Oder die Kapsel hat etwas abbekommen. Aber auch in diesem Fall müssen Sie den Fuß ruhenlassen."

„Hmmmm!" Brick lehnte sich zurück und grummelte vor sich hin. Er hätte kotzen können. Ausgerechnet jetzt, wo er alle Kräfte und Energien bündeln musste. Er wollte unbedingt die Bilder von Veigel haben.

Die Schwester wandte sich ab und rief ihm über die Schulter zu: „Ich hole Sie gleich ab." Und genauso geschwind, wie sie hereingekommen war, verließ sie das Zimmer wieder.

Brick blieb allein. Das war nicht gut, denn nun fing die Gedankenmaschine in seinem Kopf wieder an zu rattern. Sollte er den

Schmerz ignorieren und gleich abhauen? Oder sollte er zumindest die Diagnose abwarten?

Schwester Eva nahm ihm die Entscheidung ab, denn sie stürmte erneut ins Zimmer, diesmal mit einem Rollstuhl. „Ich fahre Sie in die Röntgenabteilung." Sie half ihm aus dem Bett und in seinen neuen fahrbaren Untersatz.

Eine halbe Stunde später saß Brick wieder in seinem Zimmer an einem kleinen Tisch, schnappte sich ein Wurstbrot vom Teller und kaute darauf herum. Dazu gab es Hagebuttentee. Wenn er etwas in seinem Leben schon immer gehasst hatte, war das Hagebuttentee. Er schmeckte für ihn nach Krankheit und Verwesung, und er rührte ihn nicht an. Dafür trank er einen Schluck Wasser.

Der Arzt hatte ihn ein wenig beruhigt, nachdem er einen ersten flüchtigen Blick auf die Röntgenbilder geworfen hatte. „Gebrochen ist der Knöchel wahrscheinlich nicht. Und die Bänder sind heil. Sieht nach mehreren Kapselrissen aus."

„Kapselwas?"

„Die Kapsel verläuft um das Gelenk und schützt es. Wenn es die nicht gäbe, wäre der Knöchel jetzt durch."

„Hab ich wohl Glück gehabt!"

„Kann man so sagen. Sie bekommen ein starkes Schmerzmittel." Brick hatte dankend angenommen.

Sein Fuß pochte zwar wie wild, aber die Schmerzen hatten eine knappe Viertelstunde später schon nachgelassen. Er öffnete die Zimmertür einen Spaltbreit, linste hinaus und inspizierte den Gang. Weder ein Arzt noch ein Pfleger oder eine Schwester waren auszumachen. Das war die Gelegenheit. Er packte die Packung Schmerztabletten ein, schlüpfte aus dem Zimmer, lief eng an der Wand entlang und gelangte zum Aufzug. Sein Fuß fühlte sich an wie Matsch. Er lief wie auf rohen Eiern. Aber er kam vorwärts, ohne aufschreien zu müssen. Vorsichtig blickte er sich um. Niemand war zu sehen. Freie Bahn. Der Aufzug öffnete sich. Brick ging hinein und fuhr hinunter ins Erdgeschoss, wo er ausstieg und versuchte, möglichst unauffällig zum Ausgang zu humpeln. Er schaute weder rechts noch links, sondern konzentriert geradeaus. Im Foyer schlich er an einigen Patienten vorbei. An der Rezeption saß eine Dame, die telefonierte und ihn nicht beachtete. Er konnte sich unbeobachtet aus dem Staub machen.

Kaum war er auf der Straße, erkannte er, dass er tatsächlich im Markuskrankenhaus war. Es lag im Stadtteil Ginnheim. Draußen herrschte trotz fortgeschrittener Stunde immer noch eine klebrige Hitze wie in der Sauna.

Sein Wagen fiel ihm ein. Er glaubte nicht daran, dass er noch an der Konstablerwache auf dem Bürgersteig stand. Da er schon dreimal auf Frankfurts Straßen abgeschleppt worden war, wusste er genau, wo er anzurufen hatte. In der Rödelheimer Landstraße beim Abschleppdienst Meyer. Das war nicht weiter tragisch. Er konnte den Wagen dort selbst abholen, allerdings musste er direkt bezahlen. Das machte ihm Sorgen. Die einzige Möglichkeit war Gustavs Kreditkarte.

Er kramte in seiner Hosentasche und tatsächlich stieß er auf sein altes Handy, das er sofort einschaltete. Er musste einige Minuten warten, bis das Ding lief und sämtliche SMS anzeigte, die zwischenzeitlich eingegangen waren. Auch die Mailbox war voll, was er ignorierte. Er rief die Auskunft an und ließ sich mit dem Abschleppdienst verbinden.

„Ist in den letzten Stunden ein Wagen mit der Nummer F-BB-333 bei Ihnen eingegangen?“, fragte er nach einer kurzen Begrüßungsformel.

„Momentchen mal!“, hörte er eine forsche Frauenstimme und danach etwas, das nach Tippen auf einer Tastatur klang.

„Golf Cabrio?“, fragte die Frau nach.

„Exakt.“

„Steht hier. Könne Se abhole.“

„Wie viel?“

„Dreihunnertzwansisch.“

„Kann ich mit Kreditkar...“

„Wie Se wolle ...“, unterbrach die Dame und legte auf.

„Tschüss!“

Brick war etwas vor den Kopf gestoßen von der typischen Frankfurter Art. Er prüfte den Inhalt seines Portemonnaies. Es waren noch über hundert Euro übrig. Einen Teil davon würde er nun in ein Taxi investieren. Er hätte zwar auch die Straßenbahn nehmen können, aber mit seinem Klumpfuß verzichtete er lieber darauf.

Vor dem Krankenhaus standen Taxis in Reih und Glied in der Sonne. Er setzte sich ins Erste und nannte dem Fahrer das Ziel. Die Klimaanlage blies kühle Luft in sein Gesicht. Er atmete durch. Der Fahrer, Inder oder Pakistani, die konnte er nie unterscheiden, fädelte in den fließenden Verkehr ein. Die Fahrt durch den Stadtteil Bockenheim dauerte nur zehn Minuten. Auf dem menschenleeren Hof des Abschleppdienstes drückte Brick dem Fahrer 18 Euro in die Hand und stieg aus.

Das Büro war in einer Art Container untergebracht. Vor etwa zehn Jahren, als er hier zum ersten Mal vorstellig werden musste, dachte er noch, es handele sich um ein Provisorium und neue Bürogebäude würden gebaut. Inzwischen wusste er, dass er sich geirrt hatte. Das rote, drei mal sechs Meter große Ding, von dem der Lack an vielen Stellen abplatzte, war und blieb das Bürogebäude.

Innen begrüßte er die Dame, die die Rückgabe bearbeitete. Sie war allein. Die etwa fünfzigjährige Frankfurterin kannte er bereits. Sie war immer etwas mürrisch, trug eine Brille auf der Nasenspitze und – zu seiner Überraschung – die Haare pechschwarz. Sie musste sie seit seinem letzten Aufenthalt hier gefärbt haben. Früher waren sie dunkelblond gewesen, erinnerte sich Brick.

„Guten Abend! Ich hatte angerufen. Meiner ist der Golf Cabrio."

Die Dame blickte auf, ohne einen Ton von sich zu geben, und wandte sich dann wieder ihrem Computerbildschirm zu.

Auf dem Ladentisch fiel Brick die Frankfurter Presse ins Auge. Schon auf der ersten Seite erkannte er das Emblem, das auf die Escort-Serie hinwies.

Katsche, du Arsch!, dachte er.

Er zögerte, doch dann griff er zu. „Darf ich?", fragte er vorsichtshalber.

Die Frau schaute wieder auf. „Die kost üwwerall aansfuffzisch. Könne Se sich des ned leiste?"

„Ich will nur kurz diese neue Serie lesen."

„Ich hab mei Zeit ned gestohle und mach gleich Feierawend. Verstehn Se des?"

Trotz der Abfuhr las Brick in den Artikel hinein, während die Frau seine Fahrzeugrückgabe vorbereitete, und schäumte schon nach den ersten drei Absätzen. Sogar die Namen Tomovic und Starlight fielen und wurden unmittelbar mit Zwangsprostitution von Minderjährigen in Verbindung gebracht. Diesmal war es noch klarer ersichtlich, dass Martens bei ihm abgeschrieben hatte – einige Sätze sogar eins zu eins. Wollte er ihn provozieren? Was bezweckte er damit? Und wieder die alles entscheidende Frage: Warum verhinderte Eddie das nicht? Aber dann war da noch etwas, das ihn stutzig machte. Katsche hatte in dem Artikel einige Details enthüllt, die eigentlich nur Insider bei Starlight wissen konnten. Selbst er, Brick, hatte bis eben keine Ahnung davon, dass Tomovics persönlicher

Assistent ein gewisser Drago sein sollte, der wohl die rechte Hand des Chefs war und mit ihm gemeinsam die Fäden zog.

Er hörte den Drucker und kurz darauf die unterkühlte Stimme der Frau: „Hier unnerschreiwe. Wie bezahle Se?“

„Hiermit.“ Er überreichte ihr die Kreditkarte, nahm einen Stift und setzte seinen Namen unter das Dokument.

Während die Frau die Kreditkarte in den Automat schob, hielt Brick den Atem an. Er hoffte, dass alles gutgehen würde. Komplikationen konnte er jetzt nicht gebrauchen. Die Dame prüfte nicht Gustavs Namen, der vorne drauf gedruckt war. Zum Glück wollte sie schnell heim. Es dauerte lange, zu lange. Er lächelte die Frau an. Ein eisiger Blick schoss ihm entgegen. Nach einer Weile hörte er das ersehnte Rattern. Der Automat spuckte die Quittung aus. Brick stieß die Luft aus. Zahlung erfolgreich und zwar ohne Geheimzahl. Bestens.

Er drehte auf dem Absatz um und ging. „Schönen Tag noch!“

„Tschüss“, hörte er in seinem Rücken.

Als er gerade in den Wagen steigen wollte, fiel sein Blick auf das Nummernschild des Nebenwagens. Ihm kam eine Idee.

Genial, dachte er.

Er kramte aus dem kleinen Werkzeugkoffer in seinem Kofferraum einen Schraubenzieher hervor. Ein Blick zum Container verriet ihm, dass er freie Bahn hatte. Die Bürodame schien noch beschäftigt zu sein. Auch auf dem Gelände ringsherum war niemand, der ihn beobachten konnte. Er musste schnell sein, kniete sich hin, schraubte seine Nummernschilder ab, warf sie in den Kofferraum und bediente sich beim Nachbarwagen.

Nach etwa zehn Minuten war es geschafft. Er lachte in sich hinein, startete und rauschte mit neuen Nummernschildern vom Hof. Die neue Wagenidentität verlieh ihm Flügel. Jetzt musste er die Kamera in seiner Wohnung holen und danach zum Treffpunkt fahren. Zeitlich würde es hinhauen, das fühlte er. Ein zweites Gefühl war weniger positiv. Was würde ihn heute Abend erwarten? Durch seinen verletzten Fuß war er in seiner Bewegungsfreiheit stark eingeschränkt. Das erhöhte das Risiko, falls der Veigelsche Abendtermin eine Falle sein sollte. Aber er musste es darauf ankommen lassen. Die Gier war zu groß, an entlarvende Fotos von Uwe Veigel zu kommen.

2

Seit mehr als zwanzig Minuten saß Brick auf seinem Beobachtungsposten vor Veigels Haus in der Bertha-von-Suttner-Straße. Seine Unsicherheit stieg. Er hatte auf der gegenüberliegenden Straßenseite unter einer Platane geparkt und fühlte sich wie in einem verborgenen Winkel. Mehr und mehr jedoch kamen ihm Zweifel, ob seine Entscheidung richtig war, hierher zu kommen und Bilder von Veigel und seiner Auserwählten zu schießen. Sein Fuß sendete bereits wieder Schmerzsignale an sein Hirn. Das hinterließ ein ungutes Gefühl. Er griff in die Tablettenpackung, die neben ihm auf dem Beifahrersitz lag, warf eine in den Mund und spülte mit einem Schluck Cola nach. Der Mond lief langsam der Sonne den Rang ab. Nichts rührte sich. Seit Minuten war weder ein Fußgänger noch ein Auto vorbeigekommen. Und die Starlight-Lady war schon sieben Minuten überfällig. Während er die Straße im Blick behielt, fixierte er das Haus.

Brick war vom Abschleppdienst kurz zu seiner Wohnung gefahren und hatte die Kamera geholt. Elisa hatte er nicht angetroffen. Er hatte keine Ahnung, wo sie sein könnte. Dass sie schon wieder arbeiten ging, konnte er sich nicht vorstellen. Vielleicht besuchte sie eine Kollegin? Er konnte sich aber gerade nicht um sie kümmern. Der Termin ging vor.

Hier oben auf dem Frankfurter Lerchesberg, wo ein Villenanwesen neben dem anderen lag, wirkte Veigels Grundstück bescheiden. Es war ein typisches zweistöckiges Einfamilienhaus mit Hofeinfahrt, kleinem Gärtchen und Doppelgarage mit Flachdach, weder protzig noch villenmäßig wie die Nachbaranlagen. Veigel hatte sich zwar ein nobles Viertel ausgesucht, verfügte aber offenbar nicht über die finanziellen Mittel, um mit den wirklich Reichen mitzuhalten.

Die Dämmerung versetzte den Lerchesberg in eine düstere Stimmung, in der die Vorgärten und topgepflegten Blumenbeete wie aus einem Schauermärchen wirkten. Brick seufzte. Hätte er doch eine Flasche Pernod mitgenommen. Es konnte eine lange Nacht werden.

Doch dann bog die Limousine um die Ecke. Zunächst erkannte er den Frontspoiler in schwarz. Unverkennbar schob sich der Wagen die Straße entlang und hielt unmittelbar vor Veigels Hoftor. Die hintere rechte Tür öffnete sich und eine Blondine mit langen Haaren stieg aus.

Klick! Klick! Klick!

Sie bewegte sich vom Wagen weg wie Madonna auf einer Bühne, als sei das hier eine Show. Ihre Show. Sie stolzierte auf schwarzen

High Heels und trug einen leichten Mantel, wohl um die neugierigen Blicke der Nachbarn nicht auf nackte Haut treffen zu lassen.

Vor dem Tor blieb sie kurz stehen, balancierte kurz auf einem Bein, um den Verschluss des einen Schuhs nachzuziehen. Dann drehte sie sich grazil wie ein Schwan um und ließ ihren Blick über die Straße schweifen. Und jetzt erkannte Brick sie: Natalia. Es war eindeutig jene Frau, deren Bild er von der Homepage kannte.

Die Limousine fuhr wieder davon. Natalia hielt inne. Sie schien etwas zu beobachten. Nanu? Das sah danach aus, als suche sie etwas. Nur was? Oder zögerte sie etwa, sich in die Höhle des Löwen zu begeben?

Brick war verwirrt, beobachtete die Szene jedoch weiter.

Für einige Sekunden verharrte Natalia in völliger Stille. Er klickte mit der Kamera und kontrollierte das Bild auf dem Display. Es sah aus wie ein Gemälde. Stillleben mit Hure nannte er es für sich.

Ein vorbeifahrendes Auto beleuchtete sie mit den Schweinwerfern. Im Lichtkegel wirkte sie wie eine Balletttänzerin.

Rasch machte Brick weitere Bilder. Wie sie sich die Lippen rot nachzog. Wie sie sich dem Haus zuwandte, durch das Tor schritt und klingelte.

Kurz bevor sich die Tür öffnete, zog sie den Mantel aus. Gekleidet war sie in einen der kürzesten Minis, die Brick je gesehen hatte und der ihre langen Beine voll zur Geltung brachte. Oben trug sie ein knappes Top. Wenig später verschwand sie im Haus. Stille lag wieder über dem Lerchesberg.

Zu Bricks großer Enttäuschung war von Veigel nicht mal die Nasenspitze zu sehen gewesen.

Mist, dachte er, wie soll ich an gescheite Bilder von den beiden kommen? Wie stellen die sich das vor?

Er zweifelte an seiner Mission, hier große Beute machen zu können. Ins Innere würde er nicht gelangen, und durch ein Fenster wäre die Bildqualität zu schlecht. Immerhin war es nun so dunkel, dass er unbemerkt ums Haus schleichen und sich die Lage vor Ort genauer ansehen konnte. Er wollte sich gerade aufschwingen, als sein Handy eine neue SMS anzeigte. Er las: *Natalia öffnet dir die Tür.*

Uppps, war die wieder von Irina? Es gab also einen Plan. Natalia war eingeweiht in das ganze Unternehmen. Aber jetzt wurde ihm mulmig, denn das Problem war, er musste tatsächlich ins Haus, um Fotos machen zu können. Und wenn das eine Falle war, saß er fest. Dort würde er nie mehr rauskommen.

Und noch etwas bereitete ihm Kopfzerbrechen. Woher wusste Irina, dass er exakt in diesem Moment diese Information brauchte? Es gab nur eine Erklärung: Er wurde beobachtet.

Brick tat so, als betrachte er sich im Rückspiegel, und schaute sich dabei vorsichtig um. Im Zwielicht des Lerchesbergs, der nur kümmerlich von weit auseinander stehenden Straßenlaternen beschienen wurde, konnte er kaum etwas erkennen. Die Starlight-Leute konnten sich überall verschanzt haben. Jetzt war es noch möglich, sich vom Acker zu machen. Schnelle Entscheidungen, die unter Druck getroffen werden mussten, hasste Brick. Dabei kam nie etwas Gescheites heraus.

Er zögerte. Sollte er tatsächlich dort reingehen? Was konnte schon passieren? Wenn die Starlight-Leute ihn in die Finger bekämen, hätte sein letztes Stündlein geschlagen. So viel war sicher. Diese Aussicht behagte ihm nicht. Hing er plötzlich an seinem Leben? Was war mit ihm los? Zweifel, Skrupel. Woher kamen sie auf einmal? Er war drauf und dran, die Sache abzublasen.

Sein Handyklingelton lenkte ihn ab.

Nanu? War das Irina? Schwer vorstellbar. Und die Starlight-Leute würden ihn erst recht nicht anrufen. Aber wer dann? Er erkannte die Nummer auf Anhieb.

„Schnauze? Was verschafft mir die Ehre?“

„Brick, du Arschloch, dachte mir schon, dass du dein altes Handy benutzt!“

„Ganz blöd gerade.“

„Hör kurz zu!“

„Ich kann aber jetzt nicht!“, pflaumte er Schnauze an.

„Es ist aber verdammt wichtig“, konterte Schnauze. „Hör mir einfach zu, ja! Wir haben gerade deinen Kollegen aus dem Main gefischt.“

„Ihr habt was?“, schrie Brick wie angestochen ins Handy. Er konnte sich absolut keinen Reim auf Schnauzes Offenbarung machen. Von wem sprach er überhaupt? Etwa Eddie? Das konnte nicht sein. Ihm rutschte das Herz in die Hose. „Wer ist es?“, fragte er mit unsicherer Stimme.

„Na, dieser Martens ... Karl-Heinz.“

Meine Fresse!

„Steht im Perso. Die Leiche war durch das Wasser aufgeweicht und die Haut aufgedunsen. Das Gesicht ist kaum noch zu erkennen.“

„Scheiße!“, rief Brick konsterniert. Er dachte fieberhaft nach. Waren das die Starlight-Leute gewesen, die sich für die Zeitungsserie gerächt hatten? Wenn ja, dann waren sie verdammt fix bei der Sache.

Und als könne Schnauze seine Gedanken lesen, kommentierte der Hauptkommissar: „Wir können einen privaten Hintergrund oder einen Täter aus seinem Umfeld nicht ausschließen, aber Martens hat sich in letzter Zeit weit aus dem Fenster gelehnt in seinen Artikeln. Der zeitliche Zusammenhang mit dem Erscheinen dieser neuen Milieu-Serie ist schon frappierend. Kennst du die? Wäre vielleicht ein Motiv.“ Da Brick stumm blieb wie ein Fisch, fuhr Schnauze fort: „Sag mal, du hast doch auch darüber geschrieben? Über diesen Escortladen, meine ich. Du lebst gefährlich, Brick! Ich hoffe, du weißt, was du tust.“

„Mach dir keine Sorgen um mich und klär lieber den Mord auf!“, antwortete Brick.

„Was glaubst du, was ich vorhabe. Aber wenn man nichts in den Händen hat außer einer Wasserleiche, ist das nicht ...“

„Das heißt, ihr habt noch keine Spur?“

„Meinst du von dir?“

„Nein. Ich meine vom Täter.“

„Na ja, es gibt bislang keinen konkreten Anhaltspunkt. Ein paar Indizien, okay. Aber es ist ja auch nicht so, dass ich die Suche nach dir forcieren würde ...“ Er lachte.

„Danke!“, sagte Brick, klickte das Gespräch weg und schaltete das Handy aus. Er musste sich einen Moment sammeln.

Hölle!

Es hatte Katsche erwischt. Seine Eingeweide liefen Amok. Alles in ihm zog sich zusammen. Der Schock saß tief.

Die Starlight-Leute schreckten vor nichts mehr zurück. Er war in Gefahr, in großer Gefahr. Das spürte er. Tomovics Jungs würden das Gleiche mit ihm anstellen. Sollte er hier abbrechen?

Brick hätte alles für eine Flasche Pernod gegeben. Oder wenigstens eine Flasche Wodka.

Alina hatte Wodka geliebt.

Sie hatte ihn nicht einfach getrunken. Sie hatte jeden Schluck zelebriert. In jedem Wodka stecke ein Geist, hatte sie mal gesagt. Brick hatte diese Anspielung nie verstanden.

Er atmete tief durch und schloss die Augen. Die Aussicht auf die Bilder saß wie ein Stachel in seinem Fleisch.

Als er die Augen wieder öffnete, wusste er, was er zu tun hatte. Er durfte nicht klein beigeben, nur weil sein Leben in Gefahr war. Er musste ihnen Paroli bieten und aufdecken, was aufzudecken war. Er musste da reingehen und die Bilder schießen. Jetzt oder nie!

Er holte Schnauzes Dienstwaffe aus dem Handschuhfach, prüfte, dass sie gesichert war, stieg aus dem Wagen und klemmte sie sich auf dem Rücken unter dem Gürtel in die Jeans. Man konnte nie wissen.

Kurz darauf machte er sich auf den Weg.

3

Brick hielt die Augen dicht an die Fensterscheibe. Er konnte nur undeutlich die Wände, einige Möbelstücke und die stuckverzierte Decke erkennen. Die Architektur des Gebäudes erinnerte ihn an sein Elternhaus in Kelkheim im Vordertaunus. Die Haustür war verschlossen gewesen, also hatte sich Brick in den Garten begeben und stand nun auf der Terrasse. Hier, hinterm Haus, wo ein Waldstück angrenzte, war es stockdunkel und still. Im Wohnzimmer war niemand zu erkennen. Er ging ein paar Schritte zur Seite und drückte mit der Hand leicht gegen den Griff der Terrassentür, um sie aufzuschieben.

Sie ließ sich öffnen.

Brick atmete tief durch.

Irina hatte Wort gehalten, und Natalia hatte ihn hereingelassen. Der Abend würde vielleicht doch noch erfolgreich verlaufen.

Er setzte einen Fuß ins Haus, schob die Tür hinter sich langsam wieder zu, schaute sich in der Dunkelheit um und lauschte. Von irgendwoher waren leise Stimmen zu vernehmen. Jemand lachte.

Puhhh, für ein paar lausige Bilder war er noch nie in ein Haus eingedrungen. Vielleicht konnten sie ihn wegen Hausfriedensbruchs belangen. War es das wert? Für einen Moment dachte er an Natascha und auch Alina schwirrte ihm durch den Kopf. Dann fiel ihm Katsche ein, den es erwischt hatte. Wofür?

Er spürte deutlich, dass es ihn nicht scherte, selbst wenn ihn das gleiche Schicksal ereilte. Sein Instinkt als Journalist siegte. Er wollte nichts als die Bilder. Seine Gier gewann die Oberhand. Er kontrollierte die Kamera, die einsatzbereit war, und folgte den Stimmen.

Er durfte keinen Krach machen und schlich vorsichtig ins benachbarte Zimmer, die Diele. An der Treppe lauschte er nach oben und unten. Nichts.

Nachdem er einige Minuten verharrt und sich auf seinen Hörsinn konzentriert hatte, ging er weitere Schritte vorwärts. Plötzlich horchte er auf. Er hörte Wasser planschen, leise Musik zum Chillen und ein Ploppen wie von einem Champagnerkorken. Dort stieg also die Party. Veigels Party mit einer minderjährigen Hure. Und er, Benjamin Brick, würde sie auf Bildern festhalten.

Vor ihm erschien eine Glastür, die halb offen stand. Er spähte hinein. Eine Art Saunalandschaft. Er schlich durch die Tür und gelangte in einen Raum mit einem breiten Durchgang zu einem offenen Poolbereich. Es roch nach Chlor. Die Stimmen wurden deutlicher. Er meinte, eine männliche und eine weibliche zu vernehmen. Es konnte sich nur um Veigel und Natalia handeln.

Das Licht kam gedämpft aus einigen Strahlern, schien aber zum Fotografieren auszureichen. Perfekt für ihn war, dass ein Ensemble hoher Hydrokulturpflanzen rechts vor dem Durchgang stand. Hier konnte er sich verstecken.

Er robbte an der Wand vorwärts, stellte sich hinter den Sichtschutz und beobachtete das Geschehen, die Kamera stets griffbereit.

Das Erste, was er sah, waren Natalias unverhüllte Brüste, die ohne Push-up nicht annähernd so üppig schienen wie auf dem Homepagefoto. Zart und spitz waren sie. Mädchenhaft. Aber genau darauf schien Veigel zu stehen, denn er ging auf Natalia zu und saugte und züngelte ausgiebig an ihren Brustwarzen, wobei er ihre Pobacken mit beiden Händen knetete.

Besser hätte es nicht laufen können. Brick fotografierte die beiden in inniger Umarmung.

Der Pool war etwa fünf mal zehn Meter groß. Das Wasser schien unter der Oberfläche beleuchtet zu sein. Mehrere Liegen standen am Beckenrand, auf denen Handtücher lagen. Rechts gab es einen kleinen, runden Whirlpool mit sprudelndem Wasser. Die Musik, die im Hintergrund lief, klang überhaupt nicht nach dem Vorstandsvorsitzenden der Konservativen Partei, es war ein chilliger House-Sound. Elektronisch, ohne Gesang.

Liefen hier etwa öfter solche Sessions ab?

Natalia schlüpfte aus ihrem Seidentanga, wandte sich von Veigel ab und spazierte wie die Sünde persönlich zum Pool, um eine Runde im Becken zu drehen.

Veigel nutzte die Gelegenheit, nahm aus seiner Anzughose eine kleine Schachtel und holte eine Pille heraus. Er schluckte sie und spülte mit Champagner nach.

Schau, schau! Veigel braucht die kleinen blauen Muntermacher für seinen besten Freund.

Klick! Klick! Klick!

Das Material war jetzt schon vielversprechend, und Brick freute sich auf weitere Schnappschüsse. In etwa fünfzehn Minuten würde die Wirkung der Tablette einsetzen und eine Erektion auslösen, schon bei der geringsten sexuellen Stimulation. Und dass hier die Luft vibrierte, allein durch Natalias Anwesenheit, lag auf der Hand. Veigel in voller Aktion mit Natalia, das wäre der krönende Abschluss der Fotoserie. Brick wagte kaum, darauf zu hoffen.

Während Natalia nackt ihre Bahnen zog, spazierte Veigel am Beckenrand entlang und betrachtete das Objekt seiner Begierde. In seinem Gesicht zeichnete sich Vorfreude ab. Seine Lenden schwenkten nach rechts und links, als befände er sich auf einem Laufsteg. Und als Brick durch die Kamera schaute, meinte er zu sehen, dass Veigels Schwanz wuchs.

Kaum hatte er diese Entdeckung gemacht, begab sich der Politiker in den Whirlpool und winkte Natalia. „Schätzchen, kommst du? Hier drin ist es schön warm." Er nippte am Champagnerglas und stellte es auf dem Wannenrand ab.

Brick schwenkte die Kamera Richtung Pool. Natalia stieg die kleine Treppe empor. Wassertropfen perlten an ihrem makellosen Körper ab. Sie strich die nassen Haare aus dem Gesicht. Plötzlich hielt sie inne. Sie starrte geradeaus, in seine Richtung. Brick zuckte unwillkürlich zurück. Sie hatte ihn entdeckt, kein Zweifel, ihm sogar zugezwinkert. Er geriet ins Schwitzen. Heikel, die Situation! Er musste höllisch aufpassen, damit nicht auch Veigel ihn bemerken und ihm womöglich die Kamera wegnehmen würde. Auf diesen Stress hatte er keine Lust. Im Gegenteil: Er wollte mit klasse Bildern hier locker rausmarschieren und sich über seinen Coup freuen. Das war sein Plan und den würde er umsetzen.

Vorsichtig und mit Bedacht schob Brick einige Blätter beiseite und erkannte, dass Veigels ganze Aufmerksamkeit Natalia galt. Seine Geilheit stand ihm ins Gesicht geschrieben. Er seufzte bei jedem Schritt, den die Dirne zum Whirlpool zurücklegte und dabei aufreizend mit der Hüfte wackelte. Schließlich kletterte sie über die Umrandung des Whirlpools und ließ sich ins Wasser gleiten. In der Hand hielt sie ein Kondom, das sie Veigel lustvoll präsentierte. Ein feistes Lächeln glitt über seine Wangen. Er setzte sich auf den Whirlpoolrand und Natalia streifte ihm das Kondom über seinen aufgerichteten Schwanz.

Keine Sekunde später war er wieder im sprudelnden Wasser, lehnte mit dem Rücken an der Whirlpoolwand und Natalia setzte sich auf seinen Schoß. Ein Stöhnen begleitete sein Eindringen in sie. Auf und ab, ging ihr Oberkörper, auf und ab. Ihre Brüste wippten. Veigel genoss ihren Anblick mit großen Augen. Ab und zu leckte er daran.

Klick! Klick! Klick!

„Fick mich!", schrie er. „Fick mich!" Und Natalia erhöhte das Tempo. Auf und ab, auf und ab.

Klick! Klick! Klick!

Sein Gesicht. Natalias Lachen. Ihr Stöhnen. Das war ein halber Porno. Und das mit Veigel. So etwas Geiles, im wahrsten Sinne des Wortes, hatte Brick noch nie vor der Linse gehabt. Er frohlockte. Selten hatte er sich so gut gefühlt. Hier stimmte einfach alles: die Inszenierung, die Teilnehmer, das Ambiente, der Ablauf, das Abgründige. Er sah schon die Überschrift dieser perfekten Story auf der ersten Seite der Zeitung prangen: *„Vorstandsvorsitzender der Konservativen Partei kauft Minderjährige für geheime Sextreffen"*. Das würde die Auflage in die Stratosphäre katapultieren. Eddie würde ihm die Füße küssen. Selbst die Geschäftsführung würde ihn feiern. Sie mussten Abbitte leisten. Vielleicht würden sie auf Knien angerutscht kommen, um ihn anzuflehen, wieder für die Zeitung zu schreiben. Und noch besser wäre es, wenn sie ihn als Retter der Zeitung feiern würden.

Lautes Stöhnen lenkte Brick von seinen glorreichen Gedanken ab. Es kam aus Natalias Mund. War das echt, oder lieferte sie die Show ihres noch jungen Lebens ab? Brick war kurz versucht, an Ersteres zu glauben, verwarf es aber sogleich wieder. Nein, so war die Welt nicht. Auch nicht die Welt eines Vorstandsvorsitzenden.

Inzwischen hatte Natalia ihren Kopf weit nach hinten gelegt, sodass ihre blonden Haare das sprudelnde Wasser berührten, nur um im nächsten Moment nach vorne zu schnellen und sich Veigel um den Hals zu werfen und ihn abzuknutschen, während ihre spitzen Lustschreie noch lauter wurden.

Klick! Klick! Klick!

Natalia schien von einem Orgasmus zum nächsten zu fliegen. Veigel musste sich wie der Gott des Whirlpools fühlen. Sein Gesichtsausdruck spiegelte pure Wonne wider. Er war im siebten Sexhimmel angelangt.

Die Zeit schien stillzustehen oder jedenfalls viel langsamer zu vergehen, während Brick das Paar im Whirlpool beobachtete, als säße er vor einer riesigen Kinoleinwand. Der Film fesselte ihn ungemein. Er verspürte angesichts dieses Anblicks eine Art Wonneschauder, der ihm durch Mark und Bein ging. Fast schämte er sich dafür. Faszinierte ihn etwa dieses Schauspiel? Wie konnte er nur dem Akt eines Politikers mit einer minderjährigen Hure etwas Positives abgewinnen? Bestürzt ließ Brick die Kamera sinken. Etwas war gerade in ihm zerbrochen. Verschwommen sah er sich selbst im Whirlpool statt Veigel, mit Elisa auf seinem Schoß statt Natalia, die ihm ihre langen Fingernägel vor Lust in den Rücken jagte und ihn ritt, als wolle sie ein Wildpferd dressieren.

Die Illusion verschwand so schnell, wie sie gekommen war. Zurück blieb ein unbehagliches Gefühl. Er hatte so lange keinen Sex mehr gehabt und bis gerade eben hatte er ihm in dieser ganzen Zeit nie gefehlt. Keine Berührungen, keine Haut, keine Zärtlichkeiten, das war alles getilgt gewesen, und jetzt war es wieder auferstanden in ihm. Ausgelöst von einem zugegebenermaßen anschaulichen Fick eines hochrangigen Politikers mit einer Lolita. Er spürte eine Kälte wie lange nicht mehr und schüttelte sich.

Es dauerte eine Weile, bis er wieder klar sehen und denken konnte. Die beiden fickten immer noch. Es klatschte und spritzte im Pool. Veigel wies für sein Alter eine enorme Potenz auf, wohl dank seiner blauen Freunde.

Brick nahm sich vor, an dieser Stelle abzubrechen. Das Gevögel konnte die ganze Nacht so weitergehen. Wenn nicht hier, so vielleicht oben in Veigels Schlafzimmer. Oder auf dem Billardtisch. Oder wo auch immer! Brick wollte es nicht wissen.

Er ging ein paar Schritte rückwärts bis zur Tür, durch die er hereingekommen war. Es war alles gut gegangen. Er musste schleunigst an seinen Computer. Eddie würde er die Bilder als Erstem schicken. Allerdings musste er ihn vorher informieren, sonst war die Gefahr eines Herzinfarkts angesichts des brisanten Materials zu groß. Und dann malte er sich seine nahe Zukunft aus, zu der ihm Irina verholfen hatte: Bald würde er, Brick, im Rampenlicht stehen und Interviews geben, wie er hinter die Machenschaften des Escort-Netzwerks gekommen war und Veigels perverse Neigungen aufgedeckt hatte. Wie er sich langsam vorgearbeitet hatte, weil er immer dorthin ging, wo es wirklich wehtat, und wie er schließlich in Veigels Privaträume eindringen und die Story vollenden, ja krönen, konnte. Vielleicht würde er gar den Henri-Nannen-Preis erhalten, immerhin einer der renommiertesten deutschen Journalistenpreise. Er nahm sich vor, Irina gebührend zu danken und schlüpfte durch die Terrassentür hinaus.

Kaum hatte er die Terrasse betreten, erhielt er einen schweren Hieb auf den Hinterkopf.

Er glitt augenblicklich zu Boden. Nacht umfing ihn.

KAPITEL 6

1

Kati Neubert fühlte sich einsam, seit Brick gegangen war. Abends, wenn sie nach Hause kam, war die Wohnung still. Fast schon unheimlich kam es ihr vor. Sie vermisste die Gespräche mit ihm. Sie verzehrte sich nach einem Austausch und machte sich Vorwürfe. Hatte sie ihn dazu gedrängt zu gehen? Zumindest die eine Bemerkung, er könne ja nicht ewig bei ihr wohnen bleiben, warf sie sich im Nachhinein vor. Das war ein kleiner Rausschmiss gewesen. Leider war ihr das zu spät bewusst geworden.

Nach einem anstrengenden Tag in der Redaktion, an dem sie ein frustrierendes Interview mit dem Ordnungsdezernenten der Stadt Frankfurt geführt hatte, war sie erschöpft nach Hause gekommen und zermarterte sich immer noch den Kopf. Es ging um die geplante Blockupy-Demo. Wieder einmal hatte sich voll und ganz bewahrheitet, wofür die Konservative Partei stand: Law-and-Order-Politik. Das Konzept für den geplanten Polizeieinsatz sah stringentes Durchgreifen mit harter Hand vor: Eine weitreichende Sicherheitszone sollte errichtet werden, um die neue Europäische Zentral Bank zu verteidigen. Gegebenenfalls sollten Personalien überprüft und Krawallmacher dingfest gemacht werden. Das war die Sprache, die sie so hasste. Kein Wort darüber, einen Dialog aufzubauen, mit den Demonstranten reden und Argumente austauschen zu wollen. Zu allem Überfluss war kurz vor Feierabend die Nachricht von Katsche Martens Tod hereingeschneit, was bei den Kollegen eine Art Schockstarre ausgelöst hatte. Die meisten waren ratlos; wussten nicht, was sie davon halten sollten. Nur wenige trauten sich, eine Position zu der Sache zu beziehen. Trauer wurde von Wut überlagert. Einige hatten Panikattacken, weil sie sich ebenfalls als Freiwild fühlten, als Zielscheibe, und glaubten, selbst ins Visier von wem auch immer geraten zu können. Der Einzige, der einen halbwegs kühlen Kopf bewahrte und eine plausible Einschätzung abgegeben hatte, war Eddie Zinnober gewesen. Er hatte ihr anvertraut, dass er sich sicher sei, es hinge mit Katsches neuer Serie zusammen. Diese Information hatte allerdings nicht gerade dazu beigetragen, Kati zu beruhigen. Das Gegenteil war der Fall. War Bricks Leben etwa auch in Gefahr? Sie machte sich ernsthafte Sorgen um ihn. Er hatte über Starlight recherchiert und den Ursprungsartikel geschrieben, dementsprechend hing er mindestens genauso in der Sache drin. Sie nahm sich vor, ihn zu warnen, auch wenn er das sicher nicht hören wollte.

In letzter Zeit dachte sie häufig an Brick. Vielleicht zu häufig?

Sie war eher der schüchterne Typ, der nie ganz aus sich heraus gehen konnte. Außer auf Partys, wenn sie einen über den Durst getrunken hatte. Sie erinnerte sich flüchtig an Nächte, in denen es kein Halten gegeben hatte. Tanzen bis zum frühen Morgen, quasi bis sie umfiel, oder sie hatte sich einfach an den Hals irgendeines Typen geworfen, von dem sie spätestens beim Aufwachen nichts mehr wissen wollte. Wie peinlich. Aber den Typen ging es ja in der Regel ähnlich. Für ihre Kollegen in der Redaktion hatte sie sich noch nie die Bohne interessiert, obwohl sie schon deutliche Angebote bekommen hatte. Einzig Brick galt ihre Aufmerksamkeit. Ihn fand sie seit der ersten Begegnung faszinierend. Obwohl er so viele Jahre älter war, strahlte er all das aus, was sie an Männern gut fand.

Kati Neubert setzte sich auf ihr Sofa und aß ihr unterwegs eingekauftes Sushi. Da sie die Stille nicht ertrug und Fernsehen verabscheute, schaltete sie das Radio ein und pflanzte sich danach wieder gemütlich aufs Sofa.

Die weiche Stimme der HR2-Moderatorin lullte sie sofort ein. Sie kündigte drei Songs von Melissa Etheridge, Santana und Genesis an, die sie allesamt an ihre Disco- und Jugendzeit denken ließen. Sie schwelgte bereits nach den ersten Tönen in Erinnerungen und fühlte sich sofort viel besser. Als jedoch der letzte Akkord verklungen war, holte sie die Stimme der Moderatorin ins Hier und Jetzt zurück.

„Sie hören HR2 – sei dabei! Heute haben wir Uwe Veigel zu Gast in unserer Sendung. Er ist der Chef der Konservativen Partei Frankfurts."

Kati war in die Kissen gerutscht, setzte sich aber beim Klang dieses Namens wieder aufrecht hin und kaute langsam weiter. Wieso wusste sie nichts von dem Radioauftritt, fragte sie sich.

„Vor zwei Wochen ist er in seinem Amt bestätigt worden, unter anderem weil er kontroverse Thesen zum neuen Prostitutionsgesetz geäußert hat. Dazu wollen wir ihn heute befragen. Guten Tag, Herr Veigel."

„Guten Tag, Frau Bauer."

„Ihre Aussagen sind in der gesamten Medienlandschaft heftig kritisiert worden, auch Sie als Person wurden scharf angegriffen ..."

„Nun ja, in einer Demokratie ist das nicht das Schlechteste, wenn diskutiert wird", antwortete Veigel mit jovialer Stimme. „Von ein bisschen Gegenwind lasse ich mich ohnehin nicht von meinen Überzeugungen abbringen. Als Politiker habe ich die Möglichkeit zu gestalten und Dinge, die mir auf der Seele liegen, anzusprechen. Insbesondere wenn es gilt, offensichtliche Missstände zu korrigieren."

„Könnten Sie mal konkret werden?"

„Gerne. Sehen Sie, seit etlichen Jahren versuchen wir, das Frankfurter Bahnhofsviertel auf Vordermann zu bringen. Das ist uns auch gelungen. Viele Investoren haben dafür gesorgt, dass Gebäude saniert und renoviert wurden, dass wieder mehr Bürger im Viertel wohnen können, dass sich Unternehmen, insbesondere aus der Kreativbranche und der Verlagsszene, im Bankenviertel angesiedelt haben, dass es neue Clubs und Kneipen gibt. Ja, es hat sich eine richtige Kulturszene mit Galerien etabliert, junge Leute empfinden das Viertel als hip. Es ist fast schon Kult, am Wochenende ins Bahnhofsviertel zu gehen. Denken Sie bitte an die Münchner Straße, was sich dort alles angesiedelt hat! Die Bahnhofsviertelnacht zeugt jedes Jahr im August davon, wie viele Menschen es gibt, die dort etwas bewegen möchten oder schon etwas aufgebaut haben."

„Sie schildern das, als hätten wir es mit einem Idyll zu tun."

„Das ist die eine Seite, eine extrem positive Entwicklung. Aber ich wollte gerade zu den Schattenseiten kommen, die es natürlich auch gibt. Und zwar hat sich die Lage in einigen Bereichen in letzter Zeit zugespitzt. Ich rede zum Beispiel von der Drogenszene. Früher gab es im wesentlichen Heroin-Junkies. Das war kontrollierbar. Mit den Druckräumen und der Ausgabe von Spritzen in der Mosel- und Niddastraße haben wir zusätzlich dafür gesorgt, die Übertragung von HIV und Hepatitis stark zurückzufahren. Insgesamt gibt es weniger Drogentote zu beklagen. Ich weiß zwar, dass diese Druckräume vielen in meiner Partei ein Dorn im Auge sind, aber ich bin dafür. Es hat sich klar gezeigt, dass sie praktikabel sind und die Missverhältnisse für viele Menschen verbessert haben. Aber nun komme ich zum eigentlichen Thema: der Verelendung. Neue Arten von Drogen haben ganz neue Probleme ins Viertel gebracht."

„Welche meinen Sie?"

„Ich rede von Crack, von Crystal Meth und weiteren synthetischen Drogen, die die Drogenabhängigen systematisch kaputtmachen. Das ist nicht mehr kontrollierbar. Seit der erweiterten EU-Öffnung haben wir es zudem mit einer neuen Art von Drogendealern zu tun, insbesondere aus Bulgarien und Rumänien, die viel aggressiver auftreten und mit Vehemenz die gefährlichen neuen Drogen auf den Markt drücken. Da müssen wir dringend etwas unternehmen. Das geht so nicht weiter. Wir sind in Gesprächen mit den städtischen Behörden. Zumal diese Leute auch als Menschenhändler und Zuhälter in Erscheinung treten, ein eher neues Phänomen, das aber rasch überhandgenommen hat. Blutjunge Frauen und Mädchen werden von ihnen mit leeren Versprechungen hierher gebracht, gefügig gemacht und gezwungen, sich zu prostituieren. Da gibt es organisierte Banden, die sehr gut strukturiert sind."

Kati Neubert schluckte den letzten Rest ihres Sushis herunter. Veigel spielte sich als Menschenfreund auf, dachte sie. Ein leichtes Unbehagen machte sich in ihrem Magenbereich breit. Das war schon immer so gewesen, wenn sie Veigel hatte reden hören, was schon oft aufgrund ihres Jobs der Fall gewesen war. Heute jedoch war es ein anderes Gefühl. Es war Abscheu, gepaart mit Wut. Veigel schien ernst zu machen. Er pushte seine Kampagne und spielte sich als Saubermann auf, der für Recht und Ordnung eintrat.

„Womit wir bei Ihrem Thema wären. Was sagen Sie dazu, wenn man Ihnen deshalb Populismus vorwirft?"

„Das weise ich mit Entschiedenheit zurück. Es kann nicht sein, dass ein Politiker sich für die Verbesserung der Lebensverhältnisse einer gesellschaftlichen Gruppe einsetzt und dann mit diesem Totschlagargument mundtot gemacht werden soll. Das werde ich keinesfalls zulassen. Ich habe schon oft Prügel einstecken müssen, das bin ich gewohnt, aber das wird mich sicher nicht von meinem Weg abbringen."

„Haben sich denn die Verhältnisse für Prostituierte im Bahnhofsviertel wirklich so stark zum Negativen entwickelt?"

„Das Bahnhofsviertel ist tatsächlich einem starken Wandel unterworfen. Das hat viel mit der EU zu tun. Wissen Sie, viele glorifizieren die 70er-, 80er- oder 90er-Jahre des 20. Jahrhunderts, als die Prostituierten von außerhalb der EU kamen, zum Beispiel aus Südamerika oder Asien, zum größten Teil freiwillig, um hier Geld zu verdienen und es danach in ihren Ländern in Häuser zu investieren, ihren Familien in die Heimat zu schicken oder die Kosten für eine Ausbildung zu finanzieren. Seit Ende der 90er-Jahre ist der Zuzug per Gesetz stark limitiert worden, und es ist für Frauen aus Ländern außerhalb der EU nahezu unmöglich geworden, eine Aufenthaltsgenehmigung zu bekommen. Dafür sind die Grenzen innerhalb der EU gefallen. Heutzutage kommen Prostituierte aus den südeuropäischen und südosteuropäischen Ländern wie Bulgarien und Rumänien. Und auch aus der Ukraine. Und es werden weitere aus Kroatien,

Serbien und vielleicht sogar aus Albanien kommen. Die meisten von ihnen kommen nicht freiwillig, sondern mit Schlepperbanden. Das ist organisierte Kriminalität, der wir einen Riegel vorschieben müssen."

„Was planen Sie konkret mit Ihrer Partei?"

„Wir müssen den Kreislauf von Menschenhandel, Zwangsprostitution und Drogenhandel durchbrechen und werden die Straßen des Bahnhofsviertels für die Frankfurter Bürger wieder sicher machen."

„Und wie wollen Sie das durchsetzen?"

„Liebe Frau Bauer, wenn man in der Politik keine Mehrheiten hat, sucht man sich Verbündete oder Partner, mit denen man seine eigenen Vorstellungen am besten umsetzen kann. Genau das werden wir tun."

„Aber sowohl die Sozialdemokraten als auch die Liberalen – und die linken Parteien sowieso – haben doch bereits angekündigt, dass mit ihnen eine Verschärfung zum Beispiel des Prostitutionsgesetzes oder gar ein Verbot der Prostitution nicht zu machen sei. Was sagen Sie dazu?"

„In der Politik ist es wie im Leben: Gute Argumente haben schon immer gefruchtet. Deshalb bin ich sicher, dass wir zu einem einvernehmlichen Ergebnis kommen werden. Hinzu kommt, dass wir für bestimmte Maßnahmen keine Zustimmung brauchen, zum Beispiel dann, wenn sie sich auf der Polizeiebene abspielen. Deswegen planen wir vermehrte Polizeipräsenz im Viertel, auch mit verdeckten Ermittlern, vermehrte Razzien in Wohnungsbordellen und Laufhäusern und mehr Ausweiskontrollen auf den Straßen, damit wir illegal im Land befindliche Ausländer schneller abschieben können. Wir haben eine Menge Möglichkeiten, die uns das Gesetz bietet. Wir müssen sie nur nutzen."

„Aber die Gegenseite argumentiert, Ihre Vorschläge seien ein Rückfall ins letzte Jahrhundert. Statt den Frauen zu helfen, würden Sie sie weiter diffamieren, diskriminieren und in die Illegalität treiben, weil die Prostitution dann nicht als Beruf anerkannt wäre und sie außerhalb der Gesellschaft stünden. Und bei einem Verbot der Prostitution stünde eine andere Gruppe am Pranger, nämlich die Freier, die bestraft werden würden."

„Es gibt Länder auf dieser Welt, die das seit längerem praktizieren, und die Erfahrungen haben klar gezeigt, dass sich für alle Beteiligten die Lage verbessert hat."

„Weil sich alles ins Illegale verlagert und der Staat weniger mitbekommt, was sich tatsächlich abspielt, so kann er auch weniger überprüfen, wie die tatsächlichen Verhältnisse aussehen, beziehungsweise sich entwickeln."

„Alle Untersuchungen und Gutachten, die uns vorliegen, zeigen eindeutig, dass dies nicht der Fall ist. Prostitution und die damit einhergehende Kriminalität gehen eindeutig zurück. Das ist unser Weg, und von dem lassen wir uns nicht abbringen."

„Herr Veigel, Sie wurden als Hardliner bezeichnet; man sagt, Sie seien als Politiker gnadenlos. Trifft Sie das persönlich? Wie sehen Sie sich selbst?"

„Nun, Frau Bauer, ich sehe mich als Christ, der Werte vertritt, die Sinn machen und die die Fundamente unserer westlichen Gesellschaft darstellen, ohne die Demokratie und ein friedliches Zusammenleben gar nicht denkbar wären. Wir brauchen einen gemeinsamen Nenner, um die Herausforderungen der nächsten Jahrzehnte meistern zu können. Daher schätze ich zum Beispiel solche Sendungen, denn sie geben mir die Gelegenheit, meine Ansichten einem breiteren Publikum erklären zu können. Wir müssen ohnehin mehr für die Aufklärung tun. Mehr für Bildung und so weiter, damit die Menschen, insbesondere die jungen Menschen, gar nicht erst abgleiten und zu Drogen greifen, sondern eine gute Lebensgrundlage bekommen. Und wenn mich deshalb jemand Hardliner oder wie auch immer nennen mag, dann soll er das gerne tun. Ja, dann wäre ich sogar stolz darauf, meine Ansichten und – ich füge hinzu – Einsichten, die ich im Laufe meines Lebens gewonnen habe, offensiv zu vertreten und öffentlich zu verteidigen."

„Herr Veigel, wir werden die weitere Diskussion sicher mit Interesse verfolgen. Es ist tatsächlich ein kontroverses Thema, das viel Sprengstoff in sich birgt. Danke, dass Sie uns Rede und Antwort gestanden haben."

„Sehr gerne, Frau Bauer."

„Das Interview haben wir vor der Sendung aufgezeichnet. Und nun ein Song zur Entspannung. Wir hören Prince."

Kati Neubert atmete die Luft aus, die sie unbewusst angehalten hatte. Sie fühlte sich aufgebläht, ihr Magen sendete merkwürdige Signale. Ihr war schlecht. Irgendwas machte ihr mächtig Kummer. So ein Mist, dass Brick jetzt nicht hier war. Mit ihm hätte sie reden können. Mit ihm musste sie sowieso reden, auch über Martens' Tod und seine Verwicklung in den Fall Starlight. Und sie wollte unbedingt etwas gegen Veigel und seine Partei unternehmen. Eine Kampagne fahren. Brick hätte sie dabei beraten können.

Kati stand vom Sofa auf, stellte den Teller in der Küche in die Spüle und begab sich an ihren Rechner. Sie suchte die Sendung auf HR2. Manchmal hatten sie von den wichtigen Themen bereits Podcasts online. Sie hatte Glück. Das Interview mit Veigel war dabei. Sie lud es runter, zog es auf einen USB-Stick und überlegte einen Moment. Ja, es war noch nicht zu spät: Sie würde zu Brick fahren und es ihm vorspielen. Hoffentlich war er zu Hause. Sie war gespannt, was er sagen würde. Kurz dachte sie darüber nach, ob das Interview für sie nur ein Vorwand war, ihn zu treffen. Aber sie verwarf den Gedanken wieder und zog ihre Jeans an.

2

Gustav Klemm stand in seiner Küche und sah dem Kaffee zu, der tröpfelnd durch die Maschine in die Glaskanne perlte und dabei einen herrlichen Duft in der Wohnung verbreitete. Er liebte den Stern-Kaffee der Rösterei Wissmüller in Bockenheim. Jeden Samstagmorgen fuhr er dorthin, um sich zwei Pfund frisch gemahlenen Kaffee, einen kräftigen und einen milden, zu besorgen. Ein Leben ohne Stern-Kaffee schien ihm unvorstellbar.

Klemm seufzte tief, während er den letzten Tropfen beobachtete, der gerade in das schwarze Getränk fiel und kleine Wellen verursachte. Er zog die Kanne heraus und goss sich ein. Er brauchte jetzt dringend Koffein. Es war kurz nach Mitternacht. Und wenn er an den Mann dachte, der bewusstlos in seinem Wohnzimmer auf der Couch lag, wurde ihm ganz anders zumute. Die Zeit war gekommen. Er musste ihm die Wahrheit sagen. Er musste es ihm irgendwie verklickern, auch um ihn zu schützen.

Er zögerte. Es war ein harter Gang, den er vor sich hatte. Aber ihm blieb keine Wahl.

Mit zwei Tassen frischem Kaffee betrat er kurz darauf das Wohnzimmer. Brick lag reglos auf der Couch. Er sah aus, als sei er tot.

Dabei hatte er ihn vorm sicheren Tod bewahrt.

In der Wohnung war es still. Eine kleine Stehlampe spendete ein wenig Licht. Im Halbdunkel näherte er sich der Couch und stellte die Tassen auf dem niedrigen Tisch ab, neben der Kamera und der Waffe, die er bei Brick gefunden hatte.

Klemm gab Brick drei, vier leichte Backpfeifen.

„Aufwachen! Hey, hörst du mich? Aufwachen!"

Er erntete null Reaktion. Brick lag da wie ein nasser Sack. Seine Gesichtshaut war aufgedunsen. Als Klemm seinen blanken Schädel ansah, schüttelte es ihn.

Sie waren in die Jahre gekommen, zweifellos. Das war offensichtlich und ließ sich weder schönreden noch kaschieren. Jedenfalls nicht auf Dauer.

Früher hätten sie gemeinsam Bäume ausgerissen. Heute reichte es nicht einmal dazu, sich gepflegt und ohne Probleme volllaufen zu lassen. Jedes Mal, wenn er es dennoch tat, hatte er anschließend drei Tage Kopf- und sonstige Schmerzen und brauchte eine weitere Woche, bis er sich einigermaßen erholt hatte. Das Alter war nichts für ihn. Er konnte sich nicht damit abfinden, ein alter Sack zu sein. Das war nur noch deprimierend.

Klemm eilte ins Bad, nahm ein Handtuch und hielt es unter den Wasserhahn. Danach wrang er das pitschnasse Ding aus, ging zurück zu Brick und legte es ihm auf die Stirn.

Keine zehn Sekunden später regte sich etwas.

Brick kam langsam zu sich. Räkelte sich, erschrak. Warf das Handtuch in einem Reflex vom Kopf.

Als Klemm es vom Boden aufhob, schaute Brick ihn aus trüben Augen ungläubig an.

„Du?“, krächzte Brick.

„Ja, ich.“

„Das ... das musst du mir erklären!“

„Was glaubst du, was ich die ganze Zeit vorhabe? Aber du wirst und wirst nicht wach.“ Klemm blickte ihn scharf an. „Du hast dir deine Haare abrasiert“, sagte er dann. Es klang resigniert.

„Selbstschutz!“, erwiderte Brick. „Sonst nichts.“ Er fuhr sich übers Gesicht. Als er sich aufrichtete, glaubte Klemm, seine morschen Knochen knacken zu hören.

Brick fasste sich an den Hinterkopf und zuckte zusammen, als er die Beule ertastete. „Was ist passiert?“, fragte er. „Ich kann mich an nichts erinnern.“

„Hier!“ Klemm reichte ihm eine Tasse Kaffee. „Trink! Damit du munter wirst.“

„Dazu bräuchte ich was anderes. Hast du was?“

„Was denn?“

„Pernod zum Beispiel?“

„Leider ausgegangen. Aber ich kann dir einen Whiskey anbieten.“

„Besser als nix.“

Klemm ging zu seiner Schrankwand, öffnete ein Fach, holte eine Flasche heraus und hielt sie Brick vor die Nase.

„Ein 20 Jahre alter Jameson Irish Blend. Ich hoffe, der ist dem Herrn genehm."

„Geht schon!"

„Eigentlich viel zu schade für dich, weil du ihn ja sowieso nur runterkippst."

„Was soll ich denn sonst damit machen?"

Klemm nahm zwei Whiskeygläser aus der Vitrine und schenkte ein.

„Gib schon her!", schnauzte Brick ihn an.

„Kannst es wohl kaum erwarten."

Brick griff sich das Glas, setzte es an die Lippen, warf den Kopf zurück und schüttete den Single Malt runter. „Noch einen." Er hielt Klemm das Glas hin, der ihm mit missmutigem Gesichtsausdruck nachschenkte.

„Nicht so sparsam."

Klemm füllte das Glas bis zum Rand.

„Geht doch!"

Brick nippte am Glasrand, damit der Whiskey nicht überlief.

„Das tut so weh, wenn ich das sehe", kommentierte Klemm. „Schau dich doch mal an!"

„Ach, komm schon! Tu doch nicht so, als wärst du ein Whiskeygourmet!"

In diesem Moment fielen Brick die Klamotten auf, auf denen er wie auf einer Art Folie lag, damit er die Couch nicht beschmutzen konnte. Seine Jeans war zerrissen und hatte braun-grüne Flecken. Ebenso sein T-Shirt. Seine Arme waren dreckig.

Er hob den Kopf und blickte Klemm ruhig an. „Willst du mir nicht endlich erzählen, was vorgefallen ist? Wie komme ich hierher?"

„Weißt du wirklich nichts mehr? Du warst in Veigels Haus auf dem Lerchesberg und hast Bilder von ihm und Natalia gemacht."

„Danke, dass du mir auf die Sprünge hilfst. So langsam kommt die Erinnerung wieder. Aber ... wieso bist du dann aufgetaucht? Wieso wusstest du überhaupt, dass ich dort war?" Brick trank sein Glas halb leer und verzog leicht das Gesicht. Irischer Whiskey würde niemals zu seinen favorisierten Getränken gehören. Zu gern hätte er sich für ein paar Minuten mit Herrn Pernod unterhalten.

„Genau darüber muss ich mit dir reden ... Ich weiß es von Tomovic."

„Von Tomovic?", brauste Brick auf und verschüttete seinen Whiskey. „Du meinst, du hast mit ihm über mich gesprochen?" Er konnte kaum auf der Couch sitzenbleiben, so hatte ihn Gustavs Offenbarung in Rage gebracht. Plötzlich setzte Brick einen Blick auf, als werde ihm in diesem Moment einiges klar. „Steckst du etwa auch hinter der ersten SMS, die mich vor den Velvet Club gelockt hat?"

„Wenn ich nicht wäre, wärst du längst über die Wupper", entgegnete Klemm zornig. „Kapierst du das eigentlich nicht?"

„Soll ich dir jetzt auch noch dankbar sein? Du hast mich doch in die ganze Scheiße reingeritten, du Verräter!" Von all seinen Bekannten hätte Brick Gustav am allerwenigsten zugetraut, ein solches Arschloch zu sein und einen seiner ältesten Freunde zu hintergehen. Hatte er etwa alle seine Prinzipien über Bord geworfen?

Brick trank sein Glas leer. „Ich brauch noch einen."

„Davon wird's auch nicht besser."

„Trotzdem!", konterte Brick. „Bin wirklich gespannt, wie du dich aus dieser Scheißnummer rausreden willst."

„Ich will mich nicht rausreden", blieb Klemm angesichts der angespannten Situation ruhig. „Ich will versuchen, es dir zu erklären."

„Dann schieß mal los! Vorher schenkst du mir aber noch einen ein. Damit das nicht in Vergessenheit gerät." Er rang sich ein Lächeln ab.

Klemm goss kommentarlos ein und schob Brick das Glas über den Tisch zu.

Während er die Flasche wieder verschraubte, begann er: „Vor zwei, drei Jahren hatte ich eine Pechsträhne. Ich hatte ein paar Pferdewetten in den Sand gesetzt und bei den Jobs gab es auch eine Durststrecke. Ausgerechnet da ging mein Auto kaputt, mein Vermieter hat die Miete erhöht und ich musste auch noch Schulden von früher abstottern. Und wie es der Zufall so will, ist mir Tomovic über den Weg gelaufen ..."

„Wo?"

„Im Bahnhofsviertel. Normalerweise hält er sich ja dort gar nicht mehr auf, seit er die Escort Agentur betreibt. Hat sich aus dem Milieu zurückgezogen. Aber dort eskaliert alles. Die Drogenszene wird überschwemmt mit Crack von bulgarischen Händlern, die sich gegenseitig lynchen. Das Viertel verkommt immer mehr. Manche sehnen sich sogar nach den Angels zurück, deren zwei Frankfurter Chapter ja verboten wurden und die dadurch nicht mehr so präsent sind. Tomovic wollte sich mit einigen Laufhausbetreibern treffen, um über die Lage zu sprechen, und da habe ich ihn angesprochen. Er hat mir einen Kredit gegeben ..."

„Waaaas? Du lässt dir von dem Saftsack Geld geben?"

„Es war sonst niemand da, der ..."

„Aber du weißt doch genau, was dich erwartet, wenn du dir von so einem Geld leihst und es nicht zurückzahlen kannst. Hältst du Tomovic etwa für einen Menschenfreund, der dir gerne ein schönes Leben sponsert? Der geht nicht mal pissen, ohne sich was dabei zu denken. Er versucht, aus allem, was er tut, einen Vorteil für sich abzuleiten. Das ist doch glasklar. Wenn du dich mit ihm ins Nest setzt, kommst du nicht ungeschoren raus!"

„Ich war in einer Zwangslage!"

„Geschissen drauf!"

„Du hast ja mit allem recht, Brick. Ich kann auch verstehen, dass dich das anödet, aber hör mir bitte mal zu. Ich kenne Tomovic schon lange. Aus seinen Anfangszeiten, als er noch Türsteher im Golden Gate war. Damals war er ein feiner Kerl, der von Anfang an aufgefallen ist, weil er anders war als das übrige großmäulige Gesocks. Die hingen nur in Muckibuden rum, haben gepumpt und sich über schnelle Autos und neue Waffen unterhalten. Er hingegen war clever. Hat sich mit den richtigen Leuten getroffen. Im Nachhinein ist mir klar geworden, dass das alles sehr, sehr durchdacht war, was er gemacht hat. Ich habe dann seine Karriere verfolgt. In der Blütezeit hat er ja das Atlantis betrieben ..."

„Den FKK-Club?", unterbrach Brick.

„Eben den. Er ist als Teilhaber eingestiegen und hat mit der Zeit die anderen Geschäftsführer weggebissen. Durch seine charismatische Art ist es ihm nicht schwergefallen, Verbündete um sich zu scharen. Und dann ist er richtig durchgestartet. Der Club war innerhalb von kurzer Zeit in aller Munde. Phasenweise kam es einem vor, als ob das gesamte Rhein-Main-Gebiet nur noch in diesen einen Club marschiert und die anderen links liegen lässt. So was schürt Missgunst. Die Neider traten auf den Plan, aber Tomovic hat sie abblitzen lassen. Viele der anderen Clubbetreiber haben sich eine blutige Nase geholt, sind auf hohen Krediten sitzengeblieben. Aber das hat Tomovic nicht gejuckt. Im Gegenteil. Wenn sie am Boden waren, hat er ihnen ein Angebot für ihren Club gemacht, das weit unter dem realen Wert lag."

„Und sie mussten es annehmen."

„Wieder richtig. So hat er sich ein Imperium aufgebaut und konnte es sich leisten, dem Bahnhofsviertel den Rücken zu kehren und sein eigenes Ding zu machen."

„Starlight."

„Exakt."

„Aber was ist dann passiert?"

„Na ja", druckste Klemm herum. Es fiel ihm offensichtlich schwer, die Karten auf den Tisch zu legen. „Es kam, wie es kommen musste ... Ich konnte ihm das Geld nicht zurückzahlen, jedenfalls nicht pünktlich. Inzwischen waren auch Zinsen angefallen."

„Wusste ich's doch!"

„Er hat mir dann einen Deal angeboten. Er wollte mir die Schulden erlassen. Im Gegenzug sollte ich für ihn die Ohren aufhalten – unauffällig natürlich. Er wusste ja, dass ich ganz gute Kontakte habe, und niemand da draußen hätte mich mit Tomovic in Verbindung gebracht. Das wollte er ausnutzen."

„Ich fasse es nicht", rief Brick aus und blickte Klemm fassungslos an. „Du machst gemeinsame Sache mit dieser widerlichen Sau?"

„Er hatte mich in der Hand, Brick! Was hätte ich denn tun sollen? Verstehst du das nicht? Es ging um meinen Arsch! Wenn ich nicht zugestimmt hätte, säße ich jetzt nicht hier. Es hat schon Leute wegen weniger Kohle erwischt."

„Soll ich dich jetzt bemitleiden, oder was?"

„Quark! Ich will's dir nur erklären. Und immerhin hab ich dir heute Nacht den Arsch gerettet. Als Gegenleistung sozusagen."

„Pahhh! Wenn du das als Wiedergutmachung für deinen Verrat betrachtest ... Das kannst du knicken, ja! Das werd ich dir nie verzeihen!"

„Das ist mir schon klar, aber ..."

„Jetzt erklär mir mal, warum du bei Veigel warst! Ich hab von Irina eine Mail bekommen ..."

„Eine Finte. Nachdem du sie ins Monopol bestellt hast, kam ihr der Termin mit dir merkwürdig vor. Und da Drago ihr Vertrauter ist, hat sie ihm davon erzählt, was ihr geredet habt. Und von dir, einem komischen Typen namens Klemm, ein Journalist, der eine Reportage übers Frankfurter Rotlichtmilieu schreiben will. Da ist Drago hellhörig geworden, hat eins und eins zusammengezählt und Irina ein Bild von dir gezeigt. Bingo! Deine Identität war aufgeflogen. Dann haben sie diesen Plan mit Veigel geschmiedet, um an dich ranzukommen. Und nebenbei hätten sie Veigel mit den Bildern in der Hand gehabt."

„Wahnsinn!"

„Das kannst du laut sagen. Aber jetzt noch mal zurück. Es ging alles so schnell. Ich bin bei Starlight reingerutscht. Im Laufe der Zeit hatte ich in dem Laden ein paar Leute kennengelernt und mir die Strukturen angeschaut. Bis mir eines Tages klar geworden ist, dass ich diese Infos nutzen könnte."

„Nutzen? Wie meinst du das?"

„Ich wollte so viel wie möglich in Erfahrung bringen."

„Super! Elisa wäre dabei beinahe draufgegangen."

„Ich hab's für dich getan", stieß er hervor.

„Für mich? Spinnst du jetzt total?"

„Ich wollte dir irgendwann sämtliche Informationen über Starlight für deinen Artikel geben. Aber dann sind zwei Dinge quasi gleichzeitig passiert."

„Interessiert mich einen Scheißdreck!" Brick starrte ein Loch in die Luft.

„Ich erzähl's dir trotzdem, hör zu! Weil ich da rein und raus marschiert bin, habe ich zwangsläufig die eine oder andere Prostituierte kennengelernt, unter anderem auch Natascha. Irgendwann bin ich auf ihren Nachnamen gestoßen."

„Ihren richtigen?" Als der Name Natascha ins Spiel kam, war Brick augenblicklich wieder ganz Ohr.

„Ja, Werenko. Das fand ich merkwürdig. Konnte das Zufall sein, dass sie denselben Nachnamen wie Alina hatte? Ich fing an zu recherchieren. Hab mit ihr geredet und mir einige Dokumente besorgt. Kurz darauf war mir klar, dass es sich nur um deine Tochter handeln konnte."

„Und die zweite Sache?"

„Es gab Gerüchte, dass du an einer Story über Starlight arbeitest."

„Von wem?", erboste sich Brick.

„Katsche Martens."

„Das verstehe ich nicht."

„Er stand auf Tomovics Gehaltsliste."

Brick prustete auf. „Dafür hat er allerdings bitter bezahlt."

„Ja, sicher. Ich bin noch nicht ganz dahinter gekommen, was da schiefgelaufen ist, aber er muss ausgetickt sein. Nachdem du bei der Zeitung ausgeknockt warst, wollte er scheinbar in deine Fußstapfen treten und deinen Ruhm ernten."

„Das Ergebnis kennen wir."

„Weil er damit Tomovic hintergangen hat."

„Wie kann man nur so blöd sein, wenn man von ihm Kohle annimmt? Das ist doch so was von offensichtlich."

„Er wollte Aufmerksamkeit, koste es, was es wolle."

„Das hat er geschafft. Er steht heute bestimmt in jeder Zeitung."

„Bis dahin war eigentlich alles ganz gut gelaufen. Aber als Tomovic erfahren hat, dass du einen Artikel über Starlight und seine Machenschaften planst, ist er Amok gelaufen. Er wollte dich abservieren, ohne sich die Finger dreckig zu machen."

„Moment, Moment! Du springst mir zu schnell. Was war denn vorher mit Natascha?"

„Die beiden haben sich irgendwann gezofft."

„Worüber?"

„Das erzähle ich dir gleich. Jedenfalls hat er sich diesen miesen Plan mit dir ausgedacht."

„Dann hat Tomovic tatsächlich Natascha ...?"

„Ich fürchte, ja."

Brick hielt inne. Es war der Zeitpunkt, an dem er sicher sein konnte, dass Tomovic seine Tochter getötet hatte. „Und aus welchem Grund?"

„Tomovic braucht keinen Grund. Für nichts. Aber dann ist alles schiefgelaufen. Ab dem Moment, als ich erfahren hatte, dass Natascha deine Tochter ist, wollte ich dich mit ihr zusammenbringen, aber dann sind wieder zwei Dinge passiert ..."

„Kannst du nicht mal auf den Punkt kommen? Ich muss zu Eddie, um ihm die Bilder zu zeigen. Kannst du mich zu ihm fahren?"

„Momeeeeeent", sagte Klemm, zog das Wort sehr lang und hob die Hand. „Nicht so eilig. Ich muss dir jetzt alles erzählen. Es kommt nämlich noch schlimmer."

„Viel schlimmer geht nicht."

„Wenn ich es dir sage!"

„Was soll das Gezeter? Spuck's schon aus!"

„Fällt mir nicht leicht ... Es geht um ..."

„Na, um wen?"

„Natalia. Sie ist ..."

„Das ist doch eine von Tomovics minderjährigen Nutten, die er für viel Geld verkauft. Sie war heute bei Veigel."

„Richtig. Und zudem ist sie ...", Klemm schluckte, bevor er fortfuhr, „... deine Tochter!"

Jetzt verschlug es Brick die Sprache. Er starrte Gustav an, als sei der von allen guten Geistern verlassen.

„Sie ist Nataschas Zwillingsschwester, die du nie zu Gesicht bekommen hast, weil Alina damals getürmt ist. Und als die beiden geboren waren, hat sie sie vor dir versteckt. Sie konnte dir nie verzeihen, dass du sie geschwängert hast. Sie konnte aber auch nicht abtreiben lassen, wegen ihrem Glauben oder so."

„Was? Davon hat sie nie gesprochen."

„Ich weiß es aber. Auf jeden Fall wollte sie nichts mehr mit dir zu tun haben. Hatte Angst vor dir. Du warst ja in einem erbärmlichen Zustand. Nur noch zugedröhnt. Aggressiv. Unberechenbar. Ich glaube, Alina hatte sogar Schiss, dass du ihr was antun könntest."

„Ich verstehe gar nichts mehr."

„Deshalb will ich es dir ja erklären. Natalia ist ja bis vor Kurzem nicht anschaffen gegangen, aber dann wollte Tomovic sie unter seine Fittiche nehmen. Sie war perfekt für ihn. Ihr Alter, ihr Aussehen. Außerdem wollte sie unbedingt einen Promi kennenlernen, was ihr Tomovic natürlich versprochen hat. Dafür musste sie für ihn arbeiten. Das war der Deal." Gustav legte eine Pause ein und schnaufte einige Male tief durch. „Übrigens hat Natalia mir von dem Treffen bei Veigel erzählt und mich hinbestellt, quasi als Security, weil ihr das Ganze unheimlich vorkam. Sie war ja eingeweiht in Tomovics Plan mit dir. Und sie war auch der Grund, warum ich die ganze Zeit bei Starlight verdammt vorsichtig vorgehen musste, um sie nicht zu gefährden."

Brick wurde auf einen Schlag klar, dass der Albtraum noch lange nicht vorüber war. „Ich bringe Tomovic um!", flüsterte er immer wieder. „Ich bringe die Sau um!"

3

Im Nebel der Nacht lief eine Horde Jugendlicher um kurz vor ein Uhr randalierend durch die Bruchfeldstraße in Niederrad. Sie riefen und sangen, stießen Mülltonnen um, sprayten Graffitis an Hauswände und bemerkten den Mann nicht, der in einer schwarzen Limousine saß und nach oben schaute.

Er hielt ein Handy ans Ohr und versuchte ruhig hineinzusprechen. „Ich verstehe ... Ja, Dejan, da oben brennt Licht. Das müssen Gustav und Brick sein. Wer denn sonst?"

„Aber ich versteh nicht", erwiderte Tomovic harsch. „Wie konnten er und seine Bilder euch durch die Lappen gehen? Der Plan mit

Irina als Vermittlerin und Natalia als Lockvogel war doch gut, verdammt!“, fluchte er so laut, dass Drago Hören und Sehen verging.

„Wir saßen vor Veigels Haus im Wagen und haben auf Brick gewartet“, setzte er zu einer zaghaften Erklärung an. „Er wäre uns direkt in die Arme gelaufen, wenn alles nach Plan gelaufen wäre. Er hätte ja zu seinem Wagen gemusst, um vom Lerchesberg wieder wegzukommen ...“

„Und warum ist es schiefgelaufen?“

„Ich nehme an, dass Gustav die Aktion spitzgekriegt hat. Jedenfalls hat er seinen Wagen hinter Veigels Grundstück geparkt, Brick hinterm Haus abgefangen und zusammen sind sie durch das kleine Waldstück verschwunden.“

„Und was schlägst du nun vor? Wir müssen an die Bilder rankommen, um Veigel in der Hand zu haben, und wir müssen Brick unschädlich machen. Das wird mir langsam zu bunt.“

„Dejan, jetzt beruhige dich mal. Wir kriegen das alles hin, versprochen! Aber wenn wir jetzt da raufmarschieren und uns Zutritt verschaffen, dann wird die ganze Nachbarschaft rebellisch. Ruck, zuck tauchen die Bullen hier auf. Willst du das?“

„Hast du einen besseren Plan?“

„Momentan noch nicht ... Doch!“, schrie er plötzlich wie aufgestachelt. „Mir ist gerade was eingefallen, wie wir Brick rauslocken können. Wie wir ihn sogar in die Villa kriegen. Wir könnten ihm einen Tausch vorschlagen.“

„Was für einen Tausch?“

„Chef, lass mich nur machen. Ich habe einen guten Plan.“

Tomovic ließ sich Zeit mit der Antwort. „Bruder, ich habe jetzt keine Lust auf Rätsel. Was meinst du?“

„Dejan. Vertrau mir, okay? Ich schaukel das Ding, ja?“

„Na gut. Aber denk immer daran: Wir müssen die Ratte loswerden. Und wir brauchen einen Plan, wie wir ihn sauber entsorgen können.“

„Klar, Dejan, klar! Das geht alles in Ordnung. Ich melde mich bei dir, wenn ich soweit bin.“

4

Kati Neubert kam um kurz nach 22 Uhr im Gutleutviertel an. Sie lehnte ihr Fahrrad gegen die Hauswand und schloss es ab, doch dann entschloss sie sich, es mit in den Hausflur zu nehmen. Sicher war sicher. Der Gegend vertraute sie nicht. Gerade nachts war es hier menschenleer und ziemlich unheimlich.

In Bricks Wohnung war ein Lichtschein auszumachen. Er war zu Hause. Sie freute sich.

Dass die Haustür sperrangelweit offenstand, wunderte sie nicht. Typisch für dieses Viertel, in das sie niemals gezogen wäre. Was Brick am Gutleutviertel fand, konnte sie sich nicht erklären. Aber irgendetwas musste es sein, denn er wohnte seit Jahrzehnten hier.

Sie nahm das Rad auf die Schulter, schaltete das Treppenlicht an und ging die paar Stufen hoch. Vor Bricks Wohnungstür blieb sie stehen. Auf den ersten Blick erkannte sie, dass das Schloss herausgebrochen war.

Die Tür war lediglich angelehnt. Durch den Spalt schien ein wenig Licht. Sie drückte die Klingel und klopfte an die Tür.

„Brick?", rief sie. „Hallo, hier ist Kati. Hallo?"

Sie nahm das Fahrrad von der Schulter und stellte es auf dem Treppenhausboden ab, als sie eine Bewegung wahrnahm. Die Tür wurde aufgerissen und sie blickte in die Augen einer jungen Frau. Ihr Gesicht schien etwas ramponiert zu sein. Ein paar Abschürfungen waren zu erkennen und blaue Flecken, die nun eine grün-graugelbe Farbe angenommen hatten.

„Wer bist du denn?", fragte die Frau und stellte sich breitbeinig vor sie in die Tür. Sie kaute auf einem Kaugummi und ließ hin und wieder eine Blase platzen. Erst jetzt nahm Kati wahr, dass die Frau nur im Slip vor ihr stand. Oben trug sie ein tief ausgeschnittenes Top, das etwas nuttig wirkte. Das Dekolleté zog automatisch Blicke auf sich.

„Äh, hallo", antwortete sie, ziemlich verunsichert. „Ich bin Kati, eine Kollegin von Benjamin Brick bei der Zeitung. Ist er da?"

„Nö!"

„Und wer sind Sie, ich meine, wer bist du? Seine Freundin?"

„Nö! Elisa, seine Nachbarin." Während sie sprach, verzog sie keine Miene und musterte Kati. „Ich glaub, er hat mir von dir erzählt."

„Aha. Ich hoffe nur Gutes." Kati zog ihre schmalen Augenbrauen hoch. Elisa zuckte die Achseln.

„Darf ich fragen, was du in seiner Wohnung machst?"

„Darfst du. Is aber nich so, wie's aussieht. Also, wir poppen nicht, falls du das denkst."

„Denke ich gar nicht."

„Du guckst aber so ... Na ja. Ich bin für ne Weile bei ihm untergekommen, übergangsweise. In meine Wohnung kann ich nich. Da ... da ... Ach, is ja auch egal.“ Eine große Kaugummiblase platzte vor ihrer Nase.

„Und du weißt wirklich nicht, wo Brick ist? Ich meine, wo ihr doch zusammen wohnt.“

„Nö! Ist länger nicht aufgetaucht, und da hab ich mich hier breitgemacht. Er hat irgendwelchen Ärger am Hals. Hat er nix davon erzählt?“

„Doch, aber wenig, um ehrlich zu sein. In dieser Hinsicht hält er sich ziemlich bedeckt.“

„Nicht nur in dieser Hinsicht“, bestätigte Elisa und verdrehte die Augen. „Ich mag ihn trotzdem. Was willst du eigentlich von ihm?“

„Ich müsste mit ihm reden. Weißt du zufällig, wo er steckt?“

„Nö!“

„Hmmm. Ich hab was für ihn, das wollte ich ihm geben.“

„Ruf ihn doch an. Vielleicht haste ja Glück und er hat sein Handy mal an.“

„Ach, ist nicht so dringend. Er wird schon wieder auftauchen. Ich komme einfach morgen noch mal vorbei.“

„Wie du willst. Der Brick is echt'n guter Typ, gell, findst du doch auch, oder?“

„Hmm ... ja.“

„Jetzt hat er sich auch noch die Haare abrasiert und trägt Glatze, ultracool, oder?“

„Ach, das wusste ich noch gar nicht.“

„Echt nicht? Steht ihm super, find ich.“ Sie fixierte Kati aufs Genaueste. „Komm schon, gib's zu! Du stehst auf Brick. Hab ich recht?“

„Wie kommst du denn darauf?“

„Ich seh's an deinen Augen, wenn du seinen Namen aussprichst.“

„Donnerwetter, was du nicht alles kannst! Und was sagen dir meine Augen?“

„Dass du bis über beide Ohren in ihn verschossen bist. Stimmt's?“

„Ich mag ihn, da hast du recht. Aber ...“

„Komm schon, du willst ihn flachlegen! Deswegen bist du so spät hergekommen. Aber coole Ausrede, mit ihm reden! Klaro! Echt geil, muss ich mir merken. Ich fall immer mit der Tür ins Haus!“

„Wie meinst du das?“

„Na ja, ich hab ihm gesagt, dass er mich ficken soll. Ihn quasi angefleht. Und was glaubst du, was er gemacht hat?"

„Keine Ahnung." Sie zog die Achseln hoch. Langsam fand sie die Unterhaltung in Bricks Hausflur fast amüsant. Elisa wurde ihr immer sympathischer.

„Nichts! Kannst du dir das vorstellen? Er hat mich nicht mal angerührt! Brick, hab ich gesagt, du kannst es einer jungen Schnecke besorgen und dich lässt das völlig kalt! So isses, hat er glaub ich gesagt, oder so ähnlich. Und er hat noch was in den Bart genuschelt von wegen alter Mann oder so."

Kati musste unwillkürlich grinsen.

„Was ist daran so witzig?" Elisa drehte sich rum und schlug sich mit einer Hand auf den Po. „Ist das etwa nix? Jeder andere Mann würde sich zehn Finger danach lecken, aber Brick ..." Elisa musterte Kati noch einmal von oben bis unten. „Du könntest sein Typ sein." Sie giggelte wie ein schrulliges Huhn.

„Wieso?"

„Na ja, er steht nicht auf Knackärsche, sonst hätte er sich meinen vorgenommen. Ich glaub, er steht mehr auf ... ach, wie sagt man ... auf Intellekt oder wie das heißt."

Kati fühlte sich wie geohrfeigt, versuchte jedoch Elisas Bemerkung als Kompliment aufzufassen.

In diesem Moment schien sich Elisa an irgendetwas zu erinnern. Ihre Mundwinkel kippten schlagartig nach unten. „Ich muss wieder rein. Willste hier Wurzeln schlagen?"

„Nein, nein." Ihr Blick fiel auf das Türschloss. „Was ist denn eigentlich mit der Tür passiert, wenn ich fragen darf?" Sie deutete darauf.

„Darfst du. Einbruch", antwortete Elisa und ploppte mehrmals hintereinander. „Merkwürdige Typen, so Spackos aus dem Milieu, weißt du. Ich hass die Sorte. Alles Wichser, asoziale Wichser!" Sie verzog die Nase. „So, wenn du nicht reinkommen willst ... Ich klemm mich wieder auf die Couch."

„Danke, vielleicht ein andermal."

„Vielleicht."

„Tschüss!"

„Tschaui."

Kati nahm ihr Rad und trug es die wenigen Stufen wieder hinab. In ihrem Rücken hörte sie die Tür zufliegen, aber nicht einrasten. Kurz darauf stand sie auf dem Bürgersteig vorm Haus und blickte zurück.

Bricks Nachbarin, Elisa!
Was für eine Nudel!
Komisch, von ihr hatte er nie erzählt.

Sie war ein bisschen schräg, ein bisschen verkorkst, ein bisschen ulkig, vielleicht auch naiv. Aber dafür liebenswert. Kati fand sie beinahe rührend und hatte sie bereits ins Herz geschlossen. Ihre Offenheit war sehr sympathisch. Manchmal wünschte sie sich, selbst so sein zu können. Aber sie glaubte nicht daran, dass sie das jemals schaffen würde.

Sie zuckte die Achseln, setzte sich aufs Rad und radelte mit einem merkwürdigen Gefühl im Bauch los. Kaum war sie um die erste Ecke gebogen, schoss eine schwarze Limousine an ihr vorbei und legte kurz darauf eine Vollbremsung hin. Kati stoppte unwillkürlich und stieg vom Rad. Ein solcher Wagen kam ihr in dieser Gegend seltsam vor. Sie lehnte das Rad an eine Hauswand und lugte vorsichtig um die Ecke. Die Limousine hatte direkt vor Bricks Haustür geparkt. Ein mulmiges Gefühl ergriff sie, das sich noch verstärkte, als sie die zwei Männer in schwarzen Anzügen sah, die ausstiegen und ins Haus stürmten. Sie bekam eine Gänsehaut. Wollten die zu Brick? Und wenn ja, was wollten sie von ihm? Die sahen wenig vertrauenerweckend aus. Kati überlegte fieberhaft, was sie tun sollte. Warnen brauchte sie ihn nicht, er war ja nicht zu Hause ... aber Elisa!

Teufel noch mal!

Sie würde ihnen vielleicht sogar die Tür öffnen ... Quatsch! Die Tür war ja offen.

Verdammt!

Außerdem war es sicher schon zu spät. Sie nahm ihren ganzen Mut zusammen und schlich um die Hausecke, verschanzte sich kurz hinter einem Müllcontainer und beobachtete die Szenerie. Ihr Herz schlug wild. Sie bekam einen mittelstarken Schweißausbruch. So viel Adrenalin hatte sie lange nicht im Körper gehabt. Aber sie musste sich zusammenreißen. Sollte sie die Polizei rufen? Und wenn sie sich täuschte und die beiden schwarzen Männer wollten gar nicht zu Brick, sondern zu jemand anderem im Haus? Sie klammerte sich an diese letzte Hoffnung.

Irrtum!

Fuck!

Als sie wieder hinter dem Container hervor linste, erkannte sie die beiden. Sie hatten einer dritten Person eine Art Laken über den Kopf gestülpt und es mit einem Seil festgebunden.

Die kidnappten Elisa!

Kati erkannte ihre Beine und ihren Slip, mehr trug sie untenrum nicht. Elisa zappelte und wehrte sich, es half jedoch nichts. Der Klammergriff des einen Typen schnürte sie ein. Dann warf er sie auf den Rücksitz des Wagens und kletterte hinterher. Der andere Typ klemmte sich hinters Steuer und legte einen Kavaliersstart hin. Die Limousine rauschte an Kati vorüber.

Zoing! Weg war sie.

Einen Augenblick später sah Kati nur noch die Bremslichter. Das Auto bog an der nächsten Kreuzung rechts ab. Das hieß, sie fuhren über den Main.

Kati nahm in der nächsten Sekunde beide Beine in die Hand und rannte so schnell sie konnte zu ihrem Fahrrad. Sie stieg auf, trat in die Pedale, beschleunigte stark und nahm die Verfolgung auf. Warum, wusste sie selbst nicht. Aber sie konnte denen – um wen immer es sich handeln mochte – Elisa nicht einfach so überlassen.

Kati versuchte noch schneller zu treten, aber es ging nicht. Sie war ein Tour de France-Fan, hatte früher keines der heißen Duelle zwischen Jan Ullrich, Lance Armstrong und Marco Pantani in Alpe d'Huez verpasst. Hatte aber auch vor deren Leistungen einen Höllenrespekt, weil sie wusste, wie schwer es war, über eine längere Distanz eine solche Schlagzahl zu treten, zumal am Berg. Ihre Beine fühlten sich schon nach kurzer Zeit wie Matsch an. An der Kreuzung angekommen, hielt sie sich rechts und hatte Glück. Die Friedensbrücke schlug über dem Main nur eine leichte Welle. In der Ferne erblickte Kati Rücklichter und hoffte, dass es die der Limousine waren.

Die Lichter entfernten sich weiter. Kati gab alles, fühlte sich aber wie eine Schildkröte, die einen Gepard durch Frankfurt jagte. Sie brauchte eine gefühlte Ewigkeit, um die Friedensbrücke zu überqueren.

Doch dann kam ihr die Frankfurter Verkehrsführung zugute. Denn hier konnte man nicht links abbiegen. Die Limousine musste aber offensichtlich links abbiegen. Dazu hatte sie zunächst geradeaus fahren und nach zweihundertfünfzig Metern einen U-Turn machen müssen. So stand sie nun auf der gegenüberliegenden Seite der Kreuzung. Ihre Scheinwerfer strahlten Kati mitten ins Gesicht. Der Fahrer der Limousine blinkte rechts und bog in die Kennedyallee ein. Kati schnitt die Kreuzung so scharf es ging und machte dadurch Boden gut, konnte jedoch mit der Beschleunigung der Limousine nicht mithalten. Sie schaffte es aber, einen Blick auf das Nummernschild zu werfen und versuchte, sich die Buchstaben und Ziffern einzuprägen: F-SL-7.

Kati atmete hektisch. Etwa hundert Meter vor sich sah sie hellrote Lichter. Die Limousine schien zu bremsen. Und tatsächlich. Rechts öffnete sich ein Tor, und das Auto verschwand in einer Einfahrt.

Als Kati die Stelle erreichte, schwitzte sie wie Erik Zabel in seinen besten Zeiten. Das Tor war bereits wieder zugefahren.

Sie ließ sich langsam an dem Villengrundstück vorbeigleiten und hielt erst etwa dreißig Meter dahinter an. Während sie abstieg und das Rad von der Straße schob, schnappte sie nach Luft und überlegte. Ihr wuselten die Buchstaben F-SL durch den Kopf. SL, dachte sie, konnte für Starlight stehen. Eine Gänsehaut zog sich über ihren Rücken. Wenn das stimmte, war Elisa in akuter Lebensgefahr.

5

Brick schenkte sich einen doppelten Whiskey ein und trank ihn auf ex.

„Warum hasss du mir das nicht früher erzählt?"

„Wann hätte ich das tun sollen?"

„Als ich zzzu dir gekommen bin. Aber da musstest du ja aaaangeblich zu diesem Geburtstag. Glatt gelogen!"

„Das war eine Notlüge. Aber bei meiner Schwester war ich. Ich musste einige Zeit abtauchen, das war mir zu heiß geworden, aber ich konnte dir nicht die Wahrheit erzählen, das hätte mich sofort den Kopf gekostet. Dummerweise konnten sich Tomovic und seine Lakaien denken, dass du bei mir Unterschlupf gesucht hast, und deshalb haben sie dich dort erwischt."

„Das hätte mein Tod ssssein können."

„Ich weiß." Klemm senkte den Kopf.

„Dann zzzzeig mir wenigstens jetzt, dass du mein Freund bist, und fahr mich zzzzu Eddie."

„Es ist mitten in der Nacht. Er wird begeistert sein, wenn wir jetzt bei ihm antanzen." Klemm seufzte. „Lass uns morgen früh gleich hinfahren. Auf die paar Stunden kommt es jetzt auch nicht an."

„Aber ich mussssss mit ihm reden ... mussssss ihm die Bilder ..." Brick stockte. Er atmete schwer. Der Whiskey machte sich bemerkbar, verschleierte seinen Blick und ließ ihn lallen. Die Augen fielen ihm zu.

„Das hat doch jetzt sowieso keinen Wert mehr. Schau dich doch mal an. Du siehst aus wie ein Wrack. Du brauchst Schlaf und danach ne Dusche."

Brick kippte von allein zur Seite und landete mit dem Kopf auf der Couchlehne. Klemm hob seine Beine hoch, holte eine Decke und legte sie über seinen Kumpel, den er schon ewig kannte. Sie waren beide alt geworden. Und sie waren in einen Schlamassel geraten, aus dem sie schleunigst rauskommen mussten. Allerdings wusste Klemm nicht, wie sie das am geschicktesten anstellen sollten. Mit Tomovic hatten sie einen Gegner, mit dem nicht zu spaßen war. Er fühlte jedes Mal eine Beklemmung, wenn er an ihn dachte. Brick hatte recht. Er hätte sich niemals auf Tomovic einlassen dürfen. Aber wer wusste schon, für was es gut sein würde. Mühsam und mit schweren Knochen schlurfte er in sein Badezimmer und putzte sich die Zähne. Er vermied es, in den Spiegel zu schauen. Es waren in den letzten Tagen sicher wieder etliche graue Haare hinzugekommen. Von den Falten ganz abgesehen.

Klemm wollte gerade im Bett unter seine Decke schlüpfen. Er war hundemüde und abgespannt und das Gespräch mit Brick hatte ihm mächtig zugesetzt. Plötzlich hörte er einen ungewöhnlichen Ton, den er in seiner Wohnung noch nie vernommen hatte. Er raffte sich wieder auf und ging ins Wohnzimmer. Der Ton war lauter geworden.

Hört sich nach einem alten Handy an, dachte er.

Er folgte dem Ton zur Couch, beugte sich hinab und zog Bricks Handy aus dessen Hosentasche.

Als er die Nummer sah, erschrak er. Das konnte nichts Gutes bedeuten. Er kannte sie zur Genüge. Einen Moment lang wägte er ab: annehmen? Oder ignorieren und das Handy ausschalten? Aber was sollte das bringen? Sie waren auf Bricks Spuren und früher oder später würden sie ihn ohnehin kriegen. Vielleicht wollten sie ihm ein lukratives Angebot für die Bilder machen.

Er nahm den Anruf an. „Ja?"

„Wer spricht da?"

„Gustav."

„Dachte ich's mir doch, dass Brick und du unter einer Decke steckt!"

„Was willst du, Drago?"

„Wir haben hier was, das Brick interessieren könnte."

„Und was?"

„Er muss zu uns in die Villa kommen, und zwar sofort. Er hat zwanzig Minuten."

„Wieso sollte er das tun?"

„Weil seine Nachbarin Elisa sonst tot ist."

Gustav schluckte schwer.

„Und sag ihm, er soll die Bilder von Veigel mitbringen. Und seinen Laptop mit dem Artikel drauf."

„Aber der Laptop ist nicht hier."

Stille. Außer Dragos Atmen war nichts zu vernehmen.

„Okay", sagte Drago schließlich, „dann besorgt ihn. Ich geb euch vierzig Minuten. Aber keine Sekunde länger."

6

Der Wasserstrahl aus dem Duschkopf prasselte auf Bricks kahl rasierten Schädel, und Klemm hielt ihn fest.

„Was ... was soll das?", schrie Brick entsetzt auf. Wusste nicht, was mit ihm geschah. Er wehrte sich, um aus der Umklammerung herauszukommen.

„Du musst wach werden!", schrie ihn Klemm an. „Tomovic hat Elisa in seiner Gewalt, und wenn wir nicht in vierzig Minuten mit den Bildern bei ihm sind, tötet er sie."

Wie ein Paukenschlag trommelten die Worte in Bricks Gehörgang. Er war augenblicklich hellwach. „Diese Drecksau!", rief er und löste sich aus Klemms Griff, der ihm ein Handtuch reichte.

Brick rubbelte sich den Kopf trocken. Dann blickte er Klemm scharf an. „Und du meinst, wir sollen wirklich ...?"

„Ich meine gar nichts. Es ist deine Entscheidung. Aber wenn Elisa überleben soll, hast du keine Wahl, fürchte ich. Oder fällt dir was Besseres ein?"

Brick wischte sich mit beiden Händen über Augen und Stirn. „Nein. Ich hab sie da ja auch reingeritten. Ohne mich hätte sie wesentlich weniger Ärger. Und deshalb hole ich sie da wieder raus!"

„Okay, ich fahr dich."

„Gut, dann los!" Brick wischte sich mit dem Handtuch den Dreck von seiner Jeans und seinem T-Shirt und warf es anschließend in eine Ecke. „Aber nicht, dass du glaubst, damit ist alles wieder gut zwischen uns", wandte er sich an Gustav.

„Okay, okay, geh mir nicht auf den Sack jetzt. Ich weiß, dass ich Scheiße gebaut habe, ja. Aber ich hab dich heute Nacht bei Veigel vor Tomovics Schergen gerettet. Wer weiß, wie das sonst ausgegangen wäre. Ich möchte es mir jedenfalls nicht ausmalen. Sind wir jetzt wieder quitt?"

„Noch lange nicht!" Brick wirkte wie ein störrisches Kind.

„Dir ist echt nicht zu helfen. Während wir hier diskutieren, läuft uns die Zeit davon."

„Stimmt. Moment noch. Ich brauche mein Handy." Er ging ins Wohnzimmer, holte die Speicherkarte aus der Kamera und steckte das Handy ein, während Klemm ungeduldig auf ihn wartete.

Drei Minuten später standen die beiden unten auf dem Bürgersteig vor Klemms Haus. „Wir müssen uns sputen, los jetzt! Mein Wagen steht gleich um die Ecke."

Sie preschten los, rannten sich beinahe über den Haufen, weil Brick die Richtung verwechselte. Er drehte auf dem Absatz um und folgte Klemm bis zum Wagen. Sie bestiegen den Jeep, der recht neu aussah. Klemm startete und gab sofort mächtig Gas.

„Hast du den von Tomovics Kohle bezahlt?"

„Klar, was denkst du denn?"

„Ne Nummer kleiner hätte auch nix geschadet."

„Ach, weißt du. Sekt oder Selters, das war schon immer mein Motto. Wozu warten? Ich lebe jetzt. Später bin ich tot."

„Ich hoffe, ich muss dich nicht so bald beim Wort nehmen. Wie viel hast du dir von ihm geliehen?"

„Hunderttausend."

„Nein! Das ist mehr, als ich gedacht habe. Dann wundert mich nix mehr. Hast du schon was abgestottert?"

„Ja, etwas über die Hälfte. Letzten Monat hab ich von der Versicherung ein nettes Sümmchen bekommen. Das Geld hab ich direkt an Tomovic weitergeleitet."

Sie waren von Niederrad Richtung Sachsenhausen gefahren, doch plötzlich bog Klemm links ab. Die Friedensbrücke lag unmittelbar vor ihnen. Dahinter erstreckte sich das Bahnhofsgelände, links davon lag das Gutleutviertel.

„Wohin fährst du eigentlich? Zur Kennedyallee hättest du geradeaus gemusst."

„Das weiß ich auch, aber wir müssen vorher zu dir. Die wollen deinen Laptop mit der Datei haben."

„Was? Warum hast du das nicht eher gesagt?"

„Hätte es was geändert?"

Brick zögerte. „Nö“, sagte er kleinlaut.

„Na siehste!“

„Trotzdem hättest du es mir sagen können. Hast du sonst noch einen Deal gemacht, von dem ich wissen müsste?“

Klemm schüttelte den Kopf. „Und warum wollen die den Artikel?“, wollte er von Brick wissen.

„Wahrscheinlich ahnen sie, dass Katsche nur Bruchstücke davon veröffentlicht hat, und vermuten, dass ich noch mehr recherchiert habe.“

„Und? Ist das so?“

„Klar. Ich nenne interne Namen bei Starlight. Die Strippenzieher. Die Laufburschen. Das gesamte Netzwerk. Da stecken ne Menge Leute dahinter. Auch Politiker und Polizisten, die geschmiert werden. Bundesweit.“

Klemm nickte verdrossen und stöhnte. Anschließend versuchte er, sich auf die Straße zu konzentrieren. Einige Nachteulen waren auf den Gehwegen unterwegs. Viele Taxis. Es herrschte dichter Verkehr.

Der Weg zu Bricks Wohnung war kurz. Sie brauchten knappe zehn Minuten. Brick sprintete hinein und zog den Artikel auf einen USB-Stick. Während die Übertragung lief, es dauerte maximal sechzig Sekunden, setzte er sich auf seinen Schreibtischstuhl und starrte die Wand an. Kopfkino. Er sah die sterbende Alina in seinen Armen. Die tote Natascha vor dem Klosterkeller. Die vergewaltigte und blutüberströmte Elisa. Er bekam Schiss. Es war mehr als ein Wagnis, zur Villa zu fahren und sich den Starlight-Leuten zu stellen. Das war eine Art Selbstmordkommando. Wie sollte er dort mit heiler Haut wieder herauskommen? Andererseits konnte er Elisa nicht hängen lassen. Aus lauter Verzweiflung, und weil ihm nichts Besseres einfiel, kritzelte er einige Informationen auf ein DINA4-Blatt und legte es gut sichtbar auf seinen Schreibtisch. *Bin in der Starlight-Villa. Kennedyallee. Wenn ich sterbe, so habe ich einen letzten Willen: Ich möchte, dass das Dokument 639 im Ordner Frankfurter Presse auf dem USB-Stick veröffentlicht wird. Wer immer dies für mich in die Wege leiten kann, ich wäre ihm auf ewig dankbar. Benjamin Brick*

Er hatte die vage Hoffnung, dass ihm Schnauze wieder einmal einen Besuch abstatten oder dass sich gar Eddie mal hierher verirren würde.

Doch in diesem Augenblick kam ihm ein anderer Gedanke. War sein Schicksal unabwendbar? Er wusste nicht, warum er sich ausgerechnet jetzt diese Frage stellte. Er war nicht gläubig, das stand fest, aber hier und jetzt hätte er viel für die Existenz eines Gottes gegeben.

Sein Bildschirm zeigte „completed“ an. Er zog den USB-Stick heraus und legte ihn gut sichtbar auf den Zettel. Dann klappte er den Laptop zu, nahm ihn unter den Arm, schwang seinen Hintern hoch und rannte hinaus. Klemm war die Ungeduld anzusehen, als er am Wagen ankam. Je näher sie der Villa kamen, desto ungemütlicher fühlte sich Brick in seiner Haut. Die Aktion war schwachsinnig, aber er musste etwas unternehmen, um Elisa zu helfen. Wenn ihr etwas passieren würde, wäre das auch sein Ende. Darüber würde er niemals hinwegkommen. Das war klar.

Als sie vorfuhren, schaute Klemm Brick an. „Wie machen wir es?“

Brick brauchte nicht lange zu überlegen. „Du bleibst hier draußen und wartest. Am besten, du drehst ne Runde und bist in einer Viertelstunde wieder hier. Wir haben jetzt ...“ Brick schaute auf die Wagenuhr. „2.12 Uhr. Sagen wir, wenn ich um 2.30 Uhr nicht wieder draußen bin, rufst du Schnauze an. Wenn du ihn nicht erwischen solltest, die Kripo. Genau das verklicker ich auch Tomovic. Okay?“

„Ein besserer Plan fällt mir auch nicht ein.“ Er schlug Brick auf die Schulter, der die Tür öffnete und mit angespannter Mimik ausstieg. „Du wirst das Ding schon schaukeln“, gab ihm Klemm mit auf den Weg.

„Mach dir um mich keine Sorgen.“ Bricks schmales Lächeln wirkte gezwungen.

Er knallte die Tür zu, ging mit dem Laptop unter dem Arm zum Tor, suchte die Klingel, die auf einem Metallfeld auf einem gemauerten Pfeiler angebracht war, und drückte.

Das Summen, das kurz darauf ertönte, hatte einen seltsamen Klang und drang ihm bis in die Eingeweide. Er durchquerte das Tor und kam sich vor, als durchschreite er die Pforte zur Hölle.

In die Unterwelt begab er sich allemal, dessen war er sich bewusst.

Drei Laternen, die ein erbärmlich schwaches Licht abgaben, leiteten ihn die etwa fünfundzwanzig Meter bis zum Eingang. Seine Kopfhaut fing an zu jucken, als er auf die Villa zulief und sich wie von Geisterhand ein breites, mindestens drei Meter hohes Portal öffnete. Es war niemand zu sehen. Er stieg zehn Stufen auf der Steintreppe empor und gelangte in eine Eingangshalle.

„Hallo“, rief er. Es hallte von den Wänden wider.

Hier war es kühl, und es roch nach einem exotischen Duft, den er nicht genau benennen konnte. Kokos oder etwas Ähnliches. Er ließ seinen Blick schweifen. Einige Ecken waren in warmes gelbes Licht getaucht. In den Winkeln dazwischen herrschte Dunkelheit. Säulen standen im Halbrund. Gegenüber lag eine Marmortreppe. Die Empore war beleuchtet. Die Halle wirkte wie die original Filmkulisse eines Hollywoodschinkens, der im Reichenmilieu spielte.

„Hallo“, rief er noch einmal. Dann hob er den Kopf, denn oben an der letzten Treppenstufe tauchte ein Mann auf.

Tomovic, der Teufel in Menschengestalt.

Er erkannte ihn auf den ersten Blick an seiner Glatze und der Art der Bewegungen. Selbstsicher und etwas überheblich. Er stand da, als könne ihm keiner etwas. Aber er konnte es sich leisten. Hatte alle Karten in der Hand.

„Herr Brick“, ertönte seine kraftvolle Stimme. „Schön, dass Sie kommen konnten. Ich durfte neulich im Westhafen bereits ihre neue Frisur bestaunen, hatte jedoch keine Gelegenheit, Ihnen dafür meine Bewunderung auszusprechen. Treten Sie doch näher!“

Brick griff sich reflexartig an den kahlen Schädel und ärgerte sich maßlos. Er schaute sich um. Niemand anderes war zu sehen. Sie waren nur zu zweit in dem ausladend großen Eingangsbereich. Aber Brick gab sich keinen Illusionen hin. Tomovics Männer waren sicher irgendwo versteckt und beobachteten die Situation.

Brick ging drei, vier Schritte vorwärts, als hinter ihm das Portal mit lautem Knall ins Schloss fiel. Unwillkürlich zuckte er zusammen.

„Sie sind etwas schreckhaft geworden“, rief Tomovic voller Genugtuung. „Na, kommen Sie schon! Es sind nur ein paar Stufen bis hier oben.“

Brick blieb augenblicklich stehen. „Ich habe nicht viel Zeit. Draußen wartet Gustav Klemm im Wagen. Wenn ich um 2.30 Uhr nicht wieder draußen bin, verständigt er die Polizei. So einfach ist das.“

„Ha, ha, ha, ha, ha, ha, ha“, ertönte Tomovics Lachen. In Bricks Ohren rauschte ein Echo, das von der hohen Decke widerhallte. „Sie machen mir Spaß. Ja, wirklich. Ich bewundere Sie. Schade, dass wir so wenig Zeit haben. Ich hätte mich gerne ausführlicher mit Ihnen unterhalten.“ Plötzlich gefroren seine Gesichtszüge. „Den Laptop sehe ich, aber haben Sie auch die Bilder dabei?“

„Die Speicherkarte hab ich einstecken. Aber die geb ich Ihnen nur, wenn Sie Elisa hierher bringen.“

Während Brick langsam weiterging und Tomovic immer näher kam, wurde er immer sicherer, Luzifers Erbe vor sich zu haben. Er lachte nicht nur so, er sah auch so aus. Nur die Hörner fehlten. Mit jedem Schritt pochte Bricks Herz lauter.

„Herr Brick, ich glaube, Sie sind nicht in der Situation, Forderungen zu stellen, oder irre ich mich?"

„Lassen Sie das Geschwafel, Tomovic! Ich bin nicht hier, um mit Ihnen vorm Kamin zu plauschen. Die Zeit verrinnt. Holen Sie Elisa, dann bekommen Sie, was Sie wollen, und ich verschwinde so schnell, wie ich gekommen bin."

In Bricks Rücken drückte etwas. Er hatte sich vorm Losfahren vorsichtshalber Schnauzes Dienstwaffe wieder unter den Gürtel in die Jeans geklemmt. Er war zwar ungeübt, aber er würde in der Lage sein, sie zu ziehen und ... Weiter kam er in seinem Gedankenspiel nicht, da Tomovic sich einschaltete: „Wie schade, dass Sie sich nicht mit mir unterhalten wollen. Ich hätte Ihnen gerne mein Reich gezeigt. Wissen Sie, es hat mich viel Arbeit gekostet, es aufzubauen, und ich lasse es mir nicht gerne kaputtmachen."

„Wollen Sie mich einlullen, oder was? Sie wissen genau, dass ich Sie hasse. Unter allen verabscheuungswürdigen Zuhältern sind Sie der schlimmste. Und jetzt Schluss damit! Bringen Sie endlich Elisa her!"

„Brick, Brick, Brick. Mir scheint, Sie haben den Tod Ihrer Tochter noch nicht überwunden. Arme Natascha. Sie war ein wirklich zauberhaftes Geschöpf. Leider hat sie nicht auf mich gehört und musste dafür bezahlen."

Bricks Zähne knirschten, so stark biss er die Zahnreihen aufeinander. Fast wäre er vor Wut geplatzt. Er bekam am ganzen Körper eine Gänsehaut. Einen Moment überlegte er, die Waffe zu ziehen und Tomovic einfach abzuknallen.

Diese Ausgeburt der Hölle. Nichts anderes hatte er verdient.

„Also gut, Tomovic. Ich weiß nicht, was Sie hier für ein absurdes Schauspiel abziehen. Ist mir auch egal. Lassen Sie uns die Scheiße hinter uns bringen. Führt ja ohnehin zu nichts." Brick nahm die erste Stufe in Angriff. Kurz darauf die zweite. „Ich komme jetzt rauf und hole Elisa. Sie kriegen die Bilder und den Artikel und dann tschüss!"

„Ich bin Ihnen übrigens böse", rief ihm Tomovic entgegen, was Brick in der Bewegung innehalten ließ.

Er zog die Stirn kraus. „Weshalb?"

„Weil die Polizei bei mir war und mir lästige Fragen gestellt hat. Die können sehr penetrant sein bei ihren Ermittlungen. Sie sind durch diesen Schmierfinken, wie war doch gleich sein Name?" Er griff sich theatralisch an die Stirn.

„Sie meinen Martens?"

„Genau. Durch diesen Martens und seine beschissene Serie sind die Bullen auf mein Geschäftsmodell aufmerksam geworden. Und auf die Idee ist er ja wohl durch Sie gekommen. Sie haben ihn aufgestachelt, dieses illoyale Schwein, diesen Verräter!“

„Das heißt, er hat vorher für Sie gearbeitet?“

„Richtig, er hat ein paar lumpige Kröten bekommen, und ich war immer bestens informiert, was bei der Frankfurter Presse läuft.“

„Und daher wussten Sie auch von meiner Reportage über Starlight?“

„Sie haben es erfasst.“

„Und als er Teile davon veröffentlicht hat, haben Sie ihn liquidieren lassen?“

„Brick, Brick. Ich schätze Sie wirklich sehr. Ihren Eifer, dem Guten zum Sieg verhelfen zu wollen. Ihren Mut, Ihre Verbissenheit. Sie sind zielstrebig und behalten Ihr Ziel im Auge. Das hat was Ehrenrühriges.“ Er stemmte die Hände in die Seite. „Ich hätte vielleicht einen Job für Sie. Ja, ich könnte mir tatsächlich gut vorstellen, Sie in mein Team aufzunehmen ... Wollen Sie für mich arbeiten?“

„Pahhhh!“, blaffte Brick mit unverhohlener Verachtung. „Vergessen Sie's! Von einem miesen Zuhälter, der Minderjährige verhökert, lasse ich mir keinen Honig ums Maul schmieren.“

„Na, na, na, na, na“, sagte Tomovic fast belustigt. „Was sind das für hässliche Worte? Wir bringen Menschen zusammen und lassen uns dafür angemessen bezahlen. Was ist dagegen einzuwenden?“

„Was Sie betreiben, ist die abscheulichste und schmutzigste Form der Prostitution. Und das wissen Sie genau.“

„Sie gefallen mir immer besser! Sie sind ein Idealist! Solchen Leuten begegnet man immer seltener. Sie stehen für das, woran Sie glauben, und kämpfen dafür.“

„Und Sie sind ein Mörder, der hinter Gitter gehört!“

„Ich bitte Sie, Brick. Ihre Unterstellungen sind haltlos und Ihrer blühenden Fantasie entsprungen. Man wird mir nie etwas nachweisen können. Und Ihre Mischpoke schon gleich gar nicht. Außerdem hab ich vorzügliche Kontakte. Vergessen Sie Ihre Anschuldigungen, und überlegen Sie sich mein Angebot!“

„Ich würde mir eher eine Hand abhacken, und das wissen Sie genau.“

„Sehr, sehr schade. Dann bleiben Sie eben ein kleiner, schlecht bezahlter Journalist, der im Dreck wühlt und den immer weniger Leute lesen. Auch gut.“ Er zuckte mit den Achseln und setzte ein verächtliches Lachen auf.

Plötzlich nahm Brick in seinem Nacken ein Geräusch wahr. Er blickte sich hektisch nach allen Seiten um, doch er konnte nichts erkennen. Dann bemerkte er, dass Tomovic mit dem Finger schnipste, als sei es ein Zeichen für seine Jungs.

Allmählich dämmerte Brick, dass es gleich ans Eingemachte gehen würde. Unwillkürlich setzte er sich in Bewegung. Beim ersten Tritt spürte er wieder Schmerzen im Knöchel, aber er ignorierte sie und rannte die Treppe hinauf, direkt auf Tomovic zu, der immer noch oben stand und von Bricks Vorpreschen überrascht schien. Brick nahm den Laptop in die linke Hand. Mit der rechten griff er hinter sich und zog Schnauzes Dienstwaffe unter dem Gürtel hervor.

„Wir haben nur noch ein paar Minuten. Holen Sie Elisa, sonst wird die Polizei informiert und stürmt Ihren hübschen Laden hier!"

Tomovics Augen spuckten Feuer, als er die Pistole sah. Er schien überhaupt nicht an die Möglichkeit gedacht zu haben, dass Brick bewaffnet sein könnte, versuchte aber zugleich, sein Erstaunen und seinen Ärger zu überspielen. „Brick, was soll das? Sie wissen doch genau, dass Sie hier nicht lebend herauskommen. Wenn Sie mich erschießen, sind Sie in der nächsten Sekunde tot." Tomovic hob die Hände, als würde er sich ergeben.

Brick legte den Laptop am Rande der letzten Treppenstufe ab. „Sehen Sie, Tomovic. So gut kennen Sie mich doch noch nicht, denn sonst wüssten Sie, dass mir das scheißegal ist. Mein Leben ist sowieso am Arsch." Brick sprang neben Tomovic und presste ihm mit verbissenem Gesicht die Pistolenmündung an die Schläfe.

„Keine Spielchen mehr", rief er. „Sonst knallt's!"

7

Kati verbarg sich hinter einem Busch und beobachtete von dort aus die Villa, während sie darüber nachgrübelte, was sie hier tun konnte. Tun müsste. Fünfzehn bis zwanzig Minuten lang war nichts passiert. Sie hatte erst einmal zu Atem kommen müssen, um einen klaren Gedanken zu fassen. Dann wägte sie ab. Sich dort auf eigene Faust hineinzuschleichen kam absolut nicht infrage. Dabei würde sie sich vor Angst in die Hosen machen. Es war viel zu gefährlich. Mit diesen Leuten war nicht zu spaßen. Sie würde Elisa nie und nimmer ohne Hilfe befreien können. Allein würde sie auf verlorenem Posten stehen.

Die Villa lag wie verlassen da. Auf dem Grundstück rührte sich nichts. In den Fenstern der ersten beiden Stockwerke spiegelte sich das Mondlicht. Der Nachthimmel thronte hell über allem.

Es gab zwei Möglichkeiten, überlegte Kati: Die erste hieß Brick, die zweite Polizei. Oder beide? Für Brick sprach, dass er Elisa kannte. Er würde sich sicher große Sorgen um sie machen. Aber hatte er nicht selbst genug um die Ohren? Konnte sie ihn damit zusätzlich belasten? Und zudem würde sie ihn sicher einer großen Gefahr aussetzen, denn so wie sie ihn kannte, würde er hierher kommen und versuchen, Elisa aus der Villa rauszuholen.

Wenn sie recht überlegte, sprachen mehr Argumente dagegen als dafür, ihn einzuschalten. Es war zu riskant. Sie fühlte sich unwohl. Langsam wurde es auch ungemütlich kalt in dieser Frankfurter Nacht, die nicht so verlief, wie sie sich das noch am frühen Abend zu Hause ausgemalt hatte.

Okay. Zweite Möglichkeit. Die Polizei. Ihr fiel auf Anhieb nichts ein, was dagegen sprechen würde, und außerdem war es allerhöchste Eisenbahn. Wobei ihr ein Gedanke kam: Wenn die Typen Elisa etwas antun wollten, warum war das nicht bereits im Gutleutviertel geschehen? Sie hätten sich die Entführung und die Mühe sparen können. Es musste ihnen demnach um etwas anderes gehen.

Guter Gedanke!

Der gefiel ihr so sehr, dass sie ein wenig aufatmete. Die Kunst der schnellen Entscheidung war ohnehin nicht ihr Ding. Trotzdem blieb sie weiterhin extrem angespannt und beobachtete die Villa.

Da ihr kurz darauf immer noch kein Grund eingefallen war, der dafür sprach, die Polizei nicht zu verständigen, entschied sie sich und griff in ihre Hosentasche.

In eine leere Hosentasche.

Oh no!

Sie hatte ihr Handy zu Hause vergessen, weil sie so schnell aufgebrochen war, um zu Brick zu fahren. So was Dummes passierte ihr leider öfter. Oder sie hatte es unterwegs verloren. Oder, oder ... Mist. Egal!

Sie ärgerte sich noch eine Weile, aber da das definitiv nur zu noch größerem Ärger führte, fing sie von vorne an. Was konnte sie hier ausrichten?

Sie stand einige Minuten reg- und ratlos im Schutz des Busches, als sie ein Motorengeräusch aus ihrer Starre riss. In diesem Moment erspähte sie einen ihr unbekannten Wagen, der genau vor dem Eingangstor hielt. Kati reckte den Hals, um besser sehen zu können.

Den Fahrer kannte sie nicht, doch zu ihrer großen Überraschung stieg auf der Beifahrerseite ein Mann aus, der Brick ähnelte, nur dass er eine Glatze ... Hatte Elisa ihr nicht erzählt, dass ...? Oh nein! Es war Brick, eindeutig. Sie starrte ihm verblüfft nach.

Brick hielt sich jedoch nicht lange auf, sondern verschwand schnurstracks im Eingangstor, das eigens für ihn – so schien es – lautlos aufglitt.

Oh, no! Das hätte sie verhindern müssen.

Bis Kati sich berappelt hatte, fuhr das Tor bereits wieder zu und von Brick war nichts mehr zu sehen.

In Katis Magen kribbelte es. Sie war nervös, aber sie begriff auch, was sie zu tun hatte. Sie setzte sich in Bewegung, ging flott zu dem Wagen und klopfte an die Scheibe des Beifahrerfensters.

Der Fahrer war etwa in Bricks Alter und schaute sie mit skeptischen Augen an. Er schien sehr angespannt zu sein, machte aber keine Anstalten, das Fenster herunterzufahren. Sie hatte keine Zeit, sich darüber aufzuregen, sondern zog am Türgriff und pflanzte sich auf den Beifahrersitz.

„Ich bin Bricks Kollegin und heiße Kati. Und Sie?“, platzte sie heraus, noch bevor der Fahrer etwas sagen konnte.

Sein Gesicht strahlte Verwunderung aus. „Das nenne ich ne Überraschung! Gustav, mein Name, Gustav Klemm. Wir sind alte Kumpels. Und wie kommen Sie ... Wie kommst du hierher?“

„Lange Geschichte. Ich weiß nicht, ob ich ...“

„Mach’s kurz!“

„Also gut. Ich wollte Brick heute Abend besuchen, um ihm Informationen zu Veigel zu geben.“

„Echt? Dem Politiker?“

„Genau. In Bricks Wohnung hab ich Elisa angetroffen. Als ich wieder gefahren bin, konnte ich beobachten, wie irgendwelche halbseidenen Männer sie entführt haben. Es ist mir gelungen, sie zu verfolgen. Und jetzt bin ich hier.“

„Shit! Sie haben uns angerufen und hierher bestellt, um mit Brick einen Deal zu machen. Elisa gegen den Artikel und die Bilder, die er gestern von Veigel geschossen hat ...“

„Na, sieh mal einer an!“, fuhr sie ihm ins Wort. „Er hat Bilder von Veigel?“

„In flagranti mit einer minderjährigen Nutt ... Ich wollte sagen, Prostituierten.“

„Ach nee, der Veigel!“, schrie Kati. „Dieses verlogene Arschloch! Dieser Möchtegern-Saubermann mit der großen Klappe, wenn es um die innere Ordnung geht. Und der lässt sich mit einer Prostituierten ... Das ist ja ein Megaskandal! Das kann ich gar nicht glauben." Sie lehnte sich im Sitz zurück und verschränkte die Arme vor der Brust.

„Ist aber so. Und Brick nützen die Bilder nichts mehr. Die muss er abliefern, um Elisa freizubekommen."

„Und du glaubst ernsthaft, sie lassen ihn da wieder raus? Niemals!"

„Wenn er bis 2.30 Uhr nicht draußen ist, informiere ich die Bullen. Einen besseren Plan haben wir leider nicht."

„Puhhhhhhhhhhhhhhh!" Kati schnaufte lange durch. „Aber wir können doch hier nicht einfach tatenlos rumsitzen, während da drin ..."

„Was willst du denn sonst machen?"

„Was weiß ich, jedenfalls nicht nichts."

„Wird schon gut gehen. Ich warte noch elf Minuten, dann rufe ich die Bullen. Wie ich Brick kenne, wird er das Ding schon schaukeln."

„Das ist doch Augenwischerei!" Kati wurde richtig laut. „Wir müssen was unternehmen, sonst sind bald alle tot! Denken Sie an Natascha, an Martens und jetzt ..."

„Du meinst Brick?"

„Und Elisa."

„Und Natalia."

„Wer ist das denn?"

„Seine Tochter, von der er erst heute erfahren hat."

„Ist die etwa auch da drin?"

„Sie arbeitet für Tomovic."

„Scheiße!"

„Du sagst es."

„Ein Grund mehr, sofort die Polizei zu rufen. Geben Sie mir Ihr Handy!"

„Ob das so schlau ist? Wir reiten Brick vielleicht richtig rein ..."

„Es geht um Leben und Tod! Verflucht, jetzt machen Sie schon!"

Katis Forderung schien Klemm zu imponieren, aber er zögerte noch. Doch ihr eindringlicher Blick sprach eine deutliche Sprache. Dann griff er langsam in seine Hosentasche. „Also gut. Ich ruf Schnauze an ..."

„Wer ist das?"

„Thilo Frost. Er ist Hauptkommissar bei der Kripo und ein alter Spezi von Brick. Er hat auch Martens aus dem Main gezogen."

„Sehr gute Idee."

„Der wird sich bedanken, wenn wir ihn mitten in der Nacht rausholen."
„Er ist der richtige Mann."

8

Die Pistolenmündung hinterließ eine deutliche Delle an Tomovics Schläfe. Er war jedoch nur kurzzeitig irritiert, denn schon kurz darauf zog sich ein böses Grinsen von Wange zu Wange.

Ein Mann tauchte unten in der Eingangshalle aus dem Dunkeln auf, dessen Glatze ebenso poliert war wie die seines Chefs. Er trug einen schwarzen Anzug. Brick meinte sich zu erinnern, das Gesicht mit den hohen Wangenknochen und dem markanten Kinn schon früher einmal gesehen zu haben. War das nicht dieser Drago, Tomovics Erfüllungsgehilfe, der dem Chef alles abnahm, damit der sich die Finger nicht schmutzig machen musste?

Was Bricks Aufmerksamkeit in der nächsten Sekunde jedoch ablenkte, war ein ohrenbetäubender Schrei.

Elisas Schrei: „NEEEEEIIIIIIINNNNNNN!"

Der Glatzkopf zerrte die Halbnackte mit sich und hielt ihr eine Klinge von hinten an den Hals, die ihre Haut ritzte. Ein paar Blutstropfen quollen hervor.

Elisas Gesicht glich einer Totenmaske.

Bricks Augen funkelten. Es juckte ihn unter den Nägeln, Tomovic sofort eine Kugel zu verpassen, aber das konnte Elisas Todesurteil bedeuten. Gleichzeitig dachte er an Natalia, seine Tochter. Ein echter Schocker, den ihm Klemm da verraten hatte. Sie konnte sich auch hier in der Villa aufhalten. Das musste er herausfinden. Vor allem musste er sich konzentrieren. Jetzt durfte er sich keinen Fehler erlauben, sonst würde es für alle zappenduster ausgehen.

Schweißperlen traten auf seine Stirn. Er spürte Schmerzen in seinem Knöchel, der unablässig pulsierte, und er hatte das Gefühl, dass sein Kopf gleich platzen würde. Bestimmt war er feuerrot angelaufen. War er diesem Kräftemessen mit Tomovic gewachsen? Er hatte noch nie eine Waffe auf einen anderen Menschen gerichtet. War er überhaupt in der Lage, abzudrücken?

Verdammte Hacke aber auch! Konzentrier dich, wiederholte er im Stillen.

Draußen saß Klemm im Wagen. Hier hätte er ihn gut gebrauchen können. Aber jetzt war es zu spät.

Denn es kam noch schlimmer. Seine beiden Freunde, die Gorillas, traten auf den Plan. Plötzlich standen sie in der Mitte der Halle.

Hielten Pumpguns in den Händen.

Ritsch-Ratsch.

Der eine hatte die Waffe durchgeladen.

Ritsch-Ratsch.

Der andere auch.

Beide zielten auf ihn.

Brick versuchte, Tomovic vor sich in die Schusslinie zu bringen, doch der ließ sich nur schwer bewegen.

„Arschlöcher!“, schrie Brick auf. „Nehmt die Dinger runter und werft sie weg, sonst ist euer Chef ruck, zuck leichenblass! Ich hoffe, ihr kapiert, was ich meine!“ Er hoffte, eine gewisse Selbstsicherheit an den Tag gelegt zu haben, dabei hätte er sich am liebsten in die Hosen geschissen vor Angst. Seine Beine waren wachsweich und sein Herzschlag fühlte sich an, als ahmte ein Drummer einen Technobeat nach und malträtierte dazu die Bassdrum. Sein Verstand hingegen schien wie gelähmt. Am liebsten wäre er abgehauen. Hauptsache weg aus dieser Horrorvilla! Was hatte ihn eigentlich hierher verschlagen? Seine Birne kochte.

Die Spannung, die in der Eingangshalle lag, war zum Bersten. Alle waren brutal nervös.

„Chef“, sagte Drago und seine Stimme zitterte, „was ... was sollen wir ...?“

„Scheiße!“, schrie Brick herunter. „Scheiße! Scheiße! Scheiße! Wenn ihr nicht sofort die Waffen wegwerft, fliegt der Kopf von eurem Chef weg und ihr könnt sein Gehirn von der Wand kratzen. Ist das klar?“ Er überschlug sich fast beim Schreien.

Elisa. Er musste sie retten. Und er würde alles dafür tun. Sogar einen Mord begehen und Tomovic das Hirn wegblasen. Die Ausgeburt der Hölle schien von allen noch am ehesten mit der Lage klarzukommen. Jedenfalls ließ er sich nichts anmerken und blieb cool.

„Leben gegen Leben“, sagte Tomovic mit bedächtiger Stimme. „Oder Blut gegen Blut? Das ist hier die Frage!“

Der Starlight-Boss lachte aus vollem Hals, als würde er den Augenblick auskosten. Er war tatsächlich so dreist, in dieser Situation Shakespeare zu zitieren. Schien seinen Humor nicht verloren zu haben. Es bestätigte Bricks Annahme, dass Tomovic ein Wahnsinniger war. Stets zu allem bereit. Auch dazu, seinen eigenen Kopf zu riskieren.

„Worauf wartet ihr?“, brüllte er seine Leute ohne Vorwarnung an. „Knallt den Scheißkerl ab! Nehmt keine Rücksicht auf mich! Ich will sein Blut sehen, verdammt. Ich will ihn vor mir auf der Erde kriechen sehen und auf ihn spucken!“

„Ruhhhhheeeeee!“, brüllte Brick Tomovic ins Ohr wie ein angestochenes Schwein. „Du sagst jetzt deinen Speichelleckern, dass sie die Waffen wegwerfen sollen. Ich zähle bis drei. Passiert das nicht, bist du einen Kopf kürzer.“ Er holte Luft und fuhr fort. „Eins ...“

Brick legte eine kurze Pause ein, um sich ein wenig zu besinnen.

„Zwei!“, brüllte er dann.

Tomovic zögerte es hinaus. Es blieb ihm nichts anderes übrig, als ihn abzuknallen. Wollte er ihn testen? Tomovic spielte mit dem Feuer. Es war ein Kampf ungleicher Gegner. Auf Biegen und Brechen. Leben oder Sterben? Nur darum ging es.

„Dr...“ Doch bevor Brick die Zahl vollendet hatte, riss er die Pistole von Tomovic weg. Die Eingangshalle lag unter ihnen wie ein gefährlicher Schlund, in den er zu fallen drohte. Er sah nur noch eingeschränkt. Unter der Empore standen Tomovics Leute, verschwommene Schattengestalten, und wagten nicht, sich zu rühren. In seinem Kopf setzte etwas aus. Er zielte ins Halbdunkle auf einen der Gorillas und schoss. Der Knall hallte.

Der Gorilla brach zusammen und schrie wie am Spieß.

9

Das Handyklingeln hatte Schnauze aus dem Tiefschlaf geholt. Sekundenlang wusste er nicht, was vor sich ging, bis sich seine Frau neben ihm im Bett räkelte.

„Geh endlich ran, Thilo!“ Sie drehte sich wieder um und wollte weiterschlafen.

Schnauze verspürte einen Stich im Magen. Es war mitten in der Nacht. Das konnte nur etwas Unangenehmes bedeuten. Er nahm das Handy vom Nachttisch und taperte in die Küche.

Als er Gustavs Stimme hörte, die etwas von einer Villa auf der Kennedyallee schwafelte, glaubte er zunächst, Klemm sei besoffen oder verwirrt. Als dann jedoch die Namen Brick und Tomovic fielen, wurde ihm schlagartig klar, dass etwas im Busch war.

Er stellte zwei, drei kurze Nachfragen und Gustav setzte ihn ins Bild. Es waren viele unglaubliche Neuigkeiten, die Frost erst einmal verarbeiten musste. Brick machte ihm nur noch Ärger. Womöglich ging es um Leben und Tod. Sein Einsatz schien dringend erforderlich. Ihm blieb nichts anderes übrig, als das SEK zu verständigen.

Genau das hatte er vor etwa 45 Minuten getan. Unterdessen war es 3.03 Uhr in der Nacht. Die Einsatzkräfte hatten sich auf der Kennedyallee im Umkreis der Villa postiert. Lautlos hatten sie ihre Posten bezogen und warteten nun auf weitere Befehle.

Thilo Frost beriet sich gerade mit Armin Klingelhof, der in schwarzer Kampfmontur neben ihm stand. Er trug einen Helm, dessen Visier hochgeklappt war. Der Einsatzleiter des SEK plädierte für eine besonnene Vorgehensweise, weil völlig unklar war, was sich im Inneren der Villa abspielte.

Am Rande standen Kati, die fror, und Klemm, der versuchte, einige Wortfetzen der beiden Beamten aufzuschnappen. Was ihm auch gelang. Deshalb schaltete er sich vehement ein. „Hallo!“, rief er den beiden zu. „Ich hab keine Halluzinationen! Ich weiß, dass Brick da drin ist und Frau Neubert hat mit eigenen Augen gesehen, dass Bricks Nachbarin entführt und in die Villa verschleppt worden ist. Brauchen Sie noch irgendwelche Beweise, um da reinzugehen? Sie wissen, wem die Villa gehört. Richtig! Dejan Tomovic, dem Chef der Starlight-Agentur. Ich möchte mir nicht vorstellen, was da drin gerade abgeht!“

„Sie haben völlig recht“, erwiderte der Einsatzleiter. „Aber wir dürfen auch nicht vorschnell agieren. Ein solches Vorgehen kann niemals ohne Risiken für alle Beteiligten vonstattengehen. Wir müssen sie zumindest minimieren.“

„Gustav, lass gut sein“, stieß Schnauze ins gleiche Horn. „Wir wissen, was wir tun, müssen uns nur abstimmen, wie wir genau vorgehen. Okay?“

„Okay!“

„Aber lassen Sie sich nicht zu viel Zeit“, bemerkte Kati. „Es bringt uns nicht weiter, wenn wir hier diskutieren. Und geholfen ist damit niemandem.“

Schnauze und Klingelhof steckten wieder die Köpfe zusammen.

Kati umgriff ihren Oberkörper mit beiden Armen und trippelte mit den Füßen auf dem Boden herum. Klemm, der das beobachtete, zog seine Jacke aus und reichte sie ihr.

„Danke, sehr nett“, sagte Kati, zog sie über und lächelte ihn an. „Aber ich glaube, das wird auch nix bringen. Ist mehr die Nervosität.“ Sie hielt ihre Hand hoch, die zitterte.

„Wird schon schiefgehen“, äußerte sich Klemm lakonisch, als ginge ihn das alles nichts an.

Aber das nahm ihm Kati nicht ab. Sie wusste von der Freundschaft zwischen ihm und Brick. Es musste ihm genauso unter die Haut gehen wie ihr.

Und als ob Klemm ihre Gedanken lesen konnte, meinte er kurz darauf: „Scheiße, ich glaube, jetzt fange ich auch an zu zittern.“

10

„STOPP!“, schrie Tomovic aus Leibeskräften. „Weg mit den Waffen! Macht schon!“ Er seufzte.

Brick jubilierte innerlich. Wollte der Starlight-Chef etwa klein beigeben? Schien so. Er hatte Tomovic gebrochen. Er hatte die Macht seiner Waffe ausgespielt, und Tomovic war eingeknickt wie ein kleiner Junge. Sein Zorn musste gewaltig sein, aber er zeigte ihn nicht.

Sofort zügelte Brick seinen Enthusiasmus wieder. Er durfte sich nicht seinen Gefühlen hingeben, sondern musste rational bleiben. Zu groß war die Gefahr, leichtsinnig zu werden. Das konnte ihm schnell zum Verhängnis werden.

Sein Puls hämmerte.

Er fühlte, dass er seine Klarheit im Kopf wiedergewonnen hatte, als hätte er durch den Schuss auf den Gorilla ein neues Bewusstsein erlangt, das etwas von ihm einforderte. Er musste diese Tiere stoppen und Vergeltung für Natascha üben. Er musste ihren Tod rächen. Es war ein alles überflutendes Bedürfnis, das er spürte, und wenn es seinen eigenen Tod mit sich bringen würde, auch gut.

Brick riss die Waffe wieder herum und zielte erneut auf Tomovics Stirn. Ein Blick nach unten verriet ihm, dass der getroffene Gorilla die Waffe fallengelassen hatte, sich auf dem Boden wälzte und das Bein hielt. Die Kugel war ihm offensichtlich in den Oberschenkel eingedrungen. Er wimmerte und fluchte.

Und jetzt schienen auch die beiden anderen Hansel auf den Befehl ihres Chefs einzugehen. Der zweite Gorilla senkte im Zeitlupentempo die Pumpgun, legte sie auf dem Boden ab und kickte sie mit dem rechten Fuß drei Meter weiter.

„Du auch!", schrie Brick Drago an, dessen Messer immer noch an Elisas Kehle klebte. „Wird's bald!"

Drago bewegte sich zögerlich. Zunächst hob er die rechte Hand, dann entfernte er das Messer von Elisas Kehle und legte es zu Boden. Auch er kickte es einige Meter weiter. Es blieb auf den Steinfliesen unterhalb der rechten Wand liegen.

Brick beobachtete Elisa, die sich, sobald sie kein Messer mehr am Hals spürte, von ihrem Peiniger löste, einen Schritt von dem Mann wegging, sich abrupt umdrehte und ihm gegen das Schienbein trat. Im Nu rannte sie weg. Sie verkroch sich hinter einer Marmorsäule und bekam einen Heulkrampf. Ihr Schluchzen tat Brick in den Ohren weh.

Whatthefuck!

Elisa durfte nicht noch etwas passieren.

Er musste sie beschützen, aber er hatte Mühe, alles im Blick zu behalten.

„Und jetzt", brüllte Brick in die Halle hinunter, „alle hinlegen und die Hände hinter den Kopf, sodass ich sie sehen kann. Aber dalli! Und außerdem haltet ihr ab sofort die Fresse, andernfalls schieß ich noch ein paar Löcher irgendwo hin, bis ihr ausseht wie ein Sieb."

Die Lage war etwas unübersichtlich geworden. Direkt vor ihm stand Tomovic mit der Waffe am Schädel. Den Gorilla, der zu Boden gegangen war, konnte Brick nicht mehr vollständig sehen, weil er hinter eine Säule gekrochen war, und den anderen konnte er nur aus den Augenwinkeln beobachten. Immerhin folgte Drago seinen Anweisungen und legte sich mit hinter dem Kopf verschränkten Händen auf den Boden.

„Okay, und jetzt zu dir!", schrie Brick Tomovic ins Ohr und knallte ihm den Pistolengriff gegen die Schläfe, sodass Tomovic unwillkürlich zusammensackte. Bricks Attacke war bestimmt schmerzhaft, aber Tomovic dachte nicht daran, seine Schmerzen zu offenbaren. Er blickte Brick nicht an.

„Du sagst mir jetzt auf der Stelle, wer Natascha getötet hat!"

„Ich weiß nicht, was du meinst", sagte Tomovic gespenstisch langsam.

Klock!

Tomovic fing sich einen weiteren Hieb gegen den Kopf ein und taumelte zur Seite.

„Weißt du es jetzt?"

„Natascha? Nie gehört!"

Brick berührte mit der Pistolenmündung Tomovics rechtes Ohr und schob ihn langsam wieder in eine gerade Position.

„Wenn du so weitermachst, wirst du bald nie mehr etwas hören. Also, wie ist das mit Natascha gelaufen?"

„Es tut mir wirklich leid, Brick, um ... um Ihre Tochter ... aber ... aber damit haben wir nichts ..."

Pflock!

Brick ließ ihn nicht aussprechen, sondern tackerte ihm den Pistolengriff frontal gegen die Nase. Es knackte im Knochen. Augenblicklich spritzte Blut.

„Arschloch", schrie Brick. „Du scheinst es nicht zu begreifen. Wenn du nicht ganz plötzlich redest, blas ich dir dein Spatzenhirn raus, ja? Dann macht es Boom, Boom, Boom und du bist hinüber, alle, aus die Maus!"

Brick hatte vor Aufregung Schaum vorm Mund. So in Rage war er noch nie gewesen. Aber er wollte es aus dem Mund des Mörders persönlich hören, warum Natascha hatte sterben müssen. Erst dann würde er ihn über den Jordan schicken.

Er stand vor Tomovic und bohrte ihm die Pistolenmündung in den Mund.

„Also?"

Es wäre nur ein simpler Zug mit dem Zeigefinger nach hinten.

Ein bisschen den Widerstand des Abzuges überwinden.

Schon würde es knallen, sein Gehirn wer weiß wohin spritzen und irgendwo kleben bleiben.

Platsch!

„Also gut", krächzte Tomovic, der kaum einen Ton heraus brachte. Brick zog die Pistole ein Stück zurück. „Ich hab Sie unterschätzt, Brick. Sie sind ein harter Hund, ein verdammt harter Knochen. So viel Mumm hätte ich Ihnen echt nicht zugetraut. Respekt!" Tomovic hatte inzwischen die Hände erhoben.

„Spar dir deine Schleimerei und pack aus. Los jetzt!"

„Okay, okay. Immer mit der Ruhe." Tomovic versuchte, sich umzuwenden und Brick anzuschauen.

„Nee, nee, nee!", schrie Brick sogleich. „Schön nach vorne gucken und sonst nirgends hin. Und die Hände nach oben. Ich höre!"

„Ja, ja, ja. Noch mal von vorne. Natascha hat für mich gearbeitet. Sie war gut. Aber dann hat sie rumgeschnüffelt und uns etwas weggenommen, das uns gehört ..."

Ein Hoffnungsschimmer blitzte auf, als Tomovic ins Reden gekommen war. Gleich würde er aus seinem Mund alles erfahren.

Plötzlich nahm er eine undeutliche Bewegung wahr. Unten in der Eingangshalle. Gefolgt von einem Mörderknall. Und noch einem. Hinter ihm war ein Geschoss in die Wand gefahren und hatte einen Quadratmeter Putz weggerissen. Kurz darauf zersplitterte die Balustrade neben ihnen, keinen Meter entfernt.

Brick konnte sich das nur so erklären, dass der am Bein getroffene Gorilla wieder zu seiner Pumpgun gerobbt war und das Feuer eröffnet hatte.

Brick duckte sich im nächsten Moment reflexartig weg und suchte hinter der verbliebenen Balustrade Schutz. Dabei verlor er Tomovic kurzzeitig aus dem Blick.

Dieser bemerkte Bricks Verwirrung und nutzte sie aus, indem er sich in Richtung Treppe warf und herunterrollen ließ.

Wenn Brick jetzt aufstehen würde, gab er die ideale Zielscheibe für den Gorilla ab. Er musste umdisponieren. Blickte sich hektisch um und erkannte eine Tür, keine drei Meter weiter hinter sich. Sie stand halb offen und ging in einen Nebenraum. Er warf sich zu Boden, kroch so schnell er konnte hinein in den Raum, kickte die Tür hinter sich mit einem festen Tritt zu und verschanzte sich mit dem Rücken zur Wand. Sein Pulsschlag glich einem Trommelfeuer. Seine Atmung holperte.

Von draußen vernahm er aufgeregte Stimmen. Die lauteste kam zweifellos von Tomovic, der sich wohl auf der untersten Treppenstufe wieder aufgerafft hatte.

„Glaub mir, Brick“, schrie er gellend laut. „Du wirst Scheiße fressen, mein Freund!“

Brick schnaufte durch. Hatte jetzt sein letztes Stündlein geschlagen? Wie sollte er sie aufhalten? Die Tür würde nicht lange ein Hindernis sein. Warum war die Polizei noch nicht da? Inzwischen musste Gustav sie längst alarmiert haben.

„Du hast versucht, mich zu erniedrigen. Aber einen Dejan Tomovic erniedrigt man nicht. Das hättest du wissen müssen“, hörte er die Worte, die ihm durch und durch gingen.

Sie töten mich. So hatte er nie sterben wollen.

Er fühlte einen Schmerz, den er nie zuvor gefühlt hatte. Stille hielt um ihn herum Einzug. Etwas kippte in Brick, als sei er allein auf dieser Welt. Er erinnerte sich an die glückliche Zeit, in diesem einen Leben, diesem wundervollen Leben.

No need to run and hide, it's a wonderful ... wonderful life. No need to laugh and cry, it's a wonderful ... wonderful life.

Wenn sie sich liebten, hörten sie immer diesen Song. Alina liebte Schmusesongs. Kuscheln im Bett und unter der Dusche.

„Seif mich ein", hatte sie immer gesagt. Dieses glitschige Gefühl unter der Dusche, sich gegenseitig den Rücken mit Duschgel einzureiben, ihre Brüste zu umkreisen, ihren Po, und sich langsam ihrer Spalte zu nähern. Sie war nass, vom Wasser, klar, aber auch von ihrer Lust. Sie mochte Liebe unter der Dusche. Sie liebten sich das ganze Frühjahr hindurch. Den ganzen Sommer. Sie fuhren raus in den Taunus und liebten sich auf den frisch gemähten Heuwiesen.

Er liebte ihr Lachen und ihre Unbeschwertheit, wenn sie barfuß übers Gras lief.

Es kam der Herbst, die Jahreszeit, die alles veränderte. Die Felder wurden gelb, die Bäume kahl. Der Himmel spuckte dicke Tropfen. Und Alina fing an zu kotzen. Auf die Fliesen, den Teppich, ins Auto. Immer häufiger, zuletzt unaufhörlich. Ihr Blick verriet ihm, dass sie eine schlimme Ahnung hatte. Oder noch mehr: Sie wusste, dass sie schwanger war. Das Band zwischen ihnen erhielt einen gefährlichen Riss. Und als die folgenden Tage das Kotzen nicht aufhörte, folgte die Gewissheit.

No need to run and hide, it's a wonderful ... wonderful life. No need to laugh and cry, it's a wonderful ... wonderful life.

Brick wurde speiübel. Er war nur durch eine dünne Tür von seinen Widersachern getrennt und der Verzweiflung nahe. Sein Körper schlotterte. Ihm war kalt. Das alles war ein Albtraum ungeahnten Ausmaßes. Was hatte ihn nur geritten, hier reinzumarschieren? Das musste ja in einem Debakel enden. Aber er konnte nichts dagegen machen. Tomovic hatte ihn magisch angezogen. Und jetzt dieses Desaster, diese schaurigen Erinnerungen an Alina. Und Elisa war noch da draußen, diesen Wilden ausgeliefert. Und wer weiß, vielleicht war Natalia auch in der Villa. Hoffentlich würden sie ihr nichts antun. Er schüttelte den Kopf, weil ihm bewusst wurde, dass er es versaut hatte. Ja, er war an diesem Schlamassel schuld. Mit seinem beschissenen Enthüllungsartikel über Starlight hatte er die Kacke ins Rollen und Leid über viele Menschen gebracht. War er so verbohrt, nur an sich zu denken? Nur seine Ziele zu verfolgen? Er hätte auf Schnauze hören sollen, der ihm abgeraten hatte, den Artikel rauszubringen. Der ihm empfohlen hatte, vorsichtig zu sein, weil er die Starlight-Leute kannte. Sein Leben war verpfuscht. Allerdings nicht erst seit Kurzem. Alles hatte mit Alina angefangen, und es zog sich bis heute. Diese Nacht war so etwas wie ein Endpunkt, der

Gipfel des Scheiterns in jeglicher Hinsicht. Brick war es leid. Sollte er selbst dem Ganzen ein Ende setzen?

Warum eigentlich nicht?

Bis auf wenige Personen würde ihn niemand vermissen.

Er blickte zur Tür. Ohnehin würden sie bald hereingestürmt kommen und Rache nehmen. Er war in ihr Allerheiligstes eingedrungen, hatte herumgeschrien und um sich geballert. Das würden sie sich nicht bieten lassen. So viel war sicher.

Also konnte er auch selbst den Schlusspunkt bestimmen.

Er steckte sich die Pistolenmündung in den Mund.

Konnte ja nicht so schwer sein, die Augen zu schließen und abzudrücken.

Von draußen hörte er Stimmen und Schritte. Sie schienen näher zu kommen. Bald wäre es sowieso aus. Warum sollte er ihnen den Spaß lassen? Es war besser, selbst die Regie zu übernehmen.

Wer würde an ihn denken, wenn er nicht mehr war? Elisa vielleicht, wenn sie heil hier rauskäme. Eddie bestimmt. Kati? Womöglich. Wer noch?

Und als würde seine Frage durch eine höhere Macht beantwortet, flog im hinteren Teil des Raumes eine Tür auf und Natalia kam hereingerannt. Ihre Augen weiteten sich, als sie Brick mit der Pistole im Mund sah. Sie sprang zu ihm und riss ihm die Waffe weg.

Brick war zu perplex, um sich bewegen, geschweige denn abdrücken zu können.

Er ließ die Waffe fallen.

Die Umarmung, die daraufhin folgte, löste unendlich viele Tränen aus. Brick wurde von ihren Armen fast erdrückt und wusste nicht, wie ihm geschah.

Doch dann griff Natalia neben sich und bekam die SIG Sauer 225 zu fassen. Sie wandte sich blitzartig von ihm ab Richtung Tür und öffnete sie einen Spalt.

Tomovic eilte gerade die Treppe hoch. Während er auf die Tür zustürmte, schwang er seine Faust. Seine Augen funkelten teuflisch.

„Los Jungs!“, schrie er und grinste wie ein Wolf, der sich aus einer Schafsherde die Vorspeise schnappen wollte. Tomovic sah seine Leute an, die sich – bis auf den einen Gorilla, der noch immer wimmernd am Boden lag und sein Bein hielt – um ihn auf den Treppenstufen geschart hatten. „Wir holen die Ratte jetzt da raus, hängen ihn an seinen Eier auf und schlitzen ihn auf!“

Die Gruppe kam gefährlich nahe.

Natalia hob die Waffe, legte an, zielte. Ihre Augen glitzerten dabei wie im Wahn.

Sie drückte ab.

Einmal.

Zweimal.

Dreimal.

Traf den Vordersten.

Die Waffe glitt aus ihren Händen und fiel zu Boden.

Ein markerschütternder Schrei erklang von draußen.

Es war Tomovics Stimme.

Und die Klagelaute seiner Leute kamen hinterher.

Keine Sekunde später ertönte eine schwere Detonation, die die gesamte Villa erzittern ließ. Es hörte sich an, als würde das Gebäude in die Luft gesprengt.

Mehrere SEK-Männer in schwarzen Kampfanzügen und mit Helmen auf dem Kopf kamen in vollem Lauf durch die nicht mehr vorhandene Eingangstür, drangen unter lauten Rufen in die Villa ein und feuerten blindlings einige Warnschüsse in Richtung Decke. Einige Männer blieben stehen und legten ihre Gewehre an, gaben den anderen Feuerschutz, die weiter vorpreschten.

Ruck, zuck hatten sie ihre Gegner, die viel zu überrascht waren, um sich wehren zu können, dingfest gemacht und ihnen Handschellen angelegt. Niemand rührte sich mehr.

Hinter den SEK-Leuten kamen Thilo Frost und Klingelhof in die Villa gelaufen und blickten sich um. Ihnen folgten Kati und Gustav.

Da Frost Brick im Erdgeschoss nicht sah, nahm er die Treppe, stieg über Tomovic, dessen Körper leblos und verkrümmt auf den oberen Stufen lag. Geradeaus war eine Tür offen.

„Hier lang!“, rief er nach unten. Klingelhof, Kati und Gustav eilten ihm nach.

Auf den ersten Blick erkannte Frost seine Dienstwaffe, die vor Brick und Natalia lag. Vater und Tochter saßen auf dem Boden und umarmten sich innig. Tränenbäche liefen über ihre Gesichter.

Noch bevor die anderen den Raum betreten konnten, nahm Frost blitzschnell seine Waffe an sich und ließ sie in der Innentasche verschwinden. Niemand hatte Wind davon bekommen.

„Ist Tomovic tot?“, schluchzte Brick, als er sie hereinkommen sah.

„Er liegt draußen“, antwortete Gustav.

„Es wird alles gut“, ergänzte Natalia.

KAPITEL 7

1

Die Sonne schien, als Gustav Klemm mit dem Wagen vor der Justizvollzugsanstalt Frankfurt am Main I in Preungesheim wartete. Es war ein trostloses Viertel. Die hohen grauen Mauern mit den kreisrunden Stellen, an denen der Putz abgeblättert war, glotzten ihn an, als hätten sie Augen. Auf der gegenüberliegenden Seite konnte er zwischen zwei Hochhäusern die Gipfel der Taunusberge hindurch schimmern sehen. Die Luft war klar. Immerhin. Ein schöner Tag mit blauem Himmel würde die beiden in Empfang nehmen.

Zuerst kam Brick heraus. Er humpelte nicht mehr. Er hatte eine Außenbanddehnung davongetragen, die längst ausgeheilt war. Seine Haare waren nachgewachsen. Er trug jetzt eine Art Igelfrisur. Klemm ging auf ihn zu. Bricks Blick sprach Bände. Er hatte ihm immer noch nicht richtig verziehen.

Sie umarmten sich trotzdem, wortlos.

Zwei Minuten später folgte Natalia.

Brick und Natalia hatten sich die letzten sechs Wochen während der U-Haft nicht sehen können. Sie fielen sich in die Arme. Es war eine Art Familienzusammenführung nach den Vorfällen in jener Nacht. So lange hatte die Aufarbeitung der Ereignisse und des Falles Natascha gedauert.

Sie stiegen in Klemms Wagen und fuhren geradewegs zu Bricks Wohnung, die Klemm mit Hilfe von Kati in der Zwischenzeit hergerichtet hatte. Die Tür war repariert, ein neues Schloss eingebaut. Die Regale aufgestellt, die Zimmer aufgeräumt und die Unordnung beseitigt.

Das Gutleutviertel lag da wie eh und je. Der Teil, in dem Brick wohnte, sah alt und heruntergekommen aus. Vor dem Haus bildeten Elisa, Kati und Schnauze, denen Klemm eine SMS mit ihrer Ankunftszeit gesendet hatte, das Begrüßungskomitee. Sie hielten Luftballons und ein Willkommensschild hoch. In Pappbechern wurde Prosecco gereicht, der Brick nicht schmeckte, den er aber trotzdem runterkippte.

Elisa hatte von jener Nacht nur leichte körperliche Blessuren davongetragen. Die psychischen Schäden waren jedoch nicht absehbar. Sie hatte Kati sogar davon berichtet, sich einen stinknormalen Bürojob in einem Callcenter oder als Sachbearbeiterin suchen zu wollen, denn mit dem Rotlichtmilieu wollte sie nie wieder etwas zu tun haben. Es konnte ihr demnach nicht gutgehen. Sie sah dennoch frisch und erholt aus. Sie war eine Kämpfernatur, trotz ihres jungen Alters erprobt in vielen Lebensschlachten.

Brick freute sich, sie zu sehen, und fiel ihr in die Arme.

Genauso wie kurz darauf Kati.

Sie hatte noch an jenem Morgen nach der Nacht in der Villa angefangen, einen Artikel über die Ereignisse zu verfassen, und ihn tagsüber online gestellt. Die Story hatte sie somit exklusiv, und sie wurde von allen Seiten dafür gelobt. Die Zeitung erlebte einen enormen Aufschwung. Die Auflage konnte in den ersten Tagen sogar zeitweise verdoppelt werden, bis die anderen Zeitungen nachgezogen waren.

Auch die nächsten Wochen berichtete Kati weiter über den Fall und die Ermittlungen und entdeckte für sich ein neues, spannendes Feld. Die Kriminalberichterstattung.

Dann standen sich Brick und Schnauze gegenüber. Schnauze wollte gerade seine Stimme erheben, als Brick die Hand hob: „Bevor du was sagst: Es tut mir leid. Aber vielleicht kann ich dir erklären, wieso ich so handeln musste."

„Heute sicher nicht, alter Heißsporn. Aber ich hab noch ein Hühnchen mit dir zu rupfen." Er rang sich ein Grinsen ab.

„Okay, und danke, dass du in der Starlight-Villa deine Waffe an dich genommen hast."

Sie drückten sich kurz, was einer Art Versöhnung gleichkam. Die Aussprache verschoben sie auf ein andermal.

Nach zwei Stunden Willkommensfete verabschiedeten sich alle und ließen Vater und Tochter allein.

Für Brick war es ein beklemmendes Gefühl. Er konnte weder ausdrücken, was er dachte, noch was er fühlte. Zu ungewohnt und neu war es. Einerseits war er überglücklich, andererseits wollte er so viel wissen, scheute sich aber zu fragen. Sie mussten die Ereignisse erst einmal sacken lassen. Mussten sich langsam kennenlernen. Sich aneinander herantasten.

Sie saßen nebeneinander auf der Couch und sahen sich lange an.

„Wie geht's dir?", fragte er und musterte seine Tochter. Sie war ungeschminkt und blasser als auf den Bildern, wirkte aber noch schöner. Sie war Alinas Ebenbild mit ihren langen blonden Haaren. Aber sie redete nicht wie ihre Mutter, sondern in perfektem Deutsch ganz ohne Akzent. Man hörte, dass sie in Deutschland geboren und aufgewachsen war.

„Mir geht's gut. Und dir? Ich bin stolz auf dich." Eine Träne rann aus ihrem rechten Auge. Sie umarmten sich zaghaft, bis sie ihn an sich zog und ihn fest drückte. Er gab sich einen Ruck und schlang seine Arme um sie, als wolle er sie nie mehr loslassen. Das war wie eine kleine Erlösung.

„Und ich bin glücklich, bei dir zu sein", brachte er über die Lippen, aber es hörte sich etwas hilflos, fast verzweifelt an.

„Ich auch", antwortete Natalia und schmiegte sich an ihn. „Aber ich möchte nicht weinen." Sie wischte mit beiden Händen über ihre Augen, die glänzten wie die Oberfläche eines Sees mit trübem Wasser.

„Wein ruhig, wenn dir danach ist!"

„Aber ich will ein starkes Mädchen sein."

„Du bist ein starkes Mädchen. Ein verdammt starkes! Und ich bin sehr froh, dass du jetzt bei mir bist ..." Er neigte ein wenig den Kopf und betrachtete sie eindringlich. „Du siehst aus wie sie."

„Du meinst Natascha?"

„Ja."

„Obwohl wir keine eineiigen Zwillinge sind." Eine Träne stieg in ihr rechtes Auge, die sie sofort wegwischte.

„Aber deine Nase ist anders."

„Und meine Augen." Sie seufzte.

„Konntest du dich in der U-Haft erholen von der ... bewussten Nacht?"

„Ja, schon. Ich war in Therapie im Gefängnis. Ein Psychologe war bei mir, das hat mir geholfen."

Es folgte ein Weile Schweigen, aber die Stille war nicht unangenehm. Im Gegenteil. Sie verband.

Für Brick waren die ersten Tage in U-Haft nach jener Nacht eine Albtraumhölle gewesen. Immer wenn er die Augen zumachte oder gerade eingeschlafen war, kamen die Bilder aus der Villa, flogen Kugeln, spritzte Blut, sah er Messerklingen und Pistolenmündungen. Auch Nataschas und Alinas Augen verfolgten ihn weiterhin. Selbst Eddie, Kati und Natalia ereilten ihn in seinen Träumen. Am schlimmsten jedoch war seine Fantasie von Veigel. Er sah ihn wild ejakulierend durch seinen Poolbereich marschieren, begleitet von zwei zwölfjährigen Mädchen, die noch Jungfrauen waren.

Brick war jedes Mal schweißgebadet aufgewacht, hatte sich aus dem Bett gehievt, vors vergitterte Fenster gestellt und stundenlang den Nachthimmel beobachtet, weil er Angst hatte, wieder einzuschlafen.

In der Zeitung verfolgte er die Berichterstattung über den Fall. Kati hatte sich tief reingekniet, in ihren Artikeln die Vorfälle beschrieben und weitere Details enthüllt. Sie hatte das System der Escort Agentur beschrieben und Tomovic immer wieder mit dem Mord an Natascha in Verbindung gebracht, freilich ohne dafür einen Beleg zu haben. Genauso wenig wie für die Vorwürfe, er habe Zuhälterei und Zwangsprostitution mit Minderjährigen betrieben. Die Villa in der Kennedyallee sei zu diesem Zwecke eine Art Kommandozentrale von Starlight gewesen, hatte Kati gemutmaßt. Dort wohne er allein, die Mädchen und seine anderen Bediensteten seien in diversen Wohnungen untergebracht.

Brick nahm sich vor, irgendwann mit Natalia über alles zu sprechen. Aber das brauchte Zeit.

„Willst du erst mal hier wohnen bleiben?", fragte Brick nach einer Weile.

„Klar, gern! Meinst du vielleicht, ich lass dich gleich wieder allein? Vielleicht nehm ich mir später irgendwann eine kleine Wohnung. Ich hab etwas Geld gespart. Und Natascha hat mir einiges hinterlassen."

„Tja", äußerte Brick nachdenklich. „Was passiert ist, ist passiert. Wir können es nicht mehr ändern."

„Das Wichtigste ist, dass wir uns gefunden haben." Sie schenkte ihm ein zartes Lächeln.

„Elisa, meine Nachbarin, die du vorhin kennengelernt hast, ist zu einer Freundin gezogen, weil sie es drüben nicht ertragen konnte. Sie brauchte Abstand, den sie hier nicht gefunden hätte. Ich schätze, wir haben vorerst unsere Ruhe."

„Umso besser." Sie schmiegte sich an ihn.

Dann spürte er etwas und wusste nicht, was es war. Waren das etwa Vatergefühle? Wie sollte er damit umgehen? Konnte er so einfach in diese neue Rolle schlüpfen?

Du musst, sagte er sich. Überwinde dich!

„Sag mal ...", tastete er sich vor. „Wie hast du es ... Ich meine, wer hat dir eigentlich gesagt, dass ich dein Vater bin?"

„Ich weiß es von Gustav. Hat er dir das nicht erzählt?"

„Nein."

„Er war ja ab und zu in der Starlight-Agentur, weil er für Tomovic seine Schulden abarbeiten musste. Und dann hat er das mit Natascha rausgekriegt. Und als sie getötet worden war, hat er sich aus dem Staub gemacht, aber mich hat er vorher noch informiert."

Brick war erstaunt. Er nahm sich vor, Gustav zu danken.

„Wann hast du denn bei Starlight angefangen?"

„Einige Tage vor Nataschas Tod. Ich war total naiv und hab mich blenden lassen von ihren Erzählungen, dem Geld, das sie verdiente, und dem angeblichen Ruhm, den Tomovic uns versprochen hat. Aber Natascha hatte mir auch schon von ihrem Streit mit Tomovic erzählt. Ich dachte, wenn ich in ihrer Nähe wäre, könnte ich besser auf sie aufpassen."

Damit schwieg sie und Brick wollte nicht weiter in sie dringen. Sie musste diese Dinge erst verarbeiten. Das war schwer genug. Vielleicht konnte er sie dabei unterstützen. Andererseits schmerzte ihn ihre Blauäugigkeit. Aber sie war noch verdammt jung, musste viel lernen und Erfahrungen sammeln.

Später am Abend tauschten sie sich noch über einige Dinge aus, die im Zusammenhang mit dem Mord an Natascha standen. Gustav hatte ihm einige spärliche Informationen gegeben. Auch in der U-Haft hatte er einiges erfahren. Die nächsten Tage würde er die Sache im Detail aufarbeiten.

Natalia war neugierig, einige Dinge zu hören, denn sie hatte sich in der U-Haft bewusst abgeschottet, um den Albtraum hinter sich zu lassen.

Das Wichtigste war, dass die Staatsanwaltschaft die Anzeigen gegen sie beide fallen gelassen hatte.

Tomovic hatte überlebt. Natalia hatte ihn in der rechten Schulter und mit einem Streifschuss an der Hüfte getroffen. Der dritte Schuss hatte sein Ziel verfehlt. Die Tatwaffe blieb unauffindbar, schien sich in dem Getümmel in Luft aufgelöst zu haben. Nach den Ermittlungen der Kripo konnte der Verdacht auf versuchten Totschlag verworfen werden. Sie gingen von Notwehr aus, denn Tomovic und Konsorten waren kurz davor gewesen, den Raum zu stürmen und Brick und Natalia zu töten. In solch einer Lage sei eine Verteidigung jeglicher Art legitim. Freilich wurde auch Natalias traumatisierter Zustand berücksichtigt, in den sie durch die Arbeit für Tomovic geraten war. Der psychische Druck und die körperlichen Misshandlungen, die der Psychologe in seinem Gutachten bestätigt hatte, trugen zur Aufhebung der Anzeige bei.

Auch Bricks Schuss, der den Gorilla getroffen hatte, wurde als Notwehr eingestuft. Er hatte sich zwar vier Angreifern gegenüber gesehen und gezielt geschossen, aber man musste ihm die Chance auf Verteidigung einräumen, auch mit einem strafrechtlich belangbaren Mittel wie dem Abfeuern einer Schusswaffe auf einen Menschen.

Die weiteren Anschuldigungen, mit denen Brick konfrontiert wurde, wie etwa das unerlaubte Tragen einer Waffe, wurden zwar weiter ermittlungstechnisch verfolgt, rechtfertigten jedoch keine weitere Untersuchungshaft. So konnte er entlassen werden.

Brick und Natalia kamen auch nicht drum herum, sich kurz über die schlechteste aller Nachrichten, die ihnen Gustav mitgeteilt hatte, auszutauschen.

Tomovic war aus dem Gefängniskrankenhaus entlassen und zurück in die Justizvollzugsanstalt gebracht worden. Es zeichnete sich jedoch ab, dass auch er bald auf freien Fuß gesetzt werden würde. Seine Haftentlassung war bereits seitens seines Verteidigers beantragt worden. Der Haftprüfungstermin war für kommende Woche festgelegt worden. Ein Richter würde darüber entscheiden. Die Zeichen standen jedoch eindeutig. Der Mord an Natascha konnte ihm nicht einwandfrei nachgewiesen werden. Auch andere Verbrechen, die ihm zur Last gelegt wurden, konnten nicht zweifelsfrei bewiesen werden. Tomovic hatte während seiner Vernehmung Starlight immer wieder als Dienstleistungsunternehmen dargestellt, das Menschen zusammenbringt, ähnlich einer Partnerschaftsvermittlung. Dafür wurden sie bezahlt, für nichts sonst. Was die Vermittelten danach trieben, entzog sich seinem Einfluss und ginge Starlight auch nichts an.

Die Staatsanwaltschaft hatte klein beigegeben. Das Gründen und Führen einer Escort Agentur allein war kein Straftatbestand, und der Zuhälterei konnte er nicht überführt werden. Eine Schar von Anwälten drehte die Sache so, dass er nicht einmal wegen Körperverletzung belangt werden konnte. Lediglich zwei seiner Gorillas und Drago wurden wegen der Entführung, Misshandlung und Vergewaltigung von Elisa und wegen schwerer Körperverletzung gegen Brick belangt und zu zwei Jahren Freiheitsentzug verurteilt. Die Strafe wurde auf Bewährung ausgesetzt.

Tomovic hatte während seiner Befragung durch die Staatsanwaltschaft einen bemerkenswerten Satz zu Protokoll gegeben, der auf mysteriösem Wege an die Presse durchgesickert war und sich in so ziemlich jeder deutschen Zeitung wiedergefunden hatte: „Diese Tussen sind alle geldgeil, promigeil und mediengeil, und ich soll dafür in den Bau wandern?"

„Und genau das verstehe ich nicht", kommentierte Natalia. „Warum denn nicht?"

„Moment", sagte Brick, ging in sein Büro, kam zurück und reichte Natalia das Bürgerliche Gesetzbuch. „Lies mal den Paragraph 181a."

Natalia schlug das Buch auf und suchte den genannten Paragraphen. „Zuhälterei“, las sie laut vor. „1. Mit Freiheitsstrafe von sechs Monaten bis zu fünf Jahren wird bestraft, wer: Erstens eine andere Person, die der Prostitution nachgeht, ausbeutet oder: Zweitens seines Vermögensvorteils wegen eine andere Person bei der Ausübung der Prostitution überwacht, Ort, Zeit, Ausmaß oder andere Umstände der Prostitutionsausübung bestimmt oder Maßnahmen trifft, die sie davon abhalten sollen, die Prostitution aufzugeben.“

„Und genau diese beiden Straftatbestände kann man ihm nicht nachweisen“, erklärte Brick, „weil Tomovic sein Geld für eine Vermittlungsgebühr kassiert. Was bei dem Treffen tatsächlich abläuft, interessiert ihn einen Scheißdreck.“

„Aber er setzt die Mädchen unter Druck. Er schlägt sie, wenn sie nicht nach seiner Nase tanzen. Er beutet sie aus, weil er immer mehr von ihnen verlangt. Und er spielt sich als Gönner auf, weil er ihnen angeblich ein Date mit einem Promi beschaffen kann. Aber das bekommen nur die wenigsten.“

„Das ist seine Masche. So fixt er sie an und hält sie bei der Stange. Das ist sein Köder.“

„Da hast du leider recht.“

„Außerdem haben sämtliche Frauen ausgesagt, sie seien selbständige Dienstleisterinnen, die auf eigene Rechnung arbeiteten. Starlight sei lediglich für die Logistik, die Buchungen und die Hotelzimmer zuständig. Und dass unter ihnen auch Minderjährige waren und Tomovic sie zur Prostitution gezwungen haben sollte, war ihm nicht nachzuweisen ... Die Frauen spuren, da kann man wenig machen“, endete Brick.

„Ja, er hat sie im Griff. Sie sind absolut loyal.“

„Gegenüber so einem Kotzbrocken, wie kann man da ...?“

„Du darfst nicht vergessen“, unterbrach sie ihn, „dass sie durch Tomovic viel Geld verdienen. Escort ist wie die Champions League der Prostitution. Als Alternative käme für die allermeisten nur ein Wohnungspuff oder ein Laufhaus im Bahnhofsviertel infrage. Das haben die meisten einmal probiert und dann nie wieder. Wer will schon in dem Siff arbeiten?“

„Am meisten ärgert mich, dass der Mistkerl davonkommen wird“, schloss Brick ihre Unterhaltung über Tomovic ab und verschränkte die Arme vor der Brust. Er hatte Tomovic auf dem Präsentierteller gehabt, und er war ihm entkommen. In der Untersuchungshaft hatte er sich deshalb des Öfteren Vorwürfe gemacht und sich gefragt, warum er nicht abgedrückt habe. Das machte ihm Angst. War er inzwischen so verkommen? Stand er auf einer Stufe mit dem Pack?

„Was ist eigentlich mit den Bildern, die du in Veigels Haus aufgenommen hast?“, holte ihn Natalia aus seinen Gedanken.

„Die hat Gustav. Er bewahrt sie für mich auf.“

„Willst du sie nicht benutzen gegen den Arsch?“

„Nein. Sie werden unter Verschluss gehalten.“

„Aber wieso?“

„Weil ich dich nicht bloßstellen will.“

„Aber mit den Bildern könnten wir doch diesen Politiker drankriegen.“

„Ihn schon, da hast du recht. Aber leider Tomovic nicht. Das ist zu wenig.“

„Warte mal ab“, sagte Natalia, und es klang irgendwie hoffnungsvoll.

„Wie meinst du das?“ Er blickte sie skeptisch an.

„Ich glaube, ich hab was für dich. Das solltest du dir mal näher anschauen.“

„Da bin ich aber echt gespannt.“

„Und außerdem will ich morgen mit dir Natascha besuchen.“ Sie senkte den Kopf und legte ihre Hand in seine.

2

Es war ein Sammelgrab. Auf einem Schild, auf dem viele Namen standen, entdeckten sie auch ihren: *Natascha Werenko. 13.3.1997 – 10.8.2014.*

Die Gräber waren von hohen Hecken eingezäunt. Eine Trauerweide, die ihren Platz etwas abseits auf einer Wiese gefunden hatte, ließ ihre Äste bis fast auf den Boden hängen. Einige Tannen standen an den Kieswegen, die den Friedhof in ein düsteres Zwielicht tauchten.

Jetzt, am frühen Morgen, war die Stimmung etwas unheimlich, gleichzeitig jedoch friedlich. Stille lag über den Gräberreihen, die den Menschen, die hierher kamen, Trost spendete.

Unter ihren Schuhsohlen knirschten kleine Steinchen, als Brick und Natalia an das Sammelgrab herantraten. Natalia trug ein schwarzes Kleid, Brick war in Jeans erschienen. Sie stellten sich davor und blickten hinab.

Sie schwiegen, lange. Nichts war zu hören. Kein Blatt raschelte. Nicht mal ein Lufthauch ging.

„Bist du gläubig?“, wollte Natalia nach einiger Zeit wissen und wischte eine Träne von ihrer Wange.

„Nee“, antwortete Brick. „Bin aus der Kirche ausgetreten, und an Gott kann ich nicht glauben.“ Er setzte ab. So hatte er sich noch nie jemandem erklärt. Sein Herz klopfte stark. Es war ein ausgesprochen beklemmendes Gefühl, mit seiner Tochter am Grab seiner zweiten Tochter zu stehen.

„Und du?“, fragte er zurück.

„Ja, ich bin demütig, Gott gegenüber. Dass wir Menschen hier in seinem Reich, auf der Welt, sein dürfen. Und gegenüber dem Geld natürlich.“ Sie zwinkerte ihn an, dann wandte sie ihren Blick wieder dem Grab zu und ließ eine gute Minute vergehen, ohne etwas zu sagen.

„Es war so schrecklich“, setzte sie erneut an. „Als ich von Nataschas Tod erfahren habe. Aber noch viel schrecklicher war es, als mir Gustav seine Vermutung erzählte, dass Tomovic irgendwas damit zu tun hat. Das hätte ich nicht für möglich gehalten.“ Als sie den Namen nannte, drückte ihr Gesicht Abscheu aus. „Du denkst bestimmt, dass ich naiv bin ... War ich auch. Und blind. Ich habe erst nach der dritten oder vierten Begegnung mit ihm erkannt, was er für eine Bestie ist.“

„Hast du versucht, abzuhauen?“

„Das ging nicht. Wäre zwecklos gewesen. Sie hätten mich gefunden. Ich kenne im ganzen Land niemanden, wohin ich hätte flüchten können, und wenn sie mich auf der Flucht erwischt hätten, wäre es mir ergangen wie Natascha. Ich brauch mir die Welt nicht schönzureden. Das entspricht nicht der Realität. Weißt du, ich musste mich erniedrigen und schlagen lassen, ich musste ihnen wann immer und wo immer zu Diensten sein. Sie haben mich misshandelt und verkauft. Aber ich war die ganze Zeit über immer sicher, dass sie irgendwann ihre gerechte Strafe kriegen würden.“

Er schüttelte den Kopf und musste sich wirklich beherrschen, sonst hätte er angefangen zu schluchzen. Ihre Antwort war ihm alles andere als recht, aber diese Kröte würde er wohl schlucken müssen.

„Du wirst es gleich verstehen, wenn du das hier gesehen hast.“ Sie griff in ihre Umhängetasche und holte eine Videokamera heraus. „Mir war klar, dass ich ihr dreckiges Spiel mitspielen musste, wenn ich überleben wollte. Das hab ich auch gemacht, aber nur, um sie irgendwann am Arsch zu kriegen. Das musst du mir glauben. Schau dir bitte das hier an!"

Sie reichte ihm die Kamera und drückte auf Start. Auf dem winzigen Display erschien zunächst eine rot gestrichene Wand. Der Film wackelte etwas, typische Handkameraaufnahme. Eine Stimme war zu hören.

„Besorgt es ihr ordentlich. Ihr reitet sie solange ein, bis sie spurt und euch aus der Hand frisst. Kapiert! Und wenn sie auch nur einmal das Maul aufmacht, erhöht ihr die Dosis. Dann schicken wir paar perverse Araber zu ihr rein." Der Mann, der das sagte, war nicht im Bild zu sehen.

„Geht klar, Chef." Das war eine andere Stimme. Die Kamera schwenkte und fuhr auf einen Typen mit Sturmhaube über dem Kopf, dessen Gesicht dadurch nicht erkennbar war. „Mach dir keinen Kopf, Chef. Das geht klar!", wiederholte er.

Er ging voraus, der Kameramann hinterher, eine Treppe hoch.

Brick erschrak. Er stoppte den Film. Das ähnelte der Eingangshalle. Die Balustrade. Die Empore. Er sah Natalia mit entsetzten Augen an.

„Schau bitte weiter!"

Er holte Luft und startete wieder.

Der Mann betrat einen Raum. Der Kameramann hinterher, er drückte hinter sich die Tür zu und schloss ab.

In der Mitte des Raumes stand ein Stuhl, auf dem ein Mädchen saß, das Brick nicht kannte. Er schätzte sie auf sechzehn oder siebzehn. Sie war gefesselt, trug lediglich einen Slip und einen BH. Ihre ängstlichen Augen folgten den beiden Männern, als sie in den Raum kamen und näher traten.

Sie wollte schreien, konnte aber nicht. Ein schwarzes Band verschnürte ihren Mund.

Der Mann mit Sturmhaube ging auf sie zu, löste ihre Fesseln, zog sie an der Hand hoch, packte sie an der Hüfte und warf sie auf ein Bett, das an der hinteren Wand stand. Er riss ihr den Slip und den BH ab, entledigte sich seiner Hose und Unterhose und legte sich auf sie.

Der Kameramann hielt dicht drauf. Großaufnahme, wie er in das Mädchen eindrang. Wie er hart zustieß. Immer härter.

Das Mädchen wand sich unter ihm, zappelte, aber er war ein Koloss, mit wuchtigen Armen und muskulöser Statur. Er begrub das Mädchen unter sich. Je mehr sie sich zu wehren versuchte, desto heftiger stieß er zu.

„Hey, jetzt bin ich dran", sagte der Kameramann.

Der Mann auf dem Mädchen drehte sich um und wollte den anderen abweisen.

„Los, runter jetzt. Ich will sie auch ficken, Mann!"

Sie wechselten die Positionen. Der eine fickte, der andere filmte. Und nach fünf Minuten ging es umgekehrt weiter.

Sie vergewaltigten sie der Reihe nach. Stießen immer wieder mit harten Stößen in sie hinein. In ihren Mund, ihren Arsch und ihre Scheide.

Brick sah sich das alles mit großen Augen an und war nicht nur bestürzt und zornig, es tat ihm körperlich weh, was er dort mit ansehen musste. Er hielt den Film wieder an. „Wie lange geht das noch so?"

„Bestimmt noch ne halbe Stunde. Aber es geschieht nichts Neues mehr. Wenn sie beide fertig sind, lassen sie sie wie Müll daliegen, klatschen sich ab und verschwinden. Ich nehme an, dass sie den Akt danach noch zwei, drei Mal wiederholt haben, um sie richtig gefügig zu machen. Oder auch die ganze Nacht."

Brick fragte sich, wie das Mädchen diese Pein und Schmach ausgehalten hatte. Und er wollte nicht wissen, wie viele auf diese oder ähnliche Weise misshandelt worden waren.

Da Natalia erkannte, dass Brick mit sich kämpfen musste, ergänzte sie: „Am Anfang ist es für die Mädchen, die dazu gezwungen werden, die Hölle. Das geht so lange, bis du leer bist. Bis alles aufgebraucht ist, was du an Widerstand in dir hast. Was in dir schlummerte. Bis du nur noch eine Hülle bist, die funktioniert wie eine Maschine. Von da an wird es besser. Du hast dich mit allem abgefunden. Mit allem arrangiert. Nimmst es hin. Wehrlos."

Aus den Augenwinkeln sah er seine Tochter ernst an. Eine Frage lag ihm auf der Zunge, aber er traute sich nicht recht, sie zu stellen. Wusste nicht, wie er es am besten formulieren sollte. „Haben sie ...", probierte er es trotzdem. „Haben sie ...?"

„Du meinst, ob sie mich auch eingeritten haben?"

Er nickte zaghaft.

„Ja", sagte sie betont selbstsicher. „Ich hatte es mit Drago zu tun. Er ist eher ein netter Typ. Es lief anders ab. Ich konnte ihn um den Finger wickeln, bei mir war es ... Wie soll ich sagen? Ekelhaft, aber erträglich."

Brick war fassungslos. „Was mir nicht in den Kopf will, ist, wie kommen diese Idioten darauf, ein Video von so was zu drehen?"

„Wahrscheinlich um vor den anderen damit zu prahlen. Die sind so beschränkt.“

„Oder um es zu verkaufen?“, mutmaßte Brick. „Es gibt ja einschlägige Internetkanäle, die so einen Rotz bestimmt einstellen.“

„Kann auch sein. Na ja, jedenfalls ist Natascha irgendwie an das Video gekommen. Frag mich nicht wie, aber sie hat es heimlich auf einem USB-Stick gespeichert. Und als die Sache bei Starlight langsam aus dem Ruder lief, hat sie es mir per Mail geschickt. Deshalb hab ich es.“

„Und Tomovic hat irgendwie spitzgekriegt, dass Natascha an das Video gekommen war, und hat sie getötet.“

„Oder sie töten lassen. Ich weiß es nicht. Aber als ich dann gemerkt habe, dass es völlig eskaliert, hab ich einige Vorsorgemaßnahmen getroffen, die Datei auf einen Server gelegt und bei mir überall gelöscht. Schließlich wollte ich nicht, dass mir jemand auf die Spur kommt.“

„Sehr gut gemacht. Tomovic ahnt nicht, dass du eine Kopie hast.“

„Nehme ich auch an. Und ich wusste die ganze Zeit, dass ich es irgendwann gegen ihn einsetzen kann. Der Zeitpunkt ist gekommen.“

Brick nickte. „Vielleicht! Der erste Typ, der den Befehl gibt, ist Tomovic. Das hört man genau an der Stimme, stimmt's?“

„Hundert Prozent!“

„Leider sieht man sein Gesicht nicht.“ Brick grübelte. „Die anderen dürften die beiden Gorillas sein.“

„Richtig. Vom engen Kreis fehlt lediglich Drago.“

Brick schaute betrübt aufs Grab, er wollte sich gerade abwenden, als ihn Natalia zurückhielt.

„Das ist noch nicht alles. Natascha hat mir noch eine Datei gemailt. Sie enthält eine Liste mit Namen.“

„Welche?“, fragte Brick nach. Er schien plötzlich wie elektrisiert.

„Decknamen und Passwörter aller Freier von Starlight.“

„Du bist ein Goldschatz!“ Er lächelte und gab ihr einen Kuss auf die Wange. Es war, als falle eine Tonne von seinem Herzen ab. „Damit kriegen wir sie an den Eiern. Und zwar alle.“

Natalia umarmte und drückte ihn fest. Ihr Kopf lag auf seiner Brust. „Es ist so schade, dass wir uns nicht früher gefunden haben. Ich meine, wir alle zusammen ... Mama, Natascha, ich und du. Wir waren noch zu klein damals, als Mama noch lebte, um nach dir zu fragen. Dein Name ist nie gefallen. Mama hat dich totgeschwiegen.“

„Sehr schade, ja.“ Brick klang resigniert. „Es gab viele Jahre, da hätte ich mir nichts sehnlicher gewünscht.“

Er strich mit seiner Hand über Natalias Hinterkopf. Es fühlte sich an wie heimzukommen.

3

Das Video in Natalias Videokamera hatte Brick schlagartig in die niederschmetternde Wirklichkeit zurückgeholt. Es wühlte ihn auf. Er konnte sich kaum beruhigen. Natürlich hatte er von den Praktiken des Einreitens gewusst. Es war hinlänglich bekannt in der Szene, er hatte viel darüber gelesen und lief nicht mit Scheuklappen durch die Welt. Aber das brutale Vorgehen und Ausmaß mit eigenen Augen zu sehen, war etwas ganz anderes. Eine neue Dimension des Schreckens. Es ging an die Nieren. Und ob das Video tatsächlich einen Wert bei der Strafverfolgung hatte, konnte Brick nicht einschätzen. Immerhin war Tomovic nicht im Bild zu sehen gewesen.

Sie waren vom Friedhof zurück in Bricks Wohnung gefahren, und Natalia hatte ihm die zweite Datei gezeigt. Brick hatte sich an seinen Schreibtisch gesetzt und alles sondiert. Es war eine feinsäuberlich geführte Excel-Tabelle mit Kundendaten und Abrechnungen, wie sie jedes seriöse Unternehmen aufstellt. Nur dass die Echtnamen der Freier nicht genannt wurden, sondern deren Decknamen und Passwörter.

Die Tabelle enthielt 1344 Eintragungen. Das war eine Bombe, das spürte Brick. Da waren sicher viele Promis dabei, Politiker, hohe Tiere in der Wirtschaft, der Kultur, der Medienszene und so weiter.

Jetzt musste er nur noch hinter die wahren Identitäten kommen. Die Passwörter, überlegte Brick, konnten für den Zugang zur Starlight-Homepage dienen. Und mit ein bisschen Glück waren die Decknamen gleichzeitig die Benutzernamen.

Genauso war es.

Er konnte sich mit Hilfe der Daten jeden Account, der auf der Starlight-Homepage angelegt war, anschauen und hatte auch Zugang zur Statistik. Wie oft der User online gewesen war, welche Frauen er sich angesehen hatte, welche Favoritinnen er hatte, welche Anfragen er gestellt und welche Buchungen er zu welchem Datum vorgenommen hatte.

Als Erstes mailte er die Liste an Eddies private Adresse. Sicher war sicher. Er schrieb einen kurzen Kommentar dazu und versicherte ihm, sich bald zu melden. Jetzt galt es, noch das Wichtigste offenzulegen: die Adressen, Mailadressen und Namen der Freier.

Doch sie befanden sich in einem Systembereich, der verschlüsselt und deren Zugang nur Starlight-Mitarbeitern vorbehalten war. Dazu brauchte man einen Code, der in der Liste fehlte.

Brick schlug mit der Faust auf den Tisch, sprang auf und wollte in die Küche, um sich einen Pernod zu holen.

„Was hast du?", fragte Natalia, als sie seine Nervosität bemerkte.

„Mir fehlt der Zugangscode, eine Art Sicherheitsschlüssel, und ich weiß nicht, wie ich an ihn rankommen könnte. Allein kann ich ihn nicht knacken."

Eine Minute später kam er mit einem Glas Pernod in der Hand zurück.

„Willst du auch einen?", fragte er seine Tochter.

„Was ist das?"

„Mein Lebenselixier." Er hielt ihr das Glas hin.

Sie probierte. „Hmmm, nee, nicht mein Fall." Sie nahm sich einen Stuhl und setzte sich neben ihn.

Er blickte nachdenklich auf den Laptop. „Wenn ich die Echtnamen in den Händen hätte", sinnierte er, „wäre das purer Sprengstoff, verstehst du. Wenn ich die veröffentliche, gibt's hier ne Explosion ersten Ranges. Das reinste Tohuwabohu. Da werden einigen hohen Herren die Augen rausfallen und deren Ehefrauen werden begeistert sein." Er grinste feist. „Das würde auf jeden Fall einen mittelprächtigen Skandal auslösen, gefolgt von Rücktritten. Der Spaß wäre mir einiges wert." Brick war anzumerken, dass es ihn in den Fingern juckte. Er würde keine Ruhe finden, bis er an die Namen gekommen war.

„Kennst du niemanden, der den Code knacken könnte? Einen Hacker oder so." Natalia schlug die Beine übereinander und lehnte sich zurück. Sie schien die Ruhe in Person.

„Wer mir sicher helfen könnte, wäre Schnauze. Die haben bei der Kripo Computerspezialisten, für die ist das ein Kinderspiel."

„Und warum rufst du ihn nicht an?"

„Hmmm", Brick überlegte eine Weile. „Erstens will ich nicht, dass die Kripo die Namen in die Hand bekommt."

„Und wieso nicht?"

„Weil ich Tomovic kenne. Er hat überallhin Kontakte. Zur Kripo, zur Staatsanwaltschaft bis hin zu den Gerichten. Und wer weiß, wer von denen selbst auf der Liste steht?"

„Du hast also Bedenken, dass die das gesamte System von Starlight mit allen Daten löschen lassen könnten?"

„Wenn wir an den Falschen geraten, ist alles möglich. Vielleicht würde derjenige die Daten vernichten. Das würde alles verkomplizieren."

„Aber irgendwann wird sich die Kripo doch sowieso die Kundendatei von Starlight vornehmen."

„Hat sie wahrscheinlich schon. Aber eine Escort Agentur zu führen ist ja nicht strafbar. Und noch wissen die ja nix von den Minderjährigen und Tomovics Methoden. Immerhin konnten sie ihn bislang noch nicht einmal der Zuhälterei überführen."

„Und zweitens?"

„Schnauze ist immer noch nicht sonderlich gut auf mich zu sprechen. Kann ich auch verstehen. Ich hab ihm übel mitgespielt. Hätte ihn den Job kosten können. Ich muss da erst mal auf gut Wetter machen und etwas Zeit ins Land gehen lassen, bevor ich ihn wieder für solche Sachen einspannen kann."

„Was schlägst du vor?"

„Wie meinst du das?"

„Du hast doch sicher einen Plan!"

„Ich arbeite dran. Es gibt jemanden bei der Zeitung, der zufälligerweise ein Vertrauter von Eddie ist ..."

„Wer ist Eddie?"

„Oh, mein Chef. Mein Kumpel von früher. Mein Ohr und Auge in der Zeitung sozusagen."

„Und der kennt jemanden?"

„Er ist als Softwareadministrator angestellt, aber damit bei weitem unterfordert. Eigentlich ist er ein Computerfreak, ein Nerd, der Tag und Nacht nur online ist. Sein Know-how würde sicher ausreichen, um die Starlight-Seite zu hacken."

„Aber?"

„Ich muss ihn vorher einweihen und weiß nicht, ob ich ihm vertrauen kann."

„Dann sprich mit Eddie."

„Es gibt ein weiteres Problem."

„Und das wäre?"

„Auch Eddie ist immer noch nicht gut auf mich zu sprechen."

4

Als Brick sein Anliegen am Telefon vorgebracht hatte, verspürte Eddie Zinnober einen dicken Kloß im Magen. Eine Homepage hacken war illegal. Wenn ans Licht der Öffentlichkeit dringen würde, dass ein Mitarbeiter der Frankfurter Presse dahinter steckte, konnte das für erheblichen Wirbel sorgen. Zumal die Zeitung immer noch nicht aus den roten Zahlen heraus und damit übern Berg war; das konnten auch die zeitweise gestiegenen Auflagenzahlen nicht beschönigen. Eddie hatte Muffensausen. Und ein solches Gefühl trug er nicht oft mit sich herum. Es war eine heikle Angelegenheit.

Nichtsdestotrotz konnte er Brick nicht hängenlassen. Sie waren Weggefährten der ersten Stunde. Wenn er sich bewusst machte, was an den Offenbarungen im Starlight-Fall dranhing, tanzte sein Herz Ringelreihen.

Es konnte eine Art Durchbruch zur rechten Zeit für die Zeitung werden und einen Supergau in der Frankfurter Politik auslösen. Darüber hinaus würde es einige weitere Herren treffen, denen er schon lange etwas Derartiges gönnte. Für die meisten wäre es ein Offenbarungseid – und das zu Recht.

Am Telefon hatten sie sich ausgesprochen und das Kriegsbeil begraben. Brick hatte sich für die eine oder andere Bemerkung entschuldigt. Eddie hatte Brick Tausendsassa genannt, womit dieser gut leben konnte. Insgeheim wusste Eddie natürlich am besten, dass sie nur ganz wenige Journalisten von Bricks Format in den eigenen Reihen hatten, und daher wollte er sich ohnehin wieder gut mit ihm stellen.

Nach dem Telefonat bestellte Eddie Mario Kaspar, den Computerspezialisten der Zeitung, zu sich nach Hause. Brick war ebenfalls eingeladen. Es war sieben Uhr am Abend. Eddie hatte Pizza geordert und Rotwein besorgt. Sie saßen in Eddies spartanisch eingerichtetem Wohnzimmer, in dem es nicht mehr gab als einen Wandschrank mit Büchern, einen Flatscreen und eine Fernsehcouch mit zwei Sesseln. Seine Frau war bowlen. Brick saß in einem der Sessel, hatte Kaspar gerade die gesamte Story von Anfang an erzählt und ihm geschildert, was sie von ihm wollten.

Kaspar war ein schmächtiger dreißigjähriger Typ mit flinken Augen. Er trug eine Basecap verkehrt herum auf dem Kopf, ein T-Shirt mit der Aufschrift „Kill em all", Titel des ersten Albums der Metalband Metallica, verblichene Jeans und Turnschuhe. Während Bricks

Vortrag saß er wortlos auf der Couch. Dreimal schnappte er sich zwischendurch ein Stück Pizza, aß es und spülte mit Rotwein nach.

Als Brick geendet hatte, war es eine Weile still im Raum. Offensichtlich erwarteten Eddie und Brick eine Äußerung von Kaspar, ein Statement, einen Kommentar. Doch nichts dergleichen geschah.

Er aß seelenruhig ein weiteres Stück Pizza und schenkte sich Rotwein nach.

Eddie kannte den wortkargen Mann schon länger und machte sich nichts daraus, Brick jedoch wurde zunehmend nervöser und rutschte ungeduldig auf seinem Hintern hin und her.

„Cool", sagte Kaspar plötzlich.

„Was heißt das?", erkundigte sich Brick.

„Bin dabei!"

„Und du meinst, du kannst es?"

„Logo! No problem!"

„Warum machst du es?", fragte Brick.

„Ich gönn's den Wixern, wenn sie auffliegen."

„Okay!" Brick klatschte in die Hände. „Und absolutes Stillschweigen. Es darf nichts nach außen dringen. Das muss klar sein."

Kaspar nickte. „Klaro!"

„Was brauchst du alles?", wollte Eddie wissen.

„Alles, was ich brauche, ist hier drauf." Er deutete auf seine Laptoptasche und stand auf. Am Tisch baute er den Laptop auf.

„Was schätzt du, wie lange du brauchst?"

„Eine Stunde. Oder zwei."

„Okay."

Eddie und Brick traten auf die Terrasse und ließen den jungen Mann allein. Sie setzten sich in zwei Rattansessel. Eddies Haus in Seckbach grenzte an ein kleines Waldstück, das am Huthpark lag. Aus der Ferne hörte man den Autolärm der A661, den der Westwind herüber trug. Ein Eichhörnchen ließ sich davon nicht stören, flitzte an den beiden vorbei und den nächsten Baumstamm hoch, bevor es sich im dichten Laub verkroch.

„Was hast du für ein Gefühl?", fragte Eddie.

„Er wird das Ding schon schaukeln."

Eddie stand auf, ging hinein und holte zwei Rotweingläser. In der nächsten halben Stunde leerten sie eine ganze Flasche. Dann machte Eddie eine neue auf. Auf seine Nachfragen erzählte Brick von seiner Zeit in U-Haft und den Geschehnissen in der Starlight-Villa.

„Ich habe Katis Artikelserie zu dem Fall gelesen", sagte Brick. „Richtig gut, was?"

„Ja, erstaunlich. Sie tritt in deine Fußstapfen."
„Wie soll es jetzt weitergehen? Was schlägst du vor?"
Eddie überlegte eine Weile. „Wenn Kaspar den Code tatsächlich knackt und wir die Namen kriegen, machen wir Rambazamba. Wir veröffentlichen alle auf einen Schlag. Das wird wie ein Urknall. So was hat die gesamte Medienlandschaft noch nicht erlebt."
„Und wer soll das schreiben?"
„Wie meinst du das?" Eddie schien pikiert. „Du natürlich!"
„Ich weiß aber nicht, ob ich mir das zutraue. Weißt du, ich steck ziemlich tief drin. Da kochen jedes Mal Emotionen hoch und mir fehlt vielleicht etwas die Distanz."
„Hast du etwa keine Lust drauf?"
„Daran mangelt es nicht. Aber ... ich fände es besser, wenn Kati dabei wäre."
Eddie schaute ihn lange an. „Wenn du das willst. Gerne. Ich glaub, sie würde sich mächtig freuen."
In diesem Moment öffnete sich die Terrassentür und Kaspar trat hinaus. „Gibt's noch Rotwein?"
„Ja." Eddie schenkte ihm ein.
Kaspar setzte sich auf den freien Rattansessel.
„Und wie läuft's?", meinte Brick.
„Dilettanten", erwiderte Kaspar. „Die haben den einfachsten Schlüssel gewählt, den es gibt. Den knackt jeder Zwölfjährige, wenn er weiß, welche Software er dazu braucht." Er trank das Glas in einem Zug.
Ein Lächeln zog sich über Bricks Gesicht. „Das heißt, du kriegst es tatsächlich hin?"
„Dauert noch drei, vier Minuten, bis das Programm durchgelaufen ist. Dann kopier ich die Namen und Adressen in ein Dokument. Ich bin aber noch auf was anderes gestoßen." Er hob sein Rotweinglas an den Mund und trank in aller Seelenruhe, während Brick und Eddie an seinen Lippen hingen.
„Na, was ist es?", fragte Brick, der seine Neugier nicht länger zügeln konnte.
„Es gibt eine Art Sonderbereich. Geheimabteilung. Extrasegment. Ich weiß nicht, wie ich es nennen soll. Jedenfalls ist es eine zweite Liste mit Namen und Adressen. Sieht aus wie was Spezielles, wo nur wenige Zugang haben oder so."
„Vielleicht so ne Art Premiumkunden?", mutmaßte Eddie.
Doch Brick schwante etwas ganz anderes. „Ich glaub, ich weiß, was das ist. Das sind die Pädophilen, denen Tomovic die minderjäh-

rigen Huren vorbehalten hat. Ich würde meinen Arsch drauf verwetten."

„Hast du einen Drucker hier, Eddie?", fragte Kaspar.

„Ja. Wozu?"

„Ich will die Listen ausdrucken. Was dachtest du denn?"

Eddie ging hinein.

„Wann geht die Bombe hoch?", wandte sich Kaspar an Brick.

„Steht noch nicht fest. Wir müssen uns erst mal alles näher anschauen und dann die Reportage schreiben; zur Not Tag und Nacht daran arbeiten. Ich denke mal, in drei, spätestens vier Tagen wird es soweit sein."

„Viel Glück", sagte Kaspar, stand auf und betrat wieder das Haus.

Nachdem die Listen jeweils dreimal ausgedruckt waren und sie sich einen ersten Überblick verschafft hatten, mussten sie zunächst eine neue Flasche Rotwein öffnen und anstoßen. Die normale Liste war extrem umfangreich und enthielt bekannte Namen. Die Spezial-Liste raubte ihnen jedoch den Atem. Es fanden sich etwa fünfzig illustre Namen aller Couleur darauf. Aus Politik, Wirtschaft, Sport, Showbusiness, Kunst und Kultur. Bürgermeister, Firmenchefs, Dezernenten bei der Stadt, Vereinspräsidenten, Intendanten, Medienleute, Promis. Es gab kaum einen Bereich, der nicht durch mindestens eine Person vertreten war.

„Erschütternd!", war Eddies erster Kommentar.

„Fucking hell", meinte Kaspar. „Da stehn Leute drauf, denen hätte selbst ich es nicht zugetraut."

Bricks kühnste Vorstellungen wurden noch übertroffen. Die allermeisten Namen sagten ihm etwas, nur einige kannte er nicht. Viele Saubermänner, die sich gerne mit markigen Sprüchen über Moral und Anstand vor laufenden Kameras profilierten. Wie er das hasste! Er würde sie alle auffliegen lassen.

Die Spezial-Liste wirkte auf ihn wie eine Art Todesliste. Vielleicht würde es Suizide geben? Morddrohungen? Rücktritte gewiss. Öffentliche Anfeindungen sicherlich.

Der Tanz konnte beginnen.

„Okay, wir gehen in die Vollen", sagte Brick.

„Du bist wirklich entschlossen?" Eddie sah ihn mit hochgezogenen Augenbrauen an.

„Klar! Aber es ist tatsächlich so viel Holz, ich befürchte, ich würde allein niemals damit zu Rande komme. Jedenfalls würde es Ewigkeiten dauern."

„Was hast du vor?"

„Ich mache genau das, worüber wir vorhin gesprochen haben. Kannst du mich fahren?“

5

Als Kati ihre Wohnungstür öffnete, zeigte Brick ein sanftes Lächeln.

„Hi“, sagte er.

„Hi“, erwiderte sie. „Schöne Überraschung.“

Es war inzwischen 22 Uhr abends und einige Sterne leuchteten über den Dächern Praunheims.

„Ich hab dir was mitgebracht.“ Er drückte ihr die Namenslisten in die Hand.

„Was ist das?“

„Die Todeslisten!“

„Wie? Ich versteh nicht ...“ Sie warf einen flüchtigen Blick darauf, konnte aber außer jeder Menge Namen und Adressen nichts erkennen.

„Darf ich reinkommen? Dann erklär ich’s dir.“

„Natürlich. Rein mit dir.“ Sie warf hinter Brick die Tür ins Schloss.

Eddie hatte Brick bei Kati abgesetzt und war gleich weitergefahren. Die beiden brauchten Ruhe und mussten sich unterhalten.

Sie waren noch im Flur ihrer Wohnung, da platzte sie heraus: „Jetzt sag schon! Was hast du vor?“

„Deine Neugier macht mir Hoffnung, dass wir es auf die Reihe kriegen können.“

„Und was?“

„Auf den Listen stehen sämtliche Kunden von Starlight. Auf der einen sogar diejenigen, die minderjährige Huren gebucht haben und Treffen mit ihnen hatten. Dir werden die Augen rausfallen. Wir schreiben zusammen eine Reportage darüber und machen alle öffentlich.“

„Wie jetzt? Das ... das ist doch dein Job! Da hast du doch die ganze Arbeit reingesteckt ...“

„Aber allein schaffe ich es nicht. Ich glaub, ich hab nicht die Kraft dazu, und ich würde sicher den Überblick verlieren. Und deshalb frage ich dich: Würdest du mir helfen?“

„Na logo! Das ist ja geil ... Ich meine, das ist eine große Ehre für mich.“

„Quark! Ich wäre dir unendlich dankbar. Durch die Berichterstattung über Starlight nach jener Nacht steckst du so tief im Thema drin wie niemand sonst. Außerdem hast du damit gezeigt, dass du das Zeug dazu hast. Aber ich muss dich warnen ..." Er legte einen nachdenklichen Gesichtsausdruck an den Tag.

„Wovor?"

„Du machst dir nicht nur Starlight zum Feind, sondern halb Frankfurt. Die Liste ist pures Dynamit. Sicher kennst du viele Namen darauf."

„Das macht mir nichts aus. Im Gegenteil. Ich brenne darauf, denen richtig einzuheizen."

„Das trifft es! Und das Ganze muss natürlich vorerst unter uns bleiben. Nur Eddie ist eingeweiht. Und euer Computerfreak, dieser ...?"

„Mario Kaspar?"

„Genau der. Er hat das System geknackt und uns die Liste besorgt."

„Cool! Wann legen wir los?"

„Sofort! Wir haben ne Schweinearbeit vor uns."

„Ich war noch nie motivierter als gerade jetzt."

„Na, dann los! Das müssen wir ausnutzen."

In den folgenden Stunden steckten sie die Köpfe zusammen und machten sich über die Todesliste her. Bei jedem neuen Namen, den sie aus der Presse oder persönlich kannten, schauten sie sich verwundert an.

Irgendwann traf Brick auf einen Namen, der ihm die letzte Illusion raubte. „Schau mal hier! Hauptkommissar Engländer. Der Ermittlungsleiter im Fall Natascha. Also auch er", sagte er zu Kati.

„Und was bedeutet das jetzt?"

„Tomovic hat ihn gekauft. Mit Sex bestochen, so was in der Art."

„Das ist ja ... die Höhe!"

„Ja, wenn man es schwarz auf weiß liest, wird einem ganz anders."

„Obwohl man es sich immer gedacht hat."

„Kein Wunder hat der Arsch nix rausgekriegt und sich nur auf mich als Verdächtigen konzentriert. Das muss ich gleich Schnauze sagen; der wird sich freuen, wenn er hört, was sein Vorgesetzter für einer ist." Brick widmete sich wieder der Liste.

Plötzlich stockte Kati. Sie war alphabetisch vorgegangen und auf der Liste bis V vorgedrungen. Mit dem Zeigefinger deutete sie auf einen weiteren Namen und schrie: „Boah! Ich breche zusammen. Der Veigel auch!"

Brick nickte. „Das hätte ich dir sowieso noch erzählt. Ich hab sogar Fotos von ihm. In Action, wenn du weißt, was ich meine."

„Ich ahne es. Und was machen wir mit dem Widerling?"

„Das lass mal meine Sorge sein. Für ihn hab ich mir was Besonderes ausgedacht. Der kriegt sein Fett weg!"

Als sie mit der Liste durch waren, warf Kati die entscheidende Frage auf: „Wie gehen wir weiter vor?"

Sie überlegten, die bekanntesten Personen der Namensliste anzurufen, um von ihnen ein Statement zu verlangen. Doch dann entschieden sie sich dagegen. Es konnte noch vor der Veröffentlichung des Artikels zu einem Tumult kommen und sie könnten Schwierigkeiten bekommen. Das wollten sie nicht riskieren. Also besser weiter verdeckt arbeiten.

Brick nahm sich alle Personen der Liste vor, deren Namen sie nicht kannten. Er recherchierte ihre Funktionen, ihre Stellungen in der Gesellschaft und alle Informationen, die ihm relevant erschienen.

Kati kümmerte sich um die bekannten Personen, schrieb etwas zu ihrer Biografie, ihren Jobs, ihren Familienverhältnissen.

Und je mehr sie damit beschäftigt waren, desto absurder wurde es. Fast alle waren nach außen glücklich verheiratete Familienväter in angesehener Position. Fast alle bekleideten ein Amt, eine Position, einen Job, standen auf irgendeine Art und Weise im Licht der Öffentlichkeit. Persönlichkeiten des öffentlichen Lebens, wie es so schön hieß. Je weiter sie wühlten und je tiefer sie drangen, desto widerlicher wurde es. Zum Vorschein kamen noch ein Pfarrer und ein Priester, der Leiter eines Jugendamtes, der Schulleiter eines Frankfurter Gymnasiums und der Leiter eines Knabenchors.

Und Brick stieß noch auf einen Bekannten. Mike Balisch, dessen Name jedoch nicht auf der Todesliste stand. Offensichtlich hatte er keine minderjährigen Mädchen gebucht. Das vermeintliche Date mit Natascha vorm Karmeliterkloster schien tatsächlich fingiert gewesen zu sein, ansonsten hätte sich sein Name in dem erlauchten Kreis der Fünfzig finden müssen.

Schließlich hatten Kati und Brick das nötige Rüstzeug zusammengetragen. Sie vergruben sich zwei volle Tage und Nächte, schrieben die Enthüllungsreportage, diskutierten jede einzelne Passage, verwarfen sie und schrieben neu, lasen sich gegenseitig Korrektur, redigierten, bis sie schließlich zufrieden waren und sämtliche Namen der normalen und der Todesliste untergebracht hatten.

In der Zwischenzeit hatten sie zweimal etwas beim Griechen bestellt, literweise Kaffee zu sich genommen und nur phasenweise ein Auge zugemacht.

Sie waren glücklich und am Arsch, als am frühen Morgen des dritten Tages der komplette Text in trockenen Tüchern war. Sie hatten eine aufrüttelnde Reportage zustande gebracht, das Filetstück jedes Journalisten.

„Und was geschieht jetzt damit?", wollte Kati wissen und gähnte.

„Ich informiere Eddie, dass wir soweit sind. Und dann nimmt er die Sache in die Hand und wird alles auf den Weg bringen. Vorher muss ich aber noch was anderes erledigen."

„Okay, ich hau mich hin. Wenn's was Neues gibt, weck mich einfach."

„Mach ich."

Brick ging an Katis Laptop, mailte Uwe Veigel eines jener Fotos mit Natalia im Whirlpool und schrieb einen Kommentar dazu. *Schauen Sie sich das an, Veigel! Davon gibt es jede Menge. Ich ruf Sie gleich an. B. Brick, FP.*

Es war jetzt 6.55 Uhr. Veigel war sicher schon wach, saß am Frühstückstisch, aß Marmeladenbrötchen, trank Kaffee und las auf dem Handy seine Nachrichten oder die Zeitung, bevor ihn sein Chauffeur abholen und in die Parteizentrale fahren würde. Brick wartete noch einen Moment, ging ans Fenster und öffnete es, bevor er zweimal tief durchschnaufte. Eine Minute später wählte er Uwe Veigels Nummer.

„Benjamin Brick von der FP", sagte er, als Veigel ans Telefon ging. „Ich nehme an, Sie wissen, wer ich bin."

„Ihr Name sagt mir etwas, ja. Ich weiß, dass Sie Journalist sind und wochenlang in U-Haft saßen. Was verschafft mir die – nun ja – zweifelhafte Ehre?"

„Haben Sie Ihre Mails schon gelesen?"

„Sicher. Was wollen Sie, Brick?", platzte Veigel mit sonorer Bassstimme heraus. „Geld?"

„Hören Sie mir jetzt gut zu, Veigel!", antwortete Brick in betont nüchternem Tonfall. „Sie erklären bis heute Mittag Punkt 12 Uhr Ihren Rücktritt und begründen ihn damit, dass Sie sich mit Ihrer Politik verrannt hätten. Habe ich mich klar ausgedrückt." Brick formulierte seinen letzten Satz bewusst nicht als Frage.

„Und wenn ich das nicht tue?", erwiderte Veigel.

„Erscheinen um eine Minute nach 12 Uhr die Bilder Ihrer letzten Whirlpool-Session in der Online-Zeitung und morgen in der Printausgabe. Und glauben Sie mir: Sie sind auf allen verdammt gut getroffen."

„Das nennt man Erpressung."

„Und wie man das nennt, was Sie treiben, dafür fehlen mir die Worte."

„Und wenn ich zurücktrete, was passiert dann mit den Bildern?"

„Das lassen Sie meine Sorge sein. Wenn Sie zurücktreten, wird gar nichts geschehen. Ende der Durchsage und schönen Tag noch!"

Brick klickte und legte das Handy weg. Er war emotional aufgewühlt und spürte Adrenalin durch seine Adern schießen. Sein ganzer Körper pulsierte, so hatte ihn das kurze Gespräch mit Veigel elektrisiert. Er atmete tief und gleichmäßig die frische Morgenluft ein. Obwohl todmüde, hätte er in diesem Zustand kein Auge zubekommen. Er entschloss sich, Gustav einen Besuch abzustatten.

Vorher mailte er Eddie auf dessen private Mailadresse die Reportage und sendete eine SMS hinterher, in der er ihn über den neusten Stand informierte und ihn bat, ihn auf dem Laufenden zu halten. Außerdem solle er einen seiner Freien plus Fotograf zu Uwe Veigel schicken. So wären sie vielleicht die Ersten, die über den Rücktritt berichten konnten.

Um 7.37 nahm Brick die U-Bahn. Es dauerte knapp fünfunddreißig Minuten, bis er bei Gustav war. Von Praunheim nach Niederrad musste er durch die halbe Stadt fahren. Er sah sie inzwischen mit anderen Augen.

Er kam an Gebäuden, Institutionen, Ämtern, Museen und Unternehmen vorbei, hinter deren Fassaden Männer saßen, die Kunden bei Starlight waren und die sich von Tomovic Sex mit Minderjährigen gekauft hatten.

Er fuhr am Hautbahnhof entlang und ließ das Bahnhofsviertel links liegen. Erinnerungen krochen hoch. An die heiße Zeit mit Alina, an die tödlichen Schüsse und ihr Röcheln in seinen Armen, kurz bevor sie für immer geschwiegen hatte. Schweigen musste.

Er wollte sich von diesem ganzen Dreck befreien, aber er wusste nicht wie.

Bei Gustav klingelte er Sturm und holte ihn aus dem Bett.

„Boah, Brick. Was willst du so früh? Ist was passiert?", trötete ihm ein verschlafener Gustav an der Wohnungstür entgegen.

„Wir sind durch. Darf ich reinkommen?"

„Klar."

Nachdem Gustav sich im Bad Wasser ins Gesicht geworfen und einen Kaffee in der Küche aufgesetzt hatte, pfefferte ihm Brick einen Zettel vor die Nase. Es war ein Teilausdruck der Namensliste. Einer darauf war dick umkringelt. „Hier! Kannst du mir das erklären?“, sagte er mit bretthårter Stimme.

Gustavs Herz rutschte ihm in die Hose, als er dort seinen eigenen Namen las. „Ehrlich, ich weiß nix davon.“

„Aber ich ...“ Brick grinste feist und Gustav merkte erst eine geraume Zeit später, dass Brick ihn hochgenommen hatte.

„Arschloch!“, kommentierte er. „Ist nicht lustig, mir morgens mit so nem Scheiß zu kommen.“

„Ich wollte dich nur informieren, dass dein Name da auftaucht, falls dich mal jemand darauf ansprechen sollte.“

„Und warum taucht er da auf?“ Gustav wirkte mitgenommen und genervt.

Brick gab ihm seine alte Kreditkarte zurück und erzählte ihm, dass er auf seinen Namen im Monopol die junge Russin von Starlight gebucht hatte, um mehr über Tomovic zu erfahren und näher an ihn heranzukommen.

Gustav nahm seine Kreditkarte entgegen und wirkte dabei, als schulde er Brick eine Erklärung. „Du musst mir glauben, dass ich dich in der Phase, als ich bei Starlight ein und aus marschiert bin, nicht hätte informieren können. Das wäre zu gefährlich gewesen. Ich habe Natalia alles erzählt; dass du Nataschas und ihr Vater bist und wie das früher war und so.“

„Dafür bin ich dir auch wirklich dankbar. Aber dass du überhaupt mit Tomovic ... Ich hasse dich dafür!“

„Ja, ja, ja! Ist ja schon gut. Ich weiß, dass ich ein altes Rindvieh bin. Das hätte ich nicht machen dürfen. Aber sieh es mal so: Vielleicht war es auch für was nütze ... Jemand musste dich ja bei Veigel rausholen, sonst hätten sie dir den Arsch aufgerissen ...“

„Soll ich jetzt vor dir auf die Knie fallen?“

„Quatsch! Aber du könntest wenigstens ein bisschen anerkennen, dass es die ganze Zeit über heikel war.“

„Ist mir schon klar.“

„Ich musste bei allem sehr, sehr vorsichtig vorgehen, sonst wäre ich auch als Fischfutter geendet wie Martens. Tomovic hätte nicht mit der Wimper gezuckt, mich auch umlegen zu lassen. Es tut mir leid, wenn ich dir das sagen muss. Aber wir waren alle nur ein Spielball für ihn. Ich. Du. Natascha. Natalia. Alle. Er spielt mit Menschen. Das ist seine Natur.“

„Darauf brauch ich jetzt einen Pernod. Hast du welchen da?“

„Dir ist nicht mehr zu helfen!“ Er wandte sich um. „Hast du mal auf die Uhr geschaut?“

„Warum?“

„Einfach sinnlos!“ Er schüttelte den Kopf. „Ich hol dir ein Glas.“

„Und dafür liebe ich dich! Es gibt nämlich was zu feiern.“

„Wovon redest du?“

„Erstens haben wir die Reportage fertig, die Eddie bald bringen wird, und zweitens“, Brick fing an, schelmisch zu grinsen, „erwartet dich später eine große Überraschung. Ich schlage vor, wir frühstücken zusammen und schauen dabei Hessischer Rundfunk. Könnte witzig werden.“

„Jetzt hast du mich richtig neugierig gemacht, verdammt! Komm schon, du musst es mir jetzt erzählen.“

„Keine Chance. Ich hole die Brötchen, und du deckst derweil den Tisch.“

***

Gustav tippte Brick auf die Schulter, der nach dem Frühstück direkt am Tisch eingeschlafen war. Im Hintergrund lief der Fernseher. Ein Reporter des Hessischen Rundfunks sprach aufgeregt in die Kamera. „... Veigel hätte sich, Zitat: „in seiner Politik verrannt“. Zitatende. So die offizielle Stellungnahme in einer Pressemeldung. Der führende Politiker der Konservativen Partei Frankfurts war bislang nicht bereit, ein persönliches Statement abzugeben.“

Brick riss die Augen auf und rieb sich den Schlaf aus den Augen. „Was er damit genau meint“, hörte er den Reporter weiter sagen, „ist bis zur Stunde unklar und bewegt sich im Bereich der Spekulation. Einige Parteigenossen zeigten sich konsterniert. Sein Stellvertreter, Claus-Jürgen Hartmann, meinte, er sei Zitat: „wie vor den Kopf gestoßen“ und könne sich Veigels Schritt in keiner Weise erklären. Erste Stimmen mutmaßen einen Machtkampf hinter den Kulissen. Persönliche Motivationsprobleme werden genannt. Fest steht bereits jetzt, dass Veigel ein kleines Beben innerhalb der Frankfurter Konservativen und der gesamten Stadtpolitik ausgelöst hat. Wir fragen uns, was ihn tatsächlich zu diesem Schritt bewogen hat. Eine Antwort erhalten wir wohl erst, wenn sich Veigel persönlich äußert. Wir halten Sie auf dem Laufenden. Und nun zurück ins Studio, mein Name ist Erich Vonnegut.“

Gustav stellte den Ton leiser und schaute Brick lange an. „Verrat mir eins, wie hast du das gedeichselt?“

„Klassische Erpressung, nichts weiter“, murmelte Brick. „Ich hab ihm gedroht, die Bilder mit Natalia zu veröffentlichen.“

„Weiß Eddie davon?“

„Niemand außer dir und mir.“

„Na, wenn das mal gutgeht!“

Kurz darauf rief Kati an und sprach aufgeregt ins Telefon. „Sag mal, du hast nicht zufällig was mit Veigels Rücktritt zu tun?“

„Ich?“, echauffierte sich Brick theatralisch. „Wie kommst du denn auf so etwas? Absurder Gedanke.“ Danach brach er in schallendes Gelächter aus.

„Musst du mir erzählen, wie du das eingefädelt hast.“

„Da gibt's nix zu erzählen. Ich hab ihm gesagt, er soll zurücktreten, sonst ... Na ja, den Rest kannst du dir denken.“

„Die Fotos, oder? Willst du sie jetzt nicht veröffentlichen?“

„Nein. Das würde ich Natalia niemals antun. Du kennst ja die Medienmeute, die würden sie quer durch den Kakao und wieder zurückziehen.“

6

In den nächsten beiden Tagen erlebte die Frankfurter Öffentlichkeit einen Rummel wie nie zuvor. Die Ereignisse und deren Kommentatoren überschlugen sich. Die Frankfurter Presse, die tatsächlich als Erste vor Ort vor Veigels Haus am Lerchesberg gewesen war, prägte den Begriff „Frankfurt Gate“. Als dann Katis und Bricks Reportage erschien und alle Namen öffentlich waren – insbesondere von jenen Männern, die sich minderjährige Prostituierte gekauft hatten –, stürzten sich alle darauf. Die anderen Zeitungen und Medienanstalten gerieten in Panik, sandten ihre Leute aus.

Die Stadt war wie ein Wespennest. Eine Schar von Reportern, Journalisten, Fotografen und Kameraleuten fielen überall dort ein, wo sie die bloßgestellten Männer vermuteten, und wollten Statements und Bilder aus erster Hand einholen. Niemand war bereit, auch nur einen einzigen Satz zu sagen, geschweige denn vor eine Kamera zu treten. Alle machten die Schotten dicht und verschanzten sich, so gut es eben ging. Die Medienvertreter belagerten die Häuser, die öffentlichen Gebäude und die Unternehmen. Andere zogen ab und versuchten woanders ihr Glück. Wollten Meinungen von Außenstehenden erhaschen, die nicht in den Skandal involviert waren. Umsonst. Es wagte niemand, angesichts der Dimension, die die Sache bereits wenige Stunden nach Erstveröffentlichung der Reportage anzunehmen schien, etwas zur Klärung beizutragen.

Die Kommentatoren überboten sich gegenseitig. Aufgrund des Lecks an abgesicherten Informationen verstiegen sie sich zunehmend in Spekulationen. Bis hin zu den wildesten Verschwörungstheorien: Jemand wolle die öffentliche Ordnung der Stadt untergraben und habe sich sämtliche ihrer Vertreter vorgenommen, um sie zu diskreditieren.

Um die Mittagszeit gab es erste Stimmen, die sich öffentlich äußerten.

Der Pressesprecher des Oberbürgermeisters war der Erste, der sich zu einem Statement hinreißen ließ. Er sprach von einem Supergau. Einem Einschnitt für Gesellschaft und Politik. Einem Wendepunkt, an dem es viel zu überdenken gäbe.

Nach dieser Aussage nahm niemand mehr an, die Reportage sei frei erfunden.

Zudem kamen erste Gerüchte auf, Veigels Rücktritt könne ebenfalls mit den Enthüllungen bei Starlight in Verbindung stehen. Der zeitliche Zusammenhang war frappierend und ließ Veigel in einem noch schlechteren Lichte dastehen.

Brick rieb sich die Hände, als er diese Nachricht vernahm. Genauso hatte er es sich ausgemalt. Jetzt, nachdem es eingetroffen war, verspürte er ein wenig Genugtuung.

Er hatte sich mit Kati bei Gustav getroffen. Schnauze war auch dabei, der Brick hin und wieder missmutig beäugte. Er hatte Bricks Verhalten ihm gegenüber immer noch nicht vollständig überwunden und konnte kaum glauben, was er im TV sah. Viele Sender waren live auf Sendung. Die Ereignisse überschlugen sich.

Natalia fehlte. Sie hatte sich zurückgezogen, konnte den ganzen Sermon nicht ertragen.

Kurz zuvor hatten Brick und Kati Eddie Zinnober ein exklusives Interview gegeben, das sofort online ging und innerhalb von wenigen Minuten zum meistgeklickten Artikel wurde, den die Zeitung jemals zu verzeichnen hatte.

Brick erhielt daraufhin Hunderte von Anfragen per Mail und SMS, die er zunächst geflissentlich ignorierte. Sein Handy hörte nicht mehr auf zu klingeln. Er stellte den Ton stumm.

„Ruhm und Ehre“, sagte Gustav. „Wie schmecken sie dir?“

„Hör mir bloß auf!“, antwortete Brick.

Schnauze verfolgte die Berichterstattung im TV und ebenso gebannt im Internet. Er hatte kaum Zeit zum Luftholen, ohne dass er das Gefühl hatte, etwas Neues zu verpassen.

„Ich kann mich nicht erinnern, und ich vergesse selten etwas,“, kommentierte er zwischendurch, „dass jemals jemand für so viel Wirbel gesorgt hat. Da muss erst Big Ben kommen.“ Er klopfte Brick auf die Schulter.

„Ich hoffe, dass unser kleiner Zwist damit wieder beigelegt ist“, antwortete Brick und reichte ihm die Hand.

„Kleiner Zwist? Aha! Na, wenn du es so ausdrückst, was bleibt mir da übrig.“ Er schlug ein und konnte sich ein Megagrinsen nicht verkneifen, angesichts der Tatsache, dass Brick es den Drecksäcken so richtig gezeigt hatte.

Es zeichnete sich rasch ab, dass es für Brick ein Triumphzug werden würde. Kati kam etwas zu kurz, dabei hatte sie den gleichen Anteil an dem Erfolg.

„Allein hätte ich es nicht hingekriegt, glaub mir. Ich werde in jedem Interview darauf hinweisen“, meinte Brick an Kati gewandt, „dass du die treibende Kraft und Hauptverantwortliche für die Reportage bist.“

„Du, lass mal!“, erwiderte Kati. „Schon okay. Ich sonne mich nicht so gerne im Rampenlicht.“

Ein weiterer Kracher folgte auf dem Fuße. In einer Pressemeldung, die um 16.15 Uhr die Redaktionen erreichte, gab der Leiter des Jugendamtes seinen Rücktritt bekannt. Begründung: Fehlanzeige.

„Zeit für ein Gläschen Sekt“, meine Gustav und köpfte eine Flasche Prosecco.

„Na ja“, mokierte sich Schnauze. „Das alles ist so erschütternd, einen Grund zum Feiern sehe ich ehrlich gesagt nicht.“

Es sollte nicht der letzte Rücktritt des Tages bleiben. Später ging es Schlag auf Schlag. Noch immer fehlte zwar eine offizielle Stellungnahme eines Beteiligten zu den Anschuldigungen, aber die Geschehnisse sprachen für sich. Innerhalb von einer Stunde, zwischen 18 und 19 Uhr legten zwölf weitere beschuldigte Personen ihre Ämter nieder, darunter ein Dezernent der Stadt, ein Museumsdirektor und ein Pfarrer.

Einige Journalisten harrten vor Veigels Haus auf dem Lerchesberg aus und versuchten sogar dort einzudringen, um endlich einen O-Ton von ihm zu bekommen.

Da sie sonst niemanden vor die Kamera bekamen, befragte ein Fernsehteam Leute auf der Zeil, was sie zu den Vorfällen und Enthüllungen zu sagen hätten. Ein Passant sah wütend in die Kamera und bezeichnete alle als Unmenschen. Danach ließ er sich dazu herab und formulierte: „Ich würde sie alle an die Wand stellen!"

Der Volkszorn kochte. Das spürte man in jeder Aussage.

Die Beschuldigten wurden zur Zielscheibe des Hasses der Bürger. Auf Twitter und Facebook gab es einen Shitstorm, der sich gewaschen hatte. Die Namen aller Beteiligten wurden veröffentlicht.

Es war eine Art Menschenjagd. Die Ereignisse hatten sich längst verselbständigt. Die Medienhetze kannte keine Grenzen mehr. Ehefrauen, Familienangehörige, sogar die Kinder der Männer wurden aufgesucht. Viele flüchteten aus der Stadt, andere verbarrikadierten sich. Engen Freunden und weitläufigen Bekannten wurden einige Worte entlockt, die man senden oder zitieren konnte, um überhaupt etwas Neues bieten zu können.

Eddie rief Brick auf Gustavs Festnetz an und richtete ihm herzliche Glückwünsche des gesamten Zeitungsvorstands und der Geschäftsleitung aus. Sie dankten ihm für seine großartige Arbeit. Auch die Redaktion schloss sich an, und Eddie überbrachte ihm von allen die besten Wünsche. Eddie war außer sich vor Freude. So viel Aufmerksamkeit und so hohe Klickzahlen hatte die Zeitung in den letzten Jahren zusammen nicht gehabt wie an diesem einzigen Tag.

So ging es den Abend weiter. Es hagelte Glückwunschmails, Schulterklopfer und Gratulations-SMS von überallher.

Es war ein Sieg auf ganzer Linie. Ein triumphaler Erfolg.

Brick war irgendwann dazu übergegangen, Pernod zu trinken. Die Reporterfressen und der Sensationshype, der auf allen Kanälen plastisch zu bewundern war, gingen ihm auf den Geist. Noch schlimmer: Sie ekelten ihn an. Er hatte bereits vier oder fünf Gläser intus und zitterte wie Espenlaub, schien mit der Situation nicht klarzukommen.

„Macht dir irgendwas Kummer?", erkannte Kati als Erste Bricks mürrische Mimik.

„Vieles", antwortete er vielsagend.

„Aber da ist doch was ... Ich meine, irgendwas liegt dir doch gewaltig auf der Leber. Oder täusche ich mich?"

„Ich will ... Ich muss ...", verhaspelte er sich und wusste nicht, wie er es ausdrücken sollte. „Wir reden später drüber", beendete er das Gespräch und schenkte sich stattdessen noch ein weiteres Glas Pernod ein.

Brick wusste natürlich genau, was es war.

Tomovic!

Er konnte seine Freilassung nicht verwinden. Für seine schweren Verbrechen, den Mord an Natascha und die Vermittlung Minderjähriger zur Prostitution, würde sein Erzfeind nicht büßen müssen. Und genau das saß Brick wie ein Stachel im Fleisch. Er pochte an seinen Gehirnwindungen und ließ ihn nicht zur Ruhe kommen.

Brick fühlte sich blutleer – und dieses Gefühl ließ sich nicht einmal in Pernod ertränken.

KAPITEL 8

1

Drei Tage später hatten sich die medialen Donnerwolken über Frankfurt verzogen und waren von aktuelleren Ereignissen in die Ecke gedrängt worden.

Inzwischen gab es niemanden mehr, dessen Name in der Reportage genannt wurde und der noch auf seinem Posten verblieben war. Viele waren von sich aus zurückgetreten, einige wurden zurückgetreten. Der öffentliche Druck war zu groß gewesen.

Es waren Anzeigen bei der Staatsanwaltschaft eingegangen und Morddrohungen bei der Presse. Die Polizei nahm sie ernst und stellte die avisierten Personen unter Polizeischutz.

Brick saß zu Hause in seiner Wohnung und starrte die Wand an. Die Euphorie hatte endgültig der Ernüchterung Platz gemacht, als er im Fernsehen Tomovic gesehen hatte. Er stellte sich immer noch als eine Art Partnervermittler dar, der die Treffen lediglich anbahnte und keine Verantwortung dafür übernehmen wollte, was anschließend ablief. Rechtlich gesehen konnte ihm niemand etwas anhaben.

Brick war längst wieder auf dem Boden der Tatsachen angelangt, dort, wo er sich eigentlich am wohlsten fühlte. Jetzt war das Gegenteil der Fall. Dass Tomovic entkommen war, zehrte schwer an seinen Nerven. Er fand keine Haltung zu der Sache. Spürte permanent so etwas wie einen Antrieb. Aber was sollte er tun?

Es war ein Regennachmittag. Wenn er aus dem Fenster schaute, sank seine Laune weiter. Mit Eddie hatte er gestern ein Gespräch geführt. Er wollte, dass Brick wieder regelmäßig für die Zeitung schrieb. Bot ihm an, sich die Themen selbst auszusuchen. Gab ihm freie Hand und stellte ihm auch eine engere Zusammenarbeit mit Kati in Aussicht.

Aber Brick hatte abgelehnt. Konnte sich nicht aufraffen. Es war ihm zu früh. Er brauchte Zeit, konnte noch nicht wieder einsteigen.

Es bestand auch kein Druck. Brick hatte von diversen Medien einige erkleckliche Summen gezahlt bekommen für Fototermine und Interviews. Mindestens drei Fernsehtermine in Talkrunden standen noch aus.

Mit Schnauze war zwar noch nicht wieder alles im Reinen, aber sie näherten sich wieder an. Es musste nur noch etwas Gras über die Sache wachsen, dann könnte alles wie früher werden.

Gustav hatte er immer noch nicht ganz verzeihen können. Auf der anderen Seite war er sein ältester Freund und Kumpel, mit dem er in den frühen Tagen durch dick und dünn gegangen war. Auch dieses Verhältnis würde sich früher oder später wieder normalisieren.

Die Klingel ging. Nanu, dachte er sich. Er erwartete niemanden. Vielleicht ein Reporter, der sich verirrt oder in der Zeit vertan hatte.

Brick erhob sich mühsam und wankte an die Tür. Er drückte den Haustürsummer, worauf es wieder an der Wohnung klingelte. Der Besucher war also bereits oben. Brick drückte die Klinke nach unten und öffnete. Doch als er durch den Türspalt hinaus in ein Gesicht blickte, mit dem er am wenigsten gerechnet hatte, erkannte er, dass er sehr unvorsichtig gewesen war.

„Stör ich?“, fragte Tomovic und grinste.

Bricks Blick huschte misstrauisch über Tomovics Schulter ins Treppenhaus und suchte die Treppe hinter ihm ab.

„Keine Angst. Nur wir zwei“, sagte er. „Sie und ich, Brick. Ich hab meinen Leuten freigegeben. Und ich hab auch keine Waffe. Nicht so wie Sie, als Sie mich in der Villa besucht haben.“ Er hob die Hände, als wolle er signalisieren, dass er tatsächlich nichts und niemanden dabeihatte.

Ernüchtert blickte Brick ihn an und öffnete die Tür. „Was wollen Sie?“, blaffte er ihn an.

Und noch bevor er sich Tomovic breitbeinig in den Weg stellen konnte, stapfte Nataschas Mörder, sein Hassobjekt, mit schweren Schritten an ihm vorbei in die Wohnung, spazierte den Flur entlang, als kenne er sich perfekt aus, und landete im Wohnzimmer.

„Hey, Moment mal!“, rief Brick ihm hinterher, konnte ihn aber nicht stoppen.

Tomovic ließ sich auf die Couch fallen und blickte den heranstürmenden Brick belustigt an.

„Was soll das?“, insistierte Brick. „Ich hab Sie nicht eingeladen. Verschwinden Sie wieder!“

Tomovic lachte hohl. „Brick, Brick! Sie verkennen die Lage. Mich braucht niemand einzuladen. Ich komme und gehe, wann ich will. Und jetzt bin ich hier. Setzen Sie sich!“ Er machte eine Geste zu dem Sessel gegenüber.

„Ich hab keine Lust auf einen Plausch. Und mit Ihnen schon gar nicht. Darauf kann ich gut verzichten.“ Er verschränkte die Arme vor der Brust und ging in Abwehrhaltung.

„Ich weiß, dass Sie mich hassen. Abgrundtief hassen. Vielleicht so tief wie kein anderer Mensch auf dieser Welt. Dabei müssten Sie mir dankbar sein."

„Sie überschätzen meine Fähigkeiten zu hassen." Bei Tomovics Anblick spielten Bricks Gefühle verrückt. Einerseits hätte er ihn am liebsten auf der Stelle erwürgt, andererseits weckte sein Besuch tatsächlich Interesse, weil sich ihm dessen Zweck nicht erschließen wollte.

„Durch mich und Starlight, Brick, sind Sie rehabilitiert. Sie mischen wieder mit. Sie sind der Star der Szene. Ist das etwa nichts?"

„Sie wissen, dass mir das scheißegal ist."

„Und deswegen schätze ich Sie, Brick. Zu schade, dass wir auf verschiedenen Seiten stehen."

Brick ging dieses Gelaber auf die Nüsse. „Was wollen Sie? Warum sind Sie hergekommen? Sie haben doch sicher genug damit zu tun, Starlight wieder flott zu machen."

Tomovic ging nicht darauf ein und ließ seinen Blick durch die Wohnung schweifen. „Ist Natalia nicht da?"

„Shoppen, glaub ich."

„So ein Pech. Hätte gerne ein paar Worte mit ihr gewechselt. Immerhin hat sie auf mich geschossen."

„Auf den Mörder ihrer eigenen Schwester. Ihr größter Wunsch ist es, Sie tot zu sehen. Das liegt doch auf der Hand. Was macht Ihre Schulter?"

„Geht so. Morgen gehe ich zum ersten Mal wieder reiten. Mal sehen, ob ich mich schmerzfrei im Sattel halten kann."

Brick fixierte Tomovic. Seine Glatze war nicht frisch rasiert. Sein Teint schien blasser als früher. Er bekam den Eindruck, der Gefängnisaufenthalt hatte ihm nicht gut getan.

„Wissen Sie eigentlich, dass ich Alina von früher kannte?", warf Tomovic so plötzlich in den Raum, dass es Brick fast die Beine unterm Hintern wegzog. Auf so etwas war er in keiner Weise vorbereitet gewesen. Er zog es nun doch vor, sich zu setzen, und ließ sich in den Sessel gleiten.

„Wir hatten uns damals im Viertel kennengelernt. Ich war noch Türsteher und sie tanzte jede Nacht. Bis sie schwanger wurde. Sie haben sich wirklich die Beste ausgesucht, Brick. Das muss man Ihnen lassen."

Brick starrte ihn an, konnte seine Augen nicht von ihm nehmen. „Warum erzählen Sie mir das?"

Er blinzelte, offensichtlich etwas zu auffällig, denn Tomovic bemerkte: „Sie brauchen nicht nervös zu werden."

„Nervös? Ha! Ich wusste gar nicht, dass Sie ein Witzbold sein können."

„Ich erzähle Ihnen das, weil ich weiß, dass die Vergangenheit Sie nicht loslässt. Dass sie Ihnen im Genick sitzt und sich festgebissen hat wie eine Python."

Brick biss sich auf die Unterlippe. „Wie kommen Sie auf so nen Scheiß?"

„Ich kenne Sie besser, als Sie denken. Alina und Natascha übrigens auch. Ich hatte ihr mal von ihrer Mutter erzählt. Wie sie schwanger wurde, sich vor Ihnen versteckt hat und ich Gerüchte streute, sie sei wieder in die Ukraine zurückgegangen. Dabei hatte ich sie bei einem Freund von mir in Wiesbaden untergebracht."

„Warum haben Sie das getan?"

„Sie hatte Talent. Sah klasse aus. Aus ihr hätte was werden können. Ich hatte schon immer ein Auge für gewinnbringendes Kapital."

„Und sie ist freiwillig zu Ihnen gekommen?"

„Klar! Mit Ihnen wollte sie nichts mehr zu tun haben. Sie brauchte einen Unterschlupf und jemanden, der sich um sie kümmerte. Ich war damals ein junger, aufstrebender Typ in der Szene und ich glaube, sie setzte einige Hoffnungen in mich, dass ich ihr den Weg ebnen könnte, eine große Rotlichtkarriere zu machen."

Brick schüttelte den Kopf. So viel Irrsinn auf einmal war fast nicht zu ertragen.

„Doch dann kamen ja erst mal die Zwillinge", fuhr Tomovic fort. „Ja, ich habe es von Anfang an gewusst, dass sie zwei Töchter geboren hatte. Es lief alles gut, bis sie diesen dummen Entschluss fasste, wieder zurückzugehen ins Frankfurter Bahnhofsviertel. Und dann kam jene Nacht ..."

„Ihr Tod? Sagen Sie nur, Sie waren dabei?"

„Nicht direkt. Aber die Todesnachricht hat sich schnell rumgesprochen. Der Rockerkrieg war auf dem Höhepunkt und die Lage sehr sensibel. Das war der Zeitpunkt, als ich mich gerade aus dem Viertel verabschiedet hatte. War mir zu heikel geworden. Und dann hat es ausgerechnet Alina erwischt. Eine Tragödie."

„Vielleicht sollte es so kommen."

„Sie meinen Schicksal oder Fügung? Davon halte ich nichts. Aber ich war natürlich überrascht, als Natascha Jahre später vor mir stand und nach einem Job fragte. Sie hatte von meiner Verbindung zu ihrer Mutter gehört. Den konnte ich ihr doch nicht verweigern." Tomovic lächelte. Er schien das Stelldichein tatsächlich zu genießen.

Brick grummelte. Er wollte sich um keinen Preis provozieren lassen. „Was soll das hier werden, eine Beichte?", fragte er.

„Vielleicht will ich mir das alles von der Seele reden."

„Fuck you! Seele? Nehmen Sie das Wort besser nicht in den Mund. Außerdem hätten Sie doch längst alles der Polizei erzählen können."

„Seh ich so aus, als sei ich bescheuert? Ich liefere mich denen doch nicht aus."

„Mir kommen die Tränen."

„Mir auch, wenn ich an die Zeit zurückdenke, als Natascha, diese Göre, auf die fixe Idee kam, ihren Vater ausfindig machen zu wollen. Wenn sie schon keine Mutter mehr hatte, wollte sie unbedingt ihren richtigen Vater kennenlernen. Sie hat keine Ruhe mehr gegeben. Sie wollte ums Verplatzen wissen, wer er ist. Und genau damit fing das Dilemma an. Sie hat an nichts anderes mehr gedacht. Hat ihren Job vernachlässigt und überhaupt alles. Zum Schluss hat sie nur noch Ärger und Probleme gemacht. Irgendwann hat sie mich und unsere Geschäftspraktiken gehasst. Das war zu gefährlich auf Dauer. Wir konnten es nicht hinnehmen."

„Aha, ein Geständnis!"

„Keineswegs!"

„Zu schade, dass ich es hier nicht aufzeichnen kann. Sei's drum, ich wusste immer, dass Sie vor Mord nicht zurückschrecken!"

„Sagen wir so: Wir haben uns eine elegante Lösung überlegt, sie aus dem Weg zu schaffen. Und Sie dafür büßen zu lassen."

„Büßen? Mich?", brauste Brick auf.

„Verstehen Sie das nicht? Sie haben mir die Scheiße eingebrockt. Sie war ein gutes Mädchen. Meine Beste, bis sie sich dieses Hirngespinst in den Kopf gesetzt hat."

„Welches?"

„Na, Sie zu finden!"

„Wollen Sie etwa Verständnis von mir, dass Sie meine Tochter getötet haben? Sie müssen komplett hirnverbrannt sein! Wer so was bringt, hier einfach anzutanzen und so einen Quark von sich zu geben, kann nur völlig gefühlskalt und skrupellos sein."

„Im Gegenteil: Es zeigt meine Anteilnahme an Ihnen."

Da Bricks Augen Fragezeichen aufwiesen, fuhr er fort: „Nataschas Verlust hab ich mit Natalia kompensiert, aber auch die hat Schwierigkeiten gemacht."

„Soll ich Sie auch noch bemitleiden?"

„Ich wollte Ihnen nur erklären ..."

„Jetzt reicht's! Sie müssen mir gar nichts erklären. Raus jetzt! Hauen Sie endlich ab! Ich kann Ihre beschissene Visage nicht mehr ertragen."

„Ich fürchte, das geht nicht." Tomovic lehnte sich auf der Couch zurück, als sei er der Herrscher in Bricks Reich.

„Machen Sie, dass Sie rauskommen, aber plötzlich. Sonst schmeiß ich Sie raus! Überhaupt hierher zu kommen ... Was soll dieser Auftritt? Sie sind total durchgeknallt." Er presste die Lippen zusammen, seine Mundwinkel waren sichtlich angespannt.

Tomovic lehnte sich nach vorne und hob die Hand. „Brick, beruhigen Sie sich! Sie glauben vielleicht, ich habe die Kontrolle verloren ..."

„Was Sie haben oder nicht, interessiert mich einen Scheißdreck."

„Sie irren sich gewaltig." Tomovic zog sein Handy aus der Hosentasche und drückte einen Knopf. „Drago? Ja, gib sie mir!" Er sprach besonnen und sah Brick dabei lange in die Augen. Nur einige Sekunden später reichte er ihm sein Handy. „Hier, sprechen Sie mit ihr!"

„Ja, hallo? ... Wer ... wer ist denn da?"

„Natalia", hörte er eine verängstigt klingende Stimme. „Sie haben ... haben mich entführt."

Bricks Herz blieb stehen. Es war, als hätte ihm jemand sein Herz vereist. Es klirrte in ihm, konnte jede Sekunde auseinanderbrechen.

Verdammt! Das konnte nicht sein.

„Natalia", antwortete er zaghaft. Es hörte sich holpriger an, als er sich vorgenommen hatte. „Bleib ganz ruhig. Sie werden dir nichts tun." Brick schloss die Augen. Gerade als er weiterreden wollte, beugte Tomovic seinen Oberkörper nach vorne und riss ihm das Handy aus der Hand.

„Wir melden uns später, tschüss!", rief er hinein und stellte es anschließend aus, während er sich wieder auf die Couch fallen ließ.

Brick drohte Tomovic mit erhobenem Zeigefinger. „Wenn Natalia auch nur ein Haar gekrümmt wird, werde ich nicht eher ruhen, bis Sie unter der Erde liegen." Er bekam das innerliche Beben nur schwer in den Griff.

„Sie haben mein Geschäft zerstört, Brick. Starlight ist am Arsch. Meine Reputation dahin. Ich muss von Neuem beginnen."

Bricks Augenbrauen hoben sich. „Ich werde Sie töten und sonst gar nichts! Damit Sie für immer Ihre Schnauze halten."

„Brick, ich werde mich sicher nicht endgültig von Ihnen ruinieren lassen."

„Wovon reden Sie eigentlich?"

„Einer unserer Computerfuzzis hat entdeckt, dass Natalia einen Serverzugang im Netz hat und dass das Einreitvideo dort deponiert war."

„War?"

„Wir haben es dort gelöscht. Und von Ihnen will ich jetzt die Videokamera mit dem Film und sämtliche Dateien, die Sie irgendwo hinterlegt haben."

„Warum?"

„Soweit ich weiß, ist es das einzige Beweisstück, mit dem man mir noch an den Karren pissen könnte. Und deshalb muss ich es vernichten. So einfach ist das."

„Und Natalia?"

„Ihr wird nichts passieren, wenn Sie kooperieren."

„Das glaube ich Ihnen nicht. Wie soll das ablaufen?" Brick war so in Rage, er konnte sich kaum zügeln.

„Wie viele Kopien von dem Film haben Sie?"

„Nur zwei. Eine auf der Kamera und eine Datei auf meinem USB-Stick."

„Soll ich Ihnen das glauben? Was ist zum Beispiel mit Ihrem Laptop?"

„Den können Sie gerne prüfen."

„Mache ich. Und Sie haben das Ding nirgends hingeschickt?"

„Passen Sie auf, Tomovic. Das ist so heißes Material, das zeige ich doch nicht in aller Welt rum, oder?"

„Okay, okay. Überlegen Sie vorsichtshalber noch mal in Ruhe. Wir haben es nicht eilig. Und wenn später davon doch etwas in der Öffentlichkeit auftaucht, dann kann ich für nichts garantieren."

„Ich sage Ihnen doch: zwei Kopien. Mehr nicht. Also?"

„Gut, ich will Ihnen glauben. Ich rufe jetzt Drago an, er soll mit Natalia vorfahren. Wenn ich die Kamera und den USB-Stick habe, bekommen Sie Natalia. Und jetzt nehme ich mir Ihren Laptop vor."

Brick sah Tomovic gebannt an.

„Sie schweigen?", fragte Tomovic.

„Ich denke nach."

„Worüber?"

„Geht Sie einen Scheiß an." Seine Stimme balancierte auf dem schmalen Grat zwischen Hass und Verachtung. „Okay, ich hole den Laptop."

2

Als die schwarze Limousine eine halbe Stunde später vor Bricks Haus vorfuhr, stieg Natalia hinten aus, rannte auf den wartenden Brick zu und fiel ihm schluchzend in die Arme. Tomovic stieg vorne mit der Kamera und dem USB-Stick ein. Den Laptop hatte er überprüft. Er war nicht fündig geworden.

Drago legte einen Gang ein, fuhr zwanzig Meter weiter und drehte. Als sie wieder an Bricks Haus vorbeifuhren, ließ Tomovic das Fenster herunterfahren. „Und keine Mätzchen, Brick. Wenn das Video doch noch irgendwo auftaucht, bekommt es Ihrer Hurentochter schlecht. Das verspreche ich Ihnen!"

In diesem Augenblick beschleunigte die Limousine. Kurz darauf bog sie rechts in die Gutleutstraße ab und war außer Sichtweite.

Brick umarmte Natalia und führte sie in die Wohnung. Sie war kaum zu beruhigen. Weinte und schluchzte, schien völlig aufgelöst zu sein. Er reichte ihr ein Taschentuch.

„Hört das denn nie auf?", krächzte sie, doch in einem Schwall aus Tränen gingen ihre Worte unter. „Die werde ich nie los!"

Brick legte ihren Kopf auf seine Schulter und streichelte über ihren Hinterkopf.

Nachdem die Tränen im Taschentuch versiegt waren und Natalias Wimmern ein wenig nachgelassen hatte, seufzte Brick.

„Wie ist das passiert?", fragte er seine Tochter.

„Die ... die haben mir aufgelauert, vorne an der Straße. Ich wollte mit der U-Bahn in die Innenstadt fahren, als plötzlich die Limousine neben dem Bordstein hielt und mich der eine Gorilla hinten reingezerrt hat. So schnell konnte ich nicht gucken. Drago ist gefahren und meinte, wenn Brick klug ist, wird mir nix passieren. Was ... was wollte Tomovic von dir?"

„Das Video", antwortete Brick.

„Und, hast du es ihnen gegeben?"

„Ich musste. Das war der Deal. Du gegen das Video."

„Und du hast keine Kopie mehr?"

„Nein."

„Zum Glück hab ich noch eine auf dem Server liegen."

Brick strich über ihre Wange, wo sich der Ansatz eines Lächelns abzeichnete. „Leider nein. Sie sind dir irgendwie auf die Schliche gekommen und haben das Video auf dem Server gelöscht."

„Du meinst ... wir haben das Video nicht mehr?" Sofort zeigten sich neue Tränen in ihren Augen. Sie starrte ihn flehentlich an und schluchzte krampfhaft.

„So ist es!"

Natalia sank in seine Arme. Er begann ihren Nacken zu massieren. „Dann ... dann haben wir jetzt nichts mehr gegen ihn in der Hand, stimmt's?"

„Leider."

„Und dann werden sie ihn nicht mehr kriegen, gell?" Sie weinte jetzt noch heftiger.

„Ich fürchte nicht."

3

Brick schüttelte den Kopf. Er ärgerte sich maßlos. Die tiefe Verunsicherung, die Natalia gepackt hatte, ging ihm nahe. Er spürte so etwas wie eine bodenlose Ohnmacht. Das Video hatte er extra in der Hinterhand gehalten. Für den Fall der Fälle. Um Tomovic im richtigen Augenblick unschädlich machen zu können. Und er hatte sich eingebildet, auf dem USB-Stick sei es sicher.

Er war so ein Hornochse.

Ein alter, nichtsnutziger Depp.

Und einer, der nun eines begriffen hatte: Es würde nie enden.

Sie würden nie Ruhe haben vor Tomovic. Umgekehrt würde dieser ihnen immer wieder in die Quere kommen.

Es sei denn ...

Es sei denn, er würde einen Schlussstrich ziehen.

Einen echten Schlussstrich. Und was das in letzter Konsequenz hieß, dessen war er sich mehr als bewusst.

Brick nahm Platz am Esszimmertisch und stützte seinen Kopf auf beide Hände. Aus dem hinteren Teil der Wohnung hörte er, dass Wasser in die Wanne lief. Natalia nahm ein Bad, wollte sich etwas entspannen.

Eines stand für Brick fest, seit Tomovic in der Limousine abgerauscht war: Er musste ihn unschädlich machen, sonst würde die Tortur weitergehen. Sonst würde er sie verfolgen, und wenn es nur im Kopf, in Gedanken war. Und das Wichtigste: Sonst würde dieser Verbrecher davonkommen. Das durfte er nicht zulassen.

Vor seinem geistigen Auge lief ein Film ab. Er stand über Tomovic und stieß ihm ein Messer in die Brust. Mit zwei, drei gezielten Schnitten holte er ihm das Herz, das ohnehin keinem Zweck diente, heraus und hielt es wie eine Trophäe in die Luft.

Er schüttelte seine Gedanken ab. Hier saß er, aber er fühlte sich gezogen wie von einem hungrigen Rudel Huskies durch eine eiskalte, arktische Schneelandschaft. In dieser ganzen Zeit hatte er immer gedacht, er habe nichts mehr zu verlieren und sein Leben sei längst verloren. Und jetzt war alles anders. Er hatte sehr wohl etwas zu verlieren. Und dabei dachte er an Natalia. An seinen inneren Frieden, den er, solange Tomovic auf dieser Erde weilte, nicht würde finden können.

Immer wenn sich Brick an die Wand gedrängt sah, arbeitete sein Gehirn auf Hochtouren, als würde er eine Art Turbo einschalten. So auch jetzt. Er wusste nicht woher, aber plötzlich war sie da: eine Idee. Für ihre Umsetzung brauchte er jemanden. Er stand auf und wählte Gustavs Nummer. Aus dem Bad hörte er Natalias leisen, melancholischen Singsang.

It's a wonderful ... wonderful life.

„Was gibt's denn, alter Junge?", fragte Gustav. Er schien gute Laune zu haben.

„Ich brauche deine Hilfe", antwortete Brick kurz und knapp und mit einem gewissen Ernst in der Stimme. „Du bist mir ohnehin noch was schuldig!"

Genauso empfand es auch Gustav. „Oh je", erwiderte er keck. „Das klingt nach Ärger."

„Könnte gut sein. Aber deswegen lässt du mich doch nicht hängen, oder?"

4

Als die Sonne am frühen Samstagvormittag über die Häuserspitzen von Berkersheim kam, steckte sich Brick die erste Zigarette des Tages an. Wochenlang hatte er aufs Rauchen verzichtet. Es war ein halbherziger Versuch, damit aufzuhören. Jetzt musste es wieder mal sein.

Brick atmete den herben Duft des frühen Herbstes ein. Es roch nach Äpfeln und Laub und ein kühler Luftzug wehte ihm um die Nase. Er stand verborgen unter einem Baum, trug eine Mütze, unter die er seine inzwischen wieder etwas länger gewordenen Haare gepackt hatte, und eine große Sonnenbrille. Hinter ihm floss die Nidda in ihrem renaturierten Flussbett von Bad Vilbel kommend an dem Frankfurter Vorortstadtteil vorbei. Außer den Schreien einiger zankender Vögel war nichts zu hören.

Keine fünfzig Meter weiter lag Tomovics Rennstall. Brick erkannte die Stallungen, eine Art Scheune und ein weitläufiges Außengelände zum Ausreiten. Einige Pferdeanhänger waren am Rande neben den Pferdeställen geparkt.

Brick hatte Gustav gebeten, sich mit Tomovic zwecks Übergabe des restlichen Schuldgeldes zu verabreden. Tomovic war nicht gleich darauf eingegangen, hatte erst nachgefragt, woher das Geld stammte. Aber Gustav hatte eine gute Antwort parat. Die gekündigte Lebensversicherung. Daraufhin hatte Tomovic zugestimmt und ihm mitgeteilt, Gustav könne ihn früh am nächsten Morgen in seinem Rennstall treffen. Er wolle sich ein neues Pferd anschauen und ausreiten.

Für das Anbahnen des Treffens mit Tomovic war Brick Gustav dankbar.

Brick klappte den Kragen seiner Lederjacke hoch und zog den Nacken ein. Er beobachtete einen Jockey auf einem Hengst, etwa dreißig Meter vor ihm entfernt. Die beiden schienen eine Einheit zu bilden, wirkten harmonisch.

Auf den zweiten Blick erkannte er dann ihn. Tomovic. Die Statur, die Bewegungen. Sein Erzfeind zügelte das Pferd nach etwa hundert Metern, strich ihm über den Scheitel und die Mähne, tätschelte das Genick des Tieres. Der schwarze Hengst stieß Atem aus den Nüstern. Sein Schweif flog durch die Luft.

Tomovic wendete mit dem Pferd und kam im Schritt zurück zu den Stallungen.

Brick verbarg sich hinter dem Baumstamm und wartete ab, bis er ins Innere der überdachten Stallungen geritten war. Er nahm den letzten Zug, warf die Kippe zu Boden und trat sie aus. Dann verließ er sein Versteck und schlich sich langsam und vorsichtig aufs Gelände. Mit Bedacht setzte er einen Fuß vor den anderen und hielt Ausschau nach Mitarbeitern oder Stalljungen. Es schien niemand hier zu sein. Er nutzte die Chance, sprang zu den Pferdeställen und stellte sich mit dem Rücken an die Außenwand. Sein Herz klopfte – wie immer, wenn er von Tomovics Anwesenheit wusste.

Nach einer Weile lugte er um die Ecke. Tomovic hatte den Hengst in die dritte Box von links geführt. Brick zählte auf Anhieb etwa zehn Boxen, von denen aber die meisten leer standen. Lediglich in drei Boxen sah er Pferde stehen.

Tomovic hatte den Bauchgurt abgeschnallt, den Sattel vom Rücken des Pferdes genommen und ihn außerhalb der Box drapiert. Er nahm etwas Stroh und rieb einige nasse Stellen am Hals und unterm Sattel ab, klopfte ihm immer wieder zart und ermunternd auf die Schulter, war ganz bei der Sache.

Tomovic schien nicht mitbekommen zu haben, dass er Besuch in den Stallungen bekommen hatte, denn er erschrak, als er hinter sich eine Stimme vernahm.

„Schöne Anlage hier", rief Brick und trat unmittelbar an die Pferdebox heran, in der Tomovic sich ruckartig umwandte und das Stroh zu Boden warf.

„Moment mal", rief er. Er starrte Brick ungläubig an. „Ich hatte Gustav erwartet." Tomovic suchte mit den Augen die Stallungen ab, sah aber niemanden.

„Wer sind Sie?" Tomovic schien unsicher zu sein.

Brick lüftete einen Moment die Kappe, nahm die Sonnenbrille ab und steckte sie in die linke Jackentasche. „Erkennen Sie mich nicht?"

„Ach, Sie sind es, Brick! Was wollen Sie?"

Brick hielt die Hände in den Taschen verborgen und rückte noch ein Stück näher. „Kommen Sie öfter allein hierher?"

„Immer wenn ich meine Ruhe haben will. Oder wenn mich jemand sprechen möchte. Wo ist Gustav?"

„Er lässt sich entschuldigen. Hat zu tun und mich geschickt."

„Dann geben Sie mir das Geld und verschwinden Sie, Brick! Sie sehen ja, dass ich beschäftigt bin."

„Also gut", sagte Brick und ging dicht bis vor Tomovic, sodass ihre Nasen sich fast berühren konnten. Er zog auf die Schnelle seine rechte Hand aus der Jackentasche, doch statt einer Tüte mit Geld hielt er ein kleines Gerät mit schwarzem Griff in der Hand. Brick setzte den Elektroschocker auf die Flanke des Pferdes, grinste dabei und versetzte dem Tier einen Elektroimpuls. Sofort trat Brick wieder einen Schritt zurück.

Das Pferd scheute und schlug mit den Vorderhufen wild um sich. Etwas, das sich nach Knochen anhörte, knackte.

Tomovic brüllte wie am Spieß.

Brick verpasste dem Tier einen erneuten Elektroschock, glitt danach aus der Box, schloss das Gitter, wischte den Gittergriff ab und entfernte sich rasch.

Es war viel besser gelaufen, als er zu hoffen gewagt hatte.

Er setzte die Sonnenbrille und die Mütze auf, die er tief in die Stirn zog. An der rückwärtigen Wand nahm er einen Seitenausgang, der direkt zu einem Pferdegehege führte. Hinter den Stallungen boten ihm zudem ein paar Bäume Sichtschutz. Er ging langsam zum Radweg, der an der Nidda entlang ging. An diesem Samstagmorgen begegnete er einigen Läufern, die hier trainierten. Einigen Fahrradfahrern. Während er Bonames und den kleinen Flugplatz rechts liegen ließ und seinen Weg Richtung Eschersheim fortsetzte, stieg die Sonne gemächlich an. Sein Spaziergang brachte ihn direkt zum ersten Wasserhäuschen, an der Eschersheimer Landstraße, wo er sich einen Pernod genehmigte.

Und danach noch einen.

Epilog

Der Gedanke an das, was hinter ihm lag, beunruhigte Brick kaum noch. Er hatte ihn in Pernod ertränkt, und er war einer untätigen Gleichgültigkeit gewichen.

Manchmal fühlte er sich zum Sterben traurig. Ihn quälten die Bilder der Toten, die ihn auf seinem Lebensweg begleitet hatten. Dann musste er sich beherrschen, nicht in Tränen auszubrechen.

Manchmal ging er jetzt ins Moseleck, eine Kneipe am Rande des Bahnhofsviertels, keine fünf Minuten zu Fuß von seiner Wohnung. Wahrscheinlich, so sagte er sich, wollte er ein bisschen unter Leute. Oder ihn zog die alte Atmosphäre von früher an, die in der Erinnerung allerdings strahlender und imposanter gewesen war.

Die Realität ernüchterte ihn. Einige harmlos wirkende Zecher saßen am Tresen. Jeden Tag die gleichen. Es stank nach warmem Furz, Bierpfützen und Klostein, wenn man zu nah am Durchgang zu den Toiletten saß. Das Ganze warf ein Schlaglicht auf den Niedergang des Viertels. Nach fünf oder sechs Besuchen im Moseleck stellte er sie wieder ein. Es war einfach zu deprimierend. Alles kam ihm stumpfsinnig vor. Ein Tag so stupide wie der nächste.

Seit Tomovics Tod erfüllte ihn eine seltsame Leere, wie er sie selten zuvor verspürt hatte. Der Chef von Starlight lag bereits seit zwei Wochen unter der Erde.

Als die Nachricht von seinem Tod Brick per SMS von Schnauze erreichte, steckte er zu Hause gerade den Elektroschocker zurück in Natalias Sachen. Er hatte ihn sich von ihr geliehen, ohne dass sie es bemerkt hätte. Und sie würde sicher auch keinen Verdacht schöpfen.

Er erinnerte sich an Irinas Worte: *Damit kannst du Pferde oder Elefanten aufscheuchen.* Genau das hatte er in Tomovics Reitstall erlebt.

Es entlockte ihm ein zartes Grinsen, wie nach dem Bekanntwerden von Tomovics Tod die halbe Medienwelt wie unruhige Hühner durch die Gegend sprang. Auch zu ihm waren sie gekommen und wollten ein Statement haben. Brick hielt mit seiner Meinung nicht hinterm Berg, sprach unverblümt von einer „zu milden Strafe für Tomovic“ und davon, dass es „offenbar doch noch Gerechtigkeit auf der Welt gibt.“

Nur folgerichtig hatten ihn seine Freunde und Bekannten auf Tomovic angesprochen, aber er hatte geschwiegen wie ein Grab. Wollte sich nichts anmerken lassen. Die Umstände des Todes in der Pferdebox kamen einigen Leuten merkwürdig vor. Tomovic war totgetrampelt worden, sein Kopf war Brei. Die Ermittlungen der Kripo hatten ergeben, dass die Todesursache eindeutig die Verletzungen waren, die ihm der Hengst beigebracht hatte. Freilich blieben zwei Fragen bestehen: Wieso war der Hengst überhaupt in Panik geraten, und wieso hatte Tomovic, der ein erfahrener Reiter war, dies nicht kommen sehen?

Die Medien verstiegen sich in Mutmaßungen und Spekulationen. Den Hengst habe die fremde Umgebung gestört, er habe die Luftveränderung nicht verkraftet. Reiter und Pferd seien einander fremd gewesen. Tomovic habe den Hengst an diesem Morgen zum ersten Mal geritten. Da könne es schon mal zu Irritationen und Ausbrüchen kommen. Sogar bei der kleinsten missverstandenen Bewegung hätten Pferde schon so reagiert. Der Hengst sei auf der Galopprennbahn sehr impulsiv; so könne er auch außerhalb die Kontrolle verlieren.

Bei allen Erklärungsversuchen blieb ein fader Beigeschmack zurück.

Als der Rummel abebbte, fühlte sich Brick manchmal allein. Arbeiten konnte und wollte er immer noch nicht. Aber es gab ja auch noch Natalia. Er setzte einige Hoffnung darauf, dass ihn ihre Existenz auf den rechten Weg führen würde.

Eines Mittags saß er am Küchenfenster, rauchte und trank Pernod, als er die Wohnungstür hörte. Natalia war vom Einkaufen heimgekommen.

„Hi Paps!“ So nannte Natalia ihn seit neuestem. Sie betrat die Küche, stellte einige Tüten auf den Tisch und blickte ihn vorwurfsvoll an. „Warum trinkst du schon mittags um drei?“

„Ich suche Trost.“

„Im Pernod?“

„Durch ihn, ja. Er macht mich sanftmütig.“ Er schaute lange aus dem Fenster. „Eine Weile hab ich es mit Zartbitterschokolade probiert. Hat aber nicht funktioniert.“

Sie sah ihn skeptisch an. „Denkst du noch oft an Tomovic?“

Er wandte sich ihr zu. „Ja und nein.“

„Ich habe irgendwo gelesen, dass viele seiner Frauen bei der Beerdigung in Tränen aufgelöst waren.“

„Ja, das ist irre. Ich hab’s auch gelesen.“

„Sie trauern um ihn, weil er für sie gesorgt hat und weil jetzt niemand mehr da ist.“

„Versteh ich nicht. Sie könnten doch froh sein.“

„Im Zweifelsfall geraten sie an den Nächsten, der vielleicht noch schlimmer ist."

„Geht das?"

Sie zuckte die Achseln. „Ich glaube", sagte sie nachdenklich, „ich muss eine Weile weg. In Frankfurt gibt es zu viele Erinnerungen."

„Wohin willst du?"

„Keine Ahnung. Hauptsache, weit weg!"

„Na ja, jetzt, wo wir uns ... Ich meine ..."

„Du kannst mich jederzeit besuchen, echt, jederzeit!", fiel sie ihm ins Wort. „Aber ausreden kannst du es mir nicht. Ich muss mich selbst finden. Ich weiß nicht, wer ich bin."

„Lass dir Zeit damit. Du bist noch so jung."

Natalia näherte sich und senkte ihren Kopf auf seine Brust. Sachte fasste sie ihn um die Hüfte und zog ihn an sich. „Du müsstest auch mal raus hier. Mach doch mal was anderes."

„Keine Chance", erwiderte er. „Wo soll ich hin, und was sollte ich dort machen?"

„Keine Ahnung, aber dir fällt bestimmt was ein. Du kannst doch alles."

„Ha!" Er lachte. „Ich weiß zwar, wie man ein paar Dinge aus Leuten herauskitzeln kann und darüber einen Artikel schreibt, aber mehr weiß ich leider nicht. Ich bin ein beschissener kleiner Journalist und ich bleibe ein beschissener kleiner Journalist. Egal, wohin ich gehe. Ich kann nichts anderes und will auch nichts anderes. Kannst du das verstehen?"

„Nö!"

„Du willst es nicht verstehen."

„Doch, aber ich glaube, du könntest was anderes machen, wenn du nur wolltest."

„Ich bin halt ein Zeitungsjunkie, der seine tägliche Ration braucht. Ich brauche den Kick, ein weißes Blatt mit einer Mörderstory zu füllen. Es ist in mir und muss bald wieder raus, das spüre ich. Ich komme nicht los davon."

„Also bist du ein Süchtiger."

„So kannst du es auch sagen." So wie es Brick aussprach, klang es pathetisch, aber da schwang noch etwas mit. Enttäuschung. Desillusion. Das Verhaftetsein mit diesem Ort, mit seinem Beruf, das war sein Leben. Und es würde sich nie ändern.

„Gut, Paps. Ich muss noch ein paar Besorgungen machen. Sehen wir uns heute Abend?"

„Gerne." Eine Frage lag ihm auf der Zunge, er zögerte, aber dann überwand er sich, sie zu stellen. „Wann wirst du gehen?"

„Mhm. Vielleicht schon bald. Nächste Woche. Oder übernächste. Mal seh'n."

Sie drückte ihm einen Schmatzer auf die Wange und verließ kurz darauf wieder die Wohnung.

Natalia ging, die Fragen blieben. Hatte er insgeheim gehofft, sie würde bei ihm bleiben? Was war er eigentlich? Ein mittelalter Mann, sicher, auf der verzweifelten Suche nach irgendeinem Hirngespinst? Oder doch eher ein Träumer auf der Flucht vor den Schicksalsschlägen seiner Vergangenheit? Was würde das Leben für ihn noch parat halten?

Auf diese Fragen fand er keine Antwort, aber er spürte eine Sehnsucht. Er sehnte sich nach einer Unschuld, die es nirgends zu geben schien. Nach Geborgenheit, die er immer schon missen musste.

Er wusste, dass es zuletzt keine Erlösung für ihn geben würde. Zu viel hatte er erlebt, zu viel ertragen müssen. Er konnte all dem nicht mehr entkommen. Das Schwierigste war jetzt die Stille, die ihn umgab. Er musste sie aushalten.

Er konnte die sich manifestierende schlechte Laune nicht länger unterdrücken. Da war eine Stimme in ihm, die ihn folterte, weil sie unablässig ein Wort rief: Pernod. Er konnte diese Stimme nicht abschalten. Sie war immer da. Den ganzen Tag und auch nachts, wenn er wach lag, weil er Angst vorm Einschlafen und den Bildern hatte, die ihn im Traum wieder verfolgen würden.

Es war an der Zeit, nach qualvollen Stunden und unendlichen Tagen, sich mal wieder richtig die Kante zu geben und den Spuk im Kopf endlich zu löschen. Zwei, drei weitere Gläser brauchte er, um über all das nachdenken zu können. Dann stellte er zu seinem Entsetzen fest, dass der klägliche Rest in der Flasche maximal noch ein volles Glas ergeben würde. Er musste dringend zum Supermarkt gehen und zwei neue Flaschen kaufen.

Nichts als Scherereien hielt das Leben bereit.

Ohne sonderlichen Drive machte er sich auf die Socken.

***

Etwa drei Wochen später schien die Sonne das ganze Wochenende hindurch und wärmte die vielleicht letzten schönen Tage des Jahres. In Niederrad war Renntag, der Saisonabschluss.

„Hallo Brick."

„Hallo Gustav."

Die beiden standen an ihrem Treffpunkt vor der Galopprennbahn und umarmten sich.

„Lange nicht gesehen."

„Stimmt", antwortete Brick. „Aber wir alte Haudegen wissen, dass wir nichts verpassen, wenn man sich mal ne Weile nicht sieht."

„Da hast du recht. Apropos: Ist Natalia schon weg?"

„Ja, letztes Wochenende gab's ne kleine Abschiedsfete. Sie ist nach Hamburg gegangen."

„So weit weg?"

„Je weiter, je besser! Sie will erst mal die Erinnerungen an Frankfurt hinter sich lassen. Und in Hamburg hat sie einen Job angeboten bekommen. Sie hat nicht lange rumgemacht und zugegriffen."

„Und was macht sie?"

„Kellnern in ner Bar."

„Rotlicht?"

„Nein, ne ganz normale Kneipe."

„Fein."

„Finde ich auch. Und dreimal darfst du raten mit wem?"

„Weiß nicht, erzähl schon!"

„Mit Elisa, die beiden haben sich in den letzten Wochen angefreundet und ne Zweizimmerwohnung in Eimsbüttel gemietet."

„Prima! Und Hamburg ist ja nicht weit weg. Mit dem ICE noch nicht mal vier Stunden."

„So?"

„Hast du dich noch nicht informiert?"

„Nö." Sie lachten gemeinsam und es hörte sich ungezwungen an.

Gustav reichte Brick die Eintrittskarte, die er zuvor besorgt hatte. Sie gingen durch den Eingangsbereich und setzten sich auf ihre Tribünenplätze. Die Rennbahn war gut besucht. Fast alle Plätze waren besetzt. Der Kommentator begrüßte die Gäste und kündigte das erste Rennen des Tages an.

„Gestern hat Schnauze angerufen", sagte Brick.

„Und was wollte er?"

„Ach, du kennst ihn ja, er hört sich gern reden. Er hat mir erzählt, dass sie Engländer vor die Tür gesetzt haben. Nachdem seine Nebenbeschäftigung für Tomovic an die Öffentlichkeit gekommen ist, war er nicht mehr zu halten."

„Ach nee, das hör ich jetzt zum ersten Mal. Und?"

„Schnauze kriegt seinen Posten."

„Na, das ist ja mal erfreulich."

Auf der anderen Seite der Rennbahn ritten die Jockeys die Pferde für die Rennen ein. Einige Wetter zückten die Ferngläser.

„Aber das von Veigel hast du wohl mitgekriegt, oder?“, wollte Brick wissen.

„War ja nicht zu überlesen. Sein Suizid war drei Tage lang Titelthema in allen Medien. Seine Partei hatte ihn rausgeschmissen.“

„Och ja, der Arme!“

„Sie mögen keine Pädophilen in ihren Reihen. Kommt bei den Wählern nicht gut an.“

„Hat er wohl nicht verkraftet. Schnauze hat mir anvertraut, dass sie in seinem Haus einen Abschiedsbrief gefunden haben.“

„Was steht drin?“

„Dass er sich schäme für seine Neigung, aber seinen Trieb nicht in den Griff bekommen hat und mit der Schande nicht weiterleben könne.“

„Glaubst du das?“

„Hmmm. Ich weiß nicht. Die Kripo hat in seinem Haus brisantes Material gefunden. Pornographische Bilder von jungen Mädchen. Das ganze Programm.“

„Also war er nach außen der anständige Politiker, aber innen scheint es gebrodelt zu haben.“

„So in etwa.“

„Wie geht's eigentlich mit Starlight weiter? Hast du was gehört?“, wollte Gustav wissen.

„Die sind tot. Bei denen bucht sicher niemand mehr ... Dafür machen andere Karriere.“

„Wen meinst du?“

„Kati wird Ressortleiterin. Eddie hat sie befördert.“

„Prächtig. Ist ja echt ne coole Frau. Habt ihr eigentlich Kontakt?“

„Was meinst du?“

„Na ja, ich glaube, sie steht auf dich.“

„Auf mich alten Esel?“

„Ich versteh's ja auch nicht.“

Brick boxte ihm liebevoll auf den Oberarm.

„Übrigens, bevor ich es vergesse“, meinte Gustav. „Du bist heute eingeladen. Eintritt, Essen, Trinken und einen Wettschein spendiere ich dir auch noch.“

„Oh, so großzügig?“

„Klar!“

„Hast du im Lotto gewonnen?“

„Nein, aber du hast mir ne Menge Mäuse erspart.“

„Ich, wieso?"

„Meine Schulden an Tomovic beliefen sich noch auf knappe 40.000 Euro. Die brauch ich nicht mehr zurückzuzahlen. Und das hab ich dir zu verdanken." Gustav grinste vielsagend.

Brick wollte etwas erwidern, aber als er in Gustavs Augen blickte, verzichtete er auf eine Erklärung. Sein alter Freund kannte ihn wahrscheinlich besser als er sich selbst.

Gustav schlug ihm ebenfalls auf den Oberarm. „Mensch, sieh mal dort!" Er deutete euphorisch mit dem Zeigefinger auf die Gegengerade. „Heute ist mein Favorit am Start. Illusion, ein schwarzer Hengst. Der ist die Wucht!"